rowohlt

Joe Stretch

Widerstand

Roman

Aus dem Englischen von Volker Oldenburg

Rowohlt

Die Originalausgabe erschien 2008
unter dem Titel «Friction»
bei Vintage / Jonathan Cape, London
Redaktion Mirjam Madlung

Erste Auflage April 2008

Satz Trinité PostScript (InDesign)
bei KCS GmbH, Buchholz bei Hamburg
Druck und Bindung CPI – Clausen & Bosse, Leck
Printed in Germany
ISBN 978 3 498 06395 5

Für Pelham

Inhalt

Prolog 9

I

1. Die Vorspeise 15
2. Arschmode 20
3. Nur im Spaß 26
4. Kohle und Müll 34
5. Neuer Sex 42
6. Der komische Wichser 48
7. --------- 60
8. Dosenherzen 63
9. Die Ratte 72
10. Geschäft und Vergnügen 81
11. Die Clementine 90
12. Fußballirre 110
13. Der Höcker 125
14. Financial Times 134

II

15. --------- 151
16. Die Gegenrevolution 154

17. Das Paket 163
18. Austrittswunden 169
19. Formaldehyd trinken 182
20. Der Glastisch 199
21. Noch ein unerhört phantastischer Augenblick 213
22. Gewischte Achten 226
23. Unsichtbare Rugbybälle 238
24. Vergewaltigungsspiele 267
25. Piep piep piep 274

III

26. --------- 285
27. Eine Million Colas 288
28. Accessoires – unser Lebenselixier 295
29. Ein gutes, sinnvolles Leben 304
30. Mörder 320
31. Darling Tod 323
32. Tomatenaugen 327
33. Das Einmachglas 330
34. Superschlampe 332
35. Computerspielhölle 348

Epilog 358

Prolog

Zahlen blinken und piepen in meinem Hirn. Zerkaute Fakten liegen abgekühlt in meinem Magen. Jedes Detail ist mit einem Knall gelandet. Ich kann dir meinen Namen nicht sagen.

Die Leute, von denen ich umgeben bin, würden böse werden, wenn ich ihn dir verriete. Die Menschen neigen dazu. Böse zu werden, meine ich. Besonders hier drinnen. Sie stehen immer unter Strom, musst du wissen, und es gibt kaum etwas, das widerlicher und peinlicher ist als jemand, der voll unter Strom steht. Sie hetzen von Zimmer zu Zimmer, kontrollieren uns, reden uns gut zu, seufzen, wenn sie uns mit heruntergelassener Hose oder beim Schnupfen von Hundescheiße erwischen. Und die können richtig böse werden! Sobald wir anfangen, uns untereinander auszutauschen, egal, ob wir über die Zivilisation reden, über Vorschriften oder das Innere unserer Unterhosen, gehen sie an die Decke.

Aber ich habe keine Angst. Nicht mehr. Ich bin dabei, mich in ein Meer aus Ärger zu katapultieren. Und du, mein Freund, kommst mit. Meine Forschungen haben mir gezeigt, dass wir Menschen genauso sterben, wie wir geboren werden: einfach. Wir verkomplizieren unser Leben zwischen zwei großartigen, ungeheuer einfachen Ereignissen. Das macht uns Spaß. Wir amüsieren uns dabei. Früher tanzten wir in Räumen zu stampfenden Beats und blitzenden Lichtern. Wir redeten pausenlos. Aber ich habe das nie getan. Nein, ich habe nie Quatsch geredet. Habe nie an einer Wand gelehnt und von Einsicht und von Liebe gesungen. Jedenfalls nicht bis vor kurzem.

Stattdessen habe ich mir Wissen angeeignet. Das hätten sie nicht zulassen dürfen. Als ich mich vor sechs Monaten heimlich ins System einschlich, hätten sie mich aufhalten, mich wegzerren müssen, jemand hätte mir eine Spritze verpassen, mir das Licht ausknipsen sollen. Aber das haben sie nicht getan. Und so habe ich Fakten gefressen wie andere Schwachsinn. Wissen in mich reingeschaufelt. Sie werden ihren Fehler noch bereuen. Ich bin ein Scheißkerl. Jetzt bin ich ein Scheißkerl. Meinetwegen werden sie voreinander ihre Blindheit beklagen. Ja, ich werde mich in ein Meer aus Ärger katapultieren.

Meistens bringen sie uns dazu, dass wir unsere Geschichten mit einer Beschreibung unserer Umgebung beginnen. Also, dieses Zimmer ähnelt einer schäbigen Küche. Der Fußboden ist aus Linoleum, tut aber so, als sei er ein Holzfußboden. Es sind sogar kleine schwarze Kreise aufgemalt, die mir vorgaukeln sollen, es steckten echte Nägel drin. Er ist ausgesprochen altmodisch, dieser Bodenbelag. Irgendwann gab es ihn einfach nicht mehr. Wahrscheinlich hatte die Gesellschaft plötzlich erkannt, wie lächerlich er aussieht, und war kollektiv errötet. Die Möbel sind allesamt aus Kiefernholz. Es gibt einen Tisch, einen Stuhl und ein Bett. Mit dem Linoleum entsteht ein ekelhaft gelbstichiges Gesamtbild. In diesem Zimmer werde ich meine Geschichte erzählen. In diesem Zimmer werde ich die Zeit totschlagen.

Ich habe viele Berichte über Leute gelesen, die aus ihrem Arsch heraus sprechen. Ich glaube, das tue ich nicht. Aber ich spreche auch nicht aus meinem Herzen, obwohl das natürlich von mir erwartet wird. Wenn es nach ihnen ginge, wäre meine Geschichte so, dass sie mich lieben können und in Sicherheit wissen. Ich habe all das schon gesehen. Aber eine solche Geschichte wird nicht geschrieben. Nicht von mir. Sie werden laut aufschreien, wenn sie lesen, was ich zu sagen habe. Das wird ziemlich lustig. Selbst wenn sie mich töten, wird es ziemlich lustig. Aber das tun sie nicht. Nein, bestimmt nicht, weil sie selbst an alldem schuld sind. Sie haben es zugelassen, dass ich mich an die Wahrheit ranschleiche, da bin ich mir sicher. Schwerer Fehler. Sie hätten mich nie an den Füßen packen und in so kaltes, gehaltvolles Wasser tauchen dürfen.

Die Sache ist die: Ich verstehe mich selbst. Zum ersten Mal in meinem Leben verstehe ich mich selbst. Hihi. Ja, wirklich! Das Einzige, was ich nicht verstehe, sind die vielen anderen Welten. Es ist unglaublich. Du bist wirklich bei mir. Hihi. Sind wir verwundbar? Worum geht es? Um BHs, die Titten verarschen, und um Titten, die BHs verarschen? Mädchen werden rund vor Macht. Super. Jungs mit unsichtbaren Schwänzen und kerngesunden Knochen kommen ins Taumeln. Spring auf meinen Rücken. Du weißt doch, wie man huckepack reitet. Leg mir die Arme um den Hals. Ich halte deine Beine. Ich renne, und du hüpfst auf meinem Rücken und lachst und schreist: Aufhören, aufhören, nicht so schnell. Und dann sage ich: Nein, es ist eine Geschichte, eine wahre Geschichte, wir kriegen einen Haufen Ärger. Nicht so schnell. Nein. Und dann bist du –. Und dann bin ich –. Und du –. Und ich –.

Meine Augen spiegeln sich im Bildschirm. Daten auf meinem Gesicht.

Wie fing es an?

I

1.

Die Vorspeise

Am Anfang lief es locker. Bevor es nach oben sprudelte und an die Oberfläche stieß, war alles entspannt und schick in Szene gesetzt. Am Anfang ließen die Leute sich treiben. Aufgeputzt, scharf und voll elastischer Liebe schwirrten sie durch die Straßen von Manchester, als wäre das Leben das tollste Spiel: erfüllend und dabei kinderleicht. Natürlich rauschte darunter ein Strom aus Scheiße. Aber es rauscht überall ein Strom aus Scheiße, und so achtete niemand darauf. Niemand achtete darauf, weil alles easy war und perfekt. Jede Nacht fuhren kleine Lkws durch die Straßen und schluckten mit rotierenden Bürsten den Müll. Die Leute waren glücklich. Jedes Jahr brachte neue Modekollektionen und Coolness in rauen Mengen. Ja, am Anfang lief es locker. Niemand schien zu bemerken, dass der Pegel stieg. Dass die Scheiße am Brodeln war.

Justin, ein Junge, geht unglaublich schnell. Er geht die Cross Street hinunter und in die South King Street. Eigentlich ist er eher ein junger Mann. Braunes, kurzgeschorenes Haar, sein Körper versteckt unter Durchschnittsdesign: weitgeschnittenes, weißes Hemd, Boot-cut-Jeans. Seine Hand legt sich um den Chromgriff, in der glänzenden Scheibe der Restauranttür erscheint geisterhaft sein Spiegelbild. Schon sieht er seine Mutter. Sie sitzt mit fest übereinandergeschlagenen Beinen an einem Tisch in der Mitte des Raums, auf dem Schoß eine lächelnde Speisekarte.

Justin öffnet die Tür und geht hinein. Das Restaurant ist ein Meer aus Licht und Pflanzenkitsch. Exotisches Gewächs soll den Leuten weismachen, dass sie nicht in Manchester sind, sondern an einem fremden Ort, wo das Glück zum Alltag gehört. Gepflegte Kellner gleiten über den Fußboden, drehen Pirouetten um die Tische, stellen den schon Gesättigten Teller mit italienischen Speisen hin. Justins Mutter heißt Diane. Vierundzwanzig Jahre sind dahingeplätschert, seit Diane Justin zur Welt gebracht hat. Ein Kellner nimmt ihm die Jacke ab, und er geht auf sie zu.

«Also ist er tot?» Justin setzt sich und zuckt zusammen beim Anblick des ächzenden Stoffs, der die Titten seiner Mutter fixiert. Der Zugseil-BH, das Nylon der äußerst belasteten Bluse. Es schnürt ihm die Kehle zusammen. Der Körper seiner Mutter ist kurz vorm Überquellen. Eindeutig. Die Jahre verbünden sich gegen sie, machen sie schlaff und faltig. Bald werden ihre Brüste endgültig fallen, ihr Kinn wird platzen und sich in Rührei verwandeln. Sie saugt die Wangen ein und blickt seufzend auf die Speisekarte. «Ja, Justin, er ist tot.»

Muss noch betont werden, dass Justin seine Mutter hasst? Ich denke, schon. Seit er von zu Hause ausgezogen ist, hat er kaum Kontakt zu seinen Eltern. Weil sie ihn daran erinnern, dass er gezeugt wurde. Wahrscheinlich im Dunkeln. Das erscheint ihm absurd. Justin hat nicht das Gefühl, gezeugt worden zu sein. Schon seit Jahren haben sie sich nicht mehr so wie jetzt getroffen. In Justins Augen leidet seine Mutter an der abscheulichen Sucht, sexuell attraktiv zu sein. Viele Frauen tun das. Sie weigert sich, ihren Körper der Hässlichkeit preiszugeben, will die Hoffnung auf einen letzten Fick nicht fahrenlassen. Während seiner gesamten Kindheit hat sie mit Fremden gebumst, ist in blutroter Unterwäsche durch die Küche stolziert, hat Jungs, die kaum älter waren als er, die Schwänze geblasen und sich von dem Vater scheiden lassen, der nun endlich tot ist.

«Er wollte dir noch sagen, dass er dich sehr lieb hat», sagt Diane. «Er hat dir alles Gute für die Zukunft gewünscht.»

Justin windet sich so heftig, dass er damit rechnet, dass der billige Plastikstuhl unter seinem Hintern zusammenbricht und er auf dem Boden landet, allein, mit einem toten Vater und einer ekelhaft geilen Mutter. Der Stuhl bleibt heil. Justin schnürt es die Kehle noch fester zu. Ist das der Anfang? Er nimmt die Speisekarte, wirft einen flüchtigen Blick auf die italienischen Biere, die Bruschettas, Pizzen. Scheiße, entscheidet er, alles Scheiße. Er hat schon tausend ähnliche Speisekarten gesehen, hat mit seiner Mutter Pizzen hinuntergeschlungen und mit seinem Vater. Ich hätte ihn besuchen sollen, denkt er. Nein, nein, das hätte ich nicht, der krebskranke Schwächling.

«Darf ich Ihnen etwas zu trinken bringen?»

Ein Kellner erscheint, in der Hand ein Notepad, auf den Lippen der Anflug eines dümmlichen Lächelns.

«Ich kriege ein Mineralwasser und eine Bruschetta.»

«Einen White Russian», sagt Justin. «Ich esse nicht.»

Zum Ende des 20. Jahrhunderts hieß es bei bestimmten Leuten, die im Restaurant etwas bestellten, nicht mehr «Ich hätte gern», sondern «Ich kriege». Das war kein Verbrechen. Sie bezahlten ja trotzdem. Es war der Einfluss Amerikas. Justin beobachtet, wie seine Mutter mit einem kleinen Pinsel und farblosem Lipgloss ihre Lippen vervollkommnet. Gleich, denkt er, gleich ist es so weit. Ihre Lippen werden borkig werden wie

Baumrinde. Die Nähte ihrer Hose werden aufplatzen, und es werden Beine zum Vorschein kommen, die sich in keine enge Jeans zwängen lassen, und ein ungehorsamer Arsch, den man nicht mehr trendgemäß in eine sexy Form pressen kann.

Justin ist am Verlieren. Er hat seinen Vater an den Krebs verloren und seine Mutter an eine Welt, in der sich alles ums Ficken und um endlos kopulierende Körper dreht. Vor einer Woche hat er seine Freundin verloren. Sie war dahintergekommen, dass er sie mit einem anderen, äußerlich fast identischen Mädchen betrog. Warum er sie betrogen hat, weiß er selbst nicht genau. Beide trugen ähnliche Jeans in ähnlichen Wildlederstiefeln, brachten mit ähnlichen BHs ähnliche Titten vorteilhaft zur Geltung. Sie lachten über dieselben Witze, küssten und fickten identisch. Vorbei, denkt Justin. Sex. Aus. Die Liebe ist für mich vorbei.

«Sag doch etwas, Justin. Du siehst furchtbar aus.»

Justin schweigt. Er sieht furchtbar aus. Ist das so?, denkt er. Was bedeutet es, furchtbar auszusehen? Er denkt kurz darüber nach und kommt zu dem Schluss, dass ihm der Gedanke, furchtbar, nein, beschissen auszusehen, gefällt. Weil es vorbei ist, für ihn. Die Liebe. Er weiß es. Er hat den braunen Schmier bemerkt, der sich um die Gullys von Manchester gelegt hat. Den üblen Gestank vor den Geschäften und auf den Plätzen.

«Wie viel?», fragt er schließlich. «Wie viel bekomme ich?»

Die Getränke werden gebracht, und Justin stürzt sich auf den White Russian, ohne den Blick von seiner Mutter abzuwenden, die ihre Bruschetta anstrahlt und errötet, als der Kellner ihr das Wasser einschenkt. Justins Blut kocht: Die Bruschetta will einfach nicht aufhören, mit seiner Mutter zu flirten. Die Tomatenstückchen blinzeln ihr zu, das Brot nickt lasziv. Typisch, denkt Justin, gleich fickt sie ihre Vorspeise.

«Wie viel bekomme ich?», fragt er wieder, während die glänzend gemalten Lippen seiner Mutter sich um das spülmaschinengespülte Metall der Gabel schließen. Aber Diane hat die Augen geschlossen, ihr Kiefer mahlt mit kreisenden Bewegungen, ihre Lippen sind geschürzt, murmeln Lob.

Warum habe ich mit zwei einander so ähnlichen Mädchen gevögelt?, denkt Justin und dreht sich zu den großen Fenstern um, durch die das Sommerlicht hell in den Raum fällt. Beide haben dasselbe Fach studiert, beide waren fasziniert von Virginia Woolf. Er erinnert sich an den Augenblick, als sie dahinterkamen. Er beobachtete sie, als sie aus dem Haus der Studentenvereinigung auf die Oxford Street traten und auf ihn zukamen. Ihr ähnlicher Gang; beide hatten ihre Ordner fest an die Brust gedrückt, in den Augen dasselbe Feuer der Enttäuschung.

«Ich dachte, es wäre dasselbe Mädchen!», sagt er plötzlich laut.

«Was sagst du?», hustet Diane. Ein Tomatenstück fällt zu Boden, und ihre Wangen erröten. Sie schluckt schwer. «Sechzigtausend Pfund, du bekommst sechzigtausend Pfund.» Ein Basilikumblatt strauchelt erschöpft auf Dianes Unterlippe, und Justin folgert, dass sein Leben eine neue Richtung eingeschlagen hat. Er trinkt das Glas in einem Zug leer. Es ist aus, denkt er. Es ist zu Ende, oder es hat angefangen. Ich muss neue Möglichkeiten finden, Sex zu haben.

2.

Arschmode

Du bist du, und ich bin ich. Keiner von uns ist Steve. Steve windet sich im Bett und bereitet sich wie jeden Morgen auf den Anblick seiner perfekten Wohnung im Green Quarter vor. Neben Steve liegt Carly, die Freundin. Auch sie windet sich. Beide sind gestern Nacht blau gewesen, haben sich in der Bar besoffen. Beide sind auf Zickzackbeinen und mit Zickzackzungen nach Hause getorkelt und haben sich dort abgöttisch geliebt. Zu viel Alkohol. Sex ohne was an. Ein Leben ohne Beine.

Steves Augen öffnen sich: Neben dem Bett liegen zwei benutzte Kondome und tratschen über ihn, das eine voll und zugeknotet, das andere offen, mit nur einem Spritzer drin. Britische Jungs haben britische Hirne, schwammig wie Pilze. Man kann sie zerquetschen wie eine Frucht. Steves Kehle fühlt sich an wie Asphalt.

Er setzt sich auf und atmet geräuschvoll aus. Seine Haare sind blond gefärbt, doch das ursprüngliche Schwarz schimmert in Strähnen durch wie eine Erinnerung. Das ist gerade Mode. Steves Haarschnitt hat sechzig Pfund gekostet und ist sein ganzer Stolz. So wie das Zimmer, das ihn umgibt: die erstklassige Anlage, der coole Kleiderschrank mit den tollen Klamotten, die in zartem Taubenblau lackierten Fußleisten, die scharfe Freundin.

«Ich fühl mich beschissen», sagt er und setzt sich auf. Er atmet in seine Hand und lässt sich angewidert aufs Kissen zurückfallen. «Mein Atem stinkt nach Scheiße.»

Sein Blick fällt wieder auf die beiden Kondome; sie tuscheln immer noch. Bestimmt reden sie über die Erlebnisse von vor ein paar Stunden. Steve hatte beide Male die Folie mit den Zähnen aufgerissen und das Kondom über seinen Raubtierschwanz gestreift. Ich war spitze, denkt Steve, während er sich zu Carly umdreht, die neben ihm liegt, ich war beide Male spitze.

«Ich geh heute nicht zur Arbeit», sagt Carly und rührt sich. «Bin noch zu betrunken.» Ihre rechte Hand bewegt sich über die Bettdecke; sie tastet nach einer Schachtel Zigaretten auf dem Nachttisch, öffnet sie und fummelt eine Kippe heraus, wobei die Schachtel auf den Boden fällt. Dann bewegt sich ihre Hand auf ihr Gesicht zu und schiebt die Zigarette zwischen ihre Lippen. Es ist zu anstrengend, sie anzuzünden. Die Zigarette bleibt kalt. Carly arbeitet in einem Schuhgeschäft. Sie und Steve sind seit zwei Jahren zusammen.

«Unfassbar, dass mein Arsch noch in Mode ist», sagt Carly. Die Zigarette wippt zwischen ihren trockenen Lippen, ihre Stimme ist belegt. «Das ist so eine tolle Neuigkeit.»

Steve nickt: «Ja, das ist eine tolle Neuigkeit.»

Wochenlang hat Carly sich verrückt gemacht wegen ihrem Arsch. Hat sich den Hals verrenkt, um ihn richtig betrachten zu können, ist ihren Pobacken nachgejagt wie ein Hund seinem Schwanz. Seit sie im Spätprogramm eine Dokumentation gesehen hatte, in der behauptet wurde, dass die Arschmode im Begriff sei, sich zu ändern, hatte sie eine Höllenangst. Ihr Hintern ist klein und fest, doch in dem Film hieß es, dass zunehmend größere, rundere angesagt seien. Sie war am Boden zerstört, befahl Steve, ihren Jeanshintern mit dem Handy zu fotografieren, worauf sie ihn einen ganzen Tag lang anstarrte und anflehte, er möge bitte in Mode bleiben. Was er tat. Allerdings erst, nachdem Carly im Internet nach Möglichkeiten chirurgischer Veränderungen geforscht und beschlossen hatte, sich den Arsch vergrößern zu lassen, wenn er dadurch ein scharfer Arsch bliebe. Weil Steve das unbedingt verhindern wollte, stellte er selbst Nachforschungen an und fand heraus, dass die Sendung sich nur auf die Vorlieben der Afroamerikaner bezogen hatte und dass der britische Hintern von diesem Trend sehr wahrscheinlich unberührt bleiben würde. Gestern Abend haben sie diese tolle Neuigkeit gefeiert. Carly trug ein superenges Top und einen ultrakurzen Rock.

Eines ist heutzutage sicher – gegen ein sexy Mädchen kann man nicht gewinnen. Nicht, wenn es turboscharf ist. Steve kennt nicht einen einzigen Mann, der einem turboscharfen Mädchen widerstehen könnte. Und Carly, die sich neben ihm im Bett träge räkelt, ist genau das. Turboscharf. Ihr Gesicht ist offen, die Züge sind perfekt geformt und absolut harmonisch. Ihre Brüste hüpfen und spielen mit den Gesetzen der Physik. Ihr tiefbraunes Haar fällt über ihre Schultern und legt sich in vollendeten Kringeln um die Brustwarzen.

«Du hast mir gestern Nacht auf den Hintern gehauen, oder, Baby?», fragt Carly, während sie sich endlich aufsetzt und nach ihrem Feuerzeug greift.

«Ja.»

Eine Flamme lodert auf, und die Zigarette wird angezündet. Carly stößt den ersten, nicht inhalierten Zug als weiße Wolke aus und lächelt. «Danke.»

Es war Carlys Schönheit, die Steves Ehrgeiz ein Ende bereitete. Vor zwei Jahren wollte er mit einer Abschlussarbeit über die Vorzüge der Globalisierung beginnen. Aber dann ging in einer Bar auf dem Deansgate die Tür auf, und Carly kam herein. Steve erstarrte. Sein Ehrgeiz verpuffte wie ein Furz. Er stellte sein Glas ab und ging auf sie zu. Das Gespräch war gerade zwanzig Sekunden alt, als Steve erfuhr, dass Carly sich nur für eine einzige Sache interessierte: Geld. Er seufzte, wedelte den Geruch des Ehrgeizes aus seiner Nase und änderte einfach sein Vorhaben: Er ließ die Arbeit sausen und begann an der Börse zu spekulieren. Es folgten Luxus, die sechzig Pfund teuren Haarschnitte, Fajitas und Ziegenkäse, das Hantelnstemmen und die Finanzierung von Carlys Shoppingorgien.

Frauen zu nageln, besonders Frauen wie Carly, erfordert Opfer. Darum gibt Steve stets darauf acht, dass er lächelt, wenn sie mit Einkaufstüten beladen aus der Stadt zurückkommt oder in diversen Katalogen auf die Kleidungsstücke zeigt, die sie besonders begehrt. Er beschwert sich nicht. Carly ist eine Entscheidung: für den herrlichen Traum des 21. Jahrhunderts, gegen den Verstand. Carly gibt Steve das Gefühl, ein Mann zu sein. Ein extrem männlicher Mann. Ein Schwanzgott, ein Schwertkämpfer, ein Sexperte usw.

«Wie oft war es letzte Nacht, Stevie?»

Steve hört die Kondome auf dem Fußboden kichern. «Zweimal», sagt er. Er wendet sich von Carlys Rauch ab und kneift die Augen zu.

«Ich könnte es die ganze Nacht machen. Ehrlich. Ich könnte rund um die Uhr ficken», sagt Carly.

Sie drückt die Zigarette aus und langt nach Steves Schwanz und seinen Eiern, die sich gerade über den Sinn des Lebens unterhalten. Sie schüttelt sanft den runzligen Sack, klopft auf seinen Schwanz, bis er auf halbmast steht wie eine Trauerfahne.

«Ich will nicht nach oben.»

«Ich bin noch zu betrunken.»

«Hol mir einfach einen runter.»

Das ist das Leben. Das herrliche Leben. In einem plötzlichen Ausbruch von Aktivität dreht Carly Steve auf den Rücken und steuert auf seine Körpermitte zu. Sie nimmt eine bequeme Haltung ein und beginnt, wie vereinbart, langsam seinen Schwanz zu wichsen. Eines ist bewiesen: Jungs stehen auf Reibung, und es von einem Mädchen mit der Hand gemacht zu kriegen, ist der einfachste Weg. Verursacht keinen Stress, kein schlechtes Gewissen und muss nicht erwidert werden. Im Gegensatz zum Blasen, das ein die Welt entzweiendes Politikum ist und sanfte Worte sowie diplomatisches Geschick erfordert. Carlys Handbewegungen werden energischer, und Steve fühlt, dass er ihr nichts schuldig ist.

Die blaue Bettdecke bewegt sich auf und ab wie dünne Haut über einem rasenden Herzen. Steves Augen schließen sich und fangen die Bilder von Sex ein, die in seinem Kopf herumschwirren. Eine Mischung aus Phantasien und tiefgefrorener Realität: die bittenden Blicke einer eroberten Frau, die runden afroamerikanischen Ärsche, die er im Netz gesehen hat, die Vorzüge der Globalisierung, ein Popstarmund an seinem Schwanz, eine Filmstarhand an seinen Eiern.

Es ist, als hätte er nichts als sein blendendes Aussehen, das ihm Verkehr mit praktisch jedem Mädchen in der westlichen Welt garantiert. Das viele Hantelnstemmen nimmt einen großen Teil von Steves Zeit auf der Welt ein. Hoch, runter, hoch, runter: Sein Körper wird immer größer. Er verändert sich, und tief in seinem Inneren gibt er Carly die Schuld daran; er glaubt, dass er durch sie an Niveau verliert. Carly ist das scheißegal.

Sie denkt nur an Produkte, während ihr Handgelenk sich auf und ab bewegt. Stellt sich Kleidungsstücke vor: zerrissene Jeans, Pfennigabsätze. Sieht in dem munteren Schwanz in ihrer Tortillahand das stilvolle Leben.

Verzweifeltes Schweigen herrscht in diesem Zimmer, unterbrochen nur von Steves albernem Stöhnen. Er weiß es. Sie weiß es. Die Kondome neben dem Bett wissen es. Der Pegel steigt.

3.

Nur im Spaß

Wenn man der Oxford Street von der Innenstadt nach Süden folgt, kommt man nach Fallowfield. Zwei wunderbar junge Studenten, Johnny und Rebecca, betreten, locker beieinander eingehakt, den Platt Fields Park. Sie sind kein Paar. Eingehakt zu gehen ist im frühen 21. Jahrhundert sehr beliebt, sogar unter Freunden. Heute ist die Sonne purpurrot, und der Himmel wirkt fast grün. Ein junger Mann auf Inlineskates gleitet vorbei, schwingender Oberkörper, Kopfhörer in den Ohren. Inlineskating hat in letzter Zeit an Beliebtheit verloren. Trau nie einem Inlineskater. Alles abgefuckte Nihilisten. Die glauben an gar nichts.

Johnny und Rebecca tragen Schuhe. Rebecca betrachtet durch eine Fliegersonnenbrille ihrer beider Schritte, der eiskalte Schweiß von Johnnys T-Shirt belästigt ihren nackten Arm. «Die Jungs aus meiner WG haben die Küche mit Pornos gepflastert», sagt sie. Sie löst sich von Johnny und wischt sich rasch über den Arm.

Im Antworten ist Johnny eine Niete. Also schweigt er. Er lässt nur zu, dass seine linkische, krumme Körperhaltung noch krummer wird. Schon die Erwähnung des Wortes Pornographie reicht aus, dass sein Hirn mit den Zähnen klappert. Er kann sich keine Pornos vorstellen. Hat noch nie welche gesehen. Mehr, als mit Rebecca locker eingehakt spazieren zu gehen, hat Johnny in Sachen Sex noch nicht erlebt. Und jetzt gehen wir nicht mehr eingehakt, denkt er. Weil ich so stark schwitze, schlussfolgert er, mein kalter, nasser Schweiß ist ihr unangenehm.

«Es ist eine richtige Collage. Hardcorebilder an fast jeder Wand. Ich finde das reichlich merkwürdig. Was haben die sich bloß dabei gedacht?»

Der Weg führt auf eine große Wiese. Pärchen machen auf dem Rasen rum, ein paar Studenten liegen lesend im Schatten der Bäume. Jungs schießen einander aus weiter Entfernung Fußbälle zu. Johnny ergreift die Gelegenheit und läuft Rebecca davon.

«Wo willst du hin?»

Im Antworten ist Johnny eine Niete, darum nimmt er Reißaus. Rebecca sieht zu, wie er auf einen Baum zurennt. Er klettert schnell hinauf und hängt sich an einen Ast. Rebecca ist Johnnys einzige Freundin. Sie weiß das. Darum nimmt sie sich extra Zeit, um mit ihm spazieren zu gehen oder für ihn zu kochen. Denn Johnny hat ein hässliches Gesichtchen, freundlich zwar, aber zutiefst bedauernswert. Seine Züge sind angeordnet wie Pfeile, die ein Betrunkener auf eine Dartscheibe geworfen hat. Seine Augen sind wie Meeresorganismen, die zum Atmen an die Wasseroberfläche müssen. Jetzt, wo er am Baum hängt, sind die großen, runden Schwitzflecken unter seinen Armen deutlich zu erkennen. Sein Körper ist lang und dürr; einen wie ihn nennen andere einen vertrottelten Schlaks. Klar, er ist ein vertrottelter Schlaks. Seine Gliedmaßen sind steif wie Stangen.

«Ich bin der Milkybar-Junge!», ruft Johnny und schaukelt im Wind. Seine Stimme ist noch immer ein pubertäres Kieksen. «Der Milkybar-Junge ist stark und ein ganzer Kerl. Er ist ein männliches Phantasieprodukt!» Alles, was Johnny sagt, sagt er nur im Spaß.

Rebecca geht lächelnd an ihm vorbei. Sein Benehmen ist ihr peinlich. Sie ist klein, ihr Körper kurvenreich, das kastanienbraune, glatte Haar zu einem Bob geschnitten. Ihr Gesicht ist ein richtiges Gesicht, ein hübsches Gesicht, weich, als wäre es in sanften Nebel gehüllt. Sie sieht zu, wie Johnny sich vom Ast fallen lässt und als elendes Häufchen auf dem Rasen landet. Seine Knie sind die eines Kindes: matschbeschmiert und knubbelig. Er zuckelt Rebecca mit den bedauernswert unbeholfenen Bewegungen verlorener Jugend hinterher.

Johnny ist natürlich in Rebecca verliebt. Am ersten Tag des Semesters stolperte er und fiel ihr vor die Füße. Diese Fesseln, mein Gott, diese Schenkel, die Dunkelheit unter ihrem Rock: Hals über Kopf verliebt. Sein kleines Hirn denkt nur an sie, und sein kleines Herz steckt voll mit Pfeilen. Ihr Dekolleté: Es erinnert ihn an angehaltenen Atem. Aber er ist ein vertrottelter Schlaks. Seine Gene sind unmodern. Das Schicksal hat ihn angeschissen. Farbenprächtige Akne blüht ihm von einem Ohr bis zum anderen.

«Ich verstehe das nicht. Was geht nur in deinem Kopf vor, Johnny? Ich meine, in euch Männern allgemein.»

In Johnnys Kopf befinden sich kaputte Schaukeln und ein eierndes Karussell, belagert von Lümmeln in Jogginganzügen, die Cider trinken, mit Steinen werfen und dafür sorgen, dass er Unsinn denkt und Unsinn macht. Besonders, wenn Rebecca dabei ist.

«Männer sind zum Kotzen, echt, echt zum Kotzen», sagt Rebecca. Sie sucht sich eine Stelle auf dem Rasen und lässt sich rückwärts ins Gras fallen. Sie ist ein nachdenklicher Mensch. Ein wunderbarer Mensch. Eine Angehörige der Mittelschicht, die vom Schwimmunterricht, von Reisen nach Frankreich und der bestandenen Führerscheinprüfung erzählt, für die es zur Belohnung ein Auto gab. Johnny versucht sich neben sie zu setzen. Aber er ist nicht einmal lässig genug zum Sitzen, weiß nicht, wo er mit seinen Beinen hin soll. Er kann ziemlich witzig sein, glaube ich, aber ansonsten beschränken sich seine Talente auf essen, scheißen, kotzen und atmen.

Eine Sache, die Johnny an Rebecca liebt, ist ihr zurückhaltendes politisches Engagement. Dieses äußert sich darin, dass sie mit monatlicher Regelmäßigkeit eine der folgenden Aussagen von sich gibt, oder auch beide, meistens in Momenten persönlichen Misserfolgs oder mittelstarker Müdigkeit.

1. Aussage: «Wie, Johnny, können wir in einer Welt leben, in der die eine Hälfte der Bevölkerung hungern muss, während die andere Hälfte sich absichtlich aushungert?»

2. Aussage: «[Politiker A] geht es einzig darum, Bedingungen zu schaffen, die es [Konzernmulti X] ermöglichen, ungehindert Fabriken in [armes Land Y] zu bauen, der Kerl schert sich einen Dreck um die Menschenrechte, ihn interessiert nur der freie Handel.»

Aussage 1 ist eigentlich eine Frage, wenn auch eine rhetorische, darum folgt hier zum Ausgleich die übliche Erweiterung von Aussage 2: «Ich sag dir was, Johnny, der freie Handel hat mit Freiheit nichts zu tun.»

Solche Worte gelten seit Menschengedenken als ausgesprochen tiefgründig, und Rebecca gebührt Applaus für ihren Einsatz.

Klatsch. Klatsch. Klatsch. Klatsch.

In Johnnys Augen ist Rebecca die Speerspitze des Proletariats, ausgestattet mit einem einschüchternden Paar Titten. Sie streckt sich in der Sonne aus, und seine Augen gleiten wie kullernde Murmeln an den geheimnisvollen Formen ihres Körpers hinunter. Im Grunde weiß er kaum, was Titten sind. Kann sich gar nicht vorstellen, woraus sie gemacht sind, wie sie sich anfühlen.

«Ich glaube, wenn ich mit dem Studium fertig bin, möchte ich als Lehrerin in einem Gefängnis arbeiten», sagt Rebecca, während sie ein paar Grasbüschel ausreißt und sie auf den schmalen Streifen nackte Haut zwischen Pulli und Rock legt. Wenn ich mit dem Studium fertig bin, möchte ich so ein kleines Grasbüschel sein, denkt Johnny. Kurzes, grünes Schamhaar. Ich möchte ein Stück Natur sein. Ich möchte mich zwischen deinen Pobacken und dem Ansatz deiner Schenkel verstecken und nie gefunden werden.

«Auf jeden Fall», fährt Rebecca fort und wischt achtlos das Gras weg, «würde ich sehr gerne mit Sexualstraftätern arbeiten, herausfinden, was in ihren Köpfen vorgeht.»

Johnny überlegt, welche Sexualstraftat er begehen könnte, damit er Rebecca als Lehrerin bekommt, als die Sonne hinter einer Wolke verschwindet und ein Fußball zwischen ihnen aufspringt und liegen bleibt. Es wird spürbar kälter. Ein Wind geht. Zu einer Vergewaltigung bin ich nicht fähig, denkt Johnny. Kann man ins Gefängnis kommen, weil man Mädchen anstarrt?

Johnnys Gedanken schweifen ab. Er überlegt, ob es ein Verbrechen ist, Mädchen hinterherzupfeifen. Rebecca schaut in die Richtung, aus der der Fußball gekommen ist, und erblickt einen jungen Mann, der auf sie zugelaufen kommt. Sie lächelt. Es käme Johnny gar nicht in den Sinn, den Ball zurückzuschießen. Er könnte nicht mal nach Luft treten.

Der herbeilaufende Junge ist obenherum nackt; seine Brustmuskeln zucken wild bei jedem Schritt. Rebeccas Blick gleitet über seinen Körper zu dem angespannten Waschbrettbauch, über die Nähte der perfekt geschnittenen, weiten Shorts, die spitzen Schienbeine mit den kräftigen Waden bis zu den beturnschuhten Füßen und hüpfenden Schnürsenkeln. Rebecca wird taumelig. Das Gefühl, lebendig zu sein, und das Gefühl, verarscht zu werden.

«Mir ist schlecht», sagt sie plötzlich, «was ist das für ein Geruch?» Rebecca weiß es. Sie hat die Gefahr gerochen, sie in den harten Konturen gesehen, die die Brust des jungen Mannes zeichnen.

«Aus mir wird nie ein Sexualstraftäter», sagt Johnny, der erst jetzt den Fußball bemerkt. Das schmutzige, abgewetzte Leder und die ungeheure Wucht, die er entwickeln könnte, lassen ihn zusammenzucken. Den Jungen sieht er auch, und er wendet sich ab.

Rebecca nicht. Ihr Blick ist auf den Ball gerichtet. Er hat sich bewegt. Ganz leicht. Die Nähte, die die schwarzen und weißen Fünfecke aus Leder zusammenhalten, dehnen sich. Rebecca setzt sich auf. Der Fußball flüstert ihr etwas zu, versucht, ihr etwas mitzuteilen, auf dem eingetretenen, schmutzigen Gesicht ein Ausdruck furchtbarer Angst.

Stampfende Schritte werden lauter. Der Junge kommt, die Haut, die sein Skelett zusammenhält, spannt und lockert sich im Takt des Keuchens, das aus seinem Mund dringt.

«Tut mir leid», sagt er zu Rebecca. Johnny sieht in das Gesicht des jungen Manns und fasst sich instinktiv an sein eigenes, fährt mit der Hand über das blutige Gebirge auf seinen Wangen. Er senkt den Blick und rammt einen Stock in die Erde.

«Macht nichts», sagt Rebecca. Sie rollt den Ball auf die Füße des jungen Manns zu, doch ohne hinzusehen, falls er wieder mit ihr spricht. Sie will nicht, dass ein Fußball sie warnt oder ihr etwas einredet. Das gehört sich nicht. Der Junge stoppt den Ball, dribbelt auf seine Freunde zu, schießt und rennt weiter.

Seine Augen, denkt Johnny und erinnert sich, wie der junge Mann Rebecca beobachtet hat, hatten seine Augen eine Erektion?

«Alles klar mit dir, Johnny?», fragt Rebecca und kramt ein Taschentuch hervor.

Muss es wirklich so sein, denkt Johnny, muss Sex in mein Gehirn eingenäht sein wie Luft in einen Ball? Es liegt an Rebecca, denkt er, sie bringt mein Hirn zum Rasen. Er sieht sie an, ein Lächeln im Gesicht wie ein offener Reißverschluss. Der sanfte Johnny, ein Sexualstraftäter? Nein. Sein Hirn errötet. Er macht nur Spaß: «Heute Nacht, Rebecca, nagele ich eine feuchte Muschi!»

«Wie bitte?»

«Ich orgele eine Fotze durch!»

Rebecca steht auf. Sie ist gekränkt. Eine Fotze? Sie lacht nicht. Sie drückt nachdenklich das Taschentuch an ihr Gesicht. Was könnte Johnny mit einer Fotze anfangen?, denkt sie. Was ist das für ein Geruch? Ist es der Gestank, der aus den Gedanken junger Männer dringt?

Die Scheiße wird vom Wind getragen. Rebecca und Johnny spüren Gefahr. Spüren, dass ein bislang perfektes Gefüge aus ineinandergreifenden Formen irgendwie aus dem Gleichgewicht geraten ist und dass dies Ärger bedeutet. Rebecca klopft Gras und trockene Erde von ihrem langen Khakirock und beobachtet die Gruppe Fußball spielender Jungs. Sie stehen um eine Hecke herum, schlagen mit langen Stöcken darauf ein, springen nach jedem Hieb ängstlich einen Schritt zurück. Der Fußball ist in ein Wespennest gerollt.

4.

Kohle und Müll

Wir können nicht stehen bleiben. Wir haben keine Inlineskates. Wir müssen weitere Figuren kennenlernen. Die Luft gestern Abend war stickig wie immer, überall Sirenen, Geschrei und kurze Röcke. Mietlimousinen schlichen durch die Innenstadt, über die Corporation Street, die Cross Street, den Deansgate, durch Castlefield. In England fließt der Alkohol in Strömen. Die Wochenenden kommen mit Geschenken für die Durstigen und hinterlassen nichts als Pissrinnsale.

Junge 1 und Junge 2 treffen sich um drei zum Mittagessen in «The Bar». The Bar, ausgesprochen «Thee Bar», ist nicht unbedingt *die* Bar, die man besuchen muss, aber für einen Kettenladen ist sie gut. Junge 1 bestellt ein Steak-Sandwich, Junge 2 ein Sandwich mit Schinken-Käse-Tomate. Das Steak-Sandwich wird, wie seit 1998 obligatorisch, mit karamellisierten roten Zwiebeln serviert. Karamellisierte Zwiebeln gelten als echt, echt lecker. Junge 1 möchte reich sein, er will es ordentlich krachen lassen und wünscht sich ein Leben in großem Stil: rote Zwiebeln, Hummus, Focaccia, eine turboscharfe Tussi. Das Essen wird vertilgt, und beide Jungs fühlen sich stark. Über ihnen thront das Wochenende wie ein schillernder Transvestit und reicht ihnen die knittrige Hand.

Um fünf beginnt das Bierleben. Die Bierliebe beginnt. Junge 1 geht an die Bar und kommt mit zwei großen Stella und einer Handvoll Wechselgeld zurück. Zuerst läuft das Trinken maßvoll ab. Aber aus kleinen, zurückhaltenden Schlucken werden große, gierige Schlucke, und ihre Herzen verfinstern sich. Nach dem vierten Bier müssen sie zum ersten Mal pissen, und das übliche Chaos bricht aus: Nach jedem halben Glas rennen sie zum Klo, wo sie sich beim Pinkeln mit der Faust an den weißen Kacheln abstützen. Um sieben werden beide von plötzlicher Lethargie überfallen, und das Thema Colin kommt auf.

«Wir sollten ihn anrufen», sagt Junge 1, während er etwas spät den Hosenstall zumacht.

«Findest du?», sagt Junge 2, den Blick auf die Mädchen gerichtet, die jetzt in die Bar strömen.

«Ja, Alter, finde ich.»

Colin ist auf der Sackville Street, als das Handy in seiner Tasche vibriert. Er bleibt stehen. Das Display leuchtet in der Dunkelheit, es blinkt «Junge 2». Soll er rangehen?

«Du klingst besoffen», sagt er, als die bierselige Stimme von Junge 2 aus dem Telefon sickert. Colin erklärt sich bereit, die beiden in der Bar zu treffen. Er tut es widerwillig, weil er muss. Er tut es, weil es heutzutage einer Selbstverstümmlung gleichkommt, wenn man sich weigert, auszugehen. Ausgehen ist alles. Wenn er sich den gläsernen Blicken der anderen entzieht, fürchtet er, ist er ein Nichts. Und das tut weh.

Er legt auf, dreht sich um und geht in Richtung Bar. Colin arbeitet an der Universität von Manchester, in der Verwaltung des anglistischen Instituts. Er ist spät aus dem Büro gekommen und trägt noch seine Arbeitskluft. Keine Sorge. Zu Colins Glück sind die Kleidervorschriften an der Uni ziemlich leger. Er trägt eine gute Jeans und ein ordentlich gebügeltes blaues Hemd. (Auch der einmalige, kurzlebige Versuch ungefähr im

Jahr 2004, das extra zerknitterte Hemd in der Mode zu etablieren, konnte die Vormachtstellung des ordentlich gebügelten Hemds nicht gefährden.) Colin überquert schnell die Whitworth Street, eilt vorbei am altersschwachen, krötenhaften Bahnhof Oxford Road und weiter auf den Deansgate und auf The Bar zu.

Er geht über eine der vielen Holzbrücken, die zu den Deansgate Locks führen. Die Bar taucht vor ihm auf, das billige Schild erleuchtet, der Eingangsbereich abgesperrt mit Messingständern und rotem Seil. Der Laden füllt sich.

Es sind jede Menge Paare dort. In Colins Kopf dreht sich alles. Das Paar liegt weiterhin im Trend. Er sieht lange, braune Beine, haufenweise Tussis, die er mit glühenden Zangen traktieren, zusammenknüllen und in die Ecke schmeißen könnte. Das Drehen wird schneller. Lauter hübsche Ärsche, die er mit kaltem Blick betrachtet. Colin verabscheut Paare. Diese Männer und Frauen sind die abscheulichsten, saftlosesten, dümmsten, kränksten, lächerlichsten Feiglinge, die er je gesehen hat. Er starrt die aufgepumpten Männer an, als wären es Idioten, die einem schrecklichen Irrtum aufgesessen sind. Schwänze. Colin will keine Tussi, auch keine turboscharfe. Lieber würde er diesen kackbraun gegrillten Schlampen die Klamotten wegfackeln, ihnen die Push-up-BHs von den Leibern brennen, nur um's ihnen zu zeigen. Colins Freundin hat ihn vor einem Jahr verlassen, und in seiner momentanen Verfassung weiß er nicht, ob er je wieder Sex haben kann. Er zahlt an der Tür und betritt den Club, in den The Bar sich verwandelt hat.

Die Säufer dieses feuchten Jahrhunderts waten erhaben

um die Tanzfläche herum. Es ist dunkel, aber überall leuchten psychedelische Getränke; Mädchen und Jungs nuckeln an neonfarbenen Drinks, schütten, von flackernden Lichtern und Farben zum Leben erweckt, goldene Flüssigkeit in ihre Kehlen und Mägen.

Das ist es doch, wofür wir Menschen leben, denken viele von uns. Eine tolle Zeit. Eine tolle Zeit. Die Musik spielt, so schnell sie kann, die Tanzfläche wogt unter Stoff und Haut in den verschiedensten Schattierungen. Tiefe Ausschnitte sprengen den Club, dazu Röcke, die so kurz sind, dass die Wölbungen fester, runder Hintern darunter hervorschauen. Man sieht enge T-Shirts, durchsichtige Tops, Muskeln, perfekt gebügelte Hemden in Weiß, Rot und Blau. Ja, sie saufen, was das Zeug hält. Sie sind Menschen, die leben werden und sterben, aber sie gehören zu einer Generation, die nicht alt werden darf: zu sehr sind sie dem Nihilismus ihrer Jugend verpflichtet. Colin wartet eine Viertelstunde auf ein großes Stella und geht dann rüber zu Junge 1 und Junge 2, die an der Tanzfläche stehen.

«Alles klar, Alter!»

«Ja!»

«Wie war die Arbeit?»

«Gut. – Du bist total breit!»

«Wir sind schon den ganzen Tag hier!»

Die drei sind träge junge Männer. Der ganze Club ist voll mit trägen jungen Männern auf der Jagd nach trägen jungen Frauen, die auf der Jagd nach trägen jungen Männern sind. Ein niemals endender Kreislauf. Stillstand. Wut heizt sich auf, bis sie entflammt. Sie schleicht sich an dich heran, auf der Tanzfläche oder draußen vor dem Club. Sie verdirbt dir den Abend, dann wird sie abgeschüttelt und in einem unruhigen, komaähnlichen Schlaf vergessen. Sex ist ein erstickender Machtwettkampf. Mädchen und Jungs vertreiben sich damit die Zeit. Gucken, glotzen, berühren, ficken, sich verlassen, vermissen, aufgeben, leben, es wieder versuchen und wieder, es versauen, anal, aufhören, Streits am Taxistand, Blowjobs im Bus, Orgasmen, Aufregung, Experimente, Fetische und der Geruch von Panik und Spermizidcreme.

Junge 1 und Junge 2 bewegen sich auf der Tanzfläche, schwanken auf Titten zu, das gegelte Haar spitz wie Stacheldraht. Colin sieht mit zugeschnürter Kehle und brennenden Augen zu, wie die anderen in Verzückung geraten, sich zu Paaren zusammenfinden, sich streiten, den Club verlassen. Colin ist ein Granitstandbild mit flackernden Marmoraugen. Er begutachtet die Mädchen. Er wiegt sie, wickelt sie aus, zerlegt sie und versieht sie mit Preisetiketten. Ein Gemetzel, schnell, ein Gemetzel.

«Guck sie dir an.»

«Die Fotze da zeigt auf mich.»

«Ach, komm.»

«Scheiße, diese Möpse. Schnell, guck dir die Möpse an.»

«Bei der hab ich keine Stiche.»

Irgendwo unter den Lichtern findet der Spaß statt, fürs ungeübte Auge nicht sichtbar. Wir befinden uns im Zeitalter der Exzesse, des Schweigens, der Erstarrung, der Besäufnisse, von berauschtem, hemmungslosem Sex und heftigem Wichsen am Morgen. Im Zeitalter von Kohle und Müll.

Gegen Mitternacht lässt Colin Junge 1 und Junge 2 auf der Tanzfläche zurück und flüchtet sich in eine Klokabine. Er pinkelt, dann klappt er Brille und Deckel runter, wischt die Koks- und Urinreste weg und setzt sich hin, mit aufgestützten Ellbogen. Die Musik ist gedämpft; dennoch erscheint sie ihm ohrenbetäubend laut. «Y2K» hat jemand an die Tür geschmiert, «Y2K: Kev hat Sal gefickt.» Was ist aus diesem Augenblick geworden?, denkt Colin, während er das schwarze Schuhpaar bemerkt, das gerade die Nachbarkabine betritt. Was ist aus Kev geworden? Er hat Sal gefickt, klar, aber was dann? Was haben Sal und Kev hinterher gemacht? Getanzt vielleicht, denkt Colin, ja, Kev hat mit schmutzigem Schwanz getanzt und Sal mit wunder Fotze.

Colin fällt nach vorne auf den nassen Boden. Er dreht sich um, klappt den Klodeckel hoch und kotzt übelriechende gelbe Brühe in die Schüssel.

«Alles klar bei dir?»

Ist alles klar bei mir? Colin wischt sich den Mund ab. Fäulnis, denkt er und zwickt sich in den Adamsapfel. Irgendetwas geht hier in den Arsch. Er guckt runter; das Klo stößt ein tiefes, kehliges Gelächter aus.

«So, mein Junge, raus da mit dir.»

Colin hebt den Blick und sieht ein kalkweißes Gesicht, das über die Trennwand auf ihn herunterstarrt. Ein sehr großes, dickes Gesicht, unter dem Hals der verräterische Glanz einer schwarzen Bomberjacke. Security. Scheiße. Ein Securitymann, der auf Zehenspitzen auf dem Klo nebenan steht. Colin seufzt. Der Securitymann springt vom Klodeckel und schneidet Colin vor der Kabine den Weg ab.

«Abmarsch, Kleiner.»

Mit einer dicken weißen Hand auf jeder Schulter wird Colin langsam durch die Bar manövriert. Die Menge teilt sich. Wichser drehen sich um und glotzen, Schlampen tuscheln. Vor der Tür begegnet Colin Junge 1 und Junge 2.

«Euch haben sie auch rausgeschmissen?» Er glättet sich den Hemdkragen. «Weswegen?»

«Prügelei «, nuschelt Junge 2 in den Ärmel.

«Wichsen», schreit Junge 1 über die Schulter, während er zu seinem Bus rennt.

Am nächsten Morgen schlägt Colin vor, dass sie zum Frühstück ins Krankenhaus gehen. Die anderen beiden folgen ihm aus einem einzigen, aber entscheidenden Grund: nur so. Sie gehen von Junge 2s Wohnung in Victoria Park zum Krankenhaus, das nahe bei der Uni in einer Seitenstraße der Oxford Street liegt. Im zweiten Stock befindet sich das Wishing Well, eine trostlose Cafeteria, wo das Licht so gelb ist wie Erbrochenes und die Luft immer grau. Die Schwangeren und die Sterbenden schlurfen hier mit ihren Tabletts umher, die zerzausten Haare noch elektrisch von der Nacht.

Alle drei bestellen sich ein englisches Frühstück. Seit sie gestern Abend aus der Bar geschmissen wurden, ist Colin überzeugt, dass etwas sich verändert hat. Dass sich jemand an den verschlungenen Leitungen in seinem Hirn zu schaffen gemacht hat oder dass ein kleines Rohr von selbst aus seiner Halterung gesprungen ist und jetzt in seinen offenen Schädel leckt, wodurch er Zugang zu einer ganzen Gehirnhälfte mit Gedanken und Gefühlen verloren hat.

«Ich hab die Schnauze voll vom Ausgehen. Überall nur Wichser und Fotzen auf der Jagd – das geht mir derbe auf den Sack.» Colin sieht Junge 1 und 2 eindringlich an. Es fühlt sich an, als rauschte sprudelndes Blut durch seine Adern. Oder etwas anderes, Bitteres. Junge 2 spießt ein ganzes Würstchen auf die Gabel und hält es sich unter die Nase.

«Du musst doch gar nicht ausgehen, Colin. Bums doch mit Nutten.»

«Bei denen musst du ein Kondom benutzen, und küssen darfst du sie auch nicht.»

«Na und?»

«Weiß nicht», blafft Colin. Junge 2 schiebt sich ein Riesenstück von seinem Würstchen in den Mund. «Was haltet ihr von den Frauen hier?», fragt Colin vorsichtig, worauf sich Junge 2, dessen Sehkraft durch die heftigen Kaubewegungen eingeschränkt ist, angestrengt umsieht. Der Raum ist voll mit schwangeren Frauen. Voll mit wogenden Bäuchen. Unsichtbare Gesichter und Körper kuscheln sich in glückliche Gebärmütter, wachsen und warten auf ihre Geburt. Junge 1 und Junge 2 lassen den Blick durch die Cafeteria schweifen, unfähig, sich dem Geruch und der Anwesenheit der Ungeborenen zu entziehen.

«Willst du etwa eine schwangere Tussi vögeln? – Colin?»

Colin legt das Besteck auf den noch halb vollen Teller. Seine Augen weiten sich, er holt Luft, seine Finger krümmen sich vor Anspannung. Warum hat Sal Kev überhaupt gefickt? Wo komme ich her? Er spitzt den Mund und atmet aus. Junge 1 und 2 bedauern, dass sie ihm und seinen eigenartigen Stimmungen ausgeliefert sind.

«Nein, Junge 2», sagt Colin mit feuchten Augenrändern, «ich werde keine Schwangere vögeln.»

5.

Neuer Sex

Zurück ins Restaurant in der South King Street, wo Justin seine Mutter beim Vorspiel mit ihrem Nizzasalat beobachtet. Der Salat ist begeistert, seine Blätter räkeln sich im Dressing, und Oliven stehen ohnehin auf Sex mit reiferen Jahrgängen. Justin überlegt, ob ein Erbe von sechzigtausend Pfund reicht. Natürlich, denkt er, sechzigtausend heißt, ich muss sie nie wiedersehen, sie kann nach Griechenland verduften und mit einem Schüler bumsen. Ich bin frei, denkt er, frei, um neue Formen der Liebe zu entdecken.

Er betrachtet die Stelle, wo der linke Arm seiner Mutter in die Schulter übergeht. Er beobachtet, wie sich das Fett beider Körperpartien übereinanderschiebt; er stellt sich vor, dass die Haut sich dort klebrig anfühlt.

«Dein Vater war kein reicher Mann, Justin, und ich selbst nehme mir im Grunde gar nichts.»

Justin nickt. Er fragt sich, wie der Körper seiner Mutter aussah, bevor sie sich begegnet sind, bevor sie ihn geboren hat. Er vermutet, dass ihre großen Brüste schon immer auf eine gewisse Fettleibigkeit zurückzuführen waren. Er stellt sich vor, dass ihre Größe im gleichen Maße schwankt wie ihr Gewicht. Stellt sich vor, dass diese Schwankungen sich häufen. Größer, kleiner. Größer, kleiner. Könnte man mit Hilfe einer Graphik zeigen, dass die Momente des Glücks und der Zufriedenheit mit den Zeiten übereinstimmen, in denen ihr Gewicht in Ordnung war, in denen ihre Brüste fest waren und relativ straff, immer noch groß zwar, aber nicht herunterhängend? Er stellt sich die Graphik vor und versucht sich dann die unglückliche Phase vorzustellen, in der seine Mutter gerade steckt.

«Hast du schon eine Ahnung, was du mit dem Geld anfängst?»

«Na ja», setzt Justin an, während er schnell beschließt, dass sechzigtausend reichen und er seine Mutter nie mehr wiedersehen muss. «Ich spiele mit dem Gedanken, ein Experiment durchzuführen.»

Dianes Brauen heben sich, was ihrem Gesicht so etwas wie einen interessierten Ausdruck verleiht.

«Ja, Mum, weißt du, ich habe bis vor kurzem mit zwei sehr ähnlichen Mädchen gevögelt. So ähnlich, dass ich sie nicht mehr auseinanderhalten kann. Und ehrlich gesagt glaube ich kaum, dass sie mich von anderen Jungs unterscheiden können.»

Die Papierserviette tanzt nervös in Dianes Hand. Sie blickt seufzend auf den Nizzasalat: Der Sex ist vorbei, ihr Sohn hat sie gestört.

«Daher dachte ich», fährt Justin fort, «ich könnte ein Experiment machen.» Er stürzt den Rest eines weiteren White Russian hinunter. Über seiner Oberlippe klebt ein Milchrand. Die Augen seiner Mutter beginnen zu zittern. Justin steht auf und beugt sich so weit vor, dass ihre Gesichter sich fast berühren. «Mum», sagt er langsam und leise, «ich werde uns alle retten. Ich werde ganz neue Möglichkeiten entdecken, Sex zu haben.»

Justin steht auf und lässt Diane stumm vor dem fast gefickten Nizzasalat sitzen. Er nimmt seinen Mantel und schmiert im Hinausgehen einen fettigen Handabdruck auf die ätzende Glastür. Draußen wird er von der frischen Luft beglückwünscht. Der Sommer stürmt auf ihn zu und klopft ihm auf die Schulter. Toll, denkt er. Neuer Sex.

Er geht zum Chop House Pub in der Cross Street und setzt sich beim Fenster an die Bar. «Einen White Russian.»

Er nimmt sein Handy und sucht die Nummer des Old-Trafford-Stadions. Die Leitung ist frei, und er kündigt schnell seinen Job als Ordner, weil der Job kacke ist und weil sechzigtausend Pfund unterwegs auf sein Konto sind. Sein Drink kommt, und er trinkt in einem Zug das halbe Glas leer. Seine Beine wippen ausgelassen auf dem hohen Barhocker. Er ist auf Abenteuersuche.

Auf der Cross Street sind die Shopper beim Shoppen. Babys werden in Buggies herumgeschoben, während auf Busse gewartet wird. Ich werde alldem ein Ende bereiten, denkt Justin, ich werde uns alle retten. Er bestellt noch einen White Russian und spürt jetzt deutlich die Wirkung des Alkohols. Eigentlich sollte er im Chop House keine Cocktails trinken, es ist ein traditioneller englischer Pub. Aber etwas verändert sich, geht verloren, stirbt usw. Wir sind ins Zeitalter des Lager-Biers mit Fruchtzusatz eingetreten, ins Zeitalter der Cocktails mit Limonade. Und dennoch habe ich das Gefühl, dass du, wenn du in diesem Pub säßest, ein Ale bestellen würdest, genau wie ich. «Ich hätte jetzt wirklich gern ein richtiges Ale», würde ich zu dir sagen, und du, so hoffe ich, wärest ganz meiner Meinung. Und wenn es nicht so wäre, würde ich es mit Überredung versuchen. «Ach, komm», würde ich zu dir sagen, «Lager-Bier ist Mist, Cocktails auch, trink ein richtiges Ale.» Wir sind doch Kumpel, oder?

Ja, ja, ich bin ich, und du bist du. Keiner von uns ist Justin. Justin sitzt auf dem Barhocker und stützt sich auf den schmalen Tresen, der an den Wänden und Fenstern entlangführt. Er sieht hinaus auf die Leute in der Cross Street, aber er ist kein guter Menschenbeobachter. Er gehört nicht zu denen, die denken: *Scheiße*, wer sind all diese Sklaven? Wer sind diese Drohnen mit ihren Einkaufstüten und ihren ekelerregenden, kaputten, ungepflegten Körpern? Nein, das würde Justin niemals denken. Es ist wahrscheinlicher, dass er denkt: *Scheiße*, mein Vater ist tot, und offenbar ist mir das voll bewusst egal, was soll ich tun? Oder noch wahrscheinlicher: *Scheiße*, es hat Vorkommnisse gegeben, die meinen bislang festen Glauben an die Liebe erschüttert haben, was soll ich tun?

Aber Justin weiß, was zu tun ist. Der Plan ist einfach. Der Plan sieht eine glückliche sexuelle Erfahrung vor, oder zumindest eine sexuelle Erfahrung, die ihn glücklich macht. Neue Möglichkeiten finden, Sex zu haben. Er nippt an seinem Drink und ritzt mit dem Fingernagel Striche in einen Bierdeckel. Man kann sich nur einmal verlieben, denkt er, höchstens zweimal. Das menschliche Herz ist der Albtraum jedes Schlachters, es schrumpft schnell in sich zusammen und wird schnell fad. Justin hat keine Zeit, keine Chancen. Er hat schon zu viel Zuneigung an die Mauer gepisst. Zu vielen Mädchen seine lächerliche Liebe gestanden. Sie ist hohl und durchschnittlich, die Liebe. Er hätte jeden Gedanken an sie auf später im Leben verschieben sollen. Er hätte das Wesentliche wie den ersten Kuss, das erste Mal einen geblasen kriegen, die Entjungferung, die erste Freundin abhaken sollen, ohne je mit dem Gedanken zu spielen, einen anderen Menschen zu lieben.

Er trinkt den Cocktail aus und schiebt mit einem Strohhalm die schaumigen Milchreste im Glas umher. Es ist Nachmittag, und die Sonne scheint. Es ist ein Experiment, denkt er, eigentlich war alles, was diesem Augenblick vorausgegangen ist, ein Experiment. Aber jetzt muss das Experiment aufgrund diverser Misserfolge, aufgrund des unerwarteten Scheiterns der Liebe und ihrer langen lebensbejahenden Geschichte abgeändert werden. Das Vorhaben, glaubt er, heißt Glück. Oder, allgemeiner gefasst, Leben. Oder, enger gefasst, Sex und innere Ruhe. Die Liebe wurde ausgemustert. Sie hat versagt. Jetzt muss Neues ausprobiert werden: neue Geschlechter, Zusammenhänge, Praktiken. Das Vorhaben heißt, dabei bleibt er, Glück.

Das Problem ist, glaubt Justin, dass jede Erfahrung langweilig wird, sobald sie gemacht wurde. Die Erfahrung ist ein Schlägertyp im Ballonseidenanzug, der sich selbst verletzt. Sich mit den goldberingten Fingern das Gesicht kaputtkratzt. Sowie sich das Gefühl einstellt, du erlebst gerade etwas Schönes, bist du verlassen. Kaum bist du im Begriff, so richtig reinzuhauen, hast das Messer schon gewetzt und dir die Serviette unters Kinn gebunden, bist bereit, zu schlemmen – genau in diesem Augenblick vergeht dir der Appetit. Das kann ich nie wieder tun, sagst du über irgendetwas, worauf du dich gefreut hast. Nein, das kann ich nie wieder tun. Es ist langweilig geworden. Ich habe es gar nicht bemerkt, aber ich bin schon satt und muss mir neue Gelüste suchen.

Justin fragt am Tresen nach Stift und Papier. Der Barmann druckt einen leeren Bon aus und gibt ihn Justin mit einem Kuli.

«Danke», sagt Justin. Sein Blick fällt auf ein ungerahmtes

Foto der Belegschaft, das an der Kasse hängt. Mehrere Angestellte liegen sich sturzbetrunken in den Armen. Eine Brust ist aus einem türkisblauen Top gerutscht, die Warze lila wie der Schnabel eines exotischen Vogels. Lachende Gesichter, ein paar in die Kamera gehaltene Stinkefinger.

Ein Schauer schleicht auf Zehenspitzen Justins Nacken hoch.

«Neuer Sex», flüstert er.

«Wie bitte?»

«Nichts», sagt Justin. Er zwinkert dem Barmann lächelnd zu und zieht die Kulikappe ab, «nichts.»

Als er wieder am Fenster sitzt, schreibt Justin schnell drei Punkte auf:

· Sex in all seinen Formen erleben.
· Verschwenderisch sein, den Sex in den Ruin treiben.
· Neuen Sex entdecken.

Er verlässt den Pub und eilt Richtung Deansgate. Seine Liste lässt er liegen.

6.

Der komische Wichser

Carly guckt unbeteiligt zu, wie Steves Schwanz zu tanzen anfängt. Als der erste Spritzer kommt, wendet sie den Blick ab und betrachtet Steve, der sich auf die für ihn typische Weise unter Grunzgeräuschen windet und dann vor Freude hustet. Die Wichsnummer ist vorbei. Steve lässt sich wehrlos wieder in den Schlaf fallen.

Carly klettert über ihn hinweg und steigt vorsichtig aus dem Bett, damit sie nicht auf die Kondome tritt, die daneben vergilben. Sie öffnet die oberste Schublade von Steves Schreibtisch und nimmt zweihundertfünfzig Pfund heraus. Seit sich ihre Hand an die Arbeit gemacht hat, schwirren ihr Produkte durch den Kopf. Während sie ihm einen runterholte, konnte sie an nichts anderes denken als an Geld – so extrem, dass selbst das Label auf Steves Boxershorts Phantasien in ihr freisetzte, die sich ausschließlich um Kaufen, Neues und die Marken drehten, die der Tag womöglich bringen wird.

Carly kann erstklassig einkaufen. Darin ist sie echt, echt gut. Sie duscht, zieht sich an, dann geht sie über die Corporation Street Richtung Innenstadt. Als sie in die Market Street kommt, öffnet sich ihre Lunge, ihre Pupillen weiten sich, und die Käuferin in ihr stößt Freudenschreie aus. Sie ist umgeben von Geschäften. In ihrem Element. Ihre Augen leisten Schwerstarbeit, registrieren überall Formen, Farben, Stoffe, Schnitte, fällen augenblicklich ein Urteil, sodass sie mit göttlicher Geschmeidigkeit durch jedes Geschäft rauschen kann. So kauft man richtig ein: elegant, zielgerichtet, reibungslos. Mädchen wie Carly bleiben nicht stehen und geraten ins Zweifeln, sie befingern nicht minutenlang Kleidungsstücke oder quälen sich mit Entscheidungen. Carly ist ein Killer. Nur wenige Menschen halten sich noch Kleidungsstücke an. Jeder kann einkaufen. Jeder kennt seinen Körper, weiß, wie man ihn in Stoff verpackt und die hässlichen Stellen verhüllt. Und wenn ein Teil nicht passt, scheiß drauf. Bring es zurück. Verschenk es. Vergiss, dass du es gekauft hast. Immer mehr Kleidungsstücke türmen sich auf Carlys Arm: geschlitzte Röcke, Caprihosen, Klamotten im Armylook, Jogginghosen fürs Abhängen zu Hause.

Ihr Auftreten in den Läden gleicht dem eines Stars. Sie hat Ausstrahlung: so schlank, entschlossen, erotisch und schnell. Die Leute bleiben wie angewurzelt stehen. Jungs und Mädchen verdrehen die Köpfe nach ihr, bewundern ihren Hintern, ihre Brüste, ihr langes, dunkelbraunes Haar, ihre zart gebräunten Arme. Nicht selten kommt es vor, dass Carly am helllichten Tag von jungen Männern angesprochen wird.

«Ich weiß, Sie bekommen das ständig zu hören, aber ich glaube, Sie sind die schönste Frau, die ich je gesehen habe.»

«Sie sind schön. Unglaublich schön.»

«Ernsthaft, ich will Sie nicht in Verlegenheit bringen … wollen wir vielleicht zusammen etwas trinken gehen?»

«Kennen Sie die Filme von Pedro Almodóvar? Ich würde mir sehr gerne den neuen mit Ihnen ansehen.»

«Abendessen?»

«Du bist echt rattenscharf.»

«Latte macchiato?»

Ich heiße Carly, und ich rate solchen Oberwichsern, sie sollen sich verpissen. Carly ist brutal. Vor drei Wochen, an einem Samstagmorgen um fünf nach halb vier, wurde sie verhaftet. Sie hatte einem Jungen namens Brad ein blaues Auge geschlagen und seine Freundin verprügelt. Als die Polizei eintraf, war der ganze Bürgersteig mit Blut befleckt. Das Mädchen war bewusstlos. Steve war nach dem ersten Schlag abgehauen; er wurde vor Scham knallrot, als seine Tussi anfing, auf das Pärchen einzuschlagen. Sechs Leute waren nötig, um Carly zu bändigen. Sie weiß auch nicht. Sie trinkt halt gern. Dreht manchmal durch. Verdammt. Empfindet Hass. Fühlt sich beschissen. In einem Monat muss sie wegen Körperverletzung vor Gericht. Na und?

Um zwölf trifft Carly sich mit einer Freundin, Mädchen 1, im Breathing Room auf dem Deansgate. Das Breathing Room ist ein auf edel getrimmtes Restaurant: Samtkissen prall gefüllt mit Billigmist, Taschen prall gefüllt mit Geld, Lippen prall gefüllt mit Arschfett. Die beiden setzen sich nach draußen vor eine Gruppe Jungs, die zu ersticken scheinen, als Carly Platz nimmt. Carlys Beine umschlingen sich wie zwei Liebende. Der feiste Bauch von Mädchen 1 ist nackt und quillt über einen goldenen Glitzergürtel. Ihr strähniges Haar ist flachsblond und ihre Haut orange wie Filzstift. Carly erzählt ihr von dem Geld, das sie Steve gestohlen hat, und Mädchen 1 verschlägt es vor Bewunderung den Atem.

«Er wird mich schon nicht umbringen», sagt Carly und greift nach ihrem Bier. «Wahrscheinlich holt er am Frühstückstresen einfach seinen Schwanz raus.»

«Und dann musst du ihm einen blasen?»

«Ja, natürlich, aber das macht nichts. Ich meine, sieh dir das hier an.»

Carly zieht eine Jeansjacke aus einer der vielen Tüten. Auf dem Rücken steht in rosa Schrift «The Pistols».

«Es ist immer dasselbe: Ich klaue seine Kohle, gebe sie aus, dann muss ich ihm in der Küche einen blasen.»

«Das würde ich auch gern», sagt Mädchen 1 mit verträumtem Blick auf die Tüten.

«Was?»

«Ihm einen blasen.»

«Du bist zu fett», sagt Carly. Sie reißt ihr die Jacke aus der Hand und zündet sich eine Zigarette an.

«Ich weiß.»

Ja, wir sind im 21. Jahrhundert, und Mädchen 1 ist zu fett. An ihrem Bauchnabel baumelt eine silberne Kette mit einem goldenen Kruzifix. Aber der Bauchnabel ist nicht zu sehen, der Schmuck drückt sich zwischen dem Fett hindurch wie eine geschmacklose Nabelschnur. Sie starrt wissend auf das nackte Stück Bauch zwischen ihrem Gürtel und dem rosa T-Shirt. Mein Bauch, denkt sie. Mein Bauch, denkt sie wieder und greift nach ihrem Glas.

«Als Nächstes gehen wir zu Versus», sagt Carly, plötzlich gelangweilt davon, wie Mädchen 1 in Selbsthass schwelgt. «Ich will den Wonnespender von Autopen ausprobieren.» Sie zieht heftig an ihrer Zigarette. «Im Grunde bin ich nämlich voll verrückt nach Maschinen, das Blöde ist nur, dass sie kein Geld haben, oder? Nein, haben sie nicht, weil sie einfach nur Sexmaschinen sind.»

«Steve ist so scharf», sagt Mädchen 1, «und super stilvoll.»

«Ich weiß, und sein Schwanz ist wie ein Dildo, aber ...»

«Echt?»

«Ja, aber es ist, als ob er ... ich weiß nicht ... es ist so leicht.»

«Bringt er dich zum Lachen?

Carly drückt ihre Zigarette aus und sammelt ihre Tüten ein. Die Jungs hinter ihr sterben, glotzen grinsend auf ihren Arsch und sterben.

«Ich habe keine Lust zu lachen. Komm, wir gehen zu Versus.»

Carly und Mädchen 1 steuern auf den Exchange Square zu, vorbei an eingeschnappten Käufern, von Tüten erstickt, von Bekleidung erdrückt, von Sonderangeboten gekillt. Verdammte fröhliche Freiheit. Carly rauscht erhobenen Hauptes im Stechschritt durch die Menge. Mädchen 1 watschelt hinterher.

Designerklamotten, Handys, Sonnenschein. Manchmal scheint es so, als sei dies gar keine Welt, sondern etwas völlig anderes. Das Land des Neuen: zeitlos und ewige Erfüllung verheißend. Ein Ambiente, ein geheimer Ort, die Hölle. Eine virtuelle Realität, in der unsere kleinen Nöte und Freuden neben unserem Bedürfnis bestehen können, uns zu bewegen, zu shoppen und zu sterben. Etwas ist faul an diesen Tagen. Es steckt in den Kruzifixen, die an Schweinebäuchen baumeln. Etwas kommt auf uns zu. Etwas Spottbilliges.

Sexshops für Frauen wurden in den 1990ern populär. «Shirley Rivers» war der erste, der Erfolg hatte, aber er ist schon wieder auf dem absteigenden Ast. Die dreißig Zentimeter langen Glasdildos überzeugen nicht. Ebensowenig die Zehn-Zentimeter-Analstöpsel, die Tittenklemmen und die reichlich überholten Dessous aus hundert Prozent Leder. Ein allzu später Versuch, eine Klientel zurückzugewinnen, die sich ihre Kicks längst woanders holt. Nein, heutzutage geht der anspruchsvolle Sexspielzeugkonsument zu Versus.

In den Versus-Läden trieft es vor Geilheit. Näher als dort kann man der Idee, mit einem Laden zu vögeln, kaum kommen. Eine beliebte Phantasie. Die Atmosphäre ist finster und schmuddelig. Der geschickte Einsatz von Neonlicht verdient Beifall. Überall flimmern Pornovideos, begleitet von lautem Stöhnen und dem Soundtrack äußerst sportiven Geschlechtsverkehrs. Die Produktpalette ist breit gefächert. Tausend verschiedene Vibratormodelle sind im Angebot. Es gibt Kabinen, in denen die Kundinnen die Produkte testen können; Hygiene wird vernachlässigt: Niemanden kümmern ihre Innereien.

«Ich glaube, ich finde Körper beschissen», sagt Carly, als sie am jüngsten Anbau des Arndale Centers vorbeigehen. Der große Eingang ist verglast, so durchsichtig, dass er eigentlich gar nicht da ist.

«Ich habe schon seit Ewigkeiten niemanden mehr angefasst», sagt Mädchen 1.

«Das liegt daran, dass du zu fett bist.»

«Ich weiß.»

Versus liegt am südlichen Rand des Northern Quarter. Für den Laden mussten mehrere alte, als Buchläden getarnte Sexshops abgerissen werden. Früher kauften Jungs hier amerikanische Hefte voller Erektionen, Penetrationen usw. Heute kaufen Mädchen hier Dildos. Während Männer weiterhin verschämt nach den oberen Regalreihen im Zeitschriftenladen schielen oder sich in illegalen Massagesalons mit dünnen Teppichböden und abblätternden Tapeten vor Angst in die Hose machen, sind Frauen zu ernsthaften Protagonistinnen im lukrativen Wirtschaftszweig Sex aufgestiegen.

«Okay», sagt Carly und grinst ein paar Jungs zu, die sich nervös vor dem Eingang von Versus herumdrücken. «Der Wonnespender von Autopen.»

«Ich glaub's echt nicht, dass du den ausprobieren willst.»

Autopen ist der Name des Herstellers, ein amerikanischer Konzern. Es gibt ihn schon seit den 1980ern, doch in Kürze wird er ein Produkt herausbringen, das den Markt gehörig durcheinanderwirbeln wird, der bislang ganz auf Dildos/Vibratoren ausgerichtet ist. Das, so geht das Gerücht, soll sich bald gründlich ändern.

Der Wonnespender von Autopen wird in einer handkoffergroßen Box geliefert. Zwei Dreiecksrahmen bilden das Gestell für einen zwanzig Zentimeter langen Phallus. Wenn der Wonnespender eingeschaltet wird, vollführt der Schwanz seine vierzig Zentimeter weiten Stöße. Im Inneren vibriert er. Die Phallusspitze ist mit einer projektilähnlichen Vorrichtung versehen, dem Klit-Kitzler, der gleichfalls vibriert, nur stärker. Damit das Gerät unaufhörlich Wonne spendet, muss die Frau es nur aufstellen und sich zwischen die Dreiecksrahmen legen. Dann richtet sie ihre Position auf den Gummischwanz aus, dessen Stoßgeschwindigkeit per Fernbedienung reguliert wird.

Carly und Mädchen 1 betreten Versus. Der Laden ist voll. Nur wenige Mädchen halten sich bei den Dessous auf, die neben dem Eingang ausliegen. Die meisten sind im hinteren Teil des Ladens und vergleichen die batteriebetriebenen Schwänze nach Länge und Beweglichkeit.

In der Mitte des Ladens entdeckt Carly den Wonnespender von Autopen. Er thront, umringt von Frauen und angestrahlt von Scheinwerfern, auf einem Podest wie ein Messias.

«Ungeschickte Liebhaber gehören der Vergangenheit an. Lassen Sie multiple Orgasmen zu Ihrer Zukunft gehören», steht auf einem Plakat. Auf einem anderen steht schlicht und ergreifend: «BESSER ALS ER.» Darüber hängen sechs große Fernseher. Auf jedem Monitor vergnügt sich eine andere Frau mit dem Wonnespender. «Welche Frau braucht einen Mann, wenn sie den Wonnespender von Autopen haben kann?»

Ja, welche? Carly starrt auf die Monitore. Auf dem ersten benutzt eine Frau den Wonnespender auf ganz herkömmliche Weise. Sie liegt auf einem hübsch gemachten Bett in einem Zimmer, das in den Farben der Saison gehalten ist: Braun-, Schwarz-, Creme- und dunkle Blautöne. Das Gerät bearbeitet bebend ihre Lenden und lässt seinen angeblichen Zauber wirken. Ihre Augen sind geschlossen, die Lippen geschürzt, der dann weit sich öffnende Mund stößt laute Schreie aus.

Der zweite Monitor zeigt ein Mädchen, das in einem großen Badezimmer auf glänzenden weißen Fliesen liegt – künstlicher Marmor. Sie sieht aus, als käme sie frisch aus der Dusche. Sie umklammert die Fernbedienung mit beiden Händen und hält sie hoch über ihren Kopf. Durch behutsames Drücken mit dem Zeigefinger sorgt sie dafür, dass der Wonnespender sie in wechselndem Tempo fickt. Langsam, schneller, schneller, noch schneller, wieder langsam, dann wieder schneller und schneller. Die Mädchen werden von Fernseher zu Fernseher experimentierfreudiger. Eine Blonde auf dem Küchentisch, die Brust beschmiert mit flüssiger Sahne, als wäre es Abgespritztes.

Ein Sommergarten, eingerahmt von Blütenblättern. Auf dem fünften Monitor benutzen zwei Mädchen den Wonnespender gleichzeitig, das heißt, im selben Zimmer – jedes hat seine eigene Maschine. Alle Filme laufen in Endlosschleife, als würden die Mädchen gefickt bis in alle Ewigkeit. Zumindest so lange, bis jemand den Stecker zieht.

Seltsamerweise führt uns der letzte Film wieder in das Schlafzimmer vom Anfang. Der Unterschied ist, dass jetzt ein Mann mit offener Hose neben das Bett getreten ist. Er reibt an etwas, bei dem es sich nur um seinen voll erigierten Schwanz handeln kann – er holt sich einen runter. Er sieht aus wie ein Vollidiot. Das ist das wunderbare Leben. Der Mann gibt ein komisches Bild ab. Er führt leise Selbstgespräche. Was hat ein Mann, der vor einer Frau wichst, die von einer Maschine gevögelt wird, sich zu erzählen?

«Gut so, komm, ja, ja.» Oder so ähnlich. Aber in Wahrheit wurde die Sprache nicht für solche Anlässe erfunden. Er ist machtlos, muss sich darauf verlassen, was er in Pornofilmen oder auf der Schauspielschule gelernt hat.

«Weiter, weiter, ja, geil, oh, Scheiße, Scheiße, mach weiter, Nutte.»

Was denkt er über die Maschine? Vielleicht fühlt er sich eingeschüchtert. Oder er ist erleichtert, dass er seine Tussi nicht mehr ficken muss; eine Maschine nimmt es ihm ab, so wie die Wäsche und das schmutzige Geschirr. Vielleicht wird er auch nur dafür bezahlt, dass er so tut, als würde er sich einen runterholen. Ihr scheint es jedenfalls zu gefallen. Sie macht «Uuuh, aaah, uuuh, aaahh, neiiiin, uhhh, aahhh, ja, ja, ja, ja, ja» und so weiter.

Carly stellt sich in die Warteschlange. Kurz darauf wird sie von einem Mädchen in eine Kabine geführt. Auf dessen T-Shirt steht «Der Wonnespender von Autopen, Gottes Geschenk für die Frau». Der Wonnespender ist schon aufgestellt. In der linken Hand hält Carly einen zwanzig Zentimeter langen Gummischwanz, der sich, wie man ihr erklärt hat, ganz einfach an der Maschine befestigen lässt. Es stimmt, alles geht kinderleicht. Versus ist ein toller Laden. Alles ist perfekt geregelt. Die Beleuchtung ist gedämpft: gerade hell genug, dass die Kundin sieht, was sie tut, was wohin gehört. Die Kabinenwände sind zwar dünn, aber sie verschlucken einen Großteil des Lärms, der aus dem Erdgeschoss dringt. Die wenigen verbleibenden Geräusche werden von Ambient-Musik übertönt. Flötenmusik mit Beats und synthetischen Bässen. Die beruhigende Musik ist notwendig: Es handelt sich um eine aufregende, möglicherweise peinliche Situation.

Carly zieht ihre Jeans aus und legt sie auf einen Stuhl – eigentlich ist es eher eine Chaiselongue. Ja, wir sind in einem exklusiven Laden. Diese Gewerbefläche ist wie ein Pfau oder ein Korallenriff: so vollkommen, dass man geneigt ist, an Gott zu glauben. Carly zieht entschlossen ihr Höschen aus. Wenige Sekunden später liegt sie zwischen den Dreiecksrahmen auf einem Samtkissen, berührt ihre Klitoris und greift nach der Fernbedienung. Niemand hat vorhergesehen, wie erotisch ein solches Szenario sein kann. Niemand konnte ahnen, wie überzeugend es sein würde.

Er zwinkert ihr zu, bevor er eingeführt wird – der Dildo, er zwinkert, und dann lächelt er. Die Maschine surrt und dringt mit fachmännischer Gelassenheit in sie ein. Natürlich profitiert

Carly davon, dass die sanft vibrierende Maschine genau auf die Bedürfnisse und Vorlieben der Durchschnittsfrau abgestimmt ist. Ihre Augen schließen sich, ihr Hirn hält den Atem an und versinkt im trüben Schlamm am Grund ihres Schädels. Der Klit-Kitzler springt an, und Carly schnappt nach Luft. Sie ist überrascht, wie einfühlsam die Regler reagieren. Schnell bringt sie der Maschine bei, wie tief und kraftvoll sie es braucht und welchen Rhythmus sie bevorzugt. Die Maschine ist verzückt, glücklich, ihr zu Diensten zu sein. Doch nach ein paar Minuten ist es, wie vorherzusehen war, Carly, die eine Lektion erhält. Was sie bislang für die Grenzen ihre Lust, ihrer Duldsamkeit und ihrer Ausdauer hielt, wird überschritten. Mit Leichtigkeit. Ihr Zeigefinger führt freudig rege Gespräche mit ihrem Hirn. Die Maschine nähert sich rasch der Höchstgeschwindigkeit, und Carly überlässt sich unbekümmert der Wonne, die ihr die nichtmenschlichen Bewegungen bereiten. Die Maschine hört nicht auf, sie lacht nur, als der Körper des Mädchens sich unter ihr reckt und anspannt. Als Carly den Wonnespender aus Versehen anhält, hat sie sich ein Loch in den Pullover gerissen, und der BH hängt ausgeleiert um ihre Taille. Ihre Wangen sind gerötet und werden von einem seltenen Lächeln angehoben, ihr entblößter Hals ist mit Kratzspuren übersät.

Sie gibt den Schwanz in einer durchsichtigen Plastiktüte zurück und eilt, vorbei an den Peitschen und Stöpseln, den schreienden Mädchen auf den Monitoren und den Dessous, hinaus an die frische Luft.

«Mein Gott», sagt sie und legt die Hand auf ihre glühende Stirn. Ihr Mund ist halb geöffnet, die Wangen gerötet. «Ich glaube, ich finde Körper beschissen.»

«Wie war's?», fragt Mädchen 1 im Hinausgehen. Sie tritt einen Schritt zur Seite, um einem jungen Mädchen mit Kinderwagen Platz zu machen. «Bist du gekommen?»

Carly schiebt sich eine Zigarette zwischen die Lippen und zündet sie an. Sie stellt sich Steve vor. Seinen muskulösen Körper, der sich im Schlaf wälzt, die üblen Gerüche und Flüssigkeiten, die er absondert, die schwitzigen Spalten. Sie schluckt vor Unbehagen und dreht sich zu Mädchen 1 um.

«Ja, es war unvorstellbar geil.»

7.

Au. Mein Rücken tut weh. Zu viel krumm gesessen, schätze ich. Ich muss mich kurz ausruhen. Nachdem ich über das breite Grinsen nachgedacht habe, mit dem sich die Sexmaschine in menschliche Eingeweide drückt, brauche ich erst mal wieder einen kühlen Kopf. Ich bin –.

Es herrscht Stille hier. Nur das Tippen auf der Tastatur und mein gelegentliches Seufzen sind zu hören. Gegenstände gibt es auch nicht. Nur den kleinen Schreibtisch und das Bett. Wie lange ich schon hier bin? Jahre. Jahre.

Ich brauche einen Verbündeten, und dieser Verbündete bist du. Ganz gleich, wer du bist, ich mag dich.

Ja, ich bin ein netter Kerl. Immer gefällig, immer hilfsbereit. Ich gehöre nicht zu diesen Arschlöchern, die sich auf dem Klodeckel eine Bahn Hundescheiße in die Nase ziehen und dann wie die Besessenen schreiben. Ich weiß, was Spaß ist. Ich weiß, wie man die Zeit totschlägt, sich scheckig lacht, wie man überlebt. Bei mir passiert dir nichts. Du wirst dich amüsieren.

Ich bin schon ganz durcheinander. Dabei haben wir gerade erst angefangen. Und trotzdem bin ich schon ganz blöd im Kopf. Die viele grässliche Freizeit macht mich schwermütig. Lässt mich sonderbar werden. Das ewige Reden über Sexmaschinen und Parks, junge Leute, das Unterwegssein und den Markt. Wem will ich was vormachen? Was weiß ich über Frauen und Männer? Nur die Fakten. Vielleicht zählt das am Ende.

Ich kann mit Freude verkünden, dass ich meine Forschungen fortsetzen werde. Die Obrigkeit ist ein Schwächling. Ich arbeite ausgesprochen fleißig, und wie es scheint, kann niemand mich aufhalten. Das kommt dir sicher merkwürdig vor. Dass ein Unruhestifter wie ich sich mit derart geistigen Dingen beschäftigt. Kommt dir das vielleicht ein bisschen langweilig vor, ein bisschen ereignislos? Aber das Überleben ist meine Aufgabe – nicht deine. Als ich noch jünger war, versuchte ich auf simplere Weise die Zeit totzuschlagen. Ich schnupfte mit den anderen Gefangenen reichlich Dreck; die Drogen, ob nun geschnupft oder gespritzt, brachten mir einen Haufen Ärger ein. Ich würde sogar so weit gehen zu behaupten, dass ich zu den Anführern gehörte. Ja, in meiner kleinen Hölle wurde so manche wilde Party geschmissen. Protestgelage. Angriffe. Kurze Momente des Chaos. Aber der Weg des Hedonismus ist hier drinnen nur schwierig zu beschreiten.

Die anderen: Ich sollte sie erwähnen. Wir sind in zwei Kategorien eingeteilt: diejenigen, die wie ich tatsächlich in diese Anstalt hineingeboren wurden, und diejenigen, die hierhergebracht wurden, weil sie sich in der Außenwelt danebenbenommen haben. Damit es nicht zu Verwirrung kommt, beschloss die Obrigkeit, die beiden Gruppen voneinander fernzuhalten, und für diese Entscheidung bin ich ausgesprochen dankbar. Du siehst, ich bin, was man einen «echten Lebenslänglichen» nennt. Als solcher möchte ich meine Zeit lieber nicht mit den Vergewaltigern und Abnormen aus dem Flügel der «echten Straftäter» verbringen. Das ist eine Frage der persönlichen Schuld: Ich fühle mich nicht schuldig. Mein Verbrechen ist in Wahrheit noch gar nicht begangen worden.

Heute, als es mir wieder einmal gelang, ins Evernet zu kommen, stieß ich auf das Archiv einer städtischen Videoüberwachungsanlage. Ich stelle mir gerne vor, dass ich auf einer alten grauen Straße in einer der Städte stehe. Ich fuchtele wild mit den Armen, als wolle ich die Autofahrer auffordern, mich zu überfahren. Ich schreie: Na los, ihr Arschlöcher, jetzt macht schon, jetzt macht doch endlich.

Das Leben ist ein Kampf.

Aber alles ist so, wie es sein soll. Kein Grund zur Sorge. Die Maschinen surren wieder und stoßen wieder zu. Die Fußbälle sprechen, und die Kondome plappern. Nimm meine Hand. Verzeih mir, dass ich mich meinen Phantasien über dich und mich hingebe. Dient nur dem Überleben. Ich verarsche dich mit Geheimnistuerei, obwohl ich einfach fortfahren sollte. Eine neue Geschichte. Wieder ein Anfang. Wo waren wir?

Der Park. Natürlich. Der Park …

8.
Dosenherzen

Wir gehen wieder nach Süden, auf der Oxford Road nach Fallowfield und in den Park. Rebecca beobachtet von ferne, wie der Fußball aus dem Wespennest befreit wird. Ein Junge im Unterhemd rammt einen abgebrochenen Ast in die Hecke, der Fußball rollt heraus, gefolgt von einem Schwarm summender, schwarzer Punkte, worauf die Jungs geschlossen zurückweichen. Kurz darauf spielen sie weiter. Rebecca wendet sich wieder Johnny zu.

«Ich mag es nicht, wenn du das Wort ‹Fotze› benutzt, Johnny. Was meinst du damit, du wirst eine Fotze durchorgeln?»

«Ich habe bloß Spaß gemacht.»

«Ich hasse dieses Wort.»

«Möse?»

Rebecca dreht sich um und geht weiter, worauf Johnny mühsam aufsteht und ihr beschämt hinterhertrottet. Eigentlich ist es Rebecca scheißegal, welche Wörter aus Johnnys Mund kommen. Aber in letzter Zeit hat sie die ewigen Hirnlosigkeiten satt. Sie hat kindische Jungs satt. Abgestumpfte Männer. Der sanftmütige Johnny weckt in Rebecca den Drang, einen Standpunkt zu vertreten.

«Bitte verzeih mir, Rebecca, ich habe bloß Spaß gemacht.»

«Ich kann es nicht ausstehen, wenn Jungs das Wort ‹Fotze› sagen, das ist beleidigend.»

«Muschi?»

«Verschwinde, Johnny.»

Johnny fasst Rebecca an der Schulter, ein verzweifelter Versuch, sie aufzuhalten. Seine hässliche Hand wirkt so deplatziert auf ihrer zarten Haut wie der abscheuliche Auswuchs einer anderen Evolution. Die Evolution des Mannes; ekelhaft im Vergleich zur im Labor vollzogenen Entwicklung der Frau.

Ich habe nur «Fotze» gesagt, denkt Johnny, das ist doch lustig, oder nicht? Verwegen? Nein. Offenbar nicht. Rebecca macht ein typisches 21.-Jahrhundert-Gesicht: dem Anschein nach ernst und tatsächlich ernst. Aber im Innersten ist es dieselbe dreiste Verarsche wie das Gelächele, die nachdenklichen Mienen und scheißfreundlichen Gesichtsausdrücke, die wir so aufrichtig aufsetzen. Nein, sie wird ihm nicht verzeihen, sosehr sich Johnny auch bemüht.

«Das ist nicht witzig, Johnny.»

«Vielleicht blickst du's einfach nicht.»

«Und ob ich das tue, Johnny, es ist beleidigend.»

«Du blickst mich einfach nicht.»

Heutzutage ist es wichtig, Dinge und andere Menschen zu blicken. Das ist bedeutungsmäßig fast dasselbe wie verstehen. Johnny spürt, dass Rebecca ihn nicht blickt, ihn nicht versteht. Blickst du mich?

«Herrgott nochmal, Johnny, jetzt hör auf zu heulen.»

«Ich heule überhaupt nicht, Rebecca.»

Doch, das tut er. Als der Streit begann, sammelten sich Tränen in seinen Augenwinkeln. Nun brechen sie unter ihrem eigenen Gewicht zusammen; die erste Träne ist ihm eben über die Wange gerollt.

«Ich will nicht, dass du solche Wörter sagst, Johnny. Ich dulde nicht, dass du dich so vulgär ausdrückst.»

Ach, liebster Johnny. Er hört Rebecca mit müder, überraschter Miene zu. Im Grunde hat er nichts. Nichts, außer Rebecca, deren Freundschaft ihm Hoffnung gibt, ihn glücklich macht und ihm Zugang zu einer cooleren, interessanten Schicht von Studenten gewährt.

«Vulgär, du findest mich vulgär?», fragt Johnny. Seine nassen roten Wangen strahlen.

Rebecca zuckt die Achseln. Ihr Gesicht ist wie behandeltes Kiefernholz. Natürlich, aber undurchdringbar. «Ich kann dich nicht lieben, Johnny. Das weißt du doch, oder?»

Fünf Sekunden vergehen. Fünf Sekunden, in denen Johnny sich vorstellt, dass in seinem Körper keine Knochen stecken, sondern ein Gerüst aus blitzenden Klingen. Er starrt Rebecca hinterher. Sie liebt ihn nicht. Er weiß das. Er bleibt stehen und starrt zu Boden, betrachtet das Rasenstück zwischen ihnen, das immer größer wird, je weiter Rebecca sich entfernt.

«Ja», sagt er, «ich weiß.»

Rebecca eilt entschlossen und zielstrebig davon. Johnny himmelt weiter den Boden an. Seine Augen zucken, und neue Tränen purzeln auf sein hubbeliges, krateriges Gesicht. Der Park verschwimmt, als würde seine Sehkraft nachlassen, als hätten seine Augen einfach keinen Bock mehr zu funktionieren, weil sie den Anblick von so viel schwachsinniger Schwermut leid sind.

Rebecca kommt zur Oxford Street und steigt in den Bus. Als sie sich hinsetzt, klingelt ihr Handy. Es ist die Uni. Es gibt ein Problem mit einem der Seminare im nächsten Jahr.

«Ich wollte das Dostojewski-Seminar belegen», sagt Rebecca. Durch das graue Fenster sieht sie, wie Johnny den Park verlässt, den Rücken tragisch gekrümmt, die Hände vergraben in den endlos tiefen Taschen.

«Nein, nein. Ich bin in der Stadt. Ich komme vorbei und kläre die Sache gleich.»

Johnnys Augen sind wirklich im Arsch. Er kann kaum etwas sehen, als er den Park verlässt. Schwachsinnige Gedanken schleudern auf Hochtouren durch sein Hirn. Sie kann mich nicht lieben, denkt er. Ich habe ihr gesagt, dass ich das weiß. Ich weiß gar nichts. Niemand sollte etwas «wissen», beschließt er. Es ist das Wissen, was das Leben so trostlos und langweilig macht. Wenn wir damit anfangen, Dinge zu wissen, können wir genauso gut tot sein.

Trockengeschleuderter Schwachsinn. Immer im Kreis herum. Lachen oder weinen. Lachen oder weinen. So schwer zu entscheiden. Bisher ist Johnny davon ausgegangen, dass Ersteres sinnvoller ist und mehr Spaß macht, aber jetzt ist er verunsichert. Wenn der Hund der Geschichte das Bein hebt und das 21. Jahrhundert an einen Laternenpfahl pinkelt, lachen sich alle tot. Im Fernsehen laufen nur noch Comedy-Programme, fast alle zum Sich-Bepissen komisch. Trotz diverser Kriege und gelegentlicher Angriffshandlungen, die den Terminplan durcheinanderwirbeln, fühlen sich die Leute vom Leben prächtig unterhalten. Es ist schwer zu sagen, ob das gut ist oder schlecht. Natürlich gehört das Lachen zum Glücklichsein dazu. Aber das Gekicher des 21. Jahrhunderts hat etwas Gespenstisches. Jeder macht sich vor Lachen in die Hose. Was ist eigentlich so witzig?

Johnny geht mit großen Schritten ins Zentrum von Fallowfield. Läden ziehen an ihm vorbei, Promoter verteilen ihre Handzettel. Jungs mit trapezförmigen Torsi und Mädchen mit tollen Titten drängen den Fußgängern Papier auf. Nur Johnny nicht. Er beobachtet, wie jede ausgestreckte Hand eilig zurückgezogen wird, wenn er vorbeigeht, beobachtet, wie die Flyer ordentlich zurück auf den Stapel gelegt werden, bis ein geeigneterer Mensch vorbeikommt. Johnny erhascht nur einen kurzen Blick auf die Flyer, nimmt flüchtig die retuschierten Augen wahr, die Nächte mit geiler Musik, geilem Abtanzen, geilem Kotzen und Ficken anpreisen.

«Hier, das wird dir gefallen.»

An der Ecke zur Braemar Road bekommt Johnny doch noch einen Flyer, von einem Jungen im rosa Unterhemd und mit Augen wie umgekippte Käfer. Er liest: «Baggerparty im Robinskis: Jeder kommt ran.» Johnny legt den Flyer auf einen überquellenden Abfallkorb. Jeder kommt ran. Ich nicht, denkt Johnny, ich komme nicht mal an einen Flyer. Aber ranzukommen ist entscheidend für eine erfolgreiche Jugend. Bist du rangekommen?, werden dich die anderen jungen Leute fragen. Bei wem bist du rangekommen, und war sie turbo-turboscharf? War sie ein Stück Geilfleisch mit langen Beinen und einem turboscharfen Arsch? Hatte sie Muskeln wie eine Mutantin und ein Lächeln wie aus einem Hochglanzmagazin? Trug sie einen Haufen Bumsmedaillen um den Hals, und habt ihr schön gevögelt, und sah ihr Schlafzimmer am nächsten Morgen toll aus? Bist du rangekommen? Hat sie dir das Hirn aus dem Schädel gefickt?

Johnny geht an der Bar Revolution vorbei, wo die reichen Studenten lernen, auf die herabzuschauen, die zu wenigem bestimmt sind. Jungs mit Flip-Flops an den Füßen und super Haarschnitten auf den Köpfen klimpern mit ihren Autoschlüsseln. Die Mädchen reden Scheiße und die Jungs auch. Den Scharfen wird hinterhergepfiffen, und sie kichern, kichern, weil sie in den Pfiffen die Stimme des Schicksals hören, die wunderbare Jugend, die ihre perfekten Körper ihnen bringen werden. Johnny schlurft an ihnen vorbei.

«Für mich nicht», sagt er zu sich selbst, ohne genau zu wissen, was er meint. «Für mich nicht.»

Er betritt den Supermarkt, erinnert sich an seine Talente und zählt sie laut auf.

«Scheißen, kotzen, atmen, essen.»

Er erntet Blicke. Aber etwas verändert sich. Zerbricht.

Im Eingangsbereich gibt es keine Lebensmittel, sondern Zeitschriften. Johnny fühlt sich beschissen. Er schwitzt am ganzen Körper, und seit seine Augen im Sehen keinen Sinn mehr sehen, nimmt er alles nur noch verschwommen wahr. Wo ist es?, denkt Johnny. Wo ist mein glückliches Leben?

Aus dem schemenhaften Zeitschriftenregal springen ihm zwei Titten entgegen und nageln ihm die Augen an den Hinterkopf. Mann, denkt Johnny und verspürt einen Druck im Darm, als müsste er augenblicklich scheißen. Wahnsinn, was für Brüste. Sie müssen Lucy Sowieso gehören, sie hält sie mit beiden Händen. Ihre Finger bedecken, wie es das Gesetz vorschreibt, züchtig die Nippel. Es besteht die Aussicht, dass sie, wenn man die Zeitschrift kauft, die Hände sinken lässt, sie auf die Hüften legt oder in den Mund steckt. Egal, jedenfalls könnte man dann ihre Nippel sehen.

«Ich könnte dich kaufen», sagt Johnny zu dem Magazin. «Oder? Ich könnte dich kaufen, und dann wäre ich's, dann wäre ich glücklich.»

Männermagazine sind seit den 1990ern sehr beliebt. Johnny hat noch nie eins gekauft, aber er weiß, was sie beinhalten: Artikel über Autos zu reellen Preisen, Reportagen über afrikanische Stämme, die sich Bäume in die Ärsche pflanzen, Berichte über Armbanduhren mit GPS-Technologie, Fotostrecken und Interviews mit schönen Mädchen.

Im Augenblick möchte Johnny so schnell wie möglich nach Hause, sich mit einem großen Handtuch unter die dampfend heiße Dusche stellen, seinen Penis steifwichsen und langsam mit dem heißen, nassen Frottee Liebe machen. Aber das geht nicht. Er besitzt nur ein Handtuch, und ihm fehlt der Mumm.

Er stellt sich vor, wie es wäre, wenn er diese Titten haben könnte. Was wäre, wenn er sie einfach auf der Straße fände, ohne Lucy dran? Wenn sie einfach so dalägen, natürlich ohne Blut. Er könnte sie mit nach Hause nehmen, mit ihnen zusammensein, sie anfassen und es sich mit jeder Titte richtig schön machen.

«Ich könnte dich kaufen», sagt er wieder zu dem Magazin, «genauso läuft das!»

Johnny bemerkt, dass jemand hinter ihm steht.

«Kaufst du sie jetzt? Ist die letzte.»

Johnny dreht sich um und sieht nur dicht behaarte Muskeln. Ein junger Mann mit nacktem Oberkörper, das zusammengefaltete T-Shirt klemmt im Bund der weiten, weißen Fußballshorts. Sie ist nicht für mich, denkt Johnny, all das ist nicht für mich vorgesehen.

«Nein», sagt Johnny und gibt dem jungen Mann die Zeitschrift, «nimm du sie.»

«Danke.»

Johnny sieht zu, wie Lucy sich in die Hand des jungen Mannes schmiegt. Sein Daumen zerknickt sie ein bisschen, was ihren Brüsten eine seltsame Optik verleiht. Als wären sie von ihrem Körper abgetrennt und stünden vor ihr wie zwei überdimensional aufgeblähte Hautsäcke.

Ziemlich allein schlurft Johnny durch die Supermarktgänge. Sie strahlen, die Produkte, jedes strahlt vor Zufriedenheit. Die Leute nehmen sie. Junge Studenten mit wadenlangen Shorts und Dreitagebart. Mädchen mit übergroßen Segeltuchhandtaschen und Sonnenbrillen mit goldenem Label. Socken passend zu Sneakers und Lippen passend zu Fingernägeln. Ja, sie strahlen, diese Menschen, jeder strahlt vor Zufriedenheit. Aber Johnny nicht. Im Fenster eines Kühlschranks erblickt er sein Spiegelbild, und während sein Gesicht zu einem Ausdruck einsamen Elends erstarrt, hofft er einen kurzen Augenblick lang, dass auch er zum Verkauf steht, dass er mit einem Preisetikett versehen ist wie die Eiscremepackungen und American Pizzas.

Nein, denkt Johnny und wendet sich ab, ich bin kein Produkt. Produkte sind vollkommen. Sie haben wunderschön gestaltete Etiketten, die sich an perfekte Verpackungen schmiegen. Das Innere ist eingeschweißt und konserviert. Wunderbare Menschen entwickeln Produkte, Menschen mit verfügbarem Einkommen und einem Coffee-to-go in der Hand. Sie sitzen gemeinsam an Tischen und führen lange Diskussionen über Zielmärkte, den Kunden und sein komplexes Kaufverhalten, Lifestyle, Markenimage, aggressive Verkaufsmethoden. Ich wurde von einem Arschloch entwickelt, denkt Johnny, einem faulen Arschloch ohne Marktkenntnis. Es gab keinen Tisch, keinen Coffee-to-go, keine Gespräche über Absatzchancen oder Liebe. Ich verrotte innerlich. Unkonserviert. Ich wurde ohne Sinn und Verstand gemacht, nicht für eine Zielgruppe entwickelt, bin so geformt, dass ich in keine Hand passe.

Johnny steht zwischen den Cornflakes, die Schultern neidvoll hochgezogen. In welchem Gang stehen die Dosenherzen? Unter welchem Schlagwort wurde die Liebe konserviert?

9.

Die Ratte

Der Gestank nach faulendem Müll dringt von der Straße durch das geschlossene Fenster in Colins Nase. Seine Nasenflügel zittern vor Ekel. Das Schlafzimmer ist verdreckt; die Bettwäsche, in der er liegt, ist seit über einem Jahr nicht mehr gewaschen worden. Er weiß, er hat nur noch eine Minute, bis er aufstehen muss, bis der Wecker klingelt und er unter die Dusche und zur Arbeit muss.

Wenn du in diesem Zimmer wärest, fiele es dir schwer zu bestimmen, woher der Gestank nach verschimmeltem Essen und Hundescheiße kommt. Von draußen, würdest du sagen, ganz sicher von draußen. Aber dann fiele dein Blick auf die überquellende Kommode, die an ihrem feuchten, braunen Inhalt erstickt. Auf dem Fußboden liegen stapelweise schmutzige Teller, Klamotten und Zeitschriften. Dies ist ein Zimmer, das nie ein Mädchen betreten wird. Ein Zimmer, das niemand außer Colin zu Gesicht bekommt. Heimlich und ganz, ganz langsam bricht er auseinander.

Der Befall beginnt irgendwo in den verborgenen Winkeln seines Hirns; unternähme jemand den Versuch, würde er dort die ersten Spuren von Fäulnis und rasender Wut feststellen. Wie nimmt man ein Hirn auseinander? Wahrscheinlich würde man nach einem Gedanken suchen oder einer Idee, einer Erinnerung oder einem Glauben, der sich plötzlich verkehrt hat, ins Negative umgeschlagen ist, ausgehöhlt von einem unbekannten, gründlichen Erreger. Zu spät. Sein ganzes Hirn ist schon verfault, beide trübe Hälften. Verachtung und kranke Gedanken zersetzen sein Inneres, kontrollieren ihn, spielen mit seinen Augen. Ein Licht geht aus. Sein Körper ist müde und abgekämpft. Colin ist ein Junge, der ausgebrannt ist von den sonderbaren Ausfällen seines Hirns.

Der Befall breitet sich aus. Er tritt aus seinen Poren und vernebelt das Zimmer. Alles in diesem Raum erweckt den Eindruck, als könne es nie mehr bewegt werden. Als hätten die achtlos hingeworfenen Gegenstände von allein ihre obszönen Formen angenommen, als wären sie brüchig geworden und könnten nie mehr benutzt werden. Die Wände haben Colins Poster schon vor langer Zeit abgestoßen: Sie liegen welk auf dem Boden, eingerissen, kaputtgetreten, vergessen. Er hat kaum noch Teller und Besteck; leere Pizzakartons wurden zusammengeknüllt und in eine Ecke geworfen. Die Bettwäsche ist schmutzig und feucht. Der gesamte Fensterbereich fühlt sich feucht an.

Der Sommer heizt das Zimmer auf bis zum Siedepunkt. Der Abfallgestank lässt sich nicht mehr ausblenden, und der Befall wird sich verschlimmern. Noch ist Colin in der Lage, die nötige Körperhygiene einzuhalten, die Außenwelt, wenigstens im Augenblick, zu verschonen. Aber etwas muss geschehen. Colin ist sich bewusst, dass sich in den aufgestapelten Pizzakartons und in mindestens zwei Kleiderhaufen Leben eingenistet hat. Er hat die Spinnen gesehen, hat die Tausendfüßler gesehen und die Ratte. Er hat sie am Leben gelassen. Insekten sind treulos – immer schnell dabei, die Gefallenen zu fressen. Es sind Reaktionäre. Frühzeitig zur Kultur des Hasses konvertiert. Colin hört seine Berufung. Er ist der Agitator, der König der Parasiten, ausgestattet mit dem Instinkt zu verletzen, dem unvermeidlichen Reflex zu zerstören.

Colin dreht sich auf die Seite. Sein Gesicht ist unruhig, die Wangen zucken unter brennendem Schweiß. Seit man ihn aus The Bar geworfen hat, denkt er nur noch an Frauen. Die Gedanken sprudeln einfach aus ihm heraus. Jetzt denkt er an seine letzte Freundin, Marion, die ihn erst im letzten Jahr verlassen hat.

Er hat sie vertrieben, zermürbt, sie mit seinem Schweigen kaltgestellt. Wenn man genau darüber nachdenkt, war Colin schon immer befallen, verfügte schon immer über die beunruhigende Neigung, zu schweigen und im Stillen seine Wut zu nähren. Natürlich erkannte Marion das, fand es anfangs sogar anziehend. Colin ist der Junge mit dem Ausdruck von Ruhelosigkeit und Zweifel. Einsam und unfähig zu sprechen, schwimmt er mühelos mit der Menge. Marion lief fort, weil sie zu viel gesehen hatte. Gesehen hatte, dass es schlimmer mit ihm wurde. Zuerst kam die Trinkerei. Dann die unhörbare, unveränderliche Wut.

Seit Marion hat er keinen Sex mehr gehabt. Mit der Zeit wurde ihr Körper für ihn auf beinahe heimtückische Weise immer abstoßender. Es geschah so schleichend, dass er gar nicht begriff, was vor sich ging. Winzige Details ihrer Gestalt traten immer größer hervor, bis ihm vor Abscheu der Atem stockte. Seine Gedanken spielten ihm ständig Streiche. Er erinnert sich an ihre Versuche, ihn geil zu machen: die Dessous, die Wörter, die Zärtlichkeiten und der Blick in ihren Augen, ahnungslos und gedemütigt. Er erinnert sich auch an ihre Angst und den Anblick ihres gefallenen Körpers auf dem Küchenboden.

Colins Freunde erinnern sich an den Tag, an dem es ihm wieder besserging. Sie wussten, dass er eine schwere Zeit durchmachte. Marion hatte ihnen von seinen sonderbaren, übermächtigen Stimmungen erzählt, von seiner Unfähigkeit, zu sprechen oder sie zu berühren. Ungefähr einen Monat nachdem Marion ihn verlassen hatte, schien Colin wieder ganz der Alte zu sein. Er verfiel nicht mehr so oft in lange Schweigepausen, die sich über den ganzen Raum legten, bis man eine Stecknadel hätte fallen hören können. Er meldete sich wieder bei anderen Leuten, bei Junge 1 und Junge 2. Er ging mit ihnen aus, holte sich auf dem Nachhauseweg ein Döner, sah sich samstags im Pub Fußball an. Er hatte kein Interesse an Mädchen, aber das war sein gutes Recht. Natürlich war es das, nicht jeder fährt auf Mädchen ab. Schwule Männer zum Beispiel. Ja, er war zufrieden damit, einfach sein Bier zu trinken.

Jetzt wirkt Colin wie jeder andere träge Junge. Rührt keinen Finger, aber wen interessiert das schon? Wie wir wissen, arbeitet er in einem Fachbereich der Universität. Colin verbirgt sich hinter einer Maske. Colin ist verschlossen. Er bügelt seine Hemden, wäscht sich jeden Morgen gründlich, kleidet sich nach der gängigen Mode. Colin wirkt normal, ist normal, verletzt, verfault bis ins Mark.

Piep-piep-piep. Piep-piep-piep. Piep-piep-piep. Piep-piep. piep. Piep-piep-piep.

Die Minute ist um. Die kürzeste Minute meines Lebens, denkt er, als er aufsteht und sich seinen Weg zur Tür bahnt.

Colin ist froh, aus dem Schlafzimmer rauszukönnen, froh, unter die Dusche zu gehen, wo es frisches Wasser gibt und ein zuversichtlicheres Licht. Er wohnt in Withington, im Süden von Manchester. Er bezahlt pünktlich seine Rechnungen. Er hat einen übernervösen, sportlichen Körper. Zwischen seinen Brustwarzen wächst ein Büschel schwarzer Haare, das aussieht wie vertrocknete Erde.

Er steigt aus der Dusche und trocknet sich mit einem dünnen, gelben Handtuch ab. Nachdem er Deo in die grauen Achselhöhlen gesprüht hat, zieht er frische, bereits gebügelte Sachen an. Unterwäsche, Socken und ein hellblaues Hugo-Boss-Hemd. Er geht nach unten, stellt das Bügelbrett auf und macht den Fernseher an.

Es ist Morgen. Im Fernsehen läuft das Vormittagsprogramm. Gerade wird ein Mann von zwei angegrauten, fröhlich-fettleibigen Moderatoren interviewt. Der Mann hat ein Buch über Körpersprache geschrieben. Sein Gesicht sieht aus, als wäre es aus rosa Seife gemacht. Körpersprache ist im 21. Jahrhundert ein ausgesprochen beliebtes Thema. Dahinter steht der Gedanke, dass die Art, wie wir uns bewegen, viel darüber aussagt, wer wir sind, warum wir Erfolg haben und warum wir scheitern. Der Mann strahlt über das ganze Gesicht und gestikuliert wild mit den Händen, seine Stimme klingt wie eine Trompete, die über einen Durakkord schliert. Er sitzt nach vorne gebeugt auf dem weichen Sofa und erläutert mit glühendem Eifer seine Thesen, zweifellos bemüht, uns zu vermitteln, dass er ein Vollidiot ist.

«Sie würden staunen, was ich in den letzten fünf Minuten alles über Sie erfahren habe, Jemima.»

«Tatsächlich?»

«Allerdings.»

«Meine Güte, ich mag gar nicht daran denken.»

«Sie würden staunen, wie viel unser Verhalten über uns preisgibt. Unsere Bewegungen verraten immer, was wir denken.»

«Ach, das ist mir aber unangenehm. Bin ich wirklich so leicht zu durchschauen?»

«Ich fürchte, ja.»

Der Typ glaubt, er könne herausfinden, wie ein Mensch im Bett ist, nur indem er ihm die Hand gibt. Dominant, unterwürfig, einfallsreich, beschissen. Gib mir die Hand, denkt Colin, na los, gib mir die Hand, du Trockenpflaume. Natürlich geht das nicht, weil der Mann im Fernsehen ist. Schade, denkt Colin und betrachtet seine Hand. Sie hält das Bügeleisen und lässt es über die Jeans gleiten. Was hat das zu bedeuten?

«Vollidioten», sagt Colin zu sich selbst. Das Bügeleisen stößt Dampf aus, und Colin hustet in die Faust. «Nichts», sagt er und bügelt weiter.

Tussis vögeln ist neben Fußball der wichtigste Nationalsport; es ist merkwürdig, dass Colin diesen Sport nicht mehr betreibt. Er versucht, seine Gefühle zu ignorieren. Er denkt an Marions Zellulitis. Wie am Ende ihrer Beziehung die Haut auf ihren Schenkeln glänzte und zitterte. Dass der Anblick ihn an riesige Blasen erinnerte, an die Narben, von denen Verbrennungsopfer gezeichnet sind. Sie hat sich so sehr bemüht, ihn zurückzugewinnen. Sie hat sich bei Versus Gleitmittel gekauft. Sexspielzeug. Videos. Sie hat gebettelt, sich über den Küchentisch gebeugt und den Rock hochgezogen. «Fick mich, Colin. Besorg's mir.»

Je mehr Marion sich bemühte, desto kälter wurde er. Als wäre er ein driftendes Objekt im All: eine alte Fahne oder das

Wrackteil einer Raumfähre, das langsam von der Welt der Berührungen und der Liebe forttreibt. Seit Marion hat ihn kaum jemand berührt, selbst der Rausschmeißer in The Bar hat ihn nur am Kragen gepackt. Ab und zu streift ihn jemand in der Menschenmenge, oder er muss einem neuen Arbeitskollegen die Hand geben. Aber abgesehen von der einen oder anderen förmlichen Geste bleibt Colin gänzlich unberührt.

In der gebügelten, noch warmen Jeans geht Colin die Wilmslow Road hinunter zur Bushaltestelle. Heute wird ein heißer Tag. Prall gefüllte, ärmellose Shirts, Miniröcke, was will er mehr? Sogar die schlankesten, hübschesten Mädchen rufen eine unerklärliche Wut in ihm hervor, die er im Zaum halten muss. Geht es nur um Hass? Hasst er Frauen, weil sie einfach dumm, schwach und hohl sind? Er weiß es nicht genau, und im Grunde sollte man sich über derart dunkle Fragen nicht allzu sehr den Kopf zerbrechen. Scheiß drauf. Leb damit.

Die Morgensonne liegt über der Oxford Road. Studenten auf hip zerbeulten Fahrrädern schlängeln sich zwischen den Bussen hindurch. Colin lässt sich treiben. Das Wishing Well geht ihm nicht mehr aus dem Kopf, seit er gestern mit Junge 1 und Junge 2 dort gefrühstückt hat. Wenn er den Blick nach Osten Richtung Upper Brook Street wendet, erkennt er schemenhaft den gläsernen Krankenhausbau. Aber das Krankenhaus muss warten. Er nimmt die Abkürzung über den Parkplatz hinter dem Haus der Studentenvereinigung, um den Scharen von Idioten aus dem Weg zu gehen, die lässig vor dem Eingang rumhängen. Er kommt zu seinem Institut, ohne Jugend zu begegnen. Das Wishing Well, ja, er will so bald wie möglich wieder dort essen.

Denn in Colins Kopf dreht sich alles um das Thema Schwangerschaft. Bisher hat ihn das Phänomen der Geburt kaum beschäftigt, und im Grunde bezweifelt er sogar, dass seine Mutter ihn aus ihrem Leib gepresst hat. Er geht die Treppe zu den Geisteswissenschaften hinauf, ohne die Mädchen zu beachten. Seine Gedanken sind ganz bei den Frauen im Wishing Well. Ihren Bäuchen, die wie Alliiertenhelme aus dem Zweiten Weltkrieg wirken. Den pferdekopfgroßen Titten. Den Kindern, die sich in ihnen befinden: Sollte uns das nicht alle ein wenig mehr mit Staunen erfüllen? Die Frauen dort bewegen sich anders, lehnen sich unter dem Gewicht ihrer Babys nach hinten. Colin mag ihre Hausschuhe und die mottenzerfressenen Morgenmäntel. Vielleicht spürt er, dass sie eine seltene Form der Würde besitzen.

«Hallo», sagt er, als er das Büro betritt und wie unter Artilleriebeschuss zu seinem relativ geschützt liegenden Schreibtisch eilt. Es ist eindeutig Sommer. Es gibt nicht allzu viel zu tun, ein paar Vorbereitungen, aber nichts, was sonderlich anstrengend wäre. So geht es weiter, bis im September das neue Semester beginnt.

«Hallo.»

«Hallo, Colin.»

Seine Kollegen: trostlose Gestalten, mit denen er nicht das Geringste teilt, nicht einmal die gepflegte Langeweile, die der Job für sie bereithält. Ein Job ist ein Job, findet Colin.

«Schönes Wetter heute.»

In der Tat. Colin fährt den PC hoch und geht rasch die Fragebögen durch, die die Jungs und Mädchen, die im September ihr Studium beginnen, an ihn zurückgesandt haben. Frischfleisch nennt man sie im Büro. Der heutige Tag ist dazu vorgesehen, alle Informationen in die Datenbank einzugeben. Namen, Hobbys, Geburtsdaten, Kurspräferenzen, Wohnsituation. Colin wird seine Pflicht erfüllen, so gut es geht. Er beklagt sich nie. Seine Gedanken werden nicht abschweifen, und seine Pausen werden die genehmigte Dauer nicht überschreiten. Er wird nicht ein einziges Wort sprechen.

Um sechs, als er gerade im Begriff sein wird zu gehen, wird ein Mädchen namens Rebecca hereinschneien, um ein Problem mit dem Dostojewski-Seminar zu klären. Er wird das Geschehen mit gläsernen Augen beobachten. Eingebildete Zicke, wird er denken. Schlampe.

10.
Geschäft und Vergnügen

Steve liegt gemolken im Bett, so, wie wir ihn verlassen haben. Das ist meine Schuld. Ich lasse zu, dass die Zeit die Oberhand gewinnt. Die Figuren strömen in verschiedene Richtungen auseinander. Wir bräuchten Inlineskates, du und ich, dann fiele es uns leichter, mit dieser Gruppe Unglückseliger mitzuhalten. Während wir zu Steve zurückkehren, wird Carly in einer Kabine bei Versus von einer Sexmaschine verführt. Wir wissen das. Steve weiß es nicht. So ist das Leben.

Als Steve aufwacht, ist es fast Mittag. Auf dem Fußboden neben dem Bett liegt ein Rechteck aus Sonnenlicht; die benutzten Kondome aalen sich darin wie zwei schnatternde Urlauberinnen. Steve blickt zu seinem Schreibtisch; die oberste Schublade steht offen. Er weiß sofort Bescheid. Sie hat mich bestohlen, denkt er, Carly hat mich wieder bestohlen.

Steve hat schon häufiger über diese Sache nachgedacht, sich ausgerechnet, dass nach jeder Ejakulation, die Carly ihm verschafft, fünf Minuten folgen, in denen er sich zu ihr hingezogen fühlt, sie liebt und geneigt ist, sich diesem Mädchen hinzugeben. Aber dieses Gefühl der Zuneigung erlischt wieder. Es ist erloschen, als er leer und zufrieden wieder eindöste. Steve hält es für möglich, dass es in Zukunft fast augenblicklich erlöschen wird. Er wird ejakulieren, einen flüchtigen Moment der Zuneigung verspüren und dann nichts. Das Aufflackern einer Regung, die der Liebe ähnlich ist. Ein kurzes

Japsen von romantischen Gefühlen, dann plötzlich gar nichts mehr.

Steve springt aus dem Bett und macht die Schublade zu. Carly bestiehlt ihn regelmäßig. Sie bestiehlt ihn, weil sie gerne einkauft, weil Steve ihr reicher, scharfer Freund ist und weil er es sich leisten kann, dass man ihn bestiehlt. Meistens nimmt Steve die Diebstähle kommentarlos hin. Denn Carly ist seine turboscharfe Freundin und braucht, so vermutet er, gewisse Privilegien. Normalerweise holt Steve nach solchen Diebstählen beim Frühstück in der Küche oder im Wohnzimmer seinen Schwanz heraus und fordert sie mit Nachdruck auf, ihm einen zu blasen. Was sie auch tut, vielmehr tun muss, weil sie ihn bestohlen hat.

Dieser Deal bildet den Kern von Carlys und Steves Beziehung, und beide halten ihn in Ehren. Unter normalen Umständen hätte ein beim Frühstück herausgeholter Penis natürlich nur geringe Chancen, geblasen zu werden. Er wäre wie ein Monarch, der zielstrebig auf den Balkon tritt und feststellen muss, dass nicht ein einziger Untertan erschienen ist, um seinen Auftritt zu bejubeln. Nach einem Diebstahl sieht die Sache natürlich völlig anders aus. Carly weiß das ebenso wie Steve. Die Leute johlen und schwenken Fahnen. Carly fällt ehrfürchtig auf die Knie.

Steve geht unter die Dusche und lässt Wasser über sich laufen. Seine Hände gleiten über die trendgerechten Konturen seines Körpers. Seine dichtgedrängten Bauchmuskeln formen ein Sixpack, der Unterbauch läuft dreieckförmig auf die Stelle zu, wo er seinen mörderischen Schwanz spürt. Aber der Frühstückstresen – muss der Gerechtigkeit wirklich am Frühstückstresen Genüge getan werden? Ein Blowjob in hellem Licht? Leise surrende Elektrogeräte im Hintergrund? Was für ein brillant beleuchtetes, einsames Schicksal. Seife rinnt ihm über das Gesicht. Er schließt die Augen und sieht die Strickjacken tragenden Mädchen aus seiner Uni-Vergangenheit. Ja, die Kommilitoninnen aus dem BWL-Studium, die frigiden Pferdeschwanzpüppis, die ihn anhimmelten wegen seiner Schönheit und der Selbstsicherheit, mit der er den Vorlesungssaal betrat. Vielleicht, denkt Steve, während er sich abtrocknet, hätte ich eine von ihnen heiraten sollen. Vielleicht wäre es besser gewesen, ich hätte eine kleine Mary oder eine kleine Jane verführt, ihr schicke Dessous gekauft, Kinder gemacht und mich mit ihr über das Elend und die Ungerechtigkeiten des freien Marktes unterhalten, über die Vorzüge der Globalisierung.

«Nein», sagt er laut, als er sich aufrichtet wie ein Tänzer, um sich im Spiegel zu betrachten. Das rote Handtuch rutscht ihm von den blonden Haaren.

«Niemals», sagt er, einmal mehr erschrocken über die Ebenmäßigkeit seiner Züge. Die Frisur sitzt auf seinem Schädel wie ein vom Aussterben bedrohter Vogel. Nein, unmöglich. Weil du stirbst, denkt er, ja, weil du stirbst und keine Gelegenheit auslassen darfst, wahre Schönheit zu empfinden. Er geht zurück ins Schlafzimmer, hebt die Kondome auf und wirft sie nach dem Mülleimer. Treffer. Spitze. Weil du stirbst.

Als Steve eine Stunde später in seinem Audi TT aus der hauseigenen Tiefgarage fährt, ist die Entscheidung gefallen. Schluss mit den beschissenen Blowjobs am Frühstückstresen. Die Lösung heißt: anal! Die vielen Rucksackmädchen aus seiner mittleren Jugend sind verschwunden, nur Carly bleibt. Carly, deren Höschen zu ihrem Hirn und deren BHs zu ihrem Herzen passen. Carly. Man kann sich ihr Herz gar nicht anders vorstellen als maßgeschneidert: entworfen für den Sex von morgen. Ihre formvollendeten Schenkel verheißen dem Normalmann höchste Lust. Aber Steve lässt sich nicht blenden. Anal, denkt er, die Lösung heißt anal.

Er biegt ab und fährt auf der Upper Brook Street Richtung Süden, vorbei an den Wohnungen, die schon bei ihrer Fertigstellung am Ende des 20. Jahrhunderts aus der Mode waren. Er findet es vollkommen korrekt, Sex zu seinem ökonomischen Vorteil einzusetzen. Sex ist seine Art, Probleme zu lösen. Früher hätte er vielleicht darüber geredet, es mit wohlgewählten Worten oder einem Kuss versucht. Aber heutzutage verwenden nur noch wenige Menschen wohlgewählte Worte. Die meisten bumsen einfach drauflos, mit geschlossenen Augen und zusammengepressten Lippen, aus denen nur ein leises Zischen dringt. Carly hat mich bestohlen, denkt er, Analverkehr wird wieder einen Mann aus mir machen. Die Ampel wird rot. Er wirft einen Blick auf sein Handy: keine Nachricht von Carly. Die Ampel wird grün.

Er biegt rechts in die Moseley Road, fährt durch Fallowfield, durch Withington, vorbei an der Krebsklinik und ihrer gläsernen Aura der Angst, und weiter Richtung Süden nach Didsbury. Die Sonne scheint, und die Straßen wurden gereinigt. Didsbury «Village», wie der Stadtteil seltsamerweise genannt wird, wird beherrscht von Kettenrestaurants. Steve parkt den Audi, geht in einen Zeitschriftenladen und verlässt ihn mit einer lachsrosa *Financial Times* unter dem Arm. Ein Mann mit Pappbechern statt Händen geht vorbei. Nein, nicht das. Normalität. Eine Braunhaarige in engen Shorts und Sport-BH joggt vorbei. Ihre Zunge guckt hervor wie die Spitze eines violetten Lippenstifts. Nein, nein, Normalität. Steve überquert die Straße.

Er ist nach Didsbury gekommen, um sich mit Frank zu treffen. Frank ist ein fettes Arschloch. Er sitzt Latte macchiato schlürfend auf der Terrasse eines italienischen Kettenrestaurants. Sein Kopf sieht aus wie Pappmaché und sein Bauch wie eine Flutwelle. Frank ist Steves Guru, ein Anlage- und Risikoexperte, der Grund für Steves wachsendes Vermögen. Tagsüber legt Frank sein Kapital an und beobachtet, wie sein Bankkonto anschwillt. Nachts schäkert er mit den Prostituierten von Cheshire. Wenn morgens die Sonne aufgeht, wacht Frank garantiert betrunken auf und klebt wie eine menschliche Geschwulst am Rücken eines Luxus-Callgirls.

«Ich hab's wieder getan, mein Junge», sagt Frank hinter einem entsetzlich tiefen Lachen, das seinen Adamsapfel hüpfen lässt. «Ich hab's wieder getan. Kellner! Noch zwei Latte!»

Steve setzt sich Frank gegenüber. Der runde Glastisch glitzert zwischen ihnen wie eine winzige Sonne, mit Getränken darauf. Er wartet, bis Franks kehliges Lachen verklungen ist, dann beobachtet er, wie die Fettwogen auf seinen Wangen langsam kleiner werden und schließlich an seinem feuchten, kastanienbraunen Mund verebben.

«Hast du es Carly gesagt?»

«Nein, ich glaube, das tue ich auch nicht. Mit wie viel genau können wir rechnen?»

«Offen gesagt, mit Millionen, mein Junge. Die Autopen-Aktie ist um sechshundert Prozent gestiegen.»

Steves Lippen verziehen sich zu einem unsicheren, schiefen Lächeln. Er weiß nicht, ob Freude das passende Gefühl ist. Aber ja. Ja, ist es, und er gibt ein verhaltenes Kichern von sich. Frank und Steve haben groß in den Autopen-Konzern investiert. Frank hat den Tipp bekommen, dass der Wonnespender ganz groß einschlagen wird.

Der Kellner kommt mit dem Kaffee. Es herrscht angespanntes Schweigen, als die Gläser abgestellt werden. Die beiden Männer beugen sich vor und nippen an ihren hellbraunen Latte, ihre Blicke treffen sich, ihre Augen funkeln wie Silbermünzen in der Sonne.

«Wir sind reich, mein Junge. Wie's aussieht, sind die Mädels richtig heiß auf Maschinen.»

Steve fährt sich seufzend mit der Hand durchs Haar, die Finger steif und gleichmäßig gespreizt wie die Zacken eines Kamms. Er hatte gezögert, in die Autopen-Sexmaschinen zu investieren, musste von Frank erst überredet werden. Verstehst du denn nicht, Junge, hatte Frank geröhrt, Autopen gehört die Zukunft. Wir Männer werden alle ersetzt. Sexuell gesehen, sind wir absolut ersetzbar. Dieser Gedanke stieß bei Steve auf Widerstand. Für ihn gehört die Zukunft der männlichen Schönheit, seiner Schönheit. Seinem in verschiedenen Blondtönen gefärbten Haar und dem durchschimmernden Schwarz, den tollen, auf alt getrimmten Klamotten, seinem beringten Zeh, den Messingarmbändern, Halsketten, Feuchtigkeitscremes, Tattoos, Parfüms, Haargels. Die Zukunft ist der schöne Mann. Ich.

«Das sehe ich anders», sagt Steve. «Das ist nichts als eine Modeerscheinung. Ich finde, wir verkaufen bald.»

«Dann glaubst du nicht, dass deine süße Fickmaus Carly von einer Maschine befriedigt werden kann, Steve? Kannst du dir das gar nicht vorstellen?»

«Nein», antwortet Steve, doch das «Nein» verunglückt ihm ein wenig und klingt eher wie ein «Naaa». Er greift nach seinem Glas und blickt ziellos über Franks gewaltige linke Schulter, die sanft geschwungen ist wie der endlos lange Hals eines friedlichen Walhais. Ich glaube, in gewisser Weise ist es möglich, dass wir Menschen alles wissen. Dass wir uns einfach dafür entscheiden, das Wissen auszublenden, das unser Bauchgefühl und unsere spirituellen Sinne uns zur Verfügung stellen. Darum rutscht Steve bei der Andeutung, seine eigene Geliebte könnte zu den Maschinen überlaufen, unbehaglich auf seinem Stuhl herum. Tief in seinem Inneren, wo immer das auch sein mag, weiß er, dass diese Möglichkeit besteht. In gewisser Weise verdrängt er das schemenhaft verschwommene Bild von Carly, die mit gespreizten Beinen in der Kabine bei Versus liegt, während die exakt in der richtigen Stärke vibrierende Maschine immer wieder in sie eindringt.

«Nein, Carly würde nie auf Maschinen stehen», sagt er schließlich. «Ich ficke wie eine.»

«Aha.» Frank sinkt zurück in die Fettschichten, die sich über seinem Gürtel stauen. «Wir werden verkaufen», sagt er und unterdrückt ein Rülpsen. «In vielerlei Hinsicht hast du recht. Autopen ist eine Modeerscheinung. Die Amerikaner sind viel zu sehr darauf fixiert, die Penetration nachzuahmen. Das ist Blödsinn.»

«Blödsinn?»

«Natürlich, die Penetration ist eine Falle, in die wir immer wieder tappen, die überflüssige Hommage an ein Ritual aus der Steinzeit. Die Zukunft liegt an der Oberfläche, in der äußeren Stimulierung des Körpers – mit Strom.»

Steve senkt den Kopf und legt die Hände auf den Tisch. Er sieht auf seine mit Diamanten gepflasterte Armbanduhr. Was macht die Zeit? Wenn ich irgendetwas bin, denkt Steve, dann ein Penetrator. Märkte, Moden, Fotzen, Arschlöcher, Eliten, Partys, Münder. Ich penetriere. Und mir läuft die Zeit davon.

«Ich werde verreisen», fährt Frank fort. Seine Finger befummeln einander wie Liebende bei einer Fettleibigenorgie. «Ich fliege nach Japan und suche nach der Firma mit der besten Sexmaschine. Dann investieren wir. Der elektrische Orgasmus, das ist das Ziel. Guck nicht so geknickt, mein Junge.»

«Ich bin nicht geknickt, Frank.»

«Hat Carly dich wieder beklaut?»

Steve schiebt sein leeres Glas beiseite. Getrocknete Milch klebt am Rand wie Kristalle. Seine Uhr. Diamanten. Was macht die Zeit?

«Carly geht's gut», sagt Steve. «Mir geht's gut. Sieh mich doch an.»

«Du bist ein schöner junger Mann, Steve, ein schöner junger Mann.»

«Das weiß ich.»

«Natürlich weißt du das. Natürlich.»

Frank fängt an, über irgendjemanden herzuziehen, über die Nutten vielleicht, die ihn ständig enttäuschen, aber Steve beschließt, ihm nicht zuzuhören. Seine Beziehung zu Frank ist alles andere als angenehm. Wo sind die Tweed tragenden Wirtschaftswissenschaftler meiner Jugend abgeblieben?, denkt er. Wo meine allseits geachtete Intelligenz? Die Aktenordner, die Kolloquien, mein Ehrgeiz, die Gespräche über Keynes bei einer Tasse Tee? Steve fühlt sein Handy in der Jackentasche, es vibriert direkt neben seinem Herzen. Eine SMS. Von Carly, ganz sicher, aber er sieht nicht nach. Er täuscht Interesse vor, als Frank ihm die wirtschaftliche Zukunft von maschinellem Sex erläutert. Ihm wird bewusst, dass er von Entscheidungen umgeben ist. Sie hängen an ihm, seine Handflächen sind schon ganz klebrig. Entscheidungen. Das fette Arschloch Frank, das sich nur für Kohle interessiert und für klapperdürre Nutten mit Silikontitten wie verschossene Fußbälle. Die turboscharfe Carly, die sich nur für Kohle, scharfe Tops, Alkohol und sonst was interessiert. So viele Entscheidungen. Zum Totlachen. Ist es möglich, dass ich so viele Entscheidungen getroffen habe?

Nachdem er Franks Einladung abgelehnt hat, ihn in einen von Didsburys Fünf-Sterne-Massagesalons zu begleiten, kehrt Steve zu seinem Wagen zurück und checkt seine Nachrichten.

Sorry Babe. Hätte
fragen sollen. Tut mir echt leid.
Mit Mädchen 1 in der Stadt x x

Anal also. Logisch. Weil ich immer noch ein Penetrator bin, denkt Steve, als er den Schlüssel im Zündschloss dreht. Und weil du stirbst. Weil ich schön bin und jung.

11.

Die Clementine

Nachdem sie Johnny im Park allein gelassen und an der Uni Dostojewski besprochen hat, kommt Rebecca zu spät zur Arbeit. Die Sonne ist hinter das Rathaus gesunken und wirft Schatten auf den Deansgate. Die letzten Käufer räumen rasch das Feld. Sie eilen, beladen mit Einkaufstüten und Kindern, zu den Parkplätzen, weil sie wissen, dass es gleich dunkel wird und sie Gefahr laufen, draußen zu sein, wenn die Party beginnt. Sie spüren den Beat der Biersäufer unter ihren Füßen. Und rennen.

Ja, Rebecca. Sie arbeitet in einem Stripclub auf dem Deansgate. Bedenkt man ihren Hang zu Moralattacken, eignet sich Rebecca im Grunde nicht als Stripperin. Aber als sie nach Manchester kam, wollte sie unbedingt eine werden. Denn obwohl sie das männliche Hirn verabscheut, kann sie der Versuchung nicht widerstehen, es bis in seine verklebten Winkel hinein zu erforschen. Heute kommt sie zu spät zu ihrer Schicht. Es ist schon kurz vor sieben, als sie durch die purpurroten Vorhänge tritt und die Treppe zur Nude Factory hinuntergeht.

In Wahrheit konnte Rebecca von Glück sagen, dass sie einen Job als Stripperin bekam. Ihre Brüste hängen zwar nicht, aber sie sind auch kein Blickfang. Als sie zum Vorstellungstermin kam, wusste sie, dass sie eine Wackelkandidatin war. Sie stand zitternd oben ohne in einem Hinterzimmer, vor sich eine Schar Männer, die auf ihren Unterlippen herumkauten und ihr grauen Qualm entgegenbliesen. «Sie ist das Mädchen von nebenan», hatte Marcus, der Geschäftsführer, schließlich gesagt. «Und wir brauchen echte Möpse.» Sie bekam den Job. Sie hatte gelächelt und sich angezogen. Im Hinausgehen hörte sie, wie einer der Rausschmeißer sich etwas in den Bart murmelte. «Geile Nippel», hatte er gesagt.

Das Licht in der Nude Factory ist purpurrot und billig. Die Luft ist schlecht, und es stinkt nach Fett. Rebecca lächelt dem Geschäftsführer zu, Marcus, dem dicken Schwarzen, der an der Bar sitzt, umgeben von Rauch, Bomberjacken und Männern. Marcus ist aus gesundheitlichen Gründen nicht in der Lage zu lächeln.

«Du kommst zu spät», schreit er. Seine Stimme klingt wie ein abgewürgter Motor.

«Ich weiß», ruft sie, «der Verkehr war die Hölle.»

Rebecca geht sofort in die Garderobe. Es gefällt ihr, das Mädchen von nebenan zu sein. Alles an dem Job gefällt ihr. Der Verdienst ist spitze, und sie ist gerne mit den anderen Mädchen zusammen. Wenn sie den Raum betritt, hockt dort garantiert eine scheckig selbstgebräunte Stripperin mit Riesentitten und heult wegen eines Mannes, dessen Name sich anhört wie ein Turnschuhmodell. Ja, sie mag die anderen Mädchen. Die, die nicht studieren, sind einfach faszinierend tragische Fälle, ihr Leben zerstört von Drogen, Männern und dem Älterwerden.

Rebecca zieht den grünen Khakirock aus, der den ganzen Tag lang ihre Beine verdeckt hat. Ihr Bauch, das weiß sie, ist gerade noch fest genug. Sie ist das Mädchen von nebenan. Sie schlüpft ins passende Höschen, ein schwarzes Fastnichts. Dann zieht sie den verwaschenen BH aus. Das ist, als würde man einer extrem erotischen Terroristin die Augenbinde abnehmen.

Ihre Brüste sehen aus wie Halogenscheinwerfer unter Wasser.

Rebecca fährt sich mit dem Kamm durchs Haar, tuscht sich die Wimpern dick mit Mascara und steigt in ein Paar Stöckelschuhe, die sie eigens für die Arbeit gekauft hat. Als sie die Bar betritt, schneidet sich die Musik in ihre Ohren. Sie findet die Musik beschissen; ich auch, und dir würde es genauso gehen. Miese Chartmucke mit stampfenden Beats und schwachsinnigen Texten, gesungen mit lächerlicher Überzeugung, meistens von einer Schwarzen. Sie geht an die Bar, wo sie einen Gin Tonic bekommt. Alkohol ist das Geheimnis jeder Stripperin: Alle Mädchen besaufen sich nach Strich und Faden. Pillen sind verboten, weil sie dann schlecht tanzen. Erst verlieren sie die erotische Ausstrahlung, dann das Geld. Manche werfen trotzdem welche ein. Im Hinterzimmer gibt es Koks, wenn man die Anmache des Hausdealers verkraften kann. Die meisten können es, nur so lässt sich die Langeweile und das ständige Nacktsein ertragen.

«Wenn du nochmal zu spät kommst, fliegst du.» Marcus nimmt Rebecca das Glas aus der Hand und stellt es auf den Tresen. «Du tanzt für Pete.»

«Scheiße, Mann», sagt Rebecca, denn Pete ist ein Stammgast und ein Spinner, ein einsamer Idiot, und jetzt muss sie zu ihm gehen und ihm ihre Brüste zeigen – sie ihm direkt vor die vernebelten Augen und die aufgesprungenen Lippen halten. Das ist die Strafe. Sie ist zu spät gekommen, und jetzt muss sie für den geilen alten Spinner tanzen. Na schön. Sie nimmt schnell noch einen Schluck und geht auf Pete zu. Die Bar ist halb voll. Grauenhaft geschmacklose, nikotingelbe Kronleuchter hängen wie Schweinehälften von der roten, niedrigen Decke. Widerwärtig schallendes Gelächter erhebt sich über die Musik, als ein paar Männer sich gegenseitig Tänze ausgeben. Die Nude Factory bedient den altmodischen Wichser, Umsatz wird nur wenig gemacht, die Gäste kratzen ihr Kleingeld für einen letzten Tanz zusammen. Rebecca tauscht mit einem der anderen Mädchen ein Lächeln, als sie sich neben Pete auf die spärlich gepolsterte Sitzbank setzt.

«Pete.»

«Ah, hallo, Kleines, danke schön muss ich wohl sagen, danke schön. Hast dir für mich Zeit gelassen, viel Zeit, viel danke schön.»

«Was?»

«Nein, nein, ist gut, Kleines. Ein Gläschen? Darf ich dir ein Gläschen spendieren?»

Pete ist gar nicht verrückt, nur ein wenig verloren. Ein verwirrter Niemand in Cordhosen, wie die Stadt sie massenweise auszuscheiden scheint. In seinen Wangen sitzen weiße Narben, umgeben von Schmutz und grauen, borstigen Haaren. Ein Blick in seine Augen lässt auf Misshandlung schließen. Viele Formen der Misshandlung.

Marcus' Blick ist fest auf Rebecca gerichtet; sie hat keine Chance, aus der Sache herauszukommen. Marcus ist ein faules Arschloch. Er denkt nicht gern. Hasst es, dass er Studentinnen beschäftigen muss. Spürt, dass sie nicht in der Lage sind, den Glamour und den Ruhm zu verkörpern, die einen anständigen Stripclub ausmachen sollten. Rebecca nimmt Pete den Nude-Chip» aus der Hand, legt ihm seine Arme an den Körper und drückt ihn gegen die Sitzlehne.

«O ja, Rebecca. Becky schöne Tüten», nuschelt Pete. Auf seinen Vorderzähnen klebt ein gelber, käseähnlicher Belag.

Rebecca spitzt kurz die Ohren und prägt sich Rhythmus und Stimmung des Lieds ein, zu dem sie tanzen muss. Dann kehrt sie zurück in die konzentrierte Stille - eine Technik, die sie in den sechs Monaten, die sie jetzt hier arbeitet, zunehmend vervollkommnet hat. Langsam lässt sie vor dem Stammgast, dem Spinner, dem einsamen Idioten, die Hüften kreisen. Nach exakt dreißig Sekunden, in denen sie aufreizend ihren Körper gewunden, sich gestreichelt und ein paar dezente Stöße mit dem Becken ausgeführt hat, beugt sie sich zu ihm hinunter, bis sich ihre Gesichter fast berühren. Das nennt man Irreführung. Während Pete noch daran zu knabbern hat, dass ein jugendliches, scheinbar erregtes Gesicht ihm derart nahe kommt, öffnet Rebecca ihren BH. Stell dir seine Überraschung vor, als sie sich aufrichtet und ihm ihre nackten Brüste präsentiert. Pete wird ihre Brüste exakt eine Minute lang genießen. Sie wird sie mit den Händen halten, sie zusammendrücken, stimulieren und zwirbeln – genau in dieser Reihenfolge. Er darf sie selbstverständlich nicht anfassen.

«Deine Hupen, Rebecca. Tut - tut – Hupen!»

Rebecca fährt mit dem linken Zeigefinger über Petes matschiges Gesicht. Er blickt mit Plexiglasaugen zu ihr auf. Der Clublärm klingt gedämpft wie Schreie unter Wasser. Es ist Zeit, kacken zu gehen.

«Kacken gehen», sagen die Mädchen, wenn sie für besonders groteske Gestalten einen Lapdance machen müssen. Der Ausdruck stammt von Rebeccas Freundin Sidney. «Ich wisch mir nur schnell den Hintern ab, bin gleich wieder da», sagt Sidney immer, wenn sie auf dem Schoß eines Kunden mit Käseschwanz geritten ist. Typen, deren Schritt sich anfühlt wie ein vom Regen aufgeweichter Trampelpfad. Bevor sich die amerikanischen Clubs überall breitmachten, hätte man solche Typen gar nicht hereingelassen. Damals hatte die Nude Factory es noch nicht nötig, auf das schwache Kapital der Unterschicht zurückzugreifen. Heute ist nahezu jeder willkommen. Marcus kann sich keine Kleidervorschriften und strengen Verhaltensmaßregeln leisten, und es ist ihm ein Gräuel, mit anzusehen, wie die Nacktheit vor die Hunde geht. Nacktheit muss betrachtet und bezahlt werden.

Rebecca dreht Pete den Rücken zu und stellt die Füße einen Schritt weit auseinander. Sie beugt sich langsam vor, bis ihr das Haar über den Kopf fällt und ihr Gesicht fast den Boden berührt. Blut schießt ihr in die Augen. Wärest du Pete, würdest du sehen, wie die Haut an Rebeccas Beinen sich so sehr spannt, dass die Muskeln und Knochen ihrer Schenkel und ihres Arschs hervortreten. Du würdest die Anstrengung in ihrem geröteten Gesicht sehen, sehen, wie die Finger ihrer rechten Hand lustlos Masturbation vortäuschen.

«Kleines, Kleines, wunderschön.»

Dann pflanzt sie sich mit einer ruckartigen Bewegung auf seinen Schoß. Schmuddeliger Cord reibt an ihrem sauberen Hintern. Das ist der schlimmste Teil, das metaphorische Kacken-Gehen. In dieser Phase des Tanzes kann sie unmöglich unbeteiligt bleiben, da sie sonst von der Erektion überrumpelt wird, auf der sie unweigerlich zu sitzen kommt. Auch in Petes Hose spürt Rebecca etwas Hartes, aber es ist auf keinen Fall zylinderförmig. Es fühlt sich an wie eine Clementine. Rebecca hofft, dass schmutzige, ältliche Penisse im realen Leben immer ein Geheimnis für sie bleiben werden. Dennoch rutscht sie duldsam eine Minute lang auf Petes Schoß herum und vollführt wie üblich den Zurücklehntrick. Dazu legt sie den Kopf auf der rechten Schulter des Kunden ab, hebt ihre Titten an und spielt mit ihnen. Das verschafft dem Kunden einen tollen Ausblick, einen geilen Blick, wie sie vermutet. Dieser Moment ist das Geheimnis ihres hohen Trinkgelds. Als sie ihre Nippel zwirbelt, fängt die Clementine in Petes Hose heftig an zu zucken. Zeit aufzuhören. Perverses Schwein. Alte Drecksau. Ich bin wirklich eine sensationelle Stripperin.

«Okay?», sagt sie zu Marcus, als sie mit dem zerknüllten Zehner, den Pete ihr zugesteckt hat, an die Bar zurückkehrt. Pete versucht, die harte Clementine zu verbergen, als er sich seitwärts an der Bar vorbeischiebt und zu den Toiletten geht, um zu pissen und sich einen runterzuholen. Oder, besser gesagt, um sich einen runterzuholen und dann zu pissen. Rebecca nimmt ihr Glas und geht zu Sidney, ihrer Freundin, die am anderen Ende des Raums rauchend an der Wand lehnt.

«Weißt du eigentlich, wie spät es ist?», fragt Sidney, eine Englisch-Kommilitonin mit sandblondem Haar und selbstfinanzierten Möpsen.

«Ich weiß, aber das Dostojewski-Seminar ist voll. Ich musste zur Uni und betteln.»

Sidney hält ihr die Zigarette an den Mund. Rebecca nimmt einen tiefen Zug.

«Außerdem war ich mit Johnny unterwegs, bis er anfing, von Löchern und Fotzen zu reden.»

«Hm. Und sind die Pornobilder endlich abgehängt?»

«Nein, meine Mitbewohner haben meinen Schrank mit Abspritzbildern bedeckt.»

«Ha.»

Sidney lacht, und Rebecca wird vom allzu kurzen Nikotinflash schwindlig.

Rebecca fällt es schwer, den Mann als sexuelles Wesen und den Mann als intellektuelles Wesen zu dem Gesamtbild zu vereinen, das sie von Männern hat. Dostojewski ist ein treffendes Beispiel. Die Frage lautet: Was hielt Dostojewski von Frauen? Schrieb er eine Weile und ging dann in einen Club, um Mädchen zu begaffen? Trank er Wodka, bis seine Clementine hart war? Wie berühmt war Dostojewski zu Lebzeiten? Sie weiß es nicht genau, aber sie muss es herausfinden. Sie weiß, dass Baudelaire zu Prostituierten ging; könnte das ein Anhaltspunkt sein? Vielleicht. Haben alle Männer pulsierende Clementinen, Gedanken und Triebe, die so finster sind, dass sie dem menschlichen Auge verborgen bleiben?

«Ich habe die Männer endgültig satt», sagt Rebecca.

«Ich weiß. Schon komisch, dass sie alle Wichser sind.»

Worüber, fragt sich Rebecca, hat Dostojewski wohl gewichst? Etwas Abgefahrenes vielleicht. Unrasierte Achseln zum Beispiel. Nein, denkt sie. Titten. Manchmal bestimmt über Titten.

Rebeccas sexuelle Erfahrungen beschränken sich auf drei Beziehungen, die sie im Alter zwischen sechzehn und achtzehn hatte, als sie im Lake District lebte. Alle drei waren sie Jungs um die vierundzwanzig; Landarbeiter, kleine Drogendealer. Diese Beziehungen basierten weniger auf Liebe als auf den Verlockungen eines Autos, von Zigaretten und der neuen Erfahrung

Schwanz. Seit sie älter geworden ist und billiger Fusel und Sex im Heu für sie an Reiz verloren haben, versteht Rebecca die Männer nicht mehr. Sie glaubt fest daran, dass Jungs aus zwei komplett getrennten Hälften bestehen, die einander fortwährend hintergehen, bekämpfen und verleugnen. Vielleicht ist Johnny zur einen Hälfte ein sensibler, witziger Mann und zur anderen Hälfte ein sexuell ausgehungerter Troll. Vielleicht reißt er deshalb Witze über Löcher und Fotzen. Weil sein Hirn von einem kaum verborgenen, übertriebenen Verlangen nach hartem Sex getrieben ist.

Rebecca wendet sich wieder Sidney zu und stellt fest, dass sie verschwunden ist. Sie blickt im Raum umher und entdeckt ihre Freundin an der Wand, sie sitzt auf dem Schoß eines dürren Geschäftsmanns mit geblümter Krawatte.

«Sidney», fragt Rebecca, «was hältst du von Sex?» Sidney hört abrupt auf, mit den Hüften zu kreisen, und denkt nach; der Geschäftsmann verzieht das Gesicht.

«Na ja, ich finde, Sex soll Spaß machen», antwortet Sidney. «Aber komischerweise ist das nur selten der Fall.» Das Gesicht des Geschäftsmannes zerfällt zu Pfirsichmus. Es hat den Anschein, als würde er unter Sidneys nahezu perfektem Hintern sterben.

Es hilft nichts. Rebecca kann diese Frage nicht allein beantworten, sie muss mit Dostojewski sprechen. Ich muss mich mit Dostojewski verabreden, denkt sie. Vermutlich. In sehr jungen Jahren stand er in Moskau vor einem Exekutionskommando. Es fiel kein Schuss, aber er stand eine Weile mit verbundenen Augen da und schiss sich bestimmt vor Angst in die Hose, während er auf das Donnern der Gewehre wartete. Wenn man so etwas überlebt hat, erscheint einem das Leben wahrscheinlich als unendlich kostbar und wie ein Rausch. Sex muss sein wie ein Riesenhalleluja. Heiter und zum Mitklatschen, erfüllt von Güte und Dankbarkeit, eine Offenbarung, die man mit großen Augen gierig in sich aufnimmt.

«Wenn du über Sex reden willst ...», Sidney steht auf, wodurch im Schoß des Geschäftsmanns eine pulsierende Nadelstreifenbeule sichtbar wird. Sie dreht sich um und nimmt ihm einen Zehner aus der schlaffen Hand. «... unterhältst du dich am besten mit dem da.»

Rebeccas Blick folgt Sidneys Finger. Er zeigt auf einen jungen Mann, der sich auf Zetteln Notizen macht und alle paar Sekunden von seinem Cocktail trinkt.

«Spendier ihm einen White Russian. Die schüttet er in sich rein, seit er hier ist. Kohle bringt er auch. Total durchgeknallt, der Typ.»

Der junge Mann hat einen rasierten Schädel und feuchte, wasserblaue Augen mit gezupften Brauen. Sein Gesicht ähnelt einer primitiven Strichzeichnung, aber er sieht gut aus, ausgesprochen gut. Rebecca dreht sich um und geht zur Bar.

Natürlich ist der junge Mann Justin. Das hätte in dem Moment klar sein müssen, als du erfahren hast, was er trinkt – ein weiterer Verweis auf den White Russian. Das war nicht bloß Zufall oder ein Kommentar zum Cocktailkonsum im 21. Jahrhundert, wie du möglicherweise angenommen hast. Ich vermute, er hat den Pub in der Cross Street verlassen, ist zurück über den St. Anne's Square auf den Deansgate gegangen und in die Nude Factory hinuntergestiegen. Sein Kommen ergibt Sinn. Überleg mal. Neben dem Kauf eines Pornohefts ist ein

Besuch der Nude Factory der erste logische Schritt auf seinem Weg zu beglückendem Sex und einem ausgeglichenen Leben.

Justin blickt von seinen Notizen auf und sieht den Finger einer Stripperin, der genau in seine Richtung zeigt. Sidney? Hieß sie so? Vor ungefähr einer Stunde hat sie auf seinem Schoß getanzt. Es hat ihm nicht gefallen. Die fast durchscheinende Haut ihrer Brüste mit den zart violetten, pickligen Nippeln wirkte grotesk auf ihn, so als könnte er das wogende Silikon darunter sehen. Er beobachtet, wie eine andere Stripperin an die Bar geht. Kurz darauf kommt sie an seinen Tisch und stellt ihm einen White Russian hin.

Nachdem Rebecca das Glas abgestellt hat, setzt sie sich Justin gegenüber. Sie ist fasziniert. Sie starrt ihn an, während sie mit einem Strohhalm das Eis in ihrem Gin Tonic klirren lässt. Sie sitzen in warmer Dunkelheit. Zwei Fremde. Die Musik dröhnt, nackte Mädchen tanzen. Die beiden tauschen einen Blick. Gott sei Dank, dass sie einander begegnet sind. Beide plappern drauflos.

«Hallo», sagt Justin.

«Hallo.»

«Ich habe eine Idee, eine großartige Idee.»

«Aha.»

«Soll ich dich gleich bezahlen?»

«Ja, soll ich für dich tanzen?»

«Nein, vielen Dank.»

«Okay.»

«Ich hatte schon sechs.»

Rebecca nimmt Justin zwei Zwanzigpfundscheine aus der Hand und zerknüllt sie in der Faust. Justin ist eindeutig betrunken, mehr als das. Er ist sternhagelvoll, erinnerst du dich an den Pub und das Restaurant und seine Mutter? Er trinkt einen Schluck und zwickt sich in die Nase. Rebecca überlegt, ob Justin ein Exekutionskommando überleben würde. Das ist wenig wahrscheinlich, er wäre kaum in der Lage zu stehen.

«Ich bin ein Mann», setzt Justin an. «Und du ... du bist ...»

«Ich bin eine Frau», unterbricht ihn Rebecca.

«Natürlich bist du das, und ich, also ich habe diese große Idee.»

Rebecca senkt den Blick und betrachtet ihre übereinandergeschlagenen Beine, die sich fest um den dünnen Stoff ihres Slips schließen. Es ist ein albernes Geschäft, das Leben, denkt sie, durchzogen von lauter feinen Linien. Sie möchte herausfinden, wie Männer wirklich sind, oder genauer gesagt, wo Sexualität und Persönlichkeit in ihnen aufeinandertreffen. Justin rülpst. Er hält sich rasch die Hand vor den Mund, um es als ein Husten zu tarnen. Keine Chance. Sein Mund klappt auf. Wörter, noch mehr Wörter.

«Die Erzählung der Liebe ist geschrieben, sie ist abgeschlossen. Sie wurde gelesen und verstanden, jetzt muss das Manuskript verbrannt werden und ...»

Justin gerät schon im ersten Satz seiner Rede ins Schleudern. Bei Sidney war er mehr auf Draht, klarer, noch nicht so betrunken. Jetzt hat er vom Alkohol Kopfschmerzen, und Rebecca bringt ihn aus dem Konzept. Ist sie das Mädchen von nebenan? Und hat sie nicht saugeile Titten? Seine Augen flimmern.

«Wie heißt du?»

«Rebecca, und du?»

«Justin.»

Eigentlich hätte Rebecca «Claudette» sagen müssen. Jedes Mädchen in der Bar hat einen Strippernamen, Claudette ist, wie sie es ausdrückt, ihr «nom de nudité». Die Nude Factory füllt sich. Der Eingang ist verstopft mit Männern, jungen Bengeln in Trainingshosen, mit gelben, vor Begierde großen Augen. Die Musik plärrt unverdrossen weiter. Rebecca sieht Justin an, beschwört mit Blicken sein Genie und das Vermögen, ein Exekutionskommando zu überleben. Bumm! Nein, nein, er ist tot, er ist tot. Justin hört das glucksende Geräusch, mit dem sein Hirn signalisiert, dass es bis auf Weiteres die Arbeit niederlegt.

«Zieh den BH aus, Rebecca», sagt er. Seine Worte klingen wie ein übelriechender Furz.

«Möchtest du einen Tanz, Justin?»

«Nein, nein, ich brauche nur eine kurze Pause. Ich glaube, ich bin besoffen.»

Dreißig Sekunden vergehen. Ein Stück von Justins Hirn fällt aus seinem linkem Ohr und platscht in seinen Cocktail.

«Zieh den BH aus, Rebecca. Ich habe dir vierzig Pfund gegeben.»

Rebecca seufzt. Bumm! Er ist tot. Er hat nicht überlebt. Zum dritten Mal an diesem Abend greift Rebecca nach hinten und löst den Verschluss ihres BHs.

«Wie rührend, du möchtest meine Titten sehen», sagt sie und lehnt sich mit durchgebogener Wirbelsäule zurück. Justin schwenkt sein Glas, das Hirnstück tanzt auf der Milch. Er findet das völlig normal. Seine betrunkenen Augen starren Rebecca an; dünne, grüne Gasschwaden scheinen aus ihnen hervorzusickern. Er rülpst wieder. Sagt: «Wirklich, Rebecca, du bist wirklich turboscharf.»

«Nein, Justin, bitte sei nicht so vorhersehbar. Streng dich lieber an, dass du nüchtern wirst.»

Justin scheint irgendwo zwischen Wachen und Bewusstlosigkeit zu treiben. Ist er stockbesoffen oder nur tief in Gedanken versunken?, überlegt Rebecca. Er ist in sich zusammengesackt und glotzt ihr weggetreten auf die Titten, als sehe er fern. Ihre Nippel hypnotisieren ihn wie der Schnee nach Programmschluss. Sie weiß, dass sie nicht turboscharf ist. Sie weiß, es liegt am Alkohol, dass er ihre mangelnde Körpergröße und die kleinen Makel ihres Gesichts übersieht: Makel im Aufbau und in der Symmetrie.

«Entschuldige», lallt Justin.

Auch für ihn läuft die Sache schief. Der viele Alkohol hat seinen Plan zerstört, dem Experiment geschadet. O Gott, denkt er, ich wollte uns alle retten. Denk nur an die Millionen von Menschen auf der Welt, denen eine wahre, ausdrucksstarke Persönlichkeit und ein glückliches Leben mit handfestem Sex verwehrt bleibt, weil ich zu viel gesoffen und das Experiment versaut habe. Man sollte mich ins Gefängnis stecken.

«Okay, hör zu, Rebecca, zieh den BH wieder an.»

«Du Vollidiot.»

«Alles gut, es tut mir leid.»

Bumm! Er hat überlebt. Das Kommando hat danebengeschossen. Er hat überlebt. Ich habe ihn Vollidiot genannt, denkt Rebecca. Mir geht's gut, denkt Justin. Denk an die Menschheit, an die Welt. Die Gesellschaft. Die vielen, die durch Sex sterben, obwohl er ihnen neues Leben schenken soll. Während Rebecca ihren BH wieder anlegt, schiebt Justin sein Glas beiseite und lehnt sich über den Tisch, die Ellbogen aufgestützt.

«Und, wie heißt jetzt die große Idee, Justin?», fragt die fertig angezogene Rebecca. Ein unsicheres Lächeln legt sich auf Justins Lippen wie ein willkürlich drapiertes Stück Schnur. Er spricht.

«Vor einem Monat ist mein Vater gestorben. Heute in einer Woche kriege ich sechzigtausend Pfund. Das ist ein Haufen Geld, wenn man bedenkt, dass mein Leben wahrscheinlich nie einen Sinn haben und auch nicht lange dauern wird. Bisher habe ich an vorderster Front des Kapitalismus gelebt, Rebecca. Ich bin nutzlos. Aber jetzt will ich dienen, und ich tue es gerne, absolut zweckfrei.»

Rebecca gähnt wie eine Löwin.

«Als ich vierzehn war, habe ich mit einem Landarbeiter gefickt», sagt sie, «bla, bla, bla. Wusstest du, dass Dostojewski ein Exekutionskommando überlebt hat?», fügt sie beeindruckt hinzu. Er ist klug, und auch ziemlich komisch, auf seine Art. War Dostojewski komisch? Hat er Witze gerissen? Worüber?

«Einen Landarbeiter? Was meinst du?»

«Nichts, sprich weiter.»

«Wo war ich?»

«Dein Vater ist tot. Du hast Geld geerbt, und der Kapitalismus hat dich abgestumpft.»

Justin nickt und trinkt. Das Stück Hirn sieht aus, als sei es in der Milch sauer geworden. Ein hauchzartes Grün. Egal. Zu betrunken. Egal.

«Ich habe Geld, und ich bin ohne Liebe, ohne Zuneigung. Gefühlsbehindert. Aber das Geld ist das Entscheidende. Ich habe Geld. Ich fühle mich so furchtbar und so mächtig, Rebecca. Ich habe noch nie richtig gearbeitet, habe nicht studiert. Ich wurde erzogen, mit Wissen gefüttert und mir selbst überlassen. Und jetzt wünsche ich mir nur, dass ich im Feuer untergehe.»

«Vielleicht solltest du deinen mutigen Entschluss nochmal überschlafen, du siehst ein bisschen blass aus.»

«Hör mir zu. Ich werde mir sexuelle Befriedigung *kaufen*. Ich werde die Gesellschaft und den ganzen Scheiß durchdringen, ich werde mir Glück und sexuelles Vergnügen durch pure Kaufkraft verschaffen.»

«Und darum bist du in die Nude Factory gekommen?»

«Das ist nur der Anfang. Die Idee ist mir erst vor ein paar Stunden gekommen.»

«Und ein Lapdance konnte dich nicht glücklich machen?»

Justin scheint in seinem Stuhl zu wachsen: Sein Rücken streckt sich, und er legt beide Hände auf den Tisch. Er starrt auf seine gespreizten Finger und sagt: «Verstehst du denn nicht, wie sehr die Gesellschaft von meinem Experiment profitieren könnte?»

Rebecca schüttelt sich vor Lachen. «Nein, Justin, kein bisschen. Ich verstehe absolut nicht, wie wir davon profitieren sollen, wenn du mit ein oder zwei Prostituierten fickst.»

Justin beugt sich noch weiter vor, seine Augen weiten sich sichtbar und werden schlachtschiffgrau. Rebecca lehnt sich wortlos zurück, ihre Wangen röten sich vor Belustigung. Justin fährt mit seiner Rede fort, die er für zwingend und weltverändernd hält.

«Ich werde investieren, bis ich alle Geheimnisse und Tricks durchschaut habe. Ich werde so lange Geld in Sex stecken, bis nur noch ich übrig bleibe. Ob glücklich, tot oder gedemütigt: Ich werde ich selbst sein, die wahre Verkörperung meiner Bedürfnisse und Begierden. Ich werde nackt sein und überglücklich, ein leuchtender Stern, ein Wegweiser für alle, die …»

«Ich habe auch eine Idee», unterbricht ihn Rebecca. «Nämlich, dass alle Männer eine leichte Klatsche haben, sexuell und sozial zurückgeblieben sind. Kann gut sein, dass du schon verloren bist.»

«Nein, nicht verloren, genau darum geht es doch. Ich werde uns aus der Sklaverei befreien, uns vor der Verdammnis retten. Ich habe einen Plan, wie eine Skala, für jeden Schritt meiner Reise. Erst hier und dann in ein Bordell, ein gutes, das beste. Danach Fetische. Ich möchte möglichst viele abdecken. Nicht die ulkigen, sondern die, hinter denen ganze Wirtschaftszweige stecken. S/M oder sonst was. Und dann wird es interessant. Orgien vielleicht. Ich denke über Möglichkeiten nach, mit einem Star zu vögeln. Verstehst du, was ich meine? Ich werde mich durch alle Mythen durchkaufen, damit ich sehe, ob sich dahinter etwas verbirgt, und wenn ja, was.»

«Wozu?», fragt Rebecca, hauptsächlich, damit er weiterredet und sie Zeit zum Nachdenken hat. Sie kramt in ihren stummen Erinnerungen an den BWL-Pflichtkurs, den sie im letzten Semester belegt hat. Sie überlegt, ob es sich lohnt, ihren Spruch aufzusagen, dass der freie Handel mit Freiheit einen Scheißdreck zu tun hat. Doch sie hört lieber Justin zu, der mit beiden Fäusten auf den Tisch hämmert: «Weil ich mich langweile und weil ich nutzlos bin und weil ich außer Rand und Band vor Glück sein will.»

Ja, das ist der junge Überlebende, denkt Rebecca, während sie beobachtet, wie die Farbe aus Justins Wangen weicht. Er könnte wirklich mein junger Überlebender sein. Sie blickt sich im Club um. Der Laden füllt sich immer mehr, nackte Mädchen winden sich wie blasse Schleifen über ausgehungerten Männern. Sie nimmt Justins Cocktail und trinkt einen großen Schluck. Ist das Hirn? Nein, das kann nicht sein.

«Du willst dich selbst verstehen, dein Denken und deine Sexualität?» Sie wischt sich den schmalen Milchrand von der Oberlippe. Justin nickt, obwohl ihm nicht ganz klar ist, was sie meint, und weil er gegen das heftige Bedürfnis zu pissen kämpft, das ihn plötzlich überkommt.

«Justin», sagt Rebecca, «ich will dein sexuelles Begehren verstehen.» Als sie Justins unbewegtes Gesicht wahrnimmt, beugt sie sich vor und schlägt ihn zart auf jede Wange. Sie flüstert: «Ich will wissen, wie du meine Titten findest.»

Rebecca entdeckt in Justins Vorhaben ihr eigenes Projekt. Die Sexualität und wie sie sich verdammt nochmal erklären lässt. Will Justin verstehen, wie sich der Sexualtrieb in die Persönlichkeit einfügt? Will er herausfinden, wie Sex unmerklich in unser zivilisiertes, planmäßig verlaufendes Leben vordringt? Vielleicht, aber zugleich zappelt er unter dem Tisch hektisch mit dem Bein. Ganz langsam heben sich seine Lider. Er starrt Rebecca an mit einem Blick, in dem eine beängstigende Möglichkeit liegt.

«Ich will keine Freundin», sagt Justin.

«Ich will keinen Freund», sagt Rebecca.

Bin ich eine Prostituierte?, denkt Rebecca. Wird man so zu einer? Justin zückt seine Brieftasche und gibt Rebecca noch einen Zwanzigpfundschein. Die Bar ist jetzt gerammelt voll, nicht ein Mädchen drückt sich noch im hinteren Teil des Raums herum, nur noch er und Rebecca. Er ist hundemüde, fühlt sich, als hätte er sich so verausgabt, dass er sich nicht einmal mehr seine Gedanken merken kann.

«Was hältst du davon? Ich gebe dir meine Nummer, und du rufst mich an, wenn du mich brauchst. Dann sehen wir, was ich davon halte, was ich für dich tun kann. Für Geld.» Während sie das sagt, stellt sich Rebecca die Frage, was genau das sein könnte und warum sie ihm ihre Hilfe überhaupt anbietet. Immerhin könnte er ein Serienmörder sein. Oder vielleicht ist genau das sein Fetisch: Er verleitet Mädchen dazu, dass sie sich unter der Fahne der gesellschaftlichen Befreiung an sexuellen Exzessen beteiligen.

«Ich bescheiß dich nicht, Justin. Ehrlich, ich bescheiß dich nicht», sagt sie und geht ein wenig auf Distanz, um ihre Begeisterung zu zügeln.

«Ja, ich weiß», sagt Justin matt. Er überlegt, was seine Mutter zu alldem sagen würde, und kommt zu dem Schluss, dass sie wahrscheinlich eifersüchtig wäre. Er sieht zu, wie Rebecca ihren Namen und ihre Telefonnummer auf einen Zettel schreibt. Sein Gesicht ist vom Alkohol wie ausgeixt. Rebecca ist verärgert und zugleich erregt, fasziniert von seiner Persönlichkeit und der Magie, die sie in ihm zu spüren glaubt. Doch sein wirres Denken macht sie wütend, und dass er sturzbesoffen ist, auch.

«Bist du Dostojewski?», sagt sie leise und eher zu sich selbst. Es ist halb zehn, und sie hat noch ein gehöriges Pensum Nacktheit zu erledigen. Justin hat die Frage gar nicht gehört, zu teilnahmslos, zu besoffen. Rebecca fühlt Marcus' Hand auf ihrer Schulter. Sie sieht auf, und er zeigt auf eine Gruppe rotgesichtiger Jungs in blauen und grünen Ballonseideanzügen. Justin ist nach vorne gekippt. Seine Stirn klebt auf der Tischplatte.

Zwei Rausschmeißer packen ihn an den Armen und heben ihn vom Stuhl. Als Justin aus der Nude Factory gezerrt wird, fühlt Rebecca jeansstoffweiche, kreisende Finger auf ihrem Hintern. Sie können sich über den furchtbaren Lärm hinweg gerade noch verstehen.

«Deine Titten gefallen mir, Rebecca. Deine Titten gefallen mir sehr!», ruft Justin ihr zu.

«Okay, schöner Mann. Okay!»

12.

Fußballirre

Wäre Johnny mit magischen Fähigkeiten gesegnet, das heißt, könnte er durch Zeit und Raum sehen und alles wahrnehmen, dann wüsste er, dass Rebecca, während er im Fernsehen Fußball guckt, in Höschen, BH und auf Stöckelschuhen in einer Bar herumläuft. Aber leider verfügt Johnny über gar keine Fähigkeiten. Er hat keine Ahnung, woher Rebecca das viele Geld hat, womit sie ihre Bücher, die Reisen nach Moskau, die Theaterkarten und die regelmäßigen Restaurantbesuche finanziert. Vielleicht hat sie einen Job, denkt er. Oder einfach Eltern. Johnny sitzt leichenstarr zu Hause in der Kingswood Road in Fallowfield auf dem Sofa.

Fußball ist ein Stern in einer kulturellen Konstellation, die am Himmel aufzieht, als die Sonne über dem 20. Jahrhundert untergeht. Er strahlt hell. Stars, Film, Fernsehen, Mode und einige Musikstile bilden mit Fußball die Fixsterne dieser neuen, sonderbaren Konstellation. Jeder dieser Sterne strahlt so hell, dass man ihn kaum von den anderen unterscheiden kann. Das Ergebnis ist ein blendendes weißes Licht. Spezialeffekte. Pyrotechnik.

Die meisten Menschen machen sich was vor. Die Realität ist etwas, was aufblitzt. Es ist das Unglaubliche, womit sich das meiste Geld verdienen lässt. Die moderne Welt ist absolut unglaublich. Sie kann einfach nicht wahr sein. Die Bilder der Nackten, der Glücklichen und der Verstörten huschen wie Geister durch unser Blickfeld. Unser Lidschlag erhält sie am Leben. Es ist, als würde man direkt in die Sonne sehen und dann den Blick auf etwas Alltägliches, Wirkliches richten. Wobei man feststellt, dass es in dem grellen weißen Licht, das die Sonne vor den Augen hinterlassen hat, kaum zu erkennen ist.

Johnny hat an Fußball nicht das geringste Interesse. Er kann im Zuspiel, in der Bewegung oder im Ballgefühl nichts Schönes entdecken. Der Reiz des Spiels bleibt ihm verborgen. Es erschreckt und verwirrt ihn, wenn seine Zeitgenossen bei einem Fernschuss oder einer scheinbar simplen Passfolge «Oooh!» und «Aaah!» schreien.

«Kacke, ich hab das Spiel vergessen!»

Das ist Zakir, Johnnys Mitbewohner. Er platzt aus der Küche ins Wohnzimmer, in der Hand ein öliges Stück Fisch. Zakir ist ein Austauschstudent aus Delhi, der in Manchester ein Jahr lang Politik und BWL studiert. «Wie steht's, Johnny?», schreit er und fuchtelt so heftig mit dem Fisch, dass Johnny ein paar siedend heiße Öltropfen abbekommt. «Null-null, Johnny, es steht null-null, Gott sei Dank.»

Zakir setzt sich auf die Sofakante und beugt sich zum Fernseher vor. Johnny schätzt, dass circa zwei Quadratzentimeter von Zakirs Arsch das Sofa berühren. Unglaublich. Wenn Zakir Fußball guckt, bekommt er Augen wie ein Zombie in einem alten Film. Johnny macht sich einen Spaß daraus, die Minuten zu zählen, bis er das nächste Mal blinzelt. Manchmal sind es mehrere. Abgesehen davon, dass Zakir es für absolut normal hält, ständig «Kacke» und «Scheiße» zu sagen, hat er so gut wie keine Schwächen. Er raucht nicht. Trinkt nicht. Sitzt jeden Abend mindestens vier Stunden über seinen Büchern. Kocht viel und hervorragend. Gibt nie Geld für unnützen Kram aus.

Schafft es sogar, zwei Tage in der Woche zu arbeiten und regelmäßig Briefe und Geschenke heim nach Indien zu schicken.

In den sechs Monaten, die sie jetzt gemeinsam in der Kingswood Road wohnen, hat Johnny Zakir mit Argusaugen beobachtet. Er will unbedingt eine Schwachstelle an ihm finden. Einen Augenblick der Schwermut, einen Anflug von Verzweiflung. Ein Seufzen, eine Träne, einen Riss. Aber bislang vergeblich. Einmal wurde er wütend, als es in den Nachrichten um Kaschmir ging, aber daran fand Johnny nichts auszusetzen. Das war engagiert, auf nette Weise patriotisch, und es sah irgendwie cool aus. Das einzige Mal, dass Johnny so etwas wie sexuellen Frust in Zakir witterte, war, als er Miss India bei der Wahl zur Miss World mit Gebrüll zum Sieg trug. Aber auch das war eine Enttäuschung. Sicher, er schien sie attraktiv zu finden, aber ebenso sehr begeisterte ihn ihr Appell für Frieden, globale Freundschaft und religiöse Toleranz. «Sehr, sehr kluges Mädchen und sehr schön, findest du nicht, Johnny? Das ist so gut für Indien. Kacke, Mann, ich bin so stolz, richtig, richtig stolz.»

Johnny ist zu dem Schluss gelangt, dass die Engländer als Volk im Arsch sind. Alle anderen Völker scheinen unverwundbar, während die Engländer ihm dämlich, ignorant, faul und fettleibig vorkommen. Er weiß, dass Rebecca seine Meinung teilt und die kulturelle und wirtschaftliche Übermacht Amerikas dafür verantwortlich macht. Die Amerikanisierung von Welt und All. Johnny ist ungern mit anderen einer Meinung. Er macht sich lieber über die antiamerikanische Haltung lustig, die sich seit den 1970er Jahren zunehmend auf der Welt ausbreitet. Heute herrscht sie überall, ein sehr beliebter Hass.

Die meisten Leute hadern mit dem Land der Freiheit. Der Widerstand hat viele Gesichter. Von Menschen, die sich an öffentlichen Orten in die Luft sprengen, bis hin zu Scham und schlechtem Gewissen, wenn man sich im Fernsehen eine amerikanische Sitcom ansieht.

In Zakirs Gegenwart fühlt Johnny sich schwach. Das Gleiche gilt, wenn er mit Deutschen, Spaniern oder Japanern zusammen ist. Immer hat er das Gefühl, als wären ihre Hirne nicht so leck wie seins, wie unsere. Als könne ihnen die Flut von Informationen, Farben, Zwängen und Bedürfnissen nichts anhaben. Ausländer können nicht gut Witze erzählen, aber sie lachen viel. Sind von Natur aus glücklich. Klopfen sich gegenseitig auf die Schulter, trinken Kaffee, unterhalten sich in einem bunten Sprachengemisch über Politik. Arschlöcher. Warum jagt sich Zakirs Hirn nicht so wie meines selbst hinterher, bis es ihm aus dem Schädel springt?, denkt Johnny. Warum ist er immun gegen den Schrott, der mich beherrscht? Gegen die banalen Gedanken und Verpflichtungen, gegen Frauen, Jugend, Glück?

«Alles klar, Johnny?», fragt Zakir, den Blick starr aufs Spielgeschehen gerichtet. Er hält noch immer den Fisch in der Hand.

Richtige Freunde sind die beiden nicht geworden. Anfangs hatte es so ausgesehen, als könnten sie welche werden, aber daraus wurde nichts. Bei Frauen, Spaß und Alkohol stieß die Freundschaft an ihre Grenzen. Sie stellten fest, dass sie einander kulturell fremd waren.

«Ja, alles klar. Nur ein bisschen Stress mit den Frauen.»

«Ach, Scheiße. Merkwürdige Wesen, Johnny, keiner kann sie verstehen.»

Vielleicht, denkt Johnny, ist alles nur eine Frage von Umgangsformen und Konventionen. Vielleicht empfindet Zakir es als ungehörig, Schwäche, niedere Emotionen oder sexuelle Frustration zu zeigen. Im Unterschied zu uns, die wir dazu erzogen wurden, unsere hässlichen Herzen offen vor uns herzutragen und unser Unglück überall hinauszuposaunen. Aber Zakir ist nicht blind. Sein Hirn muss beim Anblick von Lucys Oberweite einfach Wellen schlagen oder auf andere Weise reagieren. Er muss die Hefte doch bemerken. Etwas muss geschehen.

«Ich geh Bier holen, Zakir. Soll ich dir irgendwas mitbringen?» Johnny steht auf und lässt Zakir gebannt vorm Fernseher sitzen.

«Nein, danke, Johnny, saugeiles Spiel.»

Johnny geht in den Flur und nimmt seinen scheußlichen Anorak vom Kleiderhaken neben dem Spiegel. Durch die Staubschicht betrachtet er sein Spiegelbild. Bin das ich? Hilf mir auf die Sprünge, wie lange dauert gleich das Leben? Mein Gott. Die Haustür fällt hinter ihm ins Schloss.

Draußen ist es dunkel und kalt. Johnny zieht die Schultern hoch und eilt vorbei an den vereinzelten Horden Amüsierwilliger, die seinen Weg kreuzen. Sie sind unterwegs zu den Bars und Clubs in Fallowfield. Mit jeder Gruppe von Mädchen und Jungen, die er erblickt und überholt, wächst sein Staunen über die ungeschriebenen Gesetze, die bezüglich Stoff, Schnitt und Passform zu herrschen scheinen.

Die Jungs sind wie Spielzeuge. Helle, schlichte Klamotten. Die Haare über der Stirn albern hochgegelt. Jeder von ihnen ein Opfer der normierenden Macht von Geld, Kultur, Sport.

Und die Mädchen? Na ja. Die hoffnungslos Übergewichtigen ausgenommen, sind alle Mädchen aus zwanzig Metern Abstand schön.

Johnny trägt eine einigermaßen ordentliche Jeans und einen dünnen Wollpullover. Der Kragen seines Hemds lugt aus dem Halsausschnitt: die Kombination von Hell- und Dunkelblau soll auf das weibliche Auge vernünftig, schick und anziehend wirken. Johnnys Verderben ist sein Körper: die langen, unbeholfenen Gliedmaßen und die unschön krumme Haltung. Er geht die Ladybarn Lane hinunter und biegt rechts ab. Er ist unterwegs zum Laden an der Ecke. Ich habe es noch nicht erwähnt, weil ich so viel über Mode gesprochen habe und darüber, dass sie alle gleich aussehen lässt. Aber Johnny ist sehr traurig, und ihm steht der Sinn danach, ein bisschen über die Stränge zu schlagen. Er hat etwas ziemlich Verwegenes und Extremes vor.

Er drückt die schwere Tür auf. Der Laden ist klein. Die Inhaberin bestückt im hinteren Teil die Regale mit neuer Ware. «Hallo!», ruft sie Johnny zu. Sie ist klein, rundlich und Asiatin. Ein Zittern liegt in ihrer Stimme. Wenn sie spricht, klingt es, als wolle sie singen.

«Hallo», sagt Johnny und steuert direkt auf das Zeitschriftenregal zu. Lucy ist auch da. Sie starrt ihn vom Titelblatt des Heftes an. Die Finger auf den Nippeln, retuschierte Titten, kauf mich, du Arschloch, du geile kleine Sau. Nein, Lucy, denkt Johnny. Für das, was ich und Zakir brauchen, bist du ein bisschen zu konservativ. Ich bedaure, aber wir brauchen den besonderen Kick, den du uns mit deinen sterilen Posen leider nicht geben kannst. Er lächelt in sich hinein, diese Sache macht ihm Spaß. Fühlt sich echt wie Leben an, denkt er. Sein Blick wandert über die Regale mit den Hochglanzmagazinen und dann zu den Hardcore-Pornos auf dem obersten Bord.

Die Titel sagen ihm nichts, und er weiß nicht recht, was er kaufen soll. Als sein Blick die einfachen Blau-, Rot- und Gelbtöne der Pornohefte registriert, bekommt er einen trockenen Mund, und ihm flattern die Nerven. Er kann die Wörter nicht entziffern. Er sieht nur Körperteile von Frauen: Arme, Titten und Gesichter. Schließlich greift er zwei Hefte auf einmal. Sein Herz hämmert im Technobeat. Ohne einen Blick darauf zu werfen, nimmt er sie mit zur Kasse.

«Komme gleich», singt die Ladenbesitzerin, vermutlich, ohne zu wissen, was er zu kaufen beabsichtigt. Ich kann es kaum erwarten, ihren Gesichtsausdruck zu sehen, denkt Johnny. Verurteilend oder einfach gelangweilt? Schließlich verkauft sie die Dinger, verdammt nochmal. Ich wüsste zu gern, ob sie noch gläubig ist. Muslima oder sonst was. Toll. Er blickt auf den Tresen und stellt fest, dass die Hefte, die er sich geschnappt hat, *Razzle* und *Just 18* heißen. Auf dem Cover des letzten ist ein Mädchen im Schlüpfer abgebildet, wie ihn vielleicht eine Heranwachsende trägt: schlicht und weiß. Dazu trägt sie kindliche rosa Söckchen. Über ihrem Bauch steht: «Ich war ungezogen, fick mich wie einen Hund und spritz mir hintendrauf.» Johnny weiß ehrlich nicht, ob er lachen oder weinen soll. Er atmet tief durch, als er aus dem Augenwinkel bemerkt, dass die Besitzerin sich langsam in Bewegung setzt.

Klapper! Hinter ihm klappert etwas, o Gott, es ist die Tür. Johnny blickt sich um – jemand versucht, die Scheißtür aufzumachen. Verfluchter Mist. Sonst ist in dem Laden nie etwas los. Die Tür öffnet sich halb, dann bleibt sie stehen. Wer immer die Gestalt auch ist, sie muss ungewöhnlich schwach sein, sie schafft es nicht einmal, die Tür aufzudrücken. Scheiße. Was für ein Albtraum. Johnny will Pornos, aber kein Publikum, das ihm dabei zusieht, wie er sie kauft. Er schnappt nach Luft; es ist ein Gefühl, als würde ihm jemand eine Reißzwecke in den Adamsapfel bohren.

«Warten Sie, Mrs. … warten Sie, ich komme.»

Scheiße. Die Ladenbesitzerin läuft zur Tür, um der Gestalt beim Eintreten behilflich zu sein. Warum tut sie das? Verdammt, ich hätte gleich Reklame machen sollen, dass ich komme, scherzt Johnny im Stillen, während seine Gedanken wild zwischen peinigender Scham und selbstbewusster Überheblichkeit hin und her schwanken. Die Gestalt ist ein Mensch. Johnny kann nur eine Hand und ein Stück Arm erkennen. Es ist eine alte Dame, hey, eine sehr alte Dame, vielleicht stirbt sie gerade, nein, sie ist einfach nur alt. Meine Güte, sie muss mindestens dreihundert sein, denkt Johnny vergnügt, berauscht vom Kitzel der ungewöhnlichen Situation. Die Ladenbesitzerin begleitet die alte Dame hinein und zwängt sich dann an ihr vorbei zum Tresen. Die Haut der alten Frau sieht aus wie beigefarbener Samt. Sie hängt herunter wie eine grausige Gardine aus menschlichem Fleisch. Die alte Frau sieht aus wie eine Masse, die man löffeln und wegschütten kann.

«Wie geht es Ihnen, Mrs. Stott?», fragt die Ladenbesitzerin, als sie hinter der Kasse steht.

«Ach, mir geht es gut, meine Liebe, danke sehr», sagt die alte Dame. Haut tropft von ihren Handgelenken wie Zeit.

Was bin ich für ein furchtbarer Mensch, denkt Johnny. Ich habe diesen schönen Augenblick der Gemeinsamkeit und der

Nächstenliebe verdorben, indem ich das Bild eines nackten Mädchens zum Tresen mitgenommen habe – eines Mädchens, das gefickt werden will wie ein Hund. Was wird die alte Frau jetzt denken? Zerstöre ich ihren Glauben an die Gesellschaft? Ist das der Tropfen, der das Fass zum Überlaufen bringt? Wird sie jetzt denken: «Zwei Hefte? Das erscheint mir aber etwas übertrieben», und all ihren Glauben an das Leben, die Menschheit und die Jugend verlieren? Wird sie nach Hause gehen und sich die Treppe hinunterstürzen, damit ihr Körper in tausend Stücke zerspringt? Johnny blickt hinunter zu der kleinen, alten Gestalt; ganz klar, sie hat die Hefte gesehen. Er starrt ihr in die Augen. Sie wirken ganz hart; die Reizeindrücke fast eines ganzen Jahrhunderts haben sie in Stein verwandelt.

«Ekelhaft», murmelt sie. «Absolut ekelhaft.»

Gut. Mit «ekelhaft» kann ich leben, denkt Johnny. Es *ist* ekelhaft. Ein Mädchen, das gefickt wird wie ein Hund und vorgibt, jünger zu sein, als es ist, das ist gleichbedeutend mit Pädophilie. Ich stimme ihr zu, denkt er, es ist ekelhaft, sehr gut. Er sieht die Ladenbesitzerin an, um ihr Urteil in Empfang zu nehmen. Genau das möchte er, er steht zu seiner Tat. Los, verurteile mich. Fälle dein Urteil, alte Ladenbesitzerkuh. *Razzle. Just 18.* Wie schlimm? Wie lange? Ist mir egal. Ich könnte nach Hause gehen und dieses Mädchen ficken wie einen Hund. Ich könnte beschließen, auf ihrem Rücken abzuspritzen – genau so, wie sie es haben will. Versuch doch, mich daran zu hindern, du blöde kleine Asiatin mit deinem Aberglauben und deiner tollen Arbeitsmoral. Na los, verkauf mir die Scheißhefte!

«Vier Pfund fünfundvierzig bitte, Sir.» Die Ladenbesitzerin lächelt höflich. Johnny gibt ihr einen Fünfpfundschein. Er hat das Gefühl, als würde ihm Blut aus den Ohren tropfen. «Möchten Sie eine Tüte?», fragt sie.

«Ja, bitte», sagt Johnny. Die Ladenbesitzerin reißt eine Plastiktüte von einem dicken Stapel, den sie offenbar unter dem Tresen aufbewahrt. Sie macht sie mit einer Schüttelbewegung auf und gibt Johnny ein Zeichen, dass er ihr helfen soll, die Pornos einzupacken: Sie hält die Tüte auf, während er die beiden Hefte hineinschiebt. Das ist wie Geschichte, denkt Johnny. Eine Entente cordiale zwischen dem abstoßenden, sexbesessenen Westen und dem Ort, aus dem diese Frau kommt. Irgendein verborgener Winkel im Orient. Wir sollten zusammen etwas trinken gehen, denkt Johnny. Wir könnten ficken. Ja. Du könntest eine Diät machen – damit dein Körper ein bisschen seiner Unergründlichkeit verliert. Wir könnten uns treffen, eine Zeitlang miteinander ausgehen, uns über den Weltfrieden, das Älterwerden, verschiedene Völker und Kulturen unterhalten. Wir brauchen unbedingt mehr Harmonie. Ja. Rosa Söckchen. Hilfe. Du könntest ein Curry kochen. Hilfe. Wie einen Hund. Auf ihrem Rücken. Hilfe. Hilfe, du Asia-Schlampe, ich brauche dich, hilf mir, Rebecca?

«Wiedersehen.»

«Wiedersehen.»

Johnny geht zur Tür. Seine Gedanken stellen sich gegenseitig Beine. Die kühle Luft klatscht ihn ab, und er schnappt nach Luft, zurück im Land der Lebenden. Ein Gefühl von Freiheit, was für ein Abenteuer, man müsste mich zum Ritter schlagen, hahahahaha, o Gott, o Gott, mein Hirn brennt, Wasser, Wasser. Er geht schnell in Richtung Kingswood Road.

«Ich bin verrückt nach Fußball, ich bin fußballirre», singt

Johnny vor sich hin. Er ist im Freudentaumel. Schwenkt ausgelassen die Plastiktüte. Ihm ist nämlich etwas eingefallen, womit er Zakir knacken kann. Etwas, was ihn vielleicht wütend macht und sein Hirn in einen Sexmilchshake verwandelt. Johnnys Hirn ist schon ein Sexmilchshake. Und du und ich, tja, wir würden alles ficken, was sich irgendwie bewegt, oder?

«Ich bin verrückt nach Fußball, ich bin fußballirre, du-du-du-da, du-da-du-da-du!», singt Johnny, als er an einer Schar Jugendlicher in Jeans vorbeigeht.

Ja, Johnny hat einen Plan, wie er Zakir knacken kann. Wäre jetzt jemand bei ihm, du zum Beispiel oder ich oder wir beide, wir würden wahrscheinlich versuchen, ihm das Ganze auszureden. Wir würden ihn an der Schulter packen und ihn zwingen, stehen zu bleiben. Wir würden ihm sagen, dass Zakir ein kluger junger Mann ist, der, was seine Sexualität betrifft, über ein bewunderungswürdig hohes Maß an Selbstkenntnis verfügt. Ihm erklären, dass Zakir vermutlich generell sehr gut darüber Bescheid weiß, wie es um die Welt in Sachen Sexualität bestellt ist. Wir würden ihn dazu bringen, uns zuzuhören, ihm zeigen, dass sein Verhalten ziemlich dämlich und verletzend ist, ihn ermutigen, die Pornos für sich zu behalten, aber Zakir bitte in Ruhe zu lassen. Du musst dir klar darüber werden, was du für Rebecca empfindest, würden wir sagen, wahrscheinlich sind es deine Gefühle für sie, die all das provozieren. Wenn er nicht vernünftig mit sich reden ließe, müsste ihn einer von uns anschreien: «Verdammt nochmal, Johnny, es kommt überhaupt nicht in Frage, die *Razzle* unter Zakirs Kopfkissen zu legen! Lass es sein!»

Aber leider ist er allein und schon auf dem Weg: Schlüssel

ins Schloss, aufschließen, schnell zur Treppe, damit der Überraschungsmoment nicht verlorengeht.

«He, Johnny, sieh dir das Spiel an. Kacke, es steht null zu null, nicht zu fassen.»

«Hi, Zakir.» Du unverwundbarer kleiner Arsch. Du ätzender Mr. Universum. Du langweiliger Scheißer mit deiner inneren Ruhe und deinen wunschlosen Gedanken; Drohnen, die genügsam darauf warten, benutzt zu werden. Schon mal was von Emotionen und Seelenqualen gehört?, faselt Johnny in Gedanken, während er leise die Tür zu Zakirs Zimmer öffnet und zum Bett schleicht. Lass uns doch mal sehen, wie deine bescheuerte indische Kehle das hier schluckt. Lass uns sehen, wie du mit diesen Mädchen fertig wirst, Zakir. Sie werden dich bei lebendigem Leibe auffressen. Sie werden dir zeigen, wie schwer es ist, weiß, jung und nutzlos zu sein. Sie werden dir sagen, dass ich ein großer Held bin, weil ich mein Leben im Griff habe und nicht unter dem Druck zusammenbreche, den Sex auf uns ausübt. Seine Verführerinnen, Erzeuger, Macher und Verkäufer. Zeit, dass du in Versuchung geführt wirst, Zakir. Höchste Zeit, dass du lernst, im Dunkeln zu sehen.

Das Titelbild der *Razzle* wurde so aufgenommen, als hätte sich der Fotograf auf einen Stuhl gestellt und die Kamera von oben auf das Mädchen gerichtet. «Spritz mir deine Soße auf die Titten und ins Gesicht», sagt das Mädchen, zumindest scheint es so, denn das steht in der Überschrift. Aber sie meint es auch, denkt Johnny, als er in ihre grausamen Augen blickt. Er schiebt das Heft unter Zakirs Kopfkissen. Wartet hier, Mädels, und wenn er schläft, lasst ihr in seinem Hirn die Sau raus. Als das Pornoheft versteckt ist, rennt Johnny in sein Zimmer und legt die *Just 18* in die Schublade mit den Socken und Unterhosen. Ich hebe sie mir für später auf. Wenn ich ins Bett gehe, werde ich mit der linken Hand zwischen den besten Seiten hin und her blättern und mit der rechten zu meinen Lieblingsbildern onanieren. So oder ähnlich müssen Johnnys Gedanken aussehen, denn genau das wird er tun. Nachher, in ungefähr einer Stunde, schätze ich. Ja, ich glaube, so in etwa wird es ablaufen.

Johnny geht zurück ins Wohnzimmer. Zakir sitzt auf dem Fußboden und isst ein ausgesprochen appetitliches Essen. Er widmet seine Aufmerksamkeit zu gleichen Teilen dem Fernsehen und Edward Saids bedeutendem Buch *Orientalismus*.

«He, setz dich doch. Scheißspannend, das Spiel.» Zakir zeigt mit einer Hand aufs Sofa, während er mit der anderen das Essen nachwürzt.

«Wer gewinnt?», erkundigt sich Johnny, der an nichts anderes denken kann als an das Mädchen in den rosa Söckchen und ihren Wunsch, gefickt zu werden wie ein Hund.

«Es steht null-null. England spielt total scheiße.»

«Aha. Arbeitest du morgen, Zakir?»

«Nein, morgen nicht, Donnerstag. Morgen fahre ich zu einer Konferenz nach Oldham. Über das Verhältnis der britischen Demokratie zu ethnischen Minderheiten.»

«Ah, die Demokratie.»

«Genau.»

«Ja, ja.»

«O Gott, was für ein verkackter Schuss!» Ein stämmiger Spieler mit einem bösartig verzerrten Gesicht hat den Ball über die Querlatte gedonnert. Er dreht sich um und flucht laut gen

Himmel. Die Kamera zoomt ihn heran. Zakir sieht Johnny an. Freudige Überraschung legt sich abstoßend über sein niedliches Gesichtchen. Johnny prägt sich folgenden Satz ein: Aus mir ist ein richtiges Arschloch geworden.

Wenn Zakir verärgert reagiert, wird Johnny behaupten, er habe nur tun wollen, was sexuell gesehen für Zakir das Beste ist. Er wird behaupten, Zakir habe ihm den Eindruck vermittelt, dass er sich gerne mal ein Pornoheft anschauen würde, und dass das Ganze nur ein überaus bedauerliches Missverständnis sei. Ein blöder Jux. Sie sind nicht befreundet, er hat also nichts zu verlieren. Trotzdem überlegt Johnny, wie er es anstellen könnte, dass sein Verhalten als Jux durchgeht. Die Chancen stehen schlecht. Zakir wird höchstwahrscheinlich gekränkt oder bestenfalls verwundert reagieren. Eines steht jedenfalls fest: Dass die *Razzle* jetzt unter Zakirs Kopfkissen liegt, war eine übermütige, gefühllose Tat. In dem Haus in der Kingswood Road wird es nie mehr so sein wie früher.

«Jaaaaaaaaaaaaaaaaa! Jaaaaaaaaaaaaaaa!», brüllt Zakir erst Richtung Fernseher, dann Richtung Johnny. Tor, Tor, Tor. Er wird fußballverrückt, fußballirre. Keiner von beiden ist sich bewusst, dass die letzten Minuten ihrer nicht vorhandenen Freundschaft angebrochen sind. Zakir hüpft durchs Wohnzimmer. Er greift Johnnys Hände und versucht ihn zu einem Freudentanz zu bewegen. Johnnys Hirn löst sich aus seinem Schädel und rutscht ihm in den Hals. Oben, in dem Pornoheft unter Zakirs Kopfkissen, warten die Mädchen. Klaffende Muschis. Fürs Gedächtnis: totales Arschloch.

Heute Nacht wird das Pornoheft das Haus mit Ehrlichkeit, schlechtem Geschmack und unfreundlicher Wirklichkeit infizieren. Nicht ein Wort wird fallen, nichts offen ausgesprochen, sondern das unschuldige Pornoheft wird Schweigen und Spannungen erzeugen. Die Sinnlosigkeit wird das Zepter übernehmen, und Johnny wird sich in das schlechte Licht ducken, in dem er steht. Zakir wird das glänzende Heft entdecken und es ungläubig durchblättern. Johnny, wird er denken, das kann nur Johnny gewesen sein. Morgen wird Johnny das Feuer in Zakirs Augen bemerken. Er wird sich vor Vergeltung fürchten, einem häuslichen Terroranschlag: ein Toaster in der Badewanne, ein Messer im Rücken.

Zakir wird binnen eines Monats seine Sachen packen und zu jemand anderem ziehen. Einem, wie er hofft, netteren, klügeren, redegewandteren Menschen. Stelle ich mir vor.

Johnny ist ein Niemand.

Heute Abend wird er zum ersten Mal Sex mit einem Pornoheft haben. Grandioses Onanieren. Dilettantenliebe.

Aber Johnny ist ein Niemand.

Eine Geschichte.

Vergiss es.

13.

Der Höcker

Colin stellt sein Bier auf den Tisch und setzt sich neben Junge 2. Gegenüber sitzt Junge 1. Die drei gehen oft nach der Arbeit etwas trinken. Wenn die Sonne scheint wie heute, gehen sie zu den Deansgate Locks, in The Bar oder ins Revolution. Es ist schön, draußen zu sitzen, wenn die Sonne untergeht. Das ist ein netter Zeitvertreib.

Der ursprüngliche Zweck des After-Work-Drinks bestand darin, die amerikanische Freizeitkultur zu kopieren. Glaubt man dem Fernsehen, was man unbesorgt tun kann, treffen die Amerikaner sich nach der Arbeit gerne ungezwungen mit ihren Freunden, um sich über den Job, die Liebe und übereinander zu unterhalten. Alle drei bewundern insgeheim die fröhlichen Menschen im amerikanischen Fernsehen. Dort hat jeder seinen festen Platz, wo man ihn kennt und wo er unbeschwert mit seinen Freunden flachsen kann. Ein Café, eine Bar, eine Bowlingbahn. Irgendein Ort, der die Bildung von Mikrogesellschaften begünstigt und wo sich das Gefühl von Freundschaft und Lebensbejahung an den Verkauf von Knabberzeug und Getränken binden lässt.

Natürlich kommen Junge 2, Junge 1 und Colin nie ganz an die herrliche Ausgelassenheit amerikanischer Freundschaften heran, sosehr sie sich auch bemühen. Und auch mit den Beziehungen im Fernsehen können sie natürlich nicht konkurrieren, sondern höchstens danach streben. Aber sie genießen diese Augenblicke trotzdem, besonders wenn die Sonne scheint und ihnen etwas einfällt, worüber sie sich unterhalten können.

Colin hat etwas im Auge. Er zieht am Unterlid und fasst sich mit dem Finger in den Augenwinkel, wo ein rotes, dreieckiges Partikel sitzt. Es ist weg. Er blinzelt und starrt auf den Kanal, der an den Restaurants und Bars der Deansgate Locks vorbeifließt. Sein Bier steht unberührt auf dem Tisch. Junge 1 und Junge 2 unterhalten sich über das Spiel.

«Ich hab nur die zweite Halbzeit gesehen.»

«Sie hätten verlieren sollen. England war absolut scheiße.»

Mein Gott, ist England entspannt. Es ist wie die Chill-out-Lounge eines unmodernen Clubs. Junge 1 und Junge 2 unterhalten sich über eine fragwürdige Abseitsentscheidung im gestrigen Spiel. Colins Gedanken schweifen ab. Er hört nicht zu, als Junge 2 behauptet, er habe in dem Pub, wo er das Spiel gesehen hat, einem Mädchen den Finger reingesteckt. «Ich habe sie unter dem Tisch mit dem Finger gefickt», sagt Junge 2. Aber Junge 2 glaubt sowieso niemand. Er ist ein Idiot.

Ungefähr 1992 behaupten ein paar Wissenschaftler, die Geschichte sei zu Ende. Doch im Jahr 2001 wurde sie vom globalen Terrorismus schlagartig zu neuem Leben erweckt. Heute schreitet die Geschichte mit unauffälligen Trippelschritten voran. Politische Epochen kommen und gehen, bringen Krisen, Kriege und Umwälzungen, aber es fehlt ihnen an Dynamik und Durchschlagskraft. Sie können das stetige Tröpfeln der unfruchtbar gewordenen, leeren Zeit nicht aufhalten. Wir ertrinken leise. Hilfe. Die Nachrichten geben nie auf, das Gegenteil zu behaupten, aber das ist einfach nicht wahr. Sie sammeln Beweise für steigenden Drogenmissbrauch, wachsende

Depression, Terror, den Kampf der Kulturen und Politikverdrossenheit, aber die meisten Zuschauer sind von diesen Untergangsszenarien befremdet. Das glitzernde Leben, das die Lebenden führen, steht in unangenehmem Widerspruch zu den Prognosen über die Apokalypse und den Zusammenbruch der Gesellschaft. Niemand sieht den Untergang kommen.

In der Zeit zwischen 1890 und 1915 ersannen innovative Unternehmer in Amerika und Deutschland neue Wege, um die Leistungsfähigkeit ihrer Arbeitskräfte zu steigern. Das Ziel war, die Arbeit weniger anstrengend zu machen, damit den Arbeitern genügend Kraft blieb, ihre Freizeit aktiv und einfallsreich zu gestalten. Der Plan ging auf. Er breitete sich über ganz Europa aus. Als das 21. Jahrhundert sein Hemd bügelt, den Sitz seiner Frisur überprüft und sich anschickt, trinken und tanzen zu gehen, ist die Freizeit die einzige richtige Zeit. Nur noch sehr wenige Menschen kommen bei der Arbeit ins Schwitzen. Die meisten verfallen in eine gefährliche Langeweile, aber kaum jemandem fehlt es am nötigen Enthusiasmus, wenn es darum geht, sich kopfüber in die Freizeit zu stürzen. Das Einzige, wofür die Menschen leben, was sie tun, wie sie sich verhalten und in welchem Maße sie sich kaputtmachen, ist Freizeit.

«Ich schwör's euch, sie hat mich gelassen. Mein Finger stank nach Fisch.»

Nehmen wir die drei Herren an diesem Tisch, die teures Lager-Bier trinken und auf jede kleine Veränderung in ihrer Umgebung mit einem verunsicherten Zucken reagieren. Alle drei sehen schweigend zu, wie neue Menschen kommen und wieder gehen. Sie bemühen sich, die Gespräche zu belauschen, die um sie herum geführt werden. Sie sind fasziniert; verblüffend ahnungslos, wie andere Leute sich die Zeit vertreiben.

Für Junge 1 und 2 bergen Situationen wie diese immer noch einen sexuellen Aspekt. Sie hungern nach dem straffen Fleisch, das ganz in ihrer Nähe transpiriert: die Geschäftsfrauen in grauen Kostümen und blanken Schuhen. Die schönen Mädchen, die aus den Boutiquen und Kosmetiksalons in der Innenstadt hierhergekommen sind, um Ausschau nach geeigneten Männern mit Geld, Stil und fetten Autos zu halten. Die Augen von Junge 1 verfügen über die Fähigkeit, die Kleider der vorbeigehenden Mädchen in Brand zu setzen. Immer nur das Eine im Kopf. Laserstrahllust. Der Reflex, sich diese fremden Frauen in tausend verschiedenen Phantasien einzuverleiben, sie zu beliebig vielen Formen zu verzerren.

Bei Colin sieht die Sache selbstverständlich anders aus. Er bleibt auf der Hut. Seine Gedanken bibbern und beben. Sein Hirn droht ihn zu Boden zu schleudern und diesen kranken, perversen Frauen die Tour zu vermasseln. Und den toten, verwesenden Männern. Colin begnügt sich, verbringt die Zeit mit Vorsicht, ruhig, ganz ruhig.

«Ich finde, wir sollten morgen wieder ins Krankenhaus gehen. Frühstücken. War doch echt komisch, oder?», sagt Colin und zündet sich eine Zigarette an. Er zieht und mustert seine Freunde, schon jetzt verärgert über die desinteressierte Verwunderung, auf die sein Vorschlag wahrscheinlich stoßen wird. Er bläst Rauch aus.

«Ja, saukomisch», sagt Junge 2 und schnuppert am rechten Zeigefinger.

«Gib mir 'ne Kippe, Colin. Guck dir die Püppi da an», sagt

Junge 1 und greift nach Colins Zigarettenschachtel. Obwohl ihre Namen ziemlich ähnlich sind, sind Junge 1 und Junge 2 ziemlich verschieden. Junge 2 ist ein Idiot. Wohingegen Junge 1 eher, na ja, eher ein Arschloch ist. Im Augenblick sitzt er mit nicht angezündeter Zigarette zwischen den Lippen da und spielt an seinem Schritt, während er ein großes Mädchen mit extrem kurzen, blond gefärbten Haaren anstarrt, aus dessen Oberteil zwei Tittendreiecke herausgucken. Colin sieht ihn angewidert an. «Ich werde nicht zu der Scheißpüppi rübergucken, Junge 1.»

«Fick dich, Colin.» Junge 1s Hand löst sich aus seinem Schritt. Das Mädchen ist sowieso weg. Er reißt die Augen unnatürlich weit auf und guckt fragend, worauf Colin ihn mit zusammengekniffenen Augen fixiert und kurz seinen ausgedörrten Geist zu erkennen gibt. Gerade so lange, dass Junge 1 sich an die schlechten Zeiten erinnert und daran, wozu Colin fähig ist.

«Ist ja gut, Col, krieg dich wieder ein. Ich komm ja mit ins Krankenhaus. Es war wirklich saukomisch.»

Wieder Schweigen. Mein Gott, ist das eine stille Angelegenheit, es muss doch etwas zu sagen geben. Die Geräuschkulisse in der Bar klingt wie ein plätschernder Gebirgsbach. Überall Leute, die sich leise über den Tag unterhalten. Ich weiß nicht genau, welches Datum heute ist, aber es ist Sommer. Ein Tag. Mit Wetter, Nachrichten, Fernsehen, Pflichten, einer Stimmung, einem Platz in unseren Herzen.

«Das wird langsam langweilig. Bei dir geht's immer nur um Mädchen, Mädchen, Mädchen, stimmt's, Junge 1?», sagt Colin, während er wild am Rädchen seines Feuerzeugs dreht.

«Ganz genau, Alter. Es geht *nur* um Mädchen.»

Colin ist gezwungen einzulenken. Er schiebt Junge 1 das Feuerzeug hin. Die Fäulnis muss versteckt werden. Der Verfall muss unsichtbar bleiben, innerlich. Es ist nur noch eine Frage der Zeit, bis Junge 1 die Hierarchie, die zwischen den dreien herrscht, infrage stellt und Anspruch auf Colins Führungsposition erhebt. Seiner Herrschaft ein Ende setzt. Colin ist sich dessen bewusst. Er weiß, dass seine Position geschwächt ist, weil er sich ruhig verhalten und die Welt vor seiner Wut und schwelenden Unruhe schützen muss. Er muss versuchen, seine rasende Wut in den Griff zu kriegen. Was wird Junge 1 tun?, überlegt Colin. Das Naheliegendste wäre, dass er Colin als «schwule Sau» beschimpft. Schwule Säue, das weißt du genauso gut wie Colin, vögeln nicht viele Püppis.

Colin trinkt von seinem Bier und hustet in die vorgehaltene Hand. Egal, denkt er, das alles ist egal.

Es ist kein Geheimnis, dass das Wishing Well und das Krankenhaus, in dem es sich befindet, für diese Geschichte von Bedeutung sind. Gar keine Frage. Dort fing Colins Kopf an wehzutun. Colin, der lebenssprühende Junge mit dem blutroten Hirn. Morgen früh werden die drei Jungs wieder dorthin gehen. Sie werden zwischen Krebskranken und Frauen, die verlockend kurz vor der Entbindung stehen, ein warmes Frühstück verzehren. Wenn sie aufgegessen haben und einer nach dem anderen das Besteck auf seinen Teller legt, wird Junge 2 sich laut fragen: «Ob dein Schwanz gegen das Balg stößt, wenn du eine schwangere Püppi fickst?»

Aber Junge 2 ist bekanntlich ein Idiot und wird zu laut sprechen. Ein paar Frauen werden die Augenbrauen hochziehen und die drei jungen Männer mit furchtsamen, missbilligenden Blicken ansehen. Was haben drei junge Männer eigentlich im Wishing Well zu suchen?, werden sie denken. Vielleicht liegen ihre Verwandten im Sterben. Vielleicht hat ein gemeinsamer Freund zu viele Drogen genommen, eine Überdosis, und jetzt wird ihm auf irgendeiner Station der Magen ausgepumpt.

«Halt's Maul, Junge 2!» Colin wird bereits vollkommen fixiert sein. Fasziniert von der Form. Den ausladenden, üppigen Kurven der Frauen: stämmig, zerbrechlich, fremdartige Wesen, Gebärende. Lauter verborgene Wunder, was haben die zu bedeuten? Liegt es an seiner eigenen Unwissenheit oder hält die Gesellschaft die Geburt ihrer Kinder irgendwie geheim? Muss dieser Vorgang versteckt werden, damit man nicht zu anschaulich, zu realistisch darüber nachdenkt? Natürlich werden im Fernsehen Schwangere gezeigt, aber die sind anders. Sie verfügen nicht über die ruhige, musikalische Anmut, die den Frauen hier zu eigen ist. Es ist, als sängen ihre Körper sanfte, wunderbare Weisen. Mit ihrer Schönheit und ihrer Einfachheit verspotten sie die Welt, die belanglos, obszön und überheblich ist. Der Anblick der vielen Schwangeren schnürt Colin die Kehle zu. Er bekommt keine Luft mehr. Er kann an nichts anderes mehr denken. Irgendetwas an diesen Frauen ist besonders. Die gewaltigen Bäuche. Die gelassenen Mienen. Aber was? Was ist es?

Für Junge 1 sind Schwangere wie blinkende Warnlichter. Rot. Gefahr. Etwas, dem man aus dem Weg gehen muss. Etwas, was geschieht, wenn die Freizeit aus dem Ruder läuft und das Leben mit einem lauten Knall zerplatzt. Peng! Plötzlich ist alles anders, und du merkst, dass du bis zum Hals in der Scheiße steckst. Er würde eine schwangere Püppi ficken, aber nur wegen des Nervenkitzels, nur, weil es, wie mit jeder anderen, ein Fick wäre. Eine Eroberung, eine Erinnerung, ein Sieg. Er wird sich zurücklehnen und sein leeres Tablett in die Mitte des billigen Tischs schieben. Sein Mund wird sich öffnen.

«Du musst sie in den Arsch ficken. Ein Griff ins Klo wär's so oder so. Die fetten Nippel wären allerdings ein Plus.»

«Ja, kapiere schon, der Höcker wäre im Weg.»

«Die sind sowieso schon alle von irgendeinem Blindgänger gefickt worden. Und wenn das Balg draußen ist, sind ihre Muschis ausgeleiert, also scheiß drauf.»

Colin wird schweigend zuhören, wütend über ihr Gerede, aber unfähig, sich davon zu lösen. Er will diese Denkweise durchbrechen und Trost finden, einen Ausweg. Er hat etwas Neues entdeckt und weiß nicht, was er tun soll.

Wenn die Jungs das Café verlassen und das steinerne Treppenhaus hinuntergehen, wo es nach heißem Wasser und Chemikalien riecht, wird Colins Hirn anspringen und eine Idee ausspucken. Kündige den Job an der Uni, Colin, wird sein dunkelblaues Hirn ihm zuflüstern. Warum nicht? Kündige deinen Job und arbeite hier. Putze. Werde Arzt. Arbeite im Café. Egal, was. Hauptsache, du bist hier. Colin, lieber Colin, weil du bei lebendigem Leibe verbrennst und nicht weißt, warum, und weil dein einfältiges, verdrehtes Hirn bis zum Bersten angeschwollen ist. Kündige deinen Job, du Vollidiot. Fang im Krankenhaus an.

Aber das geschieht nicht jetzt, sondern später, morgen. Wir sind immer noch draußen vor der Bar. Wir trinken, leben stumm. Colin sitzt schweigend da, in Gedanken an die Schwangeren versunken. Ein leichter Wind lässt die Gäste frösteln. Männer blicken hinauf in den Himmel und überlegen, ob sie mit ihren Gläsern nach drinnen gehen sollen. Ob es gleich regnen wird?

14.
Financial Times

Ich bin's.»

Die Sprechanlage summt. Das Schloss löst sich. Carly drückt mit dem Rücken gegen die Tür, die Hände voll mit Einkaufstüten. Sie ist nicht aufgeregt. Der Eingang des Mietshauses ist hell beleuchtet.

Sie stößt die Tür zu Steves Wohnung auf und geht in die Mitte des offenen Wohnbereichs. Steve stemmt vor einem Spiegel Gewichte. Sein Ellbogen ruht auf seinem endlos langen Schenkel. Die Hantel hebt und senkt sich. Carly starrt in den Spiegel und begegnet Steves Blick. Im Fernsehen läuft ein Musiksender; Hits aus den 1980ern.

«Na», sagt Carly.

Steve schweigt. Er lässt den Kopf sinken und starrt mit verzerrtem Gesicht seinen Arm an.

«Bist du sauer?», fragt Carly, als sie die vielen Einkaufstüten auf den Frühstückstresen stellt. «Wegen des Geldes, meine ich.» In einer der Tüten erblickt sie einen rosa Paschmina, und sie zuckt vor Zuneigung zusammen.

«Was hast du gekauft?», zischt Steve durch zusammengebissene Zähne. Die Hantel hebt sich und verharrt, als wäre sogar sie gespannt, wofür Carly Geld ausgibt.

«Klamotten.»

Steve legt die Hanteln ab und lässt sich auf das Sofa fallen, um die *Financial Times* zu lesen. Carly liest keine Zeitungen. Seine Taktik lautet, ihr die kalte Schulter zu zeigen. Geh nicht zum

Frühstückstresen, denkt Steve, wenn du zum Frühstückstresen gehst, kriegst du einen geblasen. Verhalte dich ruhig. Sie hat dich bestohlen. Die Gerechtigkeit fordert anal.

Carly schwirrt durch die Wohnung, packt die Einkäufe aus und schenkt sich einen Drink ein. Sie raucht eine. Hält gelegentlich inne, um einem besonders guten Lied aus den Achtzigern zuzuhören. Madonna. Michael Jackson. Wham! Steve starrt auf die rosa Seiten der *Financial Times*. Rosa scheint ihm die passende Farbe zu sein. Irgendwie falsch, unehrlich, wie gemacht für Spekulantenschwächlinge. Die Seiten eins bis vier widmen sich dem Autopen-Konzern und dem Wonnespender.

«Warst du bei Versus?», fragt Steve, während er einen der vielen Berichte über die beispiellosen Kursgewinne der Autopen-Aktie liest.

«Warum sollte ich? Ich habe doch dich», sagt Carly, aber die Lüge legt einen ausdruckslosen Klang in ihre Stimme.

Steve schweigt. Er blättert eine rosa Seite um.

«Ach, Stevie, sei nicht sauer auf mich, Baby.»

Carly springt aufs Sofa. Sie taucht unter der *Financial Times* hindurch und küsst Steve aufs Kinn. Es ist eine Szene wie aus einem Kinderbuch, eine einfache Geschichte über Anstand und moralische Grundsätze. Carly weiß, dass sie die Schülerin spielen muss, so wie Steve weiß, dass er als moralische Instanz und Richter den Lehrer spielen muss. Seine Augen sind starr auf die Zeitung gerichtet. Er liest die Statistiken und Artikel aus reiner Demonstration. Um zu demonstrieren, dass er auf triviale, aber bedeutsame Weise in der Lage ist, sich diesem Mädchen und den Augenblicken glücklicher, beruhigender Ekstase, die sie ihm nach wie vor verschafft, ganz bewusst zu entziehen. Er hat das Gefühl, als sollte er seufzen und vorwurfsvoll den Kopf schütteln, also seufzt er und schüttelt vorwurfsvoll den Kopf.

«Es tut mir leid, Steve, ich weiß auch nicht, was in mich gefahren ist. Ich kann alles zurückbringen, ich habe die Bons aufbewahrt.»

Die *Financial Times* wird ruhig zusammengefaltet und beiseitegelegt. Steve ist überwältigend, schön, ein Engel. Er sieht Carly an, zeigt ihr seine Wut, seinen Wunsch nach Gerechtigkeit, doch gleichzeitig vermittelt er mit einem Hauch von Milde in den Augen, dass er Nachsicht üben wird und bereit ist zu verzeihen. Er beobachtet, wie die Einsicht sich auf ihrem Gesicht bricht wie eine Welle, und er weiß, dass er sich mindestens eine Stunde lang so benehmen darf, wie es seinen wahren Bedürfnissen entspricht. Carly seufzt. Steve erkennt, dass er ein Leben von sich stetig vermindERNdem Nutzen führt. Ein Spiel, an dem vielleicht ein Kind seine Freude hätte.

«Lass in Zukunft die Finger von meinem Geld, Carly.»

Steves Stimme ist tief, langsam und ernst. Er ist ein Cowboy. Ein Einzelgänger. Ein liebenswerter Schuft. All die Rollen und Phantasien, die Carly und ihr neonhelles Selbstbewusstsein ihm sonst verweigern. Er atmet geräuschvoll ein. Er ist ein russischer Killer, KGB, gleichermaßen fähig, sich stürmischer Liebe hinzugeben, wie einen geplanten Auftragsmord präzise auszuführen. Seine linke Hand saust nach oben und packt Carly am Kinn, die rechte bohrt sich an der Unterseite ihres Arms entlang in die Achselhöhle. Carly, die derartige Verrenkungen immer für einen Teil ihres Vergebungsrituals hielt, wird in die Luft gestemmt, sodass sie über dem Sofa schwebt.

«Verstehst du? Ich will nicht, dass du mich nochmal so verarschst», sagt er, als würde er jeden Moment die Faust ballen und ihr ein blaues Auge schlagen. Natürlich wird er das nicht tun, er träumt nur davon, aber es gefällt ihm, nach langer Zeit wieder einmal Wut und Gewaltbereitschaft in sich zu spüren. Es gefällt ihm, das Flackern der Angst in Carlys leuchtenden Augen zu sehen. «Versprochen, Liebling, das weißt du doch. Ich liebe dich.»

I LIKE TO MOVE IT, I LIKE TO MOVE IT, I LIKE TO MOVE IT MOVE IT, YOU LIKE TO. MOVE IT. Im Regieraum des Musiksenders, der in Steves Fernseher vor sich hindudelt, gehen die Achtziger zu Ende, und die großen Hits der frühen Neunziger erscheinen auf dem Bildschirm. I LIKE TO MOVE IT MOVE IT. Der Beat wird langsamer, und Steve streckt sich und küsst Carly aggressiv und im Rhythmus der Musik auf den Mund. I LIKE TO MOVE IT MOVE IT. Er spürt, wie seine Bartstoppeln über Carlys Haut schaben. Das ist die Versöhnung, und die Küsse müssen, zumindest von seiner Seite, hart und herausfordernd sein. Carly muss sich jeder Stimmung, jeder Technik beugen, für die er sich entscheidet.

Der Raum verzerrt sich. Rhythmen und Melodien der Neunziger vermischen sich mit den Möbeln des 21. Jahrhunderts und den Körpern, Mündern und dem Licht, das zu blinken scheint, als Carly Steves Hand nimmt und sie an ihre linke Brust schlägt. Was sind wir doch für Ungeheuer.

Ich bin Steve, und ich darf nicht nachgeben. Ich will Gerechtigkeit. Anal. O Gott, wie schnell das geht. NOW THAT WE'VE FOUND LOVE WHAT ARE WE GOING TO DO WITH IT? Die Musik pflügt sich durch die Neunziger, und Carly wird der Pullover über Arme und Hals gezogen. Aber ihr Kopf ist im Weg. Steve sitzt auf den Knien, zerrt ihr die Jeans herunter, häutet sie bei lebendigem Leib. Er langt nach oben und reißt an dem Pullover, so heftig, dass er fast damit rechnet, dass Carlys Kopf mit abgeht und sie enthauptet, aber immer noch warm und schön vor ihm liegt. Scheiße, Mann, die Klamotten, die Scheißklamotten. Verzweifelte Ausziehattacken wechseln sich ab mit Augenblicken kraftvollen, athletischen Vorspiels, die zunehmend an Glaubwürdigkeit verlieren. Die Jeans ist aus, der Pullover auch, ein kräftiger Zug an ihrem BH, und der Verschluss reißt, und ihre Brüste blinzeln ihn erschrocken an. WHAT WE ARE GONNA DO WITH IT?

Carly verhält sich geschickt und wunderbar. Sie zischt, sprüht Funken. Sie sitzt auf dem elektrischen Stuhl, gibt qualvolle Laute von sich, klangliche Spitzenqualität, durchinszenierte Variationen des Vergnügens und der Lust. Lautes, kehliges Stöhnen: angesiedelt an der Schnittstelle von Natur und Kultur. Sie lässt sich willig ausziehen, entledigt sich strampelnd ihres Höschens, macht sich schwerelos, als Steve sie an den Hüften packt und an sich zieht. Ach, die Wut, die langweilige, vorhersehbare Wut, denkt sie vielleicht, als sie den Kopf zur Seite wirft und die Augen zukneift.

Unterdessen ergreift Steve verschiedene Maßnahmen, um den Schaden zu begrenzen. Das Unterhemd hat er schon ausgezogen, aber die Hose hängt noch an seinen Knien. Um sie ganz auszuziehen, müsste er aufstehen, und das würde der Situation Stimmung und Dynamik rauben. Die Entschlossenheit verlässt ihn. Vielleicht war anal doch keine so gute Idee – glänzend in der Theorie, aber praktisch gesehen, erscheint es ihm jetzt eher abschreckend. Sein Schwanz ist mittlerweile beruhigend hart und präsentiert sich in imposantem Umfang und bemerkenswerter Länge.

«Los, komm!», sagt Steve ohne ersichtlichen Grund.

Die Gedanken, Körper und Emotionen quälen sich, den erlösenden Geschlechtsakt fortzuführen. Quälen sich, die Ästhetik der Macht und der Vergebung zu erzeugen. Carly ist von Steves Aggressivität überrascht, ja sogar ernsthaft beeindruckt. Sie denkt an Versus. Daran, als sie zwischen den Dreiecksrahmen des Wonnespenders lag, an die Fernbedienung, den Klit-Kitzler, die Ambient-Musik, den eingebauten Vibrationsmechanismus. Sie blickt an ihrem Körper hinunter auf ihren Bauch, sieht zu, wie Steve ihre Beine Richtung Decke hebt und in der Luft zu einer Skulptur formt. Er ist ein Bildhauer, ein Künstler, der Architekt dieser schwindelerregenden sexuellen Bilderwelt. Mach schon, denkt sie, als sein Schwanz über ihrem Bauch auftaucht, dem fernen Tal ihres Körpers. Nein, warte.

«Steve, hol ein Gummi!», stößt Carly hervor. Ja, hol ein Gummi. Du bist keine Sexmaschine, deshalb gibt es dieses altmodische Dingsda. Wie heißt es noch? Schwangerschaft ... Zivi... ja, Zivilisation! «Bitte, steh auf und hol ein Gummi», sagt Carly wieder.

Steve grunzt, dann wird sein Gesicht weicher, als hätte es sich um sechs, sieben Grad erwärmt. «Wir brauchen keins», sagt er und streicht mit dem Finger durch Carlys Pospalte, was er auf der Stelle bereut. «Wir brauchen keins, ich will es auf ... auf die andere Weise probieren ...»

«Oh», Carly kneift instinktiv die Pobacken zusammen und klemmt Steves geschickten kleinen Finger ein. «Das hättest du vorher sagen sollen. Anal? Ich hätte die passende Gleitcreme gekauft.»

Die passende Gleitcreme, denkt Steve, na klar. Das Leben ist scheiße, wenn dir die passende Schmiere fehlt.

Eine Sekunde geschieht, dann der laute Gesang einer Frauenstimme. AND I WILL ALWAYS LOVE YOU OOH OOH OOH OOH. Steve steht auf. Die Hose rutscht ihm über die spitzen Schienbeine bis hinunter zu den Füßen. Geschafft. Carlys Beine sausen nach unten. Sie zieht die Füße aufs Sofa und greift nach ihrem Wollpullover. Eine Ballade spielt, und der Augenblick ist dahin.

«Wir machen es sonst nie so.»

«Ich wollte mal etwas Neues ausprobieren.»

«Aber meistens tut es mir weh, Steve.»

«Ja, ich weiß.»

Die meisten Frauen nehmen die Antibabypille. Keine Angst, mein Freund, ich nehme die Pille, sagen Frauen manchmal, bevor sie mit einem Fremden bumsen. Doch Carly ist extrem paranoid. Sie bietet Steves Schwanz nur dann sexuelles Asyl, wenn er in Begleitung von Latex und Spermizidcreme erscheint: den Diplomaten des Fortschritts und der Zivilisation. Sie fordert ein Kondom, ein Gummi, wenn sie auf herkömmliche Weise Verkehr haben. Anal ist eine Grauzone.

«Ich will nicht, Steve, nicht heute. Was hältst du davon, wenn wir zusammen baden?»

«Ich will nicht baden, Carly. Ich bin schon sauber.»

«Dann lass es uns normal machen. Hol ein Gummi, und wir machen es normal. Morgen versuchen wir vielleicht das andere. Ich könnte bei Versus die richtige Gleitcreme kaufen.»

Es ist vorbei, das war's. Steve steht mit heruntergelassener Hose über Carly. Seine Erektion sinkt wie die untergehende Sonne. Scheiße, wo geht es mit uns hin?, denkt er und verlässt das Zimmer, damit er von dem Mädchen wegkommt. Und warum habe ich vergessen, ein Gummi einzustecken? Ich hätte es tun sollen, für alle Fälle. Wenn sie sich geweigert hätte, es anal zu machen, hätte ich sofort eine Alternative parat gehabt. Hundestellung. Das war nachlässig, ein schlecht durchdachter Plan. So ein Schnitzer kann in bestimmten Situationen Leben kosten. Soldaten vergessen ihre Helme oder ihre Munition nicht, darum erschießen sie Menschen und gewinnen Kriege. Scheiße. Er könnte immer noch ein Kondom holen und zurück ins Wohnzimmer gehen. Ja, ich kann immer noch zurückgehen, denkt er, es überstreifen, sie auf den Bauch drehen und sie ficken. Scheiß drauf. Zu spät. Ich verliere diesen Krieg, weil ich meinen Helm, weil ich meine Munition und das Gewehr am Stützpunkt vergessen habe. Jetzt stehe ich von Arabern umzingelt in der Wüste und kann nicht einen von ihnen töten.

«Steve?»

Carly erscheint in der Schlafzimmertür, noch immer nackt bis auf das dünne, schwarze Höschen. Die BH-Leiche baumelt schlaff in ihrer Hand. Ihr braunes Haar bedeckt die sanfte Wölbung ihrer Brüste.

«Du weißt doch, wie paranoid ich bin, Baby.»

«Schon gut.»

«Ich will dir ja geben, was du möchtest ... aber anal ...»

«War nur so eine Idee.»

«Es ist nicht wegen des Geldes?»

«Was hat das mit dem Geld zu tun, Carly?»

Carly verweilt in der Tür und spielt an dem zerrissenen BH. Ihr Körper strafft sich. Sie sieht aus wie eine herrliche Scheibe Schinken. Ihre Haut ist Formfleisch: künstliche No-Name-Ware, aber trotzdem köstlich. Befriedigung spendend. Ihr Gesicht setzt äußerst gelungen eine traurige, schuldbewusste Miene auf. Ihre Augen sind unergründlich, der Mund leicht geöffnet. Vielleicht sind die Traurigkeit und das schlechte Gewissen sogar echt, aber das ist schwer zu beurteilen. Sie geht zum Bett und legt sich neben Steve. Er lehnt am Kopfende, sie legt den Kopf auf seine Brust. Sie warten einen Augenblick.

«Du kannst mit mir machen, was du willst», sagt Carly, während sie sich ausstreckt wie zu einer ärztlichen Untersuchung. «Ja, mach mit mir, was du willst, da steh ich drauf. Bloß mit Gummi.»

Das ist leicht gesagt. So ist es, das Leben, England, still und verzehrend. Eine Unterhaltungsindustrie. Die rücksichtslose Ungezügeltheit des Einzelnen und sein hauchdünnes Verlangen zu verschnaufen. Die Menschen vertrocknen, werden immun gegen den Bilderrausch, der sie am Leben hält. Ihre ausgedörrten Organe können die vielen Konsistenzen dieses visuellen Zeitalters nicht mehr in sich aufnehmen. Tiefe Rottöne, Haut, Flüssigkeiten.

Hast du je schweigend und allein in einem Raum gesessen? In einer Küche vielleicht? Hast du je geglaubt, dass um dich herum völlige Stille herrscht, und dann festgestellt, dass das Gegenteil der Fall ist? Dass die Stille laut ist? Der Thermostat des Kühlschranks schaltet sich ab: Plötzlich verstummt ein zuvor ungehörtes Brummen, und dir wird bewusst, dass es überhaupt nicht still gewesen ist. Dir wird bewusst, dass das ungehörte Brummen dich mit der Zeit taub gemacht hat. Solche Momente blitzhafter Erkenntnis wirken wie ein Schock, und du fühlst dich klein und machtlos. Ich schwöre, dass die Jahre vorbeirauschen, und ich schwöre, dass es sich hier um eine verdammt wichtige Metapher handelt: dass der Kühlschrank weiter brummt.

Folgendes muss geschehen. Steve muss etwas sagen wie: «Ich finde, du solltest zu Versus gehen, geh zu Versus und kauf die passende Gleitcreme.» Worauf Carly erwidern wird: «Okay, ich gehe zu Versus, ich gehe zu Versus und kaufe die passende Gleitcreme.» Was dazu führt, dass Carly zu Versus geht und die Gleitcreme erwirbt, die der Mann benötigt, damit sein stetiger Wunsch, die Frau anal zu penetrieren, befriedigt werden kann. Tolles Produkt. Tolles Einkaufserlebnis. Sie wird das Versus-Produkt in einer Tüte mit nach Hause bringen: eine Sexcreme mit dem Namen Anomax. Natürlich wird sie verschweigen, dass sie zum zweiten Mal innerhalb von achtundvierzig Stunden 9,99 ausgegeben hat, damit der Wonnespender von Autopen ihr mit kraftvollen Stößen Lust verschafft. Sie wird es verschweigen, damit sie auch weiterhin herzlich zueinander sind. Steve wird seinen brennenden Wunsch nach Rache nicht ganz ablegen, aber im Großen und Ganzen wird die Stimmung freundlich sein, und es wird sogar längere Phasen des Blickkontakts geben. Die Liebe, Zukunft und sexuelle Kumpanei suggerieren. Während einer solchen Blickkontaktphase – und nach einer fast geleerten Flasche Wodka – wird es aller Voraussicht nach zu der stillschweigenden Übereinkunft kommen, dass beide ausreichend besoffen und gelöst sind. Dass beide bereit sind, kühne Varianten der körperlichen Lust zu praktizieren. Das Leben ist einfach und wunderbar.

Wie alle großen Diplomaten wird Steve die Zähne einsetzen, um Carly das Höschen auszuziehen. Als Hommage an die romantische Liebe wird er ihre Waden küssen und ihre Schenkel. In einer beispiellosen Feier der Gleichberechtigung und der Freiheit im 21. Jahrhundert wird seine Zunge ihre Klitoris aufspüren und sie zärtlich und rhythmisch lecken. Seine Finger werden im Interesse des Weltfriedens vorsichtig den Eingang ihrer Vagina passieren und kurz, aber intensiv seinen Schwanz simulieren. Carly, man muss es ihr hoch anrechnen, wird ihre Gedanken ausschalten und Steves Finger pflichtschuldig genießen. Wie schön, wird sie denken. Sie wird angemessen laut stöhnen und sich Phantasien hingeben, bis sie feucht wird, bis seine Finger nass werden und nach ihr riechen. Alles wird laufen wie am Schnürchen.

Mit ritterlicher Geste wird Steve die Feuchtigkeit von Carlys Lenden als natürliches Gleitmittel benutzen. Er wird sich behutsam ihrem knopfrunden Anus zuwenden. Sich mit feuchten Zeigefingern Zutritt verschaffen. Carly wird, gerührt über Steves Einsatz, aber voller Zweifel, ob sie in der Lage ist, sich selbst zu schmieren, nach dem Anomax greifen und Steve mit der Tube auf den Kopf tippen. Ein putziger, humorvoller Augenblick zwischen präzise ausgeführter Penetration und inszenierter Ekstase.

Wie es alle verlässlichen Ratgeber zum anal ausgerichteten Verkehr empfehlen, werden Carly erst einer, dann zwei von Steves Fingern in den Arsch geschoben. Ihr helles Verständnis der dramaturgischen Regeln zeitgenössischer Sexgewohnheiten wird sie veranlassen, zu quieken, zusammenzuzucken und sich schließlich aufnahmebereit zu zeigen. Ihr Darm wird sich lockern und entspannen wie jemand, der auf einer großen Party das Fremdeln ablegt. Natürlich wird die Aufwartung von Steves Schwanz beiden Beteiligten Schmerz zufügen. Steves Eichel ist wie eine feindliche Kugel, die in einen Oberschenkel dringt, und wird von Carlys verwirrter Biologie schwer gequetscht. Und dann wird gefickt. Natürlich. Die Aufnahmefähigkeit muss in einer Zeit der Beschränktheit und des Vergessens Überstunden einlegen. Es handelt sich hier um intensiven körperlichen Genuss, da ist kein Platz für umherschweifende Gedanken. Bang! Bang! Bang!

«Alles in Ordnung?»

«Ja, ja. Nicht aufhören.»

Also kurze Stöße. Sägeblattsex. Das Gefühl von Schmirgelpapier, gepaart mit der Erinnerung an Nieren im Schlachtereischaufenster. Vorhautfolter. Es tut arschweh. Zorn. Ein Schwanz, der sich in einen Anus bohrt, ihn wundscheuert, verwüstet, in der Scheiße sitzt. Versuch's weiter, nicht aufhören. Freund und Freundin. Das 21. Jahrhundert setzt sich in Bewegung, und wir ficken für Ideen. Es brennt.

«Auu, auu, auu, auu.»

Das wird der Augenblick sein, in dem wir gehen. Hier wird es zu Ende sein.

«Ah, ah, aaah.»

«Nicht so doll, Steve.»

«Tut mir leid.»

Denk dran, genieß es. Die Schlafzimmerwände magnolienweiß. Die Fußleisten ein zartes Taubenblau. Die gute Stereoanlage. Steve hat blondes Haar. Das Licht ist hell und beschissen, der Sex heftig und schroff.

«Aua!»

«Tut mir leid.»

Das ist Bruschetta-Liebe. Eine Schwanzfajita. Sex auf einem Bett aus karamellisierten Zwiebeln. Fußballromantik. Das Zeitalter des Lifestyles und der Hintergedanken. Steves Schwanz wird zerquetscht, und Carly hatte schon besseren Analsex. Alles ist so unglaublich menschlich.

Das wird der Augenblick sein, in dem wir gehen. Carlys zur Seite gedrehter Kopf wird im Stakkato auf die Matratze schlagen, ihr Haar wird sich um ihren Hals und die knochigen Schultern winden wie eine Straße ohne Ziel. Steve wird mehr Anomax auf seinen Schwanz schmieren. Sich an Carlys weicher, empfindlicher Taille festhalten. Er wird an die Decke starren, die Augen gefüllt mit Tränen des Schmerzes und der Hoffnungslosigkeit. Das Mädchen, o Gott, das Mädchen und sein Leben, seine Entscheidungen. Muss es wirklich so wehtun? Verdammt, der Schmerz ist mörderisch. Bang! Bang! Bang! Er wird an seiner Fähigkeit zu ejakulieren zweifeln. Ich werde niemals kommen. Bang! Bang! Bang! Nie. Es ist, als schlüge ich auf eine Wand ein, und ich fühle mich schrecklich. Und dann wird er sich nach hinten fallen lassen, und sein Schwanz wird aus ihrem Arsch flutschen. Carly wird völlig fertig sein und stöhnen, wie es sich gehört. Sie wird sich mit geschlossenen Augen umdrehen und nach Trost tasten. Steve, dessen unterbeanspruchter Körper noch voller Energie steckt, wird sich mit brennendem Schwanz nach Erschöpfung sehnen, nach Schlaf.

«War das okay so, Baby? War ich gut?», wird Carly fragen.

«Nicht, Baby, bitte», wird Steve ihr antworten.

«Steve? Alles in Ordnung mit dir?»

«Mir geht's gut, mir geht's gut.»

«Bist du gekommen? Sag mir, dass du gekommen bist, Stevie!»

Schmerzende Köpfe. Das ist der Augenblick, in dem wir gehen. Carly schnauft verblüfft. Steve sitzt auf den Knien, ratlos. Er atmet und versagt. Eine Art Ende. Wir gehen, weil wir müssen, aber sie werden bleiben. Das Bett, das Licht, das Jetzt. Der Wind in ihren Adern beginnt zu heulen.

II
Drei Monate später

15.

Die Fakten umschwirren mich wie Fliegen. Manchmal landen sie, und dann schleicht sich meine flache Hand an sie heran. Doch obwohl ich ganz plötzlich zuschlage, entwischen sie mir. Sie tanzen über meinem Kopf, während ich meine Finger nach ihren Leichen absuche.

Es zehrt an der Substanz. Das spekulative Gerede über den Anus und den Schwanz. Ich hätte vorher an die Scham denken sollen. Aber mit meinem Entsetzen wächst meine Zuversicht und damit die Geschichte. Die Wahrheit. Die auf mich zustürmt wie ein Irrer mit einem Schlagstock. Um mich brutal niederzuknüppeln.

Ich verarsche dich schon wieder! Führ dich in die Irre. Das tue ich aber nur, weil ich mir Erleichterung verschaffen muss. Eine Pause brauche von der Wahrheit, ihren Forderungen und Dialogen.

Ist das Pornographie?

Bitte, sag mir, dass es nicht so ist. Nein, lass es mich anders formulieren. Bitte, lass es welche sein.

Heute Morgen hatte ich Besuch von meiner Betreuerin für Gesundes Schreiben. Wir sind alle absolut namenlos, so läuft das hier drin. Aber diese Frau, deren Aufgabe es ist, meine Texte zu überwachen und mir ganz allgemein auf die Nerven zu gehen, habe ich im Stillen Susan getauft. Susan ist eine einfältige Person, ich kenne sie schon fast mein ganzes Leben lang. Sie ist nie ein glühender Fan meiner Arbeit gewesen, aber damit, dass ich so weit gehen würde, hat sie wahrscheinlich nicht gerechnet. Dass ich diese ... diese mit Fakten gespickte Geschichte schreibe.

Susan, hat sich heute herausgestellt, ist fassungslos und entsetzt. Sie rauschte herein, ihre schlichten Kleider bauschten sich um sie herum, als wollten sie ihre Figur vor mir verbergen. Einen Augenblick lang sahen wir uns schweigend an. Ich lächelte. Ach, die liebe Susan war kreidebleich im Gesicht. Sie wollte wissen, wie ich verdammt nochmal ins Evernet-System gekommen sei. Lief hektisch in meinem Zimmer auf und ab. Es ist besser, du lässt das sein, das ist gefährlich, sagte sie. Sie sagte: Wer, um Himmels willen, hat das zugelassen? Und ich war –. Ich habe einfach nur gelächelt.

Natürlich wird sie das hier lesen. Ein erregender Gedanke für mich. Geht es dir gut, Susan? In meiner Phantasie liegst du mit heißem Kakao gemütlich im Bett. Du trägst ein raffiniertes Teil mit Spitze: Strümpfe mit verzwickten Strapsen, die wogenden Körbchen des BHs mit Blümchen bestickt. Ach, verzeih mir, Susan. Ich weiß, ich mache mich über dich lustig. Mir passiert nichts, alles bestens, du brauchst keine Angst zu haben. Ich habe die Blicke bemerkt, mit denen du mich ansiehst.

Es wird ihr nicht gefallen, dass ich so rede. Das gefällt dir nicht, Susan, stimmt's? Morgen kommt sie wieder, eine bauschige, weiße Wolke, und schreit: Wie, um Himmels willen, wie? Sie wird sagen, dass meine Bildung mich umbringt. Dass ich versuche, mich zu verteidigen, obwohl ich aus meinem schuldbeladenen Herzen heraus schreiben müsste. Einfältige Susan, sei unbesorgt. Ich weiß mehr, als du dir vorstellen kannst.

Genug.

Ich schreibe, weil ich auf eine Geschichte gestoßen bin. Und weil sie uns hier zum Spielen nur Wörter geben.

Drei Monate später. Justin und Rebecca in einem Wohnzimmer. Kehren wir zu den Fakten zurück.

16.

Die Gegenrevolution

Justins Zeigefinger arbeitet sich durch Rebeccas Haar bis zum Atlaswirbel und dem Rand ihres Schädels. Mit kleinen, kreisförmigen Bewegungen massiert er ihren Kopf. Es können allerhöchstens fünf Zentimeter bis zu ihrem Hirn sein.

«Meine Güte.»

«Ich weiß.»

«Ich hab noch nie so viele Menschen auf einmal gesehen.»

Rebecca und Justin sind eng umschlungen. Sie sitzen im Wohnzimmer von Rebeccas neuer Eigentumswohnung in Hulme. Sehen fern im weichen, vanillegelben Licht. Der Geruch, den du wahrnimmst, stammt von den letzten Resten des köstlichen Essens, das sie heute Abend gemeinsam verspeist haben: ein Garnelencurry mit Koriander und Süßkartoffeln. In ein paar Minuten wird er erdrückt sein von den drei dicken Duftkerzen, die auf dem Couchtisch brennen: Lavendel, Teebaum, Hanf.

«Möchtest du noch Wein, Becca?»

«Ja, ich hol ihn.»

«Nein, du bleibst sitzen. Ich hole ihn.»

Justins Finger lösen sich aus ihrem Haar. Sie täuscht eine glückliche Schwerelosigkeit vor und lässt den Kopf zurück aufs Polster sinken. Das ist eine Möglichkeit, ihm zu zeigen, dass die sanfte Massage ein Erfolg war. Eine Möglichkeit, ihre Dankbarkeit auszudrücken.

«Ach, das war himmlisch. Ich bin hundemüde.»

Der Wein steht im Kühlschrank, weil die Wärme im geheizten Wohnzimmer ihn kaputtmachen würde. Justin schenkt langsam die Gläser voll. Das leise Plätschern der kalten Flüssigkeit mischt sich mit den ernsten Stimmen, die aus dem Fernseher dringen. Der Bildschirm ist voll mit Demonstranten. Die Zeit von Antiporno hat begonnen.

«Wo nehmen die bloß ihre Energie her, Justin?» Rebecca nimmt ihr Glas vom Couchtisch und nippt.

«Da, wo wir unsere auch hernehmen, schätze ich. Aus ihrer Bestürzung, oder vermutlich einfach aus ihrer Langeweile.» Justin betrachtet das Geschehen auf dem Bildschirm mit tiefer Besorgnis. Es fällt ihm schwer, mit anzusehen, wie die Zivilisation den Bach runtergeht. Rebecca empfindet genauso. Beide glauben an Sex. Rebecca stellt ihr Glas ab und reicht das andere Justin.

«Sie würden uns für Ungeheuer halten, nicht?»

«Ganz bestimmt würden sie das. Für pervers würden sie uns halten», sagt Justin. Er stellt sein Weinglas unberührt auf den Couchtisch zurück.

«Ist dir warm genug?»

Der Winter hat die Fenster mit schwarzen Brettern vernagelt. Selbst die Straßenlaternen buhlen um Aufmerksamkeit. Sie strahlen ein verschämtes gelbes Glimmen ab, das kaum die nur wenige Meter entfernten Bäume zu beleuchten vermag. Manchester wird so regelmäßig von Kälte und Regen heimgesucht, wie die Menschen atmen oder schlafen. Die Stadt ist nass bis auf die Knochen, und das schon seit Jahren. Autos zischen durch Pfützen am Straßenrand. Spritzgeräusche und das Raunen des Winters: Wie lange lässt sich das noch aushalten?

Jedes Jahr sind die Bewohner Manchesters aufs Neue baff, wie unbarmherzig sich das schlechte Wetter durchsetzt. Wie unbeirrbar es das Jahr mit Nässe schlägt. Alles tut, um Tage zu stehlen. Jedes Jahr bringt aufs Neue ein trostloses Klima und die damit verbundenen Übel: Schwermut, feuchte Socken, schlechte Laune. Der Sommer bleibt im Gedächtnis wie die Kindheit: eine Sammlung unwirklicher Erinnerungen und Freuden, die man nicht genug zu schätzen wusste.

Laut Angaben der Polizei sollen sich heute sage und schreibe zehntausend frierende Menschen auf dem Albert Square versammelt haben. Justin und Rebecca starren ungläubig auf die dichtgedrängte schreiende Menschenmenge auf dem Bildschirm.

«Was glaubst du, wie viele von denen sind heimlich Perverse, Pädophile oder Masochisten?»

«Keine Ahnung. Viele. Die meisten wahrscheinlich.»

Die Demonstranten haben sich versammelt, um eine rasch wachsende Bürgerbewegung zu unterstützen, die strenge Beschränkungen für die Produktion und Verbreitung von Pornographie fordert. Antiporno. Die Bewegung, die von einer pensionierten Grundschulleiterin angeführt wird, beschuldigt die Pornomacher und vor allem die Fernsehsender, Internetseiten und Läden, die Pornographie verkaufen, einen offenen, blutigen Krieg gegen die Kindheit zu führen. Das lasche Vorgehen des Staates hinsichtlich der Zensur bildlicher Darstellungen von hartem Sex führt nach Ansicht der Bewegung dazu, dass Kinder praktisch von der Pornographie großgezogen werden. Jugendschädigende Bilder von ausgefallenen, obszönen sexuellen Handlungen landen in den falschen Köpfen. Die Kindheit existiert im Grunde nicht mehr. Sie ist ihrer Unschuld beraubt worden. Sie ist genauso krank und schuldbeladen wie wir alle.

Der heiter in die Jahre gekommene Nachrichtensprecher scheint über die hohe Beteiligung ehrlich überrascht zu sein. Er sieht sich das Geschehen an, während seine attraktive Kollegin ausführlich über das Ereignis berichtet. Als sie das Wort «Sexualgewohnheiten» ausspricht, scheint es, als bewegte sich ihr Mund in Zeitlupe. Eine ganze Nation von Männern rutscht nervös auf ihren Stühlen herum.

Der Bericht versucht, das Geschehen als jüngstes in der ruhmreichen Tradition spießbürgerlicher Engstirnigkeit darzustellen, was teilweise auch gelingt. Aber die Bilder der Kundgebung widersetzen sich dieser Zuordnung und erzeugen bei den Zuschauern Wirkung. Jagen ihnen Angst ein und hinterlassen ein unbehagliches Gefühl.

Das Freiwilligenheer einer vergreisten Nation ist natürlich in voller Stärke angerückt. Aber auch die Jugend ist zugegen. Junge Männer und Frauen in regenfester Kleidung tragen Spruchbänder mit «Das Ende der Unschuld naht», «Ich habe es satt, ein Porno zu sein» oder «Rochdale sagt nein zur Freiheit der Pornographie».

Als die Ex-Schulleiterin das Podium betritt und sich an die Menge richtet, erreicht das Spektakel seinen Höhepunkt. Ihre Worte sind schonungslos und wollen schockieren. «Was», ruft sie, «soll aus diesen jungen Menschen werden, wenn sie fortwährend Bildern ausgesetzt sind, die Mädchen mit einem Phallus in jeder erdenklichen Körperöffnung zeigen? Was für ein Vorbild soll ein Mann sein, der Frauen gefühllos versklavt und sexuell missbraucht? Oder eine Frau, deren Samendurst nicht zu stillen ist? Wir müssen kämpfen. Wir müssen den Untergang verhindern. Die Jugend schützen. Die Zukunft.»

«O Mann. Die Pornographie des Konservatismus», murmelt Justin, den Mund zu einem schwachen, furchtsamen Lächeln verzerrt.

«Ganz genau. Stell das aus», stimmt Rebecca zu, die bekanntermaßen die Meinung vertritt, dass der freie Handel einen Scheißdreck mit Freiheit zu tun hat. Hat sie das Justin gegenüber schon erwähnt? Sie weiß es nicht. Wahrscheinlich.

Justin, dessen Haar kräftig gewachsen ist, seit er Rebecca zum ersten Mal in der Nude Factory begegnet ist, greift nach der Fernbedienung, und der Ton geht aus. Die Stimmen des Protests verstummen.

«Gott sei Dank.»

Justin lässt sich in die entspannte Haltung zurückfallen, in der er es sich vorhin gemütlich gemacht hatte, und wird von Rebecca zärtlich in den Schwitzkasten genommen. In einem energiegeladenen Moment rubbelt sie ihm mit der freien Hand kräftig über den Kopf, wodurch sich seine Haare statisch aufladen und aufrichten. Justin findet seine Haare scheiße. Er nimmt es Rebecca ziemlich übel, dass sie von ihm verlangt, sie wachsen zu lassen – im Interesse des Experiments und weil sie rasierten Schädeln gegenüber ein tiefes Misstrauen hegt. Justin zögert nicht mit der Vergeltung. Er dreht sich um und stößt Rebecca den Finger zwischen die Rippen. Das ist eine altbewährte Methode, um einen kurzen, lähmenden Schmerz hervorzurufen. Rebecca fängt an zu zucken, als würden ihr fünfzigtausend Volt durch die Adern rauschen. Und dann lachen sie, lachen sich in der warmen, mittelgroßen Wohnung halb tot. Ja, sie kreischen vor Lachen. Sie greifen den Körper des anderen hektisch nach Stellen ab, wo sich ihm kurzer, zum Brüllen komischer Schmerz zufügen lässt. Eine spitze Faust auf die Kniescheibe. Geschwind ein tauber Arm. Ein viehischer Fingerschnipser ans Ohr. Wie lustig, was für ein Spaß. Rebecca kneift Justin in die Nase und zieht. Autsch, sie reißt ab, au, das tut höllisch weh, du Miststück. Dann bekommt er einen Schubs nach hinten. Sein Kopf drückt sich in die weiche Sofalehne, seine warmen Hände legen sich schützend über seine Nase. Dieses Miststück! Was für eine Freundschaft! Überall Seufzen, leises Kichern in Erinnerung an das Gekreische, haha, was für eine Freundschaft, wirklich toll.

«Du bist eine fiese Natter», sagt Justin, der sich immer noch die Nase hält.

«Und du bist ein Perverser, der Kindern die Kindheit zerstört. Denk doch mal an die Kinder!»

«Scheiß auf sie.»

Justin geht zum Fenster und schreibt «Rebecca ist eine Schlampe» an die beschlagene Scheibe. Die Buchstaben leuchten in der Dunkelheit. Rebecca springt auf, wischt ihren Namen weg und schreibt seinen hin. «Justin ist eine Schlampe.» Die beiden jungen Leute lachen.

«Ich geh jetzt lieber», sagt Justin.

«Ja, ich muss morgen früh zur Uni. Ich darf zu meinem Date mit Dostojewski nicht zu spät kommen.»

«Scheißstudentin.»

Rebecca hockt auf der Sofakante und sieht Justin an. Die langen Haare lassen sein Gesicht weicher erscheinen. Rebecca ist aufgefallen, dass in den drei Monaten, die sie sich kennen, auch sein Wesen weicher geworden ist. Er ist nicht mehr der geheimnisvolle, besoffene Kunde, der in der Nude Factory ihre Titten gepriesen hat. Er ist jetzt ruhiger, überlegter. Er ist zu dem sexuellen Experimentator geworden, der er sein wollte. Ja, das Experiment bedeutet ihm alles.

«Wie hast du dich wegen Mittwoch entschieden?», fragt Rebecca, als sie ihn zur Tür begleitet. Sie sieht zu, wie er seinen Mantel von einem der vielen Haken nimmt und sich gegen die Kälte draußen wappnet.

«Ich will nach Cheshire fahren, zu dieser ‹Fuck-Power›-Sache. Ich will es mit Margaret Thatcher treiben.»

Ich auch, denkt Rebecca, und sieht Justin in seinem langen Wintermantel nicht toll aus? Genau wie der Typ Mann, der dich bei einem Abendessen in seinen Bann zieht, während er bescheiden von seinem stressigen Job als Superheld erzählt. Was bilde ich mir bloß ein?, denkt sie. Ich muss total bescheuert sein. Als Justin ihr zum Abschied zunickt und die Tür aufmacht, fällt ihr Johnny wieder ein. Als Justin erfuhr, dass Rebecca einen 21-Jährigen kennt, der noch unberührt ist, begann es in seinem Hirn zu rattern. Jungfrauen sind nützlich, wenn man mit Sex experimentiert. Gute Versuchskaninchen. Ja, das Experiment bedeutet ihm wirklich alles.

«Außerdem rede ich diese Woche mit Johnny. Über unseren Plan.»

«Aber vergiss es nicht. Das ist wichtig.»

«Keine Sorge. Bis bald, Justino. Adieu.»

«Gute Nacht.»

Klick. Die Tür fällt ins Schloss, und Rebecca geht in die Küche, um sich einen Tee zu machen, den sie im Bett trinken will.

Unterwegs nimmt sie die beiden Weingläser mit und wird, während das Wasser kocht, die Reste vorsichtig zurück in die Flasche gießen. Ihr Leben ist stabil wie immer, so als stünde es mit beiden Beinen fest auf dem Boden, die Hände in Erwartung eines Angriffs einsatzbereit zu Fäusten geballt. Nicht einmal die stürmischen Turbulenzen, die Justin und ihr gemeinsames Vorhaben, die Gesellschaft durch Sex zu retten, in ihr Leben gebracht haben, können sie aus dem Gleichgewicht bringen. Weder, was ihren einträglichen Job als Stripperin noch ihr Studium oder ihre Nachdenklichkeit angeht. Sie hat weiterhin einen festen Schlaf und schlägt morgens ausgeruht und voller Neugier die Augen auf.

Die fünftausend Pfund, die Justin für das Auto bezahlt hat, sind förmlich von seinem Bankkonto gesprungen. Sowie die Erbschaft eingetragen war, nahm das Geld Reißaus und suchte Zuflucht bei Prostituierten, in Restaurants und, im Falle des Autos, bei einem Peugeot-Gebrauchtwagenhändler in Longsight. Es ist ein bescheidener Wagen, es besteht kein Grund, Geld für etwas allzu Schnelles oder Schönes hinauszuwerfen. Es ist einfach ein Auto. Etwas, was sie bei ihrem Abenteuer unterstützen soll. Das Projekt heißt: Glück.

Eine Hand lässig am Steuer, schiebt Justin sich durch den schleppenden Verkehr im Süden Manchesters. Seit das Experiment begonnen hat, ist er jeden Sonntagabend bei Rebecca. Sie sehen gemeinsam fern, schauen sich DVDs an, essen gut. Es ist ganz von allein passiert. Beide waren überrascht, dass sie diese regelmäßigen, entspannten Treffen als ausgesprochen hilfreich empfanden. Dadurch fiel es ihnen leichter, den sexuellen Aspekt des Experiments so souverän anzugehen. Die gemeinsamen Sonntagabende vermitteln ihnen ein Gefühl der Einigkeit. Sonntags wird nicht experimentiert. Nicht gevögelt. Das verleiht den eher unerfreulichen Dimensionen ihres Bündnisses Glaubwürdigkeit und gestaltet ihre Nachforschungen im Allgemeinen lustiger und vielleicht auch moralisch wertvoller.

Aber noch haben sie nichts gefunden. Das Glück oder was auch immer. Natürlich haben sie ihren Spaß. Aber Fakt ist, dass sie fünfzehntausend Pfund ausgegeben haben und den gesuchten Antworten noch kein Stück nähergekommen sind.

17.

Das Paket

Carly überlegt seit über einer Stunde, ob sie das Paket öffnen soll, das neben der Wohnungstür steht. Hätte sie einen Job, wäre das Paket vielleicht nicht auf so fesselnde Weise verlockend, aber sie hat keinen, sie langweilt sich. Sie weiß, dass es heute Morgen gekommen ist. Sie hat gehört, wie Steve es hereinschleppte, und sich gefragt, was zum Teufel wohl darin sei. Das Paket ist groß und mit einer Reihe von Aufklebern versehen, manche mit japanischen Schriftzeichen, die anderen in englisch. Es kommt aus Übersee und ist an Steve adressiert.

Aber auf dem Frühstückstresen liegt ein Umschlag mit Carlys Namen. Sie steigt auf einen der drei Barhocker und beugt sich vor. «Carly», steht dort in Steves schöner Handschrift. Das hat etwas Romantisches. Sie sitzt allein in der attraktiven Wohnung, in der Hand eine Zigarette, bläst grauen Rauch ins weiße Morgenlicht, vor sich einen Brief ihres Geliebten. Das ist mein Leben, denkt sie. «Carly».

In dem Umschlag stecken zweihundert Pfund, aber kein Brief. Stattdessen hat Steve, wie sie schließlich entdeckt, «Bis Mittwoch» auf die Rückseite geschrieben. Nachträglich, vermutet sie. Oder vielleicht aus schlechtem Gewissen, in einem plötzlichen, atemberaubenden Anfall von Moral. Sie zählt die Zehner und Zwanziger dreimal, zweihundert Pfund für die zweieinhalb Tage, die Steve bei seinen Eltern sein wird. Zweihundert Pfund, aber kein Brief.

Ungefähr zu der Zeit, als Carly vor Gericht stand, unternahmen Steve und sie den Versuch, sich zu trennen. Es geschah in absolutem Einvernehmen. Als hätten beide erkannt, dass es ihrer Bindung an der nötigen Tiefe oder Nähe fehlte, um Carlys Prozess wegen Körperverletzung gemeinsam durchzustehen. Sie machten sogar Witze darüber: Wir verhandeln während der Verhandlung über unsere Trennung. Ha. Auf Wiedersehen. Bis dann. Carly zog zu ihrer Mutter, und Steve erschien nicht einmal im Gerichtssaal. Er wartete einfach ab, bis der Anruf kam – man ließ sie noch einmal davonkommen. Aber da fühlte er sich zu Hause bereits einsam und wippte mit dem Fuß im Takt seines mittelmäßig starken Verlangens, sie zu ficken. Sie versöhnten sich und waren wieder ein lächelndes Paar.

Der Angriff auf das Mädchen war Carlys erste Straftat gewesen und hatte beim Opfer keine bleibenden Narben hinterlassen. Sie erhielt eine Verwarnung, darf nicht noch einmal Mist bauen, sonst droht ihr Gefängnis. Der Richter brachte es offenkundig nicht übers Herz, Carly allzu schwer zu bestrafen. Sie sah auf der Anklagebank so wunderschön aus. Wie konnte er sie da ins Gefängnis schicken? Vielleicht würde man sie dort verderben, ihr wehtun oder ihr irgendwie anders Schaden zufügen. Eine solche Schuld wollte der Richter nicht auf sich laden. Seine Hände nicht mit so schönem Blut beflecken.

Für Carly war es eine schwere Zeit. Schluss mit der Gewalt, beschloss sie. Sie verlor ihren Job im Schuhgeschäft. Nun sitzt sie den ganzen Tag lang zu Hause und guckt fern. Sie scherzt, dass sie kochen lernen will, aber noch kann sie sich nicht dazu aufraffen. Scheiß drauf, denkt sie. Steve bringt jeden Abend etwas vom Imbiss mit. Sie essen, und ihre Tage sinken sanft in Schlaf. Es sind Fernsehzeiten.

Mitten in diese öde Fernsehphase in Carlys Leben ist nun das Paket hineingeplatzt und hat Spannung und Versprechungen mitgebracht. Carly drückt die Zigarette aus und starrt zur Wohnungstür, wo das Paket verheißungsvoll zu vibrieren scheint. Ein trojanisches Pferd. Sie ist so gelangweilt. Das Paket packt ihr süßes, rotes Herz, das treu im Einklang mit dem Fernsehprogramm schlägt. Es muss geöffnet werden.

Das Brotmesser macht kurzen Prozess mit dem Karton. Rasch ist er oben aufgeschnitten, die reißende Pappe knattert wie ein Motorrad. Weiter. Sie reißt ein Styroporstück weg und riecht Technik. Kabel und Plastik. Ach, herrliche Technik. Den Rest des Deckels entfernt sie mit der Hand. Das Paket enthält jede Menge Kabel, die meisten gelb und rot. Sie sind an sechs weißen Pads befestigt, die, wie ich vermute, ein bisschen wie Knieschützer aussehen. Dazu gibt es viele schwarze, sicherheitsgurtähnliche Riemen. Auf dem Gerät liegt ein Brief.

Steve,
alles läuft bestens. Das ist das einzige Gerät, das ich bis jetzt auftreiben konnte. Es ist ein Prototyp, ziemlich einfach, sie hoffen auf viel mehr. Du würdest staunen.

Pass auf alle Fälle gut darauf auf, bis ich zurück bin, mein Freund. Vielleicht lässt du Carly mal ein bisschen spielen!

Wenn ich zurück bin, weiß ich wesentlich mehr. Alles wäre einfacher, wenn ich Japanisch könnte!

Beste Grüße
Frank

Mit dem Elektrogerät und dem Brief packt Carly ein dickes, ganz auf Japanisch geschriebenes Handbuch aus, vermutlich die Gebrauchsanweisung. Carly hat nicht die geringste Ahnung, wie Steve sein Geld anlegt und an welchen Firmen er beteiligt ist. Sie sprechen nicht mehr darüber, weil es meistens dazu führte, dass Steve ihr langatmige Vorträge über Konjunkturschwankungen und die jüngsten Entwicklungen im Online-Trading hielt. Noch immer völlig ahnungslos, worum es sich bei der Vorrichtung handelt und welchem Zweck sie dient, nimmt Carly die Gebrauchsanweisung mit zum Sofa und stellt den Fernseher an. Sie zündet sich noch eine Zigarette an. Heute ist viel los.

Auf Seite drei der Gebrauchsanweisung befindet sich die extrem primitive Zeichnung eines Menschen mit dem Gerät. Er sieht ein bisschen aus wie ein Selbstmordattentäter, ein auf dem Boden liegender Selbstmordattentäter, an dessen Lenden Plastiksprengstoff befestigt ist. Zwei breite, sicherheitsgurtähnliche Riemen führen am Rücken hinauf über die Schultern und laufen direkt über dem Zwerchfell zusammen. Ein dritter führt wie ein Zwickel zwischen den Beinen durch bis zum Bauch, wo er sich mit den anderen verbindet. Zwischen dem dritten Riemen und den Lenden sind zwei weiße Pads eingezeichnet. Zwei weitere werden offenbar an den Brustwarzen befestigt. Der Verbleib der übrigen Pads bleibt ein Geheimnis.

Es gibt natürlich keinen Grund, so zu tun, als wüssten wir nicht, was hier geschieht. Während Carlys Hirn noch rätselt und eins und eins zusammenzählen muss, wissen wir bereits, dass dort in der Ecke eines der modernsten Geräte steht, das die Menschheit je erfunden hat, um sich sexuelle Befriedigung zu verschaffen. Aber das ist nicht alles. Nein, wir wissen noch mehr. Wir wissen, dass die Nähe zwischen der Maschine und Carly beinahe schicksalhaft ist. Sogar fast ein bisschen romantisch. Wir wissen, dass die beiden sich sehr wahrscheinlich ineinander verlieben würden, wenn Carly wüsste, wozu das Gerät da ist und wie es funktioniert. Die Maschine würde sie gegen Steve und den Wonnespender von Autopen einnehmen. Sie würde Carlys Herz im Sturm erobern, ihr Pralinen schenken und mit ihr in den kalten, verwilderten Parks von Manchester spazieren gehen.

Wenn du genau nachdenkst, wissen wir sogar noch etwas mehr. Ein paar Kleinigkeiten. Wir wissen, dass der japanische Stecker nicht in die englischen Steckdosen passt, die in praktischen Abständen über Steves Wohnung verteilt sind. Das ist jammerschade. Vor allem dann, wenn du, so wie ich, ein wenig darauf spekuliert hast, dass sie es auf der Stelle mit der Maschine treibt. Dass sie die Zeichnung in der Gebrauchsanleitung sieht und in ihrem Hirn vielleicht ein Groschen nach dem anderen fällt. Ein wahrer Geldregen. Zwei, natürlich, eins und eins ist zwei, nicht drei: ein Sexspielzeug – ich hab's! Vielleicht würde sie dann vom Sofa aufspringen und zu dem Karton mit der japanischen Sexmaschine stürzen. Ich verstehe dich, würde sie sagen, während sie die Maschine zärtlich in den Armen hielte und langsam dahinterkäme, was es mit den Riemen auf sich hat und an welchen Stellen ihres Körpers sie die Pads befestigen muss. Wie kann es sein, dass ich dich nicht verstanden habe? Du willst mir Lust bereiten, nicht wahr? Ach, wie wunderbar. Schnell, schnell, ich muss dich an mich schließen.

Doch das wird sie nicht tun, nein, nicht jetzt. Zum einen

wegen des Steckers, ich gebe zu, der ist ein großes Problem. Aber auch, ob du's glaubst oder nicht, weil für Carly der Gedanke, dass Steve mit der Maschinensex-Industrie zu tun haben könnte, vollkommen abwegig ist. Sie kann ihr Hirn nicht einmal davon überzeugen, dass es sich bei der Zeichnung im Handbuch tatsächlich um das handelt, wofür sie es hält – eine Sexmaschine. Aber wie gesagt, die Maschine passt nicht in die englischen Steckdosen, also reg dich nicht auf. Aber sei auch nicht naiv, ich weiß genau, der Groschen wird fallen. Irgendwann wird sie es kapieren.

Jetzt lässt sie sich erst einmal in die unbeugsame Mittelmäßigkeit ihres Tages fallen. Im Fernsehen werden die Probleme verschiedener Leute, Familien und Freunde besprochen. Du kennst die Sendungen. Väter, die ihre Frauen verprügeln und ihre Kinder schlagen. Jungs, die mit den Freundinnen ihrer Freundinnen ficken. Freundinnen, die mit den Freunden ihrer Freundinnen ficken. Jugendliche, die Drogen nehmen und die Schule schwänzen. Mütter, die zu viel trinken und vergessen, dass sie nicht nur Alkoholikerinnen, sondern auch Mütter sind. Das Getöse von dummem Geschwätz und einer Gesellschaft, die sich offenbar im freien Fall befindet. Vermutlich könnten wir bleiben und gemeinsam mit Carly zuschauen, aber das wäre vielleicht ein wenig zäh und langweilig.

Außerdem hat sich gestern Nacht Interessanteres ereignet als bei Rebecca und Justin, die auf dem Sofa scherzen und lachen, oder als bei Steve und Carly, die Essen vom Imbiss essen und vor dem Einschlafen Blankosex haben. Ja, gestern Nacht hat Colin im Krankenhaus gearbeitet, seinem neuen Arbeitsplatz, wo er auf einen dreisten Pfleger traf.

18.
Austrittswunden

Nachts ist es auf den ruhigen Stationen des Krankenhauses wie in einer Leichenhalle. Als würden die Patienten nicht schlafen, sondern sich sechs Stunden Tod stehlen. Wir hören flüsternde Männerstimmen.

«Pst.»

«Ist ja gut.»

«Ernsthaft, Colin, du musst leise sein.»

Colin und sein neuer Freund Deaks schleichen sich in die dunkle Entbindungsstation. Es ist ein großer Saal mit zwölf Betten, in jedem eine schwangere Frau. Das einzige Licht kommt von der Notbeleuchtung über den Türen: grüne Rechtecke mit der Aufschrift EXIT.

Colin hat Deaks vor einer Woche kennengelernt. Sie kamen über Frauen ins Gespräch. Sie verstanden sich auf Anhieb, hatten sich viel zu erzählen. Beide sind Singles und relativ gelangweilt, beide merkwürdig fasziniert vom Anblick hochschwangerer Frauen. Deaks ist dreißig. Er hat verfilztes braunes Haar und treibt seit fünf Jahren auf der Entbindungsstation sein Unwesen.

Im Saal ist es kälter, als es sein dürfte. Die Luft ist frisch, und es fehlt der chemische Geruch des Todes, der auf den meisten anderen Stationen herrscht. Seit drei Monaten arbeitet Colin hier als Reinigungskraft: Deaks ist sein einziger Freund. Dies ist sein erster nächtlicher Ausflug auf die Station, daher ist er auf Deaks' Führung angewiesen. Deaks atmet schwer, seine lebenswichtigen Organe schwappen in blinder Geilheit in seinem Leib herum. Würde man Deaks die Haare abrasieren und ihm ein Loch in den Schädel bohren, hätte man einen schönen Blick auf sein tief blutrotes Hirn.

«Welche sind einverstanden?», flüstert Colin. Sein Darm blubbert vor Aufregung, und aus seinem Arsch kriecht ein stummer Furz.

«Die hier und die dritte von hinten.» Deaks zeigt mit dem Finger quer durch den Saal. Die schlafende Frau im Bett vor ihm dreht sich schnarchend um. Beide halten den Atem an, bis sie leise weiterschnurrt. Die Frauen schlafen tief und fest.

Ein paar medizinische Geräte surren friedlich vor sich hin, gerade laut genug, um das Flüstern der beiden Männer und ihre leisen Schritte zu übertönen. Wären wir Deaks schon früher begegnet, wüssten wir ein wenig mehr über ihn. Ja, das wäre toll gewesen. Aber wir sind ihm nicht früher begegnet. Es ist meine Schuld, verzeih mir.

Für Deaks sind diese heimlichen, nächtlichen Einsätze nichts Neues. Seit Jahren wiederholen sie sich regelmäßig. Meistens unternimmt er sie allein, aber manchmal bietet er, so wie heute Nacht Colin, einem Gleichgesinnten an, ihn zu begleiten. Inzwischen ist er ein wahrer Meister darin, sich mit den verängstigten Frauen auf der Pränatalstation anzufreunden. Frauen, die eine problematische Schwangerschaft mit ungewissem Ausgang haben. Frauen, für die es zu riskant wäre, ihr Kind in der Außenwelt zu gebären. Sie müssen beobachtet, gepflegt und beschützt werden.

«Die dahinten ist jung. Für dich besser geeignet, Colin.»

«Okay.»

In den letzten fünf Jahren hat Deaks das Gefühlsleben dieser von Angst geplagten Frauen nach und nach entschlüsselt. Mit nur wenigen behutsamen Worten gewinnt er ihr Vertrauen. Er beruhigt sie und bringt sie dazu, ihm von ihrer Anspannung und der quälenden Ungewissheit zu erzählen. Wenn er sicher ist, dass sie ihm vertrauen, kommt er auf sein Anliegen zu sprechen. Er bietet ihnen an, sie nachts zu besuchen und ihnen Trost zu spenden. Er schildert es als Behandlungsmethode, ein wirksames Mittel, das ihnen durch diese belastende Zeit helfen kann. Es sei zwar nicht ausdrücklich erlaubt, sagt er, aber wenn sie es gern möchten, werde er sie besuchen und ihnen heimlich eine sinnliche Massage geben. Nur selten willigt eine ein. Doch manche Frauen finden Gefallen an dieser Vorstellung, finden sie ziemlich erregend und überraschend heilsam. Deaks glaubt, dass die Frauen ihn brauchen. Er ist der Beistand der Schwachen. Eine Florence Nightingale. Ein einfühlsamer, großzügiger Mensch – ein ausgebildeter Krankenpfleger. Jetzt zieht er leise den dünnen, weißen Vorhang um eines der Betten. Aus dem Augenwinkel beobachtet er, wie Colin durch den Saal geht, um es ihm gleichzutun.

Colin konnte diese Nacht kaum abwarten. Letzte Woche sprach Deaks ihn an, weil er den Blick in seinen Augen gesehen und bemerkt hatte, mit welch frommer Hingabe er die Entbindungsstation kehrte und wischte. Der Entschluss, den Unijob aufzugeben und sich auf eine Putzstelle im Krankenhaus zu bewerben, ergab plötzlich einen Sinn. In den letzten drei Monaten hat er fleißig Böden gewischt, damit die Damen es sauber haben. Er hat ihre dicken Bäuche bestaunt und fasziniert zugesehen, wie sie beim Atmen schnaufen und Speichel versprühen.

Als Deaks ihm vorschlug, er solle ihn auf einer seiner nächtlichen Reisen begleiten, damit er die Frauen kennenlernen und trösten könne, lief sein Hirn in seiner blutigen Sauce heiß. Er hätte heulen können. Aus seinem bleichen, vertrockneten Verstand sickerten salzige Tränen. Es war ein Gefühl, als begänne er zu tauen, als erwachte er wieder zum Leben.

Eins, zwei, drei. Colin zählt von hinten die Betten ab. Er bewundert die ausladenden Körper der Patientinnen unter dem stramm gezogenen Bettzeug. Die da gehört also mir, denkt er, während er im schwachen Schein der Notbeleuchtung das schlafende junge Mädchen anstarrt. Ein paar blonde Strähnen kringeln sich auf dem Kopfkissen. Aber das Gesicht ist nicht zu erkennen. Er fragt sich, wie es wohl aussehen wird. Er geht leise am Bett entlang und bemerkt eine zarte weiße Hand, die unter der Bettdecke hervorschaut. Er löst den Vorhang und schließt ihn langsam um das Bett. Sie sind allein.

Es ist das erste Mal seit über einem Jahr, dass Colin mit einer Frau allein ist. Seine Hände und Knie zittern. Das Mädchen schläft. Wie soll ich sie wecken?, denkt er. Soll ich sie sanft anstoßen? Hallo sagen? Rechnet sie mit Deaks? Es ist phantastisch.

Er tritt näher und schlägt vorsichtig die Bettdecke zurück. Das Mädchen dreht sich langsam im Schlaf. Ihr Gesicht zeigt jetzt zur Decke. Lider wie Blüten. Colin erstarrt, sein Herz heult wie eine Feuerwehrsirene. Das Mädchen ist hübsch, unglaublich jung, siebzehn vielleicht. Mein Gott. Er berührt ihr Haar. Armes Mädchen. Ihre Augen: Sie öffnen sich. Scheiße. Welke Blüten. Sie starren in seine. Bin ich ein schrecklicher Mensch, der den Tod verdient hat?

«Hallo», sagt das Mädchen gähnend, während sich ihr Körper anspannt und sich mit sich zurechtfindet. Das Kind liegt in ihrem Leib, entspannt sich oder schläft. Sie ist so jung. Wäre es nicht besser, sie hätte abgetrieben? Ob sie vergewaltigt wurde? Nein, sie lächelt leise, es kann keine Vergewaltigung gewesen sein. Sie hat sich ihrem Schicksal gefügt, wahrscheinlich war es bloß ein Unfall. Ein Experiment mit einem dummen Bengel auf einer Party. Es ging schief, aber dann wollte sie das Baby. Ich will's behalten, dachte sie, ich bin nicht zu jung. Vielleicht haben ihre Eltern sie darin bestärkt, ihr finanzielle Hilfe zugesichert. Scheiße, Scheiße, Scheiße. Colin steht immer noch stocksteif da. Wie jemand, der einen unheilbar kranken Freund besucht und nicht weiß, was er sagen soll. Du wirst sterben. Was sagt man in dieser Situation? Du wirst sterben. Und wie ist das Essen so?

«Deaks meinte, er schafft es heute Nacht nicht», flüstert sie. Ein Glück, sie weiß Bescheid, denkt Colin und überlegt, ob er damit durchkommt, wenn er gar nichts sagt. Er will sie nur spüren, ihre Haut anfassen. Ist das so schlimm? Ha, er will sie in köstlichen Häppchen verspeisen. Er will sich auflösen, will glücklich sein und nass und berührt.

«Und?», sagt das Mädchen, während es sich ein Stück aufrichtet und auf die Ellbogen stützt. Sie ist nicht geschminkt, aber ihr Gesicht ist noch so jung, dass es von Natur aus klare Linien hat. Noch wird es nicht von einer Horde Falten und geplatzten Äderchen bedroht. Fünfzehn, sie könnte fünfzehn sein. Für einen Sekundenbruchteil sieht Colin den Moment, als sie das Kind empfing. Auf ihr ein Junge mit blauem Auge und Eiterpickeln auf den Wangen. Ah, er zuckt zusammen, und die Erinnerung löst sich, rutscht ihm die Speiseröhre hinunter und platscht in seinen Mageninhalt. Entspann dich. Entspann dich.

«Colin.»

«Bitte?»

«Ich heiße Colin. Ich bin Reinigungskraft.»

«Ach so, kein Pfleger? Ich heiße Melissa.»

Colin tritt vor, hinein in die lodernden Flammen, die bis hinauf zu seinem Kinn züngeln. Seine Haut schmilzt, und er genießt es, genießt die Hitze und das Gefühl, endlich zu verbrennen. Scheiße. Er schiebt die Hände unter die Bettdecke, wo es unglaublich warm und feucht ist. Wie im Regenwald. Seine Finger erkunden das Gelände, fühlen die Knitterfalten im Laken, die Sauberkeit, mein Gott, diese Hitze. Nach ein paar Zentimetern stößt er auf einen in Baumwolle verpackten Körper. Ein Schenkel. Eine Hüfte. Er berührt ihn, den dünnen, feuchten Stoff, der an ihrem heißen Körper klebt wie eine zweite Haut. Das Schlüpfergummi, bleib ruhig.

«Deaks massiert mich nur und streichelt mich sanft.»

«Ich weiß, alles ist gut.»

Colin hangelt sich blind an Melissas Nachthemd entlang, bis er den Saum zu fassen kriegt und es über ihren Bauch zieht. Er stützt sich mit dem rechten Knie auf dem Bett ab und hebt von unten die Decke hoch. Seine Hände schweben über ihrem nackten, aufgedunsenen Bauch. Als wäre er ein Zauberer, ein Heiler. Seine Finger senken sich langsam und zitternd wie ein Hubschrauber, der zur Landung ansetzt. Ihre Haut, ihre heiße Haut. Was hält der Fötus wohl davon?, fragt sich Colin. Das Kind, was denkt das Kind? Nichts, es bekommt überhaupt nichts mit, es schläft bestimmt. Es ist längst Schlafenszeit.

«Sie haben gesagt, es wird ein Mädchen.» Melissas Argwohn wächst, als Colins Augen sich sehnsuchtsvoll schließen. Er wartet auf den Augenblick, in dem er landet. Sekunden geschehen. «Ich hatte so gehofft, es wird ein Junge», sagt sie.

Aber Colin kann sie nicht hören. Eigentlich müsste ein lautes Zischen ertönen, als seine Hände sich auf ihren Bauch legen. Aber es herrscht Totenstille. Seine Handflächen. Ihr Körper. Das Baby. Melissas Bauch ist wie eine afrikanische Trommel. Eine Conga: auf Holz gespannte Tierhaut. Aber heiß, heiß und nass. Ein Treibhaus im Sommer. Colins Hände machen kreisende Bewegungen; seine steifen, gespreizten Finger passen sich den Konturen dieses Bergs aus Haut an, gleiten durch ihren Schweiß.

Seine Hände bewegen sich überallhin, weil sie es müssen. Sie müssen jeden Millimeter erforschen. Um den nach außen gedrückten Nabel herum, über die Ränder ihres Bauchs, wo die Haut nicht mehr spannt, sondern weich ist wie Seide. Colins Hände erreichen den Gipfel und fahren hinunter zu der Stelle, wo ihr Körper wieder eben wird. Seine Handgelenke schaben über den piksenden Gummizug ihres Schlüpfers. Und weiter, weiter nach unten, natürlich. Colin, der nie eine Frau anfasst, streicht mit sanften Fingerspitzen über Melissas Schlüpfer, fühlt das sehnige, zarte, fetthaltige Gewebe, das sich darunter verbirgt. Dann zurück, über den Bauchberg und hinab zu ihren Brüsten, die sich muskulös und gespannt anfühlen. Er knetet sie, bis sie locker und beweglich sind. Ein Akt der Barmherzigkeit. Er ist ein Heiler.

Er hebt den Blick vom Boden und starrt in Melissas Gesicht, das eher wachsam wirkt als entspannt. Colin kann all das nicht genügen. Er zieht das Bein vom Bett, zögert kurz und steckt dann den Kopf unter die Decke. Heiße Luft strömt in seinen Mund, als müsste er ersticken. Es ist stockfinster und schwül. Er reibt die Wange an Melissas Körper, glitscht mit dem Mund über ihren Bauch, benässt sein Gesicht über und über mit ihrem Schweiß. Labt sich daran. Das ist es, irgendetwas, ein Gefühl, heißes Fleisch, ein herrliches Gefühl. Begierde. Verwirrung. Er will das, will, dass der Zauber nie mehr aufhört. Er stöhnt vor Lust.

«Aufhören.»

Eine gedämpfte Stimme. Von außen, aber es ist nicht Melissa. Scheiße. Scheiße, Scheiße. Colin verharrt still und schließt die Augen. Seine Lider drücken sich auf gespannte Haut.

«Hör auf, Colin.»

Colin zieht langsam den Kopf hervor und legt die Bettdecke neben Melissas Körper ab. Seine Augen sind gerötet. Sein Haar ist wild zerzaust. Sein Mund steht offen, die Lippen sind geschwollen vom Schweiß.

«Mach, dass du hier rauskommst», flüstert Deaks, so scharf, dass es sich anhört, als würde er schreien. Was habe ich denn gemacht?, denkt Colin verzweifelt. Er hat sie massiert, mehr nicht, genau so, wie sie es wollte. Worüber beschwert sich der Arsch?

«Raus, Colin, ich übernehme das.» Deaks legt Melissa die Hand auf die Schulter und zeigt auf das leuchtende EXIT-Schild über der Tür. Colin rührt sich nicht, sondern starrt Melissa an. Sie fühlt sich sauwohl. Warum regt er sich so auf? Fast rechnet er damit, dass Melissa ihn verteidigt, sagt, dass es ihr gefallen hat, und dass sie Deaks fragt, warum er sich eigentlich so aufregt. Aber das tut sie nicht. Sie starrt Deaks mit einem Blick an, als hätten ein paar miese Typen sie in ein eiskaltes Schwimmbecken geworfen. Colin verlässt schweigend das Zimmer.

Fünf Minuten später kommt die SMS von Deaks. Colin soll ins Wishing Well kommen. Neutrales Terrain, weit weg von den Ärzten und ihren großen, alles hörenden Ohren. Weitere fünf Minuten später setzt sich Deaks im Wishing Well Colin gegenüber. Nichts zu essen, nichts zu trinken. Warum regt der Arsch sich so auf?

«Was sollte das, Colin?» Deaks klopft mit einer Zigarette auf die graue Tischplatte. Colin schweigt. «Sie sagt, du hast ihre Titten begrapscht. Hast du eigentlich einen Schimmer, wie ich mich vorsehen muss? Welchen Ärger wir bekommen, wenn eine der Frauen sich beschwert?» Colin entscheidet sich, weiter zu schweigen. Er denkt an seine Schulzeit in Stretford zurück, an die gnadenlosen Anschisse, die stumme Geilheit und wie oft er nach Hause gerannt ist, um in eine Sportsocke zu wichsen. Ha, seine Innereien verziehen sich zu einem Lächeln. Die schöne Beschissenheit des Lebens. Der bunte Schleier. Er sieht Deaks an, der dick Pathos aufträgt. «Sie sagt, du wolltest ihr den Finger reinstecken.»

«Sie lügt», erwidert Colin. Er lehnt sich zurück und blickt sich in der Cafeteria um. Ein paar Leute warten müde auf Neuigkeiten über Leben oder Tod. Deaks bewegt sich in einer Grauzone: Er hilft den Frauen, indem er sie massiert, aber er hilft auch sich selbst. Er braucht die Frauen, und sie brauchen ihn. Das ist praktisch. Natürlich kann er nicht so weit gehen, wie er gern möchte. Er kann sie nicht ficken oder sich vor ihnen einen runterholen. Er muss bestimmte Grenzen einhalten, damit er sich all das bewahren kann: sein Leben, seinen Verstand, die fürsorglichen Besuche bei den Frauen.

An einem der Nachbartische stößt eine Rothaarige im gelben Bademantel ein entsetzliches Rülpsen aus. Colin und Deaks tauschen einen Blick und sehen schweigend zu, als sie rosa Brei auf den Tisch spuckt. Erbrochenes tröpfelt auf den Boden, während in heller Aufregung Massen von Papiertüchern herbeigebracht werden. Die Stimmung ändert sich, und Deaks beugt sich mit einem mitfühlenden Lächeln zu Colin vor.

«Nimm dir vom Leben, was du kriegen kannst, Colin. Wenn du keine Schwangeren ficken darfst, tu, was dem am nächsten kommt: Fass sie an und kümmer dich um sie.»

«Ich will nicht mit ihnen schlafen», sagt Colin, während er zusieht, wie die kotzende Rothaarige im Zeitlupentempo weggeführt wird. Es stimmt, er will nicht mit einer Schwangeren schlafen. Es geht nur um die Faszination, die reine Faszination.

Aber Deaks ist nicht überzeugt. «Quatsch», schnauzt er. «Ich hab dich unter der Bettdecke gesehen. Das Gefühl, die schon Gefickten zu ficken – das hat mein Leben verändert.»

Colin dreht heftig den Kopf zur Seite und schluckt übertrieben schwer. Deaks lächelt unglücklich.

«Manchmal lassen sie mich. Einmal im Jahr oder so ist eine Frau dabei, die es will. Stell dir das vor. Das will ich mir auf keinen Fall kaputtmachen. Darum nehme ich deine blöde Aktion von vorhin so ernst.»

Eine riesige Teemaschine stößt durch ihren losen Deckel

Dampf aus. Es riecht schal nach Essen. Colin bemerkt ein paar Tropfen rosa Erbrochenes, die das müde Personal übersehen hat. Er kann sich nicht vorstellen, mit einer hochschwangeren Frau Sex zu haben. Teils, weil er phantasielos ist, und teils, weil sich ihm bei dem Gedanken, jemanden auf so sinnlose Weise anzufassen, vor Ekel und Entsetzen die Lippen kräuseln. «Warum?», fragt er. «Warum fickst du sie, Deaks?»

Deaks' Lächeln wird breiter. Er bleckt die Zähne. «Weil ich es wirklich, wirklich will», sagt er. «Es ist ein Gefühl. Ein Verlangen. Aus demselben Grund, warum dein Haar klitschnass vom Schweiß des Mädchens ist.»

Colin fährt sich unwillkürlich mit gespreizten Fingern durch die Haare. Sie stehen ihm zu Berge. Seine Augen sind weit aufgerissen und glänzen. Colin spricht nur selten mit anderen, und er fühlt sich verändert, wie ein neuer Mensch. Er fühlt sich sogar ein bisschen normal, und das, obwohl er in einer Krankenhauscafeteria sitzt und sich über die Vorzüge von Sex mit Schwangeren unterhält. Deaks fährt fort mit seiner Überzeugungsarbeit.

«Jeder hat seinen Fetisch, Colin. Wenn du Glück hast, bist du dabei, deinen zu entdecken.»

«Nein», sagt Colin. Er starrt auf die billige Tischplatte und spürt, dass er tief in sich drin am liebsten tot wäre. Lieber tot sein, als diese Tischplatte anzustarren. Er schlägt mit flachen Händen auf den Tisch und steht auf. Deaks lässt den Kopf hängen, und Colin widersteht dem Impuls, einen ganzen Stapel Teller über seinem Schädel niedersausen zu lassen. Er verzieht das Gesicht. Worte sickern aus seinem Mund wie zähflüssiger Speichel.

«Ich glaube … es geht gar nicht um Sex … Es ist, als hätte ich gerade entdeckt, woher ich komme, ich und alle anderen … es war unschuldig … und ich bin überrascht.»

Es ist halb vier am Montagmorgen, und wir sind in einer finsteren, schmutzigen Welt. Die Lampen in der Cafeteria scheinen unendlich langsam zu verlöschen. Es wird dunkler und dunkler. Nicht ein Tropfen natürliches Licht dringt in diesen Plastikraum. Es ist ein Ort, an dem sich Menschen verkriechen, um zu essen, zu trinken und auf Nachrichten von den Kranken zu warten. Die Luft ist gar keine Luft, sondern eine Flüssigkeit, in der wir hin und her schwappen.

Colin, der genau weiß, dass er nicht mit einer Schwangeren schlafen will, aber dennoch fasziniert von dem Gedanken ist, verlässt das Krankenhaus. Langsam geht er die vielen, vielen Treppen hinunter. Die Luft draußen ist gefrorenes Glas, das langsam und bedrohlich zerbirst. Es sieht nach Schnee aus. Colin stampft mit steinernen Schritten über steinernen Boden, hält Ausschau nach den Lichtern des Verkehrs und dem Bus nach Hause.

Und natürlich springen in der dämmernden Stadt die Lichter an und drängen sich an die getönten Busfensterscheiben. Und natürlich sitzen im Bus Leute. Müde Gestalten, denen die vorbeiziehenden roten und blauen Lichter von Rusholme erscheinen wie ein Traum; die Formen und Farben, die man sieht, wenn man die Augen schließt.

In Colins hellblauem Schlafzimmer herrschen sehr wahrscheinlich Kälte und Gestank. Aber eigentlich scheint es nur ekelhaft nach Kälte zu stinken, so, als hätten Frost und Eiszapfen das Zimmer in eine organische Einheit verwandelt.

Er bahnt sich einen Weg durch das Schlachtfeld auf dem Fußboden. An Weihnachten ist das Zimmer Niemandsland, heiter und still, aber blutbefleckt vom Kampf. Das klamme Bettzeug widersetzt sich seinem instinktiven Wunsch nach Wärme. Er winkelt die Beine an und zieht die Knie bis unters Kinn. Er zittert, denkt an Melissas warmen Bauch, stellt sich vor, wie sie in dem Krankenhausbett liegt. Er sinkt in ihren Schlaf.

19.

Formaldehyd trinken

Sie kommt nicht, denkt Johnny. Sie kommt auf keinen Fall. Er sitzt in einer angesagten Bar in Withington, die gern von Studenten aus dem zweiten Jahr und Immobilienmaklern wider Willen besucht wird. Die Wände sind mit dunklen Holzdielen getäfelt und mit Souvenirs gepflastert: alte Fußballwimpel, Fotos von vergessenen Filmstars, Ölgemälde aus einer alten Welt. Oder vielmehr aus einer jungen Welt. Ja, natürlich, einer jungen Welt. Wir sind eine greise Zivilisation, die älteste, müdeste aller Gesellschaften. Johnny fühlt sich alt und mittelmäßig.

Es ist ein furchtbares Zeichen, dass Rebecca schon fünfzehn Minuten zu spät ist. Es ist ein furchtbares Zeichen, dass Johnny den Tee, den er bestellt hat, schon ausgetrunken hat. Die Kellnerin, die einen schlichten, heiteren Eindruck macht, behält ihn gewissenhaft im Auge. Möchte er vielleicht noch Tee? Johnny hat Rebecca schon seit längerem nicht mehr gesehen. Nach der Sache im Park trafen sie sich immer seltener. Er rief sie mehrmals an, aber sie war jedes Mal mit der Uni oder sonst was beschäftigt. In den vergangenen drei Monaten hat Johnny den Bezug zur Spaßgesellschaft, ihren lockeren Kaffeeverabredungen und ihrem ausgelassenen Lachen verloren. Er ist tieftraurig.

Sie muss kommen, denkt Johnny, sie muss einfach. Gestern hat sie ihm eine SMS geschickt, und sie haben sich hier verabredet. Die SMS war eine Überraschung für Johnny, eine angenehme: ob sie ihm endlich verzeihen wird? Er nimmt sich einen Augenblick Zeit und stellt den leeren Becher, die winzige Kanne und das Milchkännchen ordentlich am Tischrand auf. In einer geschmackvollen Glasvase steht eine Rose. Daneben liegt ein alter, kalter Pommes.

«Möchten Sie noch Tee?»

«Nein, danke, im Augenblick nicht.»

«Darf ich Ihnen die Speisekarte bringen?»

«Nein.»

Seit der Sache mit dem Pornoheft und Zakirs überstürztem Auszug ist Johnny völlig allein. Wenn er zurückdenkt, ist sein Leben innerhalb weniger Stunden einfach so auseinandergebrochen. Zwei harmlose Späße, einer über eine Fotze, der andere mit einem Überraschungsporno, haben dafür gesorgt, dass er den fünfzig, sechzig Jahren, die er wohl noch vor sich hat, pessimistisch entgegensieht. Ein Geburtstag ist vorübergegangen, sein einundzwanzigster. Seine Mutter hat ihm eine Karte geschickt; der einzige Beweis, dass er immer älter wird.

Noch gibt es etwas, was Johnny von einem unbestreitbar trostlosen Leben trennt: die Pornographie. Ihr Nutzen lässt sich gar nicht genug hervorheben. Sie hat ihn vorläufig gerettet. In einer Phase, in der die Zeit am Steuer einzuschlafen drohte, konnte Johnny durch den regelmäßigen Kauf und Konsum von Pornoheften sein Leben weiterführen. Er ist zum Wichser geworden. Die Pornographie bringt Aufregung in sein Leben. Sie füllt die Abende mit Spannung, Glanz und Phantasie. Sie ist ein Grund, morgens aufzustehen und in die Stadt zu gehen, Sexmaterial zu sammeln, Vorlesungen zu besuchen, einzukaufen. Die Pornographie ist ein vollwertiger Ersatz für Freunde.

Johnnys Jungfräulichkeit ist weitgehend selbstgewählt. Sie hat nichts mit Religion oder einem albernen Zwang zu tun, sondern ist schlichtweg biologisch bedingt. Die Pubertät hat in seinem Hirn kaum wahrnehmbare Spuren hinterlassen. Sie hat seinen Körper lustlos mit langen, borstigen Haaren versehen. Aber mehr auch nicht. Sie hat es versäumt, sein Hirn in Gang zu setzen und es mit der nötigen Scheiße zu füllen. Darum waren Mädchen sehr lange kein Thema für ihn. Er verspürte nicht den quälenden Drang nach Sex wie die meisten anderen Jungs in seinem Alter. Er war ein unbekümmerter, zufriedener junger Mann. Aber das hat sich geändert.

Seit er studiert und fortwährend den schönsten, knackigsten Gebilden aus Fleisch und Stoff ausgesetzt wird, ist Johnny ein seelisches Wrack. Er schnappt verzweifelt nach Luft. Seine Unerfahrenheit in puncto Frauen und das abrupte Ende seiner Bekanntschaft mit Rebecca haben ihn stumm gemacht. Die Pornographie war der einzige Weg, der ihm offenstand, und inzwischen besitzt er eine ansehnliche Sammlung. Für die asiatische Zeitungsfrau ist er eine sagenhafte Einnahmequelle. In unbeschwerten Momenten malt er sich gerne aus, dass ihr Lebensstandard immens gestiegen ist, seit er pro Woche sieben Pornohefte bei ihr kauft. Vielleicht steht auf ihrem Kamin ein Bild von ihm. Vielleicht danken sie und ihre Familie ihm bei jedem Tischgebet. Er zahlt ihre Miete, bezahlt die Turnschuhe an ihren Füßen, macht sie reich und glücklich. Mit Johnny kann man toll Geschäfte machen.

Aber Johnny erfreut sich nicht nur an den endlos vielen Mädchen, die anscheinend nichts lieber tun, als sich auszuziehen und in den verschiedensten Posen fotografieren zu lassen. Obendrein hat ihn auch die Lust am Telefonsex gepackt. Natürlich belaufen sich die Telefonrechnungen auf ein Vermögen, aber seine reduzierten Verpflichtungen gegenüber dem zeitgemäßen Leben machen dieses Vergnügen bezahlbar. Kaum ein Tag vergeht, an dem er nicht mit dem Hörer in der Hand über seinen Heften sitzt und sich wie rasend einen runterholt. Halt – Rebecca ist da.

«Sorry, ich bin zu spät.»

«Rebecca.»

«Die Busfahrt war ein Albtraum, entschuldige. Wie geht's?»

Rebeccas Gesicht glüht, auf jeder Wange leuchtet eine rote Ampel. Sie nimmt die mit Kunstpelz besetzte Kapuze ab, zieht den Mantel aus und seufzt. Der Winter hat sie mit Gewalt zum Leben erweckt. Sie ist außer Atem, hellwach, frisch und kalt. Sie lässt den Blick durch die Bar schweifen und reibt sich kräftig die Hände. Dann blickt sie Johnny tief in die Augen.

«Wir haben uns ja eine Ewigkeit nicht gesehen. Was treibst du so?», fragt sie, während sie Platz nimmt und nachschaut, ob in der kleinen Kanne noch Tee ist. Johnny spielt nervös mit dem Becher, überzeugt, dass er auch diesmal das unpassende Wort Fotze in den Mund nehmen wird. Oder Möse.

«Ach, so dies und das, die Zeit totschlagen. Zakir ist ausgezogen, das heißt, ich wohne im Moment allein.» Johnnys Stimme schwankt vor Aufregung. Plattitüden in der Tonart der Panik.

«Ist das nicht ein bisschen einsam?»

«Doch, schon.»

Zwischen Menschen, die sich bereits kennen, sich schon unterhalten und miteinander Zeit verbracht haben, herrschen klare Verhaltensregeln. Die Straßen, Plätze und Zimmer Englands sind oft still und unfreundlich; Fremde sprechen nur selten. Tritt man jedoch, aus welchem Grund auch immer, mit einem anderen Menschen in Kontakt, ist man verpflichtet, mit ihm zurechtzukommen, und muss sich bemühen, die Beziehung aufrechtzuerhalten. Darum sind wir hier, in dieser Bar. Darum ist der Raum angenehm geheizt und hübsch eingerichtet. Darum gestikuliert Johnny hektisch vor Rebecca – er will sie zu einem Getränk einladen.

«Was möchtest du trinken?»

«Einen Cappuccino.»

Darum wurden Kaffeesträucher angepflanzt, und darum wurden Maschinen, die Kaffee machen und Milch aufschäumen, erfunden und in jahrelanger Forschung perfektioniert. Weil Menschen, die durch Zufall, Instinkt oder aus Begierde aufeinandergeprallt sind, zusammengeschweißt werden müssen. Wir müssen uns bemühen. Das ist Freundschaft und sittliches Verhalten. Mit Telefonsex hat das wenig zu tun, eher mit der weit verbreiteten Überzeugung, dass Einsamsein scheiße ist.

Der prächtige Cappuccino wird mit dumpfem Geräusch auf den Tisch gestellt. Kakaostaub. Rötlich schimmerndes Licht. Johnny reibt sich wiederholt die rechte Wange. Es hat den Anschein, als würde er von einer unseligen Neurose gequält, die ihren Ursprung in der Erkenntnis hat, dass das Leben und alles, was wir tun, irgendwie scheiße ist. Natürlich hat er keine Neurose, ihn plagen nur seine Nerven. Er kann nicht fassen, dass sie wirklich hier ist, und sie ist so schön. Dieser herrliche Moment muss ausgenutzt werden. Seine Persönlichkeit muss zügig zum Ausdruck kommen wie bei einer Figur in einem Kurzfilm.

«Weißt du, Rebecca, es tut mir leid, was ich neulich gesagt habe. Ich wollte dich nicht kränken, als ich sagte, dass ich das gern tun würde.»

«Was tun?», fragt Rebecca, während sie in ihrer Tasche kramt.

«Eine Fotze durchorgeln», nuschelt Johnny hinter vorgehaltener Hand.

«Ach so, kein Problem. Mach dir keinen Kopf deswegen.»

Vorurteile, Hass, Groll und Meinungen gelten nicht als dauerhaft. Die Ansprüche an die von Menschen gedachten Gedanken sind äußerst gering. Meinungen können an- und ausgehen wie Discoscheinwerfer, und wie die meisten Dinge kann man sie vergessen. So verspürt Rebecca nicht die geringste Lust, an ihrer zum größten Teil gespielten Wut darüber, dass Johnny das Wort Fotze ausgesprochen hat, festzuhalten. Das ist eine Ewigkeit her. Drei Monate. Vergiss es. Sie beugt sich vor. Sie strahlt übers ganze Gesicht, wirkt so gesund, zeigt einen Hauch Dekolleté, einen Ausblick auf den Tod.

«Ach, Johnny, das ist doch ewig her, erzähl mir lieber, was es Neues gibt.»

«Da gibt's nichts zu erzählen.»

«Warum ist Zakir ausgezogen?»

«Ich habe wirklich keine Ahnung, er ist einfach gegangen.»

«Wahrscheinlich hat er gemerkt, was für ein Blödmann du bist. Ha.»

«Ja. Hör mal, Rebecca, ich würde es wirklich schön finden, wenn wir uns wieder öfter sehen, so wie früher.»

Selbst Jungs wie Johnny schaffen es gelegentlich, eine Sache auf den Punkt zu bringen. Natürlich, wie sonst könnte irgendeiner von uns je irgendetwas erreichen? Er hat also ziemlich unvermittelt mehr von Rebeccas Zeit eingefordert. Wenn dein Leben ist, als würdest du unnatürlich lange die Luft anhalten, dann wirst du ziemlich wahrscheinlich laut japsen, wenn du schließlich den Mund aufmachst. Johnny sprudelt über vor zwischenmenschlichem Nachholbedarf. Die vielen Monate mit Telefonsex, Einsamkeit und Wichsen blubbern aus seinem Mund.

«Wenn ich zurückblicke, Rebecca, warst du so ziemlich mein bester Kumpel. Es war ein großer Fehler, dich zu kränken. Das wollte ich nicht, ich bedaure es.»

«Ach, Johnny, du bist ein richtiger Schatz.» Rebecca mustert Johnny und ist heilfroh, dass sie Justin kennengelernt hat.

«Irgendwie kommt mein Leben mir beschissen vor», fährt Johnny fort. Er genießt das Gefühl, dass ihm Wörter über die Lippen kommen, und er bewundert die Linien von Rebeccas Busen, die in ihr blaues Oberteil führen, dem Glück entgegen. «Jedenfalls ist das meiste absolut beschissen. Ich habe keine Freunde, keine Interessen, keine Ziele, keine Liebe. Ich ...»

Rebecca, die ununterbrochen an Justin denkt und daran, wie unglaublich toll er ist, wirft wenig überzeugend ein: «Was ist mit Freunden außerhalb der Uni?»

«Ich hab's versaut», bekennt Johnny. «Alles geht so schnell, ich hab's einfach verpasst. Bitte sei ehrlich, Rebecca, was stellst du mit deiner Zeit an?»

Die Kaffeemaschine röchelt, und auf dem Nachbartisch wird eine Riesenportion Focaccia mit Pommes abgestellt. Augen werden groß, und die Tür müht sich klappernd und zitternd, die Kälte draußen zu halten. Die Bar ist rammelvoll mit Zivilisation und ihren schwankenden Stimmungen; ihren irrwitzig schnell wechselnden Phasen der Gefühle, Erlebnisse und Verzweiflung. Wir sind an einer schlecht ausgeschilderten Kreuzung in der Weltgeschichte angelangt, wo die Menschen nicht viel mehr tun können, als ihre Miete zu zahlen, an Tischen zu sitzen, Getränke zu bestellen und italienisches Brot zu Brei zu kauen. Wer kann sich das alles merken?

«Ich habe einen Mann kennengelernt.»

«Einen Mann?»

«Ja. Es gibt da etwas, worüber ich mit dir reden will, Johnny.»

Johnny beugt sich so weit vor, dass er bequem in Rebeccas Cappuccino spucken könnte. Er tut es nicht. Aber er stellt sich den wunderbaren Augenblick vor, als Rebecca den Entschluss fasste, dass es etwas gibt, worüber sie mit ihm reden will. In welcher Form existiert er in ihrem Hirn? Als Staubwolke vielleicht, als ein Tropfen Flüssigkeit, als Gespenst? Er wäre so gerne genau der, für den Rebecca ihn hält. Selbst, wenn das übel wäre, wenigstens wäre er dann beruhigt und klar.

«Justin und ich», hebt Rebecca an, und zum ersten Mal verrät ihre Stimme Begeisterung, «machen ein Experiment, wir sind auf der Suche nach besserem Sex. Als Jungfrau und Mensch, der auf sexuellem Gebiet wenig Chancen hat, wärest du wirklich wertvoll für uns.»

Johnny spürt, wie einige seiner Charakterzüge verdampfen und aus seinen Ohren zischen. Ich werde nie mehr einen Witz machen, denkt er grinsend. «Ich bin keine Jungfrau mehr», sagt er, worauf sich Rebecca sofort von ihrer berechnenden Seite zeigt.

«Doch, Johnny, das bist du. Das muss dir nicht peinlich sein. Wir versuchen, uns von den entsetzlichen sexuellen Fesseln zu befreien, in denen heutzutage jeder von uns steckt. Wir wollen herausfinden, wo und was wir wären, wenn wir wirklich täten, wozu die Kultur uns herausfordert.»

«Wozu fordert die Kultur uns denn heraus, Rebecca?»

Rebecca senkt den Kopf. Sie zieht die gezupften Brauen hoch und sieht Johnny von unten an.

«Die Kultur, Johnny», sagt sie, während sie den Becher zum Mund führt, «fordert uns heraus, all das zu tun, worauf wir Lust haben.»

Sie sieht hinüber zum Fenster, wo es heller ist und die Leute lachen und Spaß haben. Das Mädchen, in das Johnny sich verliebt hat, ist nicht wiederzuerkennen. Sie hat einen Auftrag zu erfüllen. Sie benimmt sich, als trüge sie einen Haufen Geheimnisse mit sich herum, über die sie nicht reden, sondern nur rätselhafte Andeutungen machen darf. «Wir könnten zum Beispiel ficken, Johnny. Justin würde uns entweder zusehen, oder wir würden einen Dreier machen. Wir nehmen diese Sache sehr ernst, wir haben sogar eine Website.»

«Du würdest mit mir ficken?», sagt Johnny, verwirrt über die schmutzigen Reden seiner schönen Freundin. Sie beugt sich ihm entgegen und setzt ein Wichtig-wichtig-Gesicht auf, wie es nur jemand vermag, der sein ganzes Leben vor dem Fernseher verbracht hat.

«Wir sammeln Erfahrungen. Wenn ich mit einer Jungfrau ficke, wäre das eine solche Erfahrung. Vielleicht komme ich auf den Geschmack, wer weiß. Am besten, du gehst mal auf unsere Website.» Rebecca holt Stift und Zettel aus der Tasche und schreibt ihm die Adresse von Justins Website auf: newsex.biz. Das ist etwas ausgesprochen Alltägliches. Wer in diesen Zeiten keine eigene Website hat, ist im Grunde ein Vollidiot. Johnny redet, aber Rebecca hört nicht zu. Auch das ist alltäglich. Denn auch wer nicht zuhört, kann ziemlich cool sein.

«Dann wären wir zusammen. Ich mag dich wirklich sehr, Rebecca», sagt Johnny, während er mit halbem Auge zusieht, wie seine Persönlichkeit in der Lüftung verschwindet. Aber nein, Rebecca schreibt die Adresse fertig und schiebt sie Johnny hin, während sie nach ihrer Tasse greift.

Sie unterhalten sich noch ein bisschen. Natürlich. Es wird noch ein bisschen geschwafelt. Über dies und das. Und dies und jenes. Ja, in Wirklichkeit (ha, was für ein Schicksal!) unterhalten sie sich noch eine Weile. Aber wer weiß noch, worüber? Mal ehrlich. Wer? Ich jedenfalls nicht.

Stell dir zu deinem eigenen Besten vor, dass die Zeit sich nach diesem Wortaustausch auf geheimnisvolle Weise beschleunigt, dass das Leben im Schnellspulmodus zu dem Augenblick vorrast, als Johnny und Rebecca sich vor der Bar voneinander verabschieden. In Wirklichkeit unterhalten sie sich noch eine halbe Stunde, ja. Aber die Themen sind ziemlich langweilig. Das ganze Treffen wird von Rebeccas Vorschlag überschattet, Johnny im Rahmen eines ausgeklügelten, ziemlich diffusen Experiments die Unschuld zu nehmen.

Vor allem Johnny sieht nicht mehr viel Sinn in diesem Treffen, nachdem er sich Rebeccas Angebot angehört hat. Seine Augen werden glasig, als Rebecca ihm von einem französischen Schriftsteller, Michel Dingsbums oder Michel Sowieso, erzählt, der vor kurzem ihr Interesse geweckt hat. Johnny ist fassungslos über ihren Vorschlag. Fassungslos darüber, wie ordinär die Liebe sein kann. Denn er liebt Rebecca, Sexexperiment hin oder her. Er liebt, so wie wir alle lieben. Aber ihr Angebot stößt ihn ab, das ganze Experiment stößt ihn ab. Wer ist dieser Typ überhaupt? Dieser Justin? Wie kann Johnnys Hirn so viel Zuneigung für dieses widerliche Mädchen produzieren? Mein Gott, die Liebe ist, als würde man Formaldehyd trinken oder den Kopf in gefrierendes Wasser tauchen. Wie soll ich damit fertig werden?, denkt Johnny.

Sie trennen sich draußen vor der Bar. Rebecca läuft mit ausgestreckter Hand auf einen Bus zu und hält ihn an. Sie fährt weiß Gott wohin: vielleicht ein Pferd ficken oder eine Leiche vögeln. Johnny weiß es nicht. Er steht auf der Wilmslow Road und ringt mit den mannigfachen Widersprüchen in seinem Kopf. Natürlich hat er schon Filme gesehen. Ich weiß, was romantische Liebe ist, denkt er. Und sie hat nichts zu tun mit Experimenten oder Jungfrauen, Pferden, Ketten oder Pisse. Ja, ich weiß, was romantische Liebe ist, und ich will sie haben.

Die Schreie seines Hirns in Richtung untere Körperhälfte hallen in seinem Oberkörper wider, schwingen nach im Brustkorb. Seine Augen werden groß. Ich muss mich unbedingt verlieben, denkt er.

Bedenkt man, dass Johnny fest an die romantische Liebe glaubt und überzeugt davon ist, dass andere Menschen, insbesondere Mädchen, herzergreifend wunderbar sein können, ist es ausgesprochen ärgerlich, dass Rebecca mit ihrem unsittlichen Antrag das Bild befleckt hat, das er von ihr hatte. Wäre dies ein Film und stünden die beiden sich auf einer mondbeschienenen Veranda am Meer gegenüber, würde Johnny vielleicht Folgendes sagen:

«Du warst mein Ein und Alles, Rebecca, weißt du das? Ich hätte alles getan, um ... um ... um mit dir zusammen zu sein.»

Aber dies ist kein Film und Rebecca weit weg vom Meer. Sie fährt in einem Bus die Wilmslow Road hinauf. Johnny befindet sich auf der Egerton Road, in der Vorortfalle. Er überlegt, ob die Tatsache, dass er seit einundzwanzig Jahren auf der Welt ist, ihn zum Erwachsenen macht. Haben seine Eltern sich geliebt? Traten ihnen bei dem Gedanken, ein Kind zu zeugen und das Leben gemeinsam zu verbringen, die Tränen in die Augen? Freuten sie sich auf ein Eigenheim, auf tägliche Rituale, leidenschaftliche Nächte? Darauf, füreinander da zu sein? Kann ich trotz meines schlaksigen Körpers leben und glücklich sein? Ich bin so groß, denkt Johnny. Etwas stimmt nicht mit meinem Gesicht, irgendwer hat mich falsch gemacht, verpfuscht. Werde ich wirklich sechzig oder siebzig Jahre alt? Ich kann mir einfach nicht vorstellen, wie. Gott? Das ergibt keinen Sinn. Ich möchte einen Kamin, an dem ich sitzen kann. Einen Teppich, etwas Heißes zu trinken. Ein Gespräch. Ein Mädchen, dem ich meine Liebe schenken kann, bitte, alles ist so schrecklich, und ich bin so einsam. Sie will mit mir schlafen, weil ich noch Jungfrau bin. Sie will mich nehmen, mich führen. Würden wir uns dabei küssen?

Ich werde das nicht tun, denkt Johnny, als die Haustür ins Schloss fällt und ihm das heisere Verlangen zu wichsen von seinem Schwanz durch die Wirbelsäule bis hinauf ins Hirn schießt. So einsam und verzweifelt ich auch bin, ich werde es nicht tun. Sie ist verloren, aber ich bin klug, und ich bin nicht behindert. Ich werde einen Weg aus diesem finsteren Winter finden. Ich werde einen schönen, weiten Ort finden, wo die Menschen gemeinsame Interessen haben. Wo die Menschen sich unmittelbar und wortlos zueinander hingezogen fühlen. Wo die Menschen sich lieben und das Beste auseinander machen. Ich will doch nur Liebe.

Johnny geht über den Flur und nimmt das Telefon aus der Station. Es hat sich aufgeladen, Energie gespeichert. Er geht mit gebeugtem Rücken die Treppe hoch, weil er groß ist und niedergeschlagen. Er glaubt, dass Rebecca einen großen Fehler macht, findet, dass ihr Vorhaben ein bisschen zu trendig und politisch klingt. Denn es ist die Liebe, die uns aus dieser von Sex, Onanie und Sklaverei bestimmten Kultur befreien wird. Er nimmt die beiden neuesten Pornohefte aus der Unterwäscheschublade und wirft sie auf das ungemachte Bett. Sie glänzen nagelneu. Die Antwort heißt Liebe. Gott sei Dank, dass es die Pornographie gibt.

Er kniet sich neben das Bett wie ein Kind zum Nachtgebet und fängt an zu blättern. Es gibt ein idiotensicheres Muster, nach dem Frauen für die Zwecke männlicher Selbstbefriedigung abgelichtet werden. Jedes Foto muss eindeutig auf eine spezifische Form des Verkehrs oder des Vorspiels verweisen. Eine hockende Frau mit offenem Mund heißt natürlich Blasen. Ein durchgedrückter Rücken mit herausgestrecktem Hintern heißt Hundestellung oder Analverkehr. Es ist wie ein Spiel für Kinder. Alle Hinweise und Hilfestellungen, die eine primitive, spannungsgeladene Phantasie braucht. Johnny blättert ruhig durch die Hefte, bis die meisten seiner sexuellen Wünsche bedient sind. Die Muschi einer Schwarzen starrt in die Kamera, das deckt Exotik und Hundestellung ab. Eine Blonde hat das Funkeln von Oralsex in den Augen. Das Gesicht einer Braunhaarigen suggeriert Sanftmut und Charakterstärke. Außerdem sind ihre Beine weit gespreizt und ihre Brüste riesengroß. Schließlich entdeckt Johnny einen tollen Viertitter – seine Lieblingsstellung. Ein Viertitter ist, wenn zwei Mädchen ihre Titten aneinanderpressen, sodass jedes Tittenpaar das andere stützt. Ja, ein guter Viertitter ist was Feines, denkt Johnny. Endlich ist das Zeitalter des Viertitters angebrochen. Ha, du willst es vielleicht nicht glauben, aber so ist es. Kann man nichts machen. Ungeheuer. Wir sind Ungeheuer.

Die Nummer von Johnnys Lieblings-Sexline ist im Telefon gespeichert. Ein schneller Tastendruck, und es klingelt. Reißverschluss offen, Schwanz hart, die Liebe und das Leben, das Leben und die Liebe, hurra, hurra. Bloß nicht zu schnell jetzt, sonst kommst du, bevor du ihre Stimme hörst.

«Hallo», sagte eine brüchige Frauenstimme.

«Hallo», sagt Johnny.

«Wie heißt du?»

«Ich … äh … ich heiße Dave.»

«Hallo, Süßer, wie geht's?»

«Gut, gut, sehr gut. Wie geht es dir?»

«Auch gut. Wie alt bist du, Dave?»

«Dreiundzwanzig.»

«Bist du berufstätig, Dave?»

«Ja! Ich … äh … arbeite bei Boots.»

«Ooh, ich liebe Boots. Die Drogeriekette, ne?»

«Ja!»

Es ist noch Nachmittag, aber draußen ist ein Licht, als hätte jemand der Sonne einen Lampenschirm übergestülpt. Telefonsex ist eine beliebte Art, Sex zu haben. Er steht im Schatten des Internets, aber noch ist er eine Form der Romantik, an der viele Gefallen finden. Er bildet einen Riss durch eine einsame Welt, überwindet alle Grenzen, Posen und den ganzen Mist, der verhindert, dass zwei Menschen sich ungezwungen und spontan unterhalten. Diese Mädchen werden fürs Reden bezahlt. Ach, diese Männer! Ihre Herzen verschmieren und gehen kaputt, sobald keine weibliche Stimme zu ihnen spricht.

«Also, Dave, ich bin neunzehn, und meine Maße sind 86-61-91. Ich trage einen schwarzen Spitzen-BH, passenden Slip und Strapse. Ich mach's mir gerade mit dem Finger.»

Johnny reibt sich mit der linken Hand den Penisschaft. Auch das tut Romantik: verlangsamt den Vorgang, sorgt für bessere Gespräche. Das Mädchen schweigt; Johnny kennt dieses Schweigen gut. Er muss der Sexarbeiterin sein Aussehen beschreiben.

«Okay. Ich bin groß und habe braune Haare. Ich habe eine Jeans und ein senfgelbes Polohemd an und ... äh ... ich habe meinen Schwanz rausgeholt.»

«Wie groß ist er denn, Dave?»

«Un... ungefähr achtzehn Zentimeter.»

«Ohhh, schön, rubbelst du ihn für mich?»

«Ja, das tue ich.»

Die Liebe, die ihren Namen nicht kennt. Ein erbärmliches Schlafzimmer in Manchester. Winter. Ein lebensnotwendiger Akt. Das absolute Verlangen, sich eine Stricknadel ins Hirn zu bohren. Johnny kann sich zärtliches Streicheln nicht leisten, also rubbelt er kräftig. Reibung. Lust. Weiter. Gedanken schlagen in seinem Schädel zusammen wie Beckenteller. Rebecca lutscht ihm den Schwanz. Die asiatische Zeitungsfrau schiebt ihm einen Finger in den Anus. Mädchen, die er auf der Straße gesehen hat, drücken ihm ihre Titten ins Gesicht. Gott sei gedankt, für das Wichsen und seine wunderbare Menschlichkeit. Seine Hand bewegt sich in Höchstgeschwindigkeit, sein Ellbogen streift über das Laken. Johnny hält den Atem an. Bunte Pornographie. Die Jahre, die er noch am Leben sein wird. Schnell, Zivilisation, schnell.

«Ich leck dir ganz langsam die Eier.»

«Ja.»

«Ich nehme deinen Schwanz zwischen meine Titten.»

«Ja.»

«Meine Muschi schließt sich um deine Zunge.»

«Ja.»

«Ich schreie wie ein Baby.»

«Ja.»

«Fick mich, Dave.»

«Okay.»

«Steck dein großes Ding bis zum Anschlag in meine Fotze.»

«Deine Fotze?»

«Ja, und jetzt in meinen Arsch.»

«Okay.»

«Härter.»

«Ja.»

«Härter!»

«Okay.»

«Fick mich härter, du Sau!»

«Ja.»

«Härter!»

«Ja, ja?»

«Und jetzt spritz mir ins Gesicht.»

Ein leises Stöhnen. Die Liebe ist lieblos. Der Sex asexuell. Die Leitung ist tot. Ausatmen.

20.

Der Glastisch

Du wirst schwach. Ich fühle es. Ich werde schwach. Mein Stift ist durchgebrochen. Ich brauche einen neuen. Ich will hier raus. Nein, lass es mich anders formulieren: Ich muss bleiben. Obwohl ich jetzt liebend gerne eine Bahn Hundescheiße schnupfen und wie ein Schuft die Nase hochziehen würde. Aber ich tue es nicht. Nein, die Geschichte muss weitergehen. Die Fakten scharen sich um mich wie Gäste auf einer Party. Sie legen mir die Hände auf die Schultern und wollen sehen, was ich vorhabe. Und du? Du bist noch bei mir, stimmt's? Ich werde weitermachen. Unentschlossenheit ist was für Wichser. Ich bin kein Wichser. Ich habe immer einen Ersatzstift dabei. Erinnerst du dich noch an Steve?

Steve traf die Entscheidung, sich dem Mainstream zu opfern, ganz bewusst. Er brachte sich allem dar, was simpel und geistlos war. Er ist eine Ziege. Ein Lamm. Ein Hoch aufs langweilige Scheitern, Schampus, prost! Die Geschichte geht so: Ein Junge, politisch engagiert und voller Tatendrang, entscheidet sich ganz bewusst, fortan ein Hantelstemmer, ein Haarefärber, ein Mädchenflachleger, ein kleiner Niemand wie wir alle zu sein. Das ist die Geschichte, ganz sicher, absolut glaubwürdig und von Belang. Er hat es so gewollt. Sein Verstand ist im Arsch.

Steve steht mit seinem Vater auf dem Parkplatz eines Pubs in Southport. Es wird langsam dunkel. Die Dämmerung ist das Papier, das Licht der Stein. Erinnerst du dich noch, dass er Carly allein in der Wohnung gelassen hat und übers Wochenende zu seinen Eltern gefahren ist? Bitte sehr! Sein Vater ist Jahrgang 1947 und groß. Er trägt eine lange, weite Wildlederjacke. Sie ist braun und hat überall Reißverschlüsse. Ja, er ist in die Jahre gekommen. Schlecht sitzende Hose. Brille. Schuhe mit festen Sohlen.

«Ich bin sehr stolz auf dich», sagt Steves Vater, während er an einem der vielen Reißverschlüsse nestelt.

Steves Vater heißt Michael. Michael scheint von einem späten, aber heftigen Verlangen übermannt worden zu sein. Dem Verlangen, zu leben. Ein Mensch zu sein. Sein Arm schießt nach vorn, seine Hand legt sich auf Steves Schulter. Steve neigt sich zur Seite wie ein Olympiaschwimmer. Mit einer vollendet ausgeführten Kraulbewegung legt sein Arm sich um den Rücken seines Vaters. Umarmt euch. Fester. Okay, das reicht, lasst euch wieder los und redet, redet ...

«Mein Junge, du verdienst einen Haufen Geld, und Carly ist ein nettes Mädchen. Liebenswürdig und schön. Du machst deine Mutter und mich ungeheuer stolz. Du machst uns glücklich.»

Die beiden Männer tauschen einen eigentümlichen Blick. Sie sehen einander schweigend in die blauen Augen. Steves gegeltes, blondiertes Haar zeigt keinerlei Regung, als ein heftiger Windstoß seinem Vater die Frisur zerzaust. Michael zieht die weite Lederjacke fester und betrachtet seinen Sohn. Kann das wirklich sein, dass du mein Sohn bist?, denkt er.

Steve trägt eine auf alt getrimmte Jeans mit Rissen über den Knien. Er riecht stark nach Parfüm. Steifgestyltes Haar, zu einem beachtlichen Preis gefärbt. Er gehört zu einer anderen

Generation, steht für eine gänzlich andere Art, am Leben zu sein. Kann das wirklich sein, dass du mein Sohn bist?, denkt Michael wieder.

«Bist du schwul, Steve?», fragt Michael schließlich. Weil ihm in der äußeren Erscheinung und im Verhalten seines Sohnes nichts vertraut vorkommt, weil er einfach nichts damit anfangen kann. Sicher, denkt er, mein Sohn verdient viel Geld. Aber sieh dir an, was er damit anstellt. Alles dreht sich um Mode. Er wiederholt die Frage: «Bist du schwul, Steve?»

Steve entscheidet sich, ihm nicht zu antworten. Sie stehen sich schweigend gegenüber. Michael betrachtet ratlos seinen Sohn. Was ist passiert, und wann ist es passiert? Warum ist mein Sohn so aufgetakelt und unglaubwürdig? Ist er berühmt? Ich glaube, nicht. Ist er eine Stilikone? Ein Designer? Nein, das ist er nicht. Was ist das? Hochkapitalismus? Ein gekaufter Look? Eine gekaufte Persönlichkeit? Michael ist bestürzt über die Veränderung.

Steve ist nicht bestürzt. Er weiß Bescheid. Er erinnert sich noch gut an den Moment, als er beschloss, so zu werden. Er schmiss sein Hirn weg und widmete sich einem beschissenen, herrlichen Leben. Jetzt steht er auf einem Parkplatz und verabschiedet sich von seinem Vater.

«Nein, Dad, ich bin nicht schwul. Auf Wiedersehen.»

«Auf Wiedersehen, Junge. Ich freue mich, das zu hören.»

Steve dreht sich abrupt um und geht. Es ist fünf Uhr. Seine Schritte sind groß. Schnell ist er bei seinem Audi TT, die Schlüssel in der Hand. Schlechte Luft im Wagen. Es riecht nach Plastik, mit einem Hauch von Benzin und Vanille. Steve denkt an Carly, an die Entscheidungen, die er in Bezug auf seine Zukunft gefällt hat. Es werden Lügen erzählt: Ich liebe dich. Fragen gestellt: Wie geht es dir? Früher oder später gibt es kein Zurück mehr, du windest dich und zuckst, bist eins geworden: die Summe all der Unwahrheiten, die du ausgesprochen hast. Eine Sammlung aus bequemen, dunkelblauen Lügen.

Der Wagen fährt auf die Autobahn und beschleunigt. Steve tritt aufs Gas. Wie das ist? Ach, ich weiß es nicht. Du hast bestimmt schon in einem schnellen Auto gesessen, also ruf dir einfach ins Gedächtnis, wie sich das anfühlte. Steve stellt das Radio an. Musik. Konzentrier dich.

Es ist zehn nach sechs, als Steve in der Innenstadt von Manchester seinen Wagen abstellt. Von hier ist es nur ein kurzer Weg durch das schwarze Beiwerk des Winters bis zu seiner Wohnung. Als er zur Haustür kommt, hört er die leisen Schreie einer Frau.

«Aaaaahhiiaahiiiaiaiiaiaiaiaiaiaiaiahhh.»

Er zieht die Chipkarte durch den Schlitz, drückt die Tür auf und geht ins Haus. Sofort wird das Geschrei lauter. Es klingt nach Mord im trauten Familienkreis. Im Erdgeschoss geht eine Tür auf, und ein Mann mittleren Alters tritt in die Eingangshalle. Rasierschaum klebt in seinem Gesicht. Er blickt beunruhigt und verärgert die Treppe hinauf.

«Aaaaaaaaaahhhhiiiiiiiiiiiaiaiahhh.»

Die Schreie sind unglaublich lang und spitz. Steve geht die Treppe hinauf. Über ihm öffnen und schließen sich Türen, und er hört Leute die Treppe hinauf- und über die Flure rennen. Jemand wird ermordet, ganz sicher. Es muss sich um einen jener unglückseligen Momente handeln, in denen ein durchgedrehter Geisteskranker wahllos Leute niedermetzelt.

«Was ist da los?»

«Hört sich an, als hätte sie Schmerzen.»

«Welche Wohnung, wer?»

«Brechen Sie die Tür auf!»

Ungefähr fünfzehn Hausbewohner haben sich vor Steves Wohnung im zweiten Stock versammelt. Steve stellt sich dazu. Die Tür kann er nicht sehen, sie ist komplett verstellt von Schaulustigen. Ein großer Mann mit dichtem schwarzem Bart und schwarzen Knopfaugen wirft stechende Blicke in die Menge. Er wartet, bis der letzte schrille Schrei verklungen ist, dann sagt er: «Würden mir bitte alle bestätigen, dass diese Tür verschlossen ist? Ich glaube, die Frau ist in Gefahr. Ich breche jetzt die Tür auf. Einverstanden?»

Eine Welle der Zustimmung geht durch die Menge. Steve wirft einen kurzen Blick auf seinen Wohnungsschlüssel, steckt ihn dann in die Tasche. Er tritt zur Seite, damit der Bärtige Anlauf nehmen kann; die Türen sind neu und schwer aufzubrechen.

Das ist mein Leben, denkt Steve. Kein Zweifel. Ich helfe mit, in meine eigene Wohnung einzubrechen. Warum schreit Carly so? Warum stößt sie diese unpassenden Laute aus? Wie soll ich mich verhalten, wenn sie gerade umgebracht wird?

Steve schließt das rechte Auge und reibt es. Er senkt den Kopf und mustert flüchtig seine Jeans im Vintage-Look und die teuren weißen Schnürschuhe. Er atmet seinen exklusiven Duft ein und fährt sich mit der Hand durch die Designerfrisur, die einem Feld aus freiliegenden Drähten ähnelt. Bitte hör auf zu schreien, Carly. Steves Mund öffnet sich. Er sagt: «Nehmen Sie lieber den Feuerlöscher.»

«Gute Idee. Helfen Sie mir mal», sagt der Bärtige.

Innerhalb von Sekundenbruchteilen tauschen Steve und der Bärtige aufmunternde Blicke und holen einen Feuerlöscher, um damit die Tür zu Steves Wohnung einzurammen. Ein weiterer entsetzlicher Schrei ertönt – wie ein Nadelstich ins Handgelenk, eine Spritze ins Auge. Steve beugt die Knie, und seine Hose spannt sich; der Schlüssel zeichnet sich kurz in der Hosentasche ab. Rums. Und nochmal. Rums. Und nochmal. Rums. Das Schloss bricht langsam aus der Tür.

«Aaaaaaaaiiiiiihhhhhhh.»

«Weiter», sagt ein Zuschauer, der unbedingt erfahren will, woher die Schreie kommen. Eigentlich müsste Steve lachen; er lacht innerlich. Wie ist es so weit gekommen? Sind meine Entscheidungen wirklich so falsch gewesen? Ist es wirklich die logische Fortsetzung von allem, was ich getan habe, dass ich jetzt in meine eigene Wohnung einbreche, obwohl der Schlüssel in meiner Hosentasche steckt? Dies ist ein Schlüsselmoment in meinem Leben, hahaha – ein Schlüsselmoment, ha, bin ich verrückt? Warum schreit Carly immer noch? Sie muss den Lärm doch hören. Bestimmt wird sie ermordet, o je, ich werde mir eine neue Geliebte suchen müssen. Ich sollte den Schlüssel nehmen, hier wird jemand abgeschlachtet. Schuldig. Ich bin ein Lügner.

Ein letzter Stoß, und der Mann mit den schwarzen Knopfaugen rammt die Tür ein. Die Menge strömt, angeführt von Steve, in die Wohnung.

«Aaaaaaaaaiiiiiiihhhhhhhh.»

Man sollte meinen, jetzt würde Stille herrschen, aber das ist nicht der Fall. Carly schreit immer noch. Lauter denn je. Steve beobachtet die anderen: offene Münder. Er sieht das Entsetzen, das sich in den Gesichtern breitmacht. Ihre Augen qualmen. Er folgt den brennenden Blicken durch den Raum zu Carly, die vielleicht im Sterben liegt.

«Aaaaaaaaiiiiiihhhhh.»

Carly liegt nackt in den Trümmern eines hübschen Couchtisches. Sie windet sich in Glasscherben. Warum hält sie nicht still? Sie zerschneidet sich den ganzen Körper. Dunkelrotes Blut, zerfetzte Haut, weißes Licht. Sie hört nicht auf zu schreien. Bis auf das eigenartige Ding an ihrem Körper ist sie splitternackt. Sitzgurtartige Riemen. Sonderbare Pads. Ein lautes Surren aus Carlys Richtung. Ist das nicht grauenhaft?

Der Bärtige stößt Steve zur Seite und marschiert zielstrebig durchs Zimmer. Er geht an der schreienden Carly vorbei zu einer Steckdose und zieht den Stecker. Carlys Körper erschlafft. Ihr Kopf fällt zurück auf den Teppich aus Glassplittern. Sie winkelt die Knie an, und ihr leises Schluchzen blendet sich langsam in das schreckliche Ereignis ein.

«Rufen Sie den Krankenwagen», sagt der Bärtige. Er hat eine verblüffende Ähnlichkeit mit Che Guevara. Mit dem Stecker in der Hand hebt er Carly samt dem merkwürdigen Apparat hoch und trägt sie ins Schlafzimmer. Steve folgt ihm.

«Ich glaube, sie ist in Ordnung. Die Schnittverletzungen sind nicht allzu tief.»

Der Mann entfernt den Apparat so geschwind, dass man glauben könnte, er beschäftige sich mit nichts anderem als mit komplizierten Sexmaschinen aus Fernost. Steve geht zum Bett und fängt an, die Splitter aus Carlys Körper zu ziehen. Sie ist mit Schnittwunden übersät. Blut sickert aus ihr heraus wie aus einem Sieb. Die aufgerissene Haut hängt in Fetzen herunter.

«Was hast du getan, Baby?», fragt Steve, während er eine fingernagelgroße Scherbe aus ihrem Schlüsselbein zieht.

«Steve?», haucht Carly mit dünner, kratziger Stimme.

Der Bärtige wirft Steve einen scharfen Blick zu. Vielleicht hat er sich ausgerechnet, dass nach seiner Heldentat, wenn die Wunden verheilt sind, für ihn und Carly eine gemeinsame Zukunft beginnt. Als er erkennt, dass sie zu Steve gehört, steht er auf, murmelt etwas von einem Krankenwagen und verlässt das Zimmer. Steve und Carly sind allein. Das junge Glück.

«Das ist Franks Maschine, nicht? Die Sexmaschine aus Japan. Mein Gott, Carly, du dummes, dummes Weibsstück. Was hast du dir dabei gedacht?»

Carly antwortet nicht. Ihre Augen schwimmen in Blut, Blut fließt an beiden Seiten aus ihrem zerschnittenen Rücken. Das Bettlaken ist blutgetränkt. Steve stampft mit dem Fuß auf, doch das Geräusch wird von dem dicken Teppich fast vollständig verschluckt. «Reiche ich dir denn nicht, Carly?»

Sie gibt ein krächzendes Geräusch von sich, dann antwortet sie. In ihrer Kehle gurgelt ein unnatürliches Gemisch von Flüssigkeiten. «Bisher schon», sagt sie. «Aber jetzt ist alles anders.» Trotz ihrer Schwäche birgt ihre Stimme noch die Entschlossenheit, die ihr unglaubliches, metallisches Leben antreibt. Sie ist über und über mit Blut beschmiert, halb tot, doch bezeichnenderweise ist ihr das irgendwie scheißegal.

«Wie hast du sie in Gang gekriegt? Warum hast du mein Paket geöffnet?», fragt Steve, noch einmal geräuschlos mit dem Fuß aufstampfend.

«Ich .. aua ... ich habe mir bei Dixons einen englischen Adapter gekauft.»

«Ach, einen englischen Adapter. Schön. Bei Dixons. Wo bleibt der Scheißkrankenwagen?»

Steve geht zur Tür. Im Wohnzimmer flüstert der Bärtige mit einer rotgesichtigen Brünetten um die dreißig. Wahrscheinlich erörtern sie, warum Steve keinen Schlüssel hatte. Warum er dabei geholfen hat, seine eigene Wohnung aufzubrechen.

«Der Krankenwagen kommt. In ein paar Minuten.»

Steve kehrt zurück ins Schlafzimmer, zurück zu Carly, die in Rot ertrinkt. Mein Gott. Er geht zu der Sexmaschine, die, bespritzt mit kleinen, purpurroten Tränen, in der Ecke liegt. Plötzlich bleibt ihm fast das Herz stehen. Er sieht, dass die Sexmaschine lebendig wird, ihn mit starrem Grinsen anglotzt. Sie richtet sich auf und lehnt sich an die Wand. Wahnsinn!

«Wie geht es dir?», erkundigt sich die Sexmaschine.

«Du sprichst Englisch?» Steve weicht zurück, bis er gegen das Bett stößt.

«Ja, ja, gewiss, ich verfüge über Grundkenntnisse», prahlt die Maschine mit stolzgeschwängerter Stimme. Ihr gewandtes Auftreten wirkt ziemlich einschüchternd.

Steve seufzt.

«Was hast du mit meiner Freundin Carly gemacht?»

Die Maschine scheint zu erröten. Nein, nein, sie kann nicht erröten, unmöglich. Einen Augenblick lang spielt sie an den Riemen, als wäre sie in unangenehme Gedanken versunken. Dann klopft sie mit einem der weißen Lustpads an die Fußleiste. Sie ist leicht zerknirscht.

«Ja, ja, das tut mir leid», sagt sie schließlich und sieht Steve an. «Ein süßes Mädchen, meine erste Liebe. Ja, meine allererste Liebe. Ach, du meine Güte, das hört sich bestimmt allzu hirnrissig an, ich eine Maschine und so weiter. Für jemanden, der wirklich lebendig ist, klingt das sicher pervers. Natürlich bin ich eine Maschine.» Die Sexmaschine klappert mit ihren Bauteilen, als wollte sie sich das bestätigen.

«Warum blutet sie?»

«Sie blutet, weil wir, als wir uns geliebt haben, in den Couchtisch gefallen sind. Weißt du eigentlich, dass dein Couchtisch ganz aus Glas ist? Ziemlich geschmacklos.»

Die Maschine nimmt ihre richtige Haltung ein. Sie ordnet die Riemen und Lustpads, was ihr ein deutlich edleres Erscheinungsbild verleiht. Steve sitzt im Schneidersitz und starrt in seine roten Handflächen, ohne auf das Stöhnen und Wimmern zu achten, das aus Carlys blutverschmiertem Mund dringt. Er legt seine Hände über Mund und Nase und richtet den Blick auf die Sexmaschine. Die lächelt.

«Hast du Fragen?», sagt die Sexmaschine, die jetzt mit lässig baumelnden Riemen und Pads durchs Zimmer spaziert. Sie geht wie ein Homosexueller aus den 1930ern, dezent, aber ungemein beschwingt. Sie ist selbstbewusst. Nein, schlimmer: Die Sexmaschine ist cool. Steve erträgt ihren Anblick nicht. Fragen, denkt er, was soll man eine Sexmaschine schon fragen?

«Was hast du mit ihr gemacht?», sagt er schließlich, worauf die Maschine sich auf einem ihrer Lustpads zu ihm umdreht.

«Ich habe ihr an einigen entscheidenden Stellen leichte Stromstöße versetzt, an den Brustwarzen und ... äh ... untenrum, wenn du verstehst, was ich meine, haha.»

Die Maschine kichert. O Gott. Sie ist außer sich, tanzt wie ein Revuegirl. Fehlt nur noch ein Stock oder eine rosa Straußenfeder. «Außerdem», fährt die Maschine fort, «vibriere ich. Sehr kraftvoll. Kleine Kugeln in diesen Pads hier vibrieren so rasend schnell, dass du es gar nicht sehen kannst. Das menschliche Auge ist zu langsam und zu träge, aber eure Haut und eure erogenen Zonen sind wie für mich gemacht. Du brauchst mir nicht zu danken.»

«Das hatte ich auch nicht vor.»

«Sei's drum, mein Freund», sagt die Maschine, während sie eine weitere Drehung vollführt und versonnen zum Kleiderschrank tänzelt. Steve löst sich aus dem Schneidersitz und schleicht sich wie ein Panther auf allen vieren an die Sexmaschine heran, die sich verzückt im Spiegel betrachtet. Die Maschine erblickt ihn und seufzt.

«Du hast meine Freundin vergewaltigt, du hast sie schwer verletzt», sagt Steve, ohne dem Blick der Maschine auszuweichen.

«Hahaha!», lacht die Maschine schallend auf und dreht sich zu dem kauernden Steve.

«Hör auf zu lachen, du blöde Maschine», quengelt Steve und weicht vor ihrem manischen Grinsen zurück.

«Deine Freundin hat mich an ihrem Körper befestigt und mich angestellt. Sie hat mich geliebt. Sie liebt mich noch.»

Steves hübsches Gesicht verzerrt sich, als würde er vor Wut platzen, aber dann entspannt es sich und nimmt einen Ausdruck traurigen Erstaunens an. Als hätte ihm soeben ein Streifenpolizist auf die Schulter getippt. Das Spiel ist aus. Die Sexmaschine bemerkt Steves düstere Stimmung. Sie kommt vorsichtig auf ihn zu und tätschelt mit einem ihrer Lustpads sein Knie. Ruhig, mein Freund, denkt die Maschine, ganz ruhig. Steve schiebt das Pad von seinem Knie und steht auf.

«Könntest du dich bitte einfach verpissen?», sagt er.

«Ja, ja, ich glaube, das lässt sich machen», sagt die Sexmaschine unbekümmert.

Sie verpisst sich, indem sie sanft und leise zu Boden fällt. Sie wird nicht mehr aufstehen, nicht mehr reden. Steve wendet sich wieder Carly zu, die offenbar das Bewusstsein verloren hat. Armes Mädchen. So viel Blut hat sie verloren, dass es aussieht, als hätte jemand eine dunkelrote Samtdecke über das Bett gebreitet. Ihre Augen springen auf wie geknackte Nüsse und richten sich flackernd auf Steve, ihren Geliebten: «Steve ... es gibt Sachen, die ich an dir mag... aua ... natürlich gibt es die.»

Steve betrachtet seine Geliebte mit tiefem Abscheu. Maschine, denkt er, du hast mit der Scheißmaschine gevögelt.

«Früher glaubte ich, ich könnte die Welt verändern, weißt du?», sagt er, während er unsicher an seinem ultramodischen Hemd nestelt. «Ja, ich glaubte, ich könnte ihre Strategien durchlöchern, ihre Praktiken und ihre Tricks.» Seine Stimme ist kaum zu hören. Er versucht, sich Tränen aus den Augen zu pressen, aber er ist knochentrocken.

Er geht zur Tür, wo ihn finster der Mann mit den schwarzen Knopfaugen empfängt. Che Guevara. Er teilt Steve mit, dass der Krankenwagen da ist. Das Wohnzimmer erstrahlt im Glanz der Sanitäter, einem blitzblanken Mann und einer blitzblanken Frau in grüner Montur. Steve winkt sie ins Schlafzimmer. Der Sanitäter mit dem schütteren Haar und dem knittrigen Gesicht sagt: «Danke, Sir. Sind Sie der Freund?»

Im Dienste logischen menschlichen Verhaltens und weil er Englisch versteht, sagt Steve: «Ja.» Und sieht zu, wie der Sanitäter Carly zu Hilfe eilt.

«Hallo, Carly, ich heiße Jonathan. Ich bin Sanitäter. Wir bringen Sie, so schnell es geht, zum Krankenwagen, einverstanden?» Als er erkennt, wie schwer Carlys Verletzungen sind, sagt er zu Steve: «Mannomann, was ist denn hier passiert?»

Steve zuckt mit den Achseln. «Sie hatte Sex mit einer Maschine, und dabei sind sie in meinen Glastisch gefallen. Er ist kaputt. Nicht mehr zu gebrauchen.»

Carlys zerfetzter Körper wird in Plastikfolie gewickelt und auf eine Trage gehoben. Steve sucht ein paar ihrer Kleidungsstücke zusammen und bringt sie zum Krankenwagen. Auf dem Rückweg begegnet er im Treppenhaus den Sanitätern mit Carly. Er bleibt stehen und sieht zu, wie sie zum Wagen getragen und hineingeschoben wird. Carly, so schön und stark, selbst dann, wenn sie mit Schnittwunden übersät und blutverschmiert ist. Ach, Carly. Steve rennt wieder zum Krankenwagen. Carly, Carly, meine Geliebte.

Er zupft den Sanitäter an der grünen Uniform. «Wird Sie wieder gesund?»

«Alles wird gut. Fahren Sie mit?» Eine Tür fällt zu.

«Nein, ich fahre im Wagen hinterher. Es ist ein Audi TT. Carly ist meine Freundin. Sie ist scharf, nicht?»

Der Sanitäter legt Steve die Hand auf die Schulter und sieht ihm ernst ins Gesicht: «Ja, sie ist ein scharfes Teil.»

Steve steigt in den Krankenwagen und beugt sich über Carlys schönes Gesicht. Er streichelt ihr verklebtes Haar. Sieht ihr in die Augen, also wollte er ihr sagen, dass in diesem Fall Vergebung auch ohne Analverkehr möglich ist. Das ist romantische Liebe, sie muss es sein. Schließlich hat Carly nur mit einer Maschine gevögelt, es war ein bedauerliches Missgeschick, weiter nichts. Er beugt sich vor und küsst sie auf eine Stelle ihrer Stirn, wo kein Blut klebt. Ihre versiegelten Lippen öffnen sich, sie spricht.

«Steve?»

«Ja, Liebste?»

«Pass gut auf die Maschine auf.»

«Was? ... Aber?»

«Ich meine es ernst, Steve. Pass auf die Maschine auf. Mach sie sauber.»

«Was?»

Carlys schmale, blutunterlaufene, blutverklebte Augen durchbohren ihn mit starrem Blick. Sie spricht langsam und deutlich. «Sie ist phantastisch. Bitte, mach sie sauber und pass gut auf sie auf.»

Steve klettert aus dem Krankenwagen, eine Tür knallt zu, und innerhalb von Sekunden schwimmt sein Hirn im Heulen der Sirenen. Auch in seinem Mund, in seinen Augen heulen Sirenen. Der Abend stürzt auf die Erde hinab. Schlechtes Licht. Autos verschmutzen stumm die Straßen. Steve geht die Treppe hoch, betritt seine Wohnung und macht die zertrümmerte Tür hinter sich zu. Sie hat dem Apparat den Vorzug vor mir gegeben, denkt er, als er sich aufs Bett setzt und die wunderbare Sexmaschine mit dem großen Zeh anstößt.

21.

Noch ein unerhört phantastischer Augenblick

Es klickt, und eine Flamme leuchtet im Dunkel auf. Justin hält schützend die Hand davor und führt das Feuerzeug an die Zigarette in Rebeccas Mund. Er zündet sich selbst eine an, zieht, bläst Rauch aus und lacht.

Die Haltebucht ist in kräftiges orangefarbenes Licht getaucht. Autos rasen vorbei, Lkws, wie Schüsse aus einem futuristischen Gewehr. Farben auf schwarzem Grund, flackernde Lichtstrahlen. Rebecca lehnt an der Motorhaube. Offenbar schert es sie nicht, dass der Wind ihr Haar zerzaust und es wild um ihren Kopf tanzen lässt. Es ist, als wären sie beide nicht gut genug, als fehle ihnen die Kraft, über ihre Umgebung hinauszuwachsen. Beiden gelingt es nicht, sich durch ein ungewöhnliches Leben gegen die Stimmungen und die schleichende Langeweile zu wehren. Sie haben ein Experiment begonnen, sind Risiken eingegangen, doch jetzt haben sie erneut das Gefühl, als würden sie versinken. Wie hilflose Kinder im Treibsand. Sie gehen unter. Ihre Verzweiflung wächst. Mist, denken sie, wieder einmal fühlen wir uns klein und unbedeutend.

Justin geht langsam an den Fahrbahnrand und bläst den Autos und ihrem Lärm Rauch entgegen. Man muss sich nur an eine Autobahn stellen, um zu begreifen, wie gefährlich unsere Lage ist, wie leicht wir uns hinters Licht führen lassen, wie schmal der Grat ist, auf dem wir uns bewegen.

«Es war mal wieder ein Reinfall, oder, Liebling?»

Der Wind bläst ein paar Fetzen von Justins Frage in Rebeccas Ohr, gerade so viel, dass sie einen Sinn ergeben. Sie versteht.

«Ja. Wieder ein Reinfall», schreit sie. Mist. Rebecca dreht sich um und schlurft geräuschvoll durch den Schotter auf der Standspur, verärgert, dass sie schreien muss, um gehört zu werden. Nach all den Enttäuschungen und Fehlschlägen ist sie nun auch noch gezwungen, die Stimme zu erheben, um sich Gehör zu verschaffen. Justin, der ihren Ärger spürt, wendet sich von der Straße ab und sieht, dass Rebecca wütend vor dem Heckspoiler auf und ab geht. Er drückt sie gegen das kalte Auto. Der Verkehr fegt mit übernatürlicher Geschwindigkeit vorbei. Das Leben ist ein Kinofilm.

«Ich glaube, wir sollten etwas Neues ausprobieren, wir müssen besser nachdenken und kritischer fragen, worauf wir uns einlassen», sagt Justin, die Hände auf Rebeccas Schultern.

«Aber es muss Spaß machen, Justin, es muss unterhaltsam sein, wenigstens ein bisschen. Was heute Abend passiert ist, war wie eine Vergewaltigung. Bill Clinton wollte mich in den Arsch ficken, und Thatcher hat mir in die Brüste gebissen. Ich habe mich gefühlt, als würde ich vergewaltigt.»

«Ich weiß, ich weiß.»

«Gandhi hat sich geweigert, ein Kondom zu benutzen.»

Bisher haben sich Justin und Rebecca immer nur im Rahmen des Experiments geküsst, als Bestandteil ihrer Forschungsarbeit. Aber jetzt küssen sie sich. An der Autobahn. Justins rechte Hand streicht über ihren Kopf bis hinunter zu ihren Haarspitzen. Er drückt sich an sie, sie lässt es geschehen. Sie küssen sich mit sanften, trockenen Lippen. Rebecca legt die Hand auf Justins Brust, mit der anderen knetet sie ihm die Wange, den Nacken, das Haar. Wärme wird erzeugt, ein Sieg über Wind und Kälte.

«Und wie hast du dich dabei gefühlt?», fragt Justin. Er löst sich von Rebecca und umrahmt mit den Händen ihr Gesicht, als wäre es ein kitschiges Gemälde; ein allzu wirklichkeitsgetreues Porträt zerbrechender Jugend. «Wie habe ich mich wobei gefühlt?», erwidert Rebecca, enttäuscht, dass der Kuss schon vorbei ist.

«Als du geglaubt hast, du wirst vergewaltigt, war das ein gutes Gefühl? Ist das eine Antwort?»

«O Jus, du glaubst doch nicht im Ernst, dass wir die Welt retten, oder?»

«Und ob ich das tue. Ich will wissen, ob es ein gutes Gefühl war. Wenn es so ist, können wir sicher eine Vergewaltigung inszenieren. Wie hast du dich gefühlt, Rebecca? Wenn du nämlich willst, könnten wir ...»

«Nicht gut, Justin», unterbricht sie ihn. «Ich habe mich nicht gut dabei gefühlt.»

Rebecca duckt sich unter Justins Arm hindurch und geht zur Autotür. Es fängt an zu nieseln, was der Atmosphäre neue Geräusche hinzufügt; schwächere Geräusche. Ein feines Rauschen, das sich unter das Donnern des Verkehrs legt.

«Du bist eine schöne, wunderbare Frau, Rebecca. Ich bin froh, dass ich dir begegnet bin», schreit Justin durch den Regen. Eine Handvoll Sekunden rieselt lautlos zu Boden.

«Ich will keinen Freund.»

«Ich will keine Freundin.»

«Lass uns weiterfahren.»

Sie sind am Abend bei «Fuck Power» gewesen, einer Party, die von einer Gruppe Exzentriker aus Cheshire ausgerichtet wurde. Bei «Fuck Power» ist jeder willkommen, der an langen Orgien mit Leuten teilnehmen will, die als große politische Persönlichkeiten aus Gegenwart und Vergangenheit kostümiert sind. Das Ganze soll dazu dienen, politischen und sexuellen Frust abzulassen und wieder zu sich selbst zu finden. Doch letztlich hatte sich nur ein gutes Dutzend Leute versammelt, allesamt grenzenlos geil auf aggressiven Sex.

Thatcher, Clinton und Gandhi waren da. Tony Blair natürlich auch. Nelson Mandela, Churchill, die Queen, Nixon, Prinzessin Diana, Lenin. Bush senior und junior (die zusammen eine 69er-Nummer schoben). Aber die Masken waren schlecht und Ähnlichkeiten kaum vorhanden. Am nötigen Einsatz mangelte es auch. Mandela rutschte mitten beim Vögeln die Maske vom Gesicht, und er machte sich nicht einmal die Mühe, sie wieder aufzusetzen. Er stieß einfach weiter in die Queen rein. Nicht einmal schwarz war er.

Rebecca und Justin mussten sich nicht kostümieren. Sie spielten sich selbst, wie immer. Sie wollten nur die Gelegenheit ergreifen, es mit den Großen dieser Welt zu treiben, mit der Macht zu ficken. Mein Gott, war das grauenhaft. Dass Politiker von Dominanzgelüsten getrieben sind, hätte man sich wohl im Voraus denken können. Es war kaum zu erwarten, dass Blair den devoten Part einnehmen würde. Immer wieder beugte er Rebecca nach vorne, hielt sie ständig fest, damit Thatcher in ihr rumstochern konnte.

Die Erfahrung war also ein Reinfall. Keine Antworten. Der sexuellen Erfüllung und der Selbsterkenntnis keinen Deut nähergekommen. Das Problem mit Fetischtreffen dieser Art ist, dass die Beteiligten in den seltensten Fällen über Geschmack verfügen. Nur die wenigsten wohnen in perfekt beleuchteten Wohnungen oder prächtigen Villen. Es ist ja schön und gut, die Gelegenheit zu haben, es mit Richard Nixon zu treiben, aber wenn man vorher auf einem schmalen, grellen Flur warten und dabei zusehen muss, wie Gandhi sich hektisch einen runterholt, scheint das den Aufwand kaum wert zu sein. «Fuck Power» fand in einem scheußlich eingerichteten Bungalow in Chapel-en-le-Frith statt. Lenin und Nixon unterhielten sich darüber, welche Risiken es birgt, seine morschen Gartenzäune mit Kreosot zu imprägnieren. Churchill bot allen, die ficken wollten, Reiscracker und Cornichons an. Wo ereignen sich all die großartigen Momente? Bitte, wo?

Doch am Horizont gibt es Hoffnung: eine herrlich verwischte Sonne in Purpur-, Gelb- und Blautönen. Die Hoffnung speist sich aus Justins fester Überzeugung, dass er bald eine Berühmtheit kennenlernen, sie verführen und mit ihr vögeln wird. Auch Rebecca freundet sich mit dem Gedanken an. Langsam erkennt sie die ungeheure Größe dieses Ziels. Welche Chancen darin stecken und wie ergebnisreich es sein könnte. Nicht zu fassen. Mit einem Promi zu vögeln ist, als würde man mit einem Einhorn vögeln oder mit der schönen Helena oder mit Zeus. Es ist, als würde man mit der Jungfrau Maria vögeln, mit Josef, Jesus, Gott. Das wäre wunderbar, ein biblisches Rudelbumsen.

Auf der Rückfahrt wechseln Rebecca und Justin nicht ein einziges Wort. Die Heizung ist voll aufgedreht, es ist unglaublich stickig. Gegen halb zwölf sind sie bei Rebeccas Wohnung.

Als sie zur Haustür gehen, dringt ein warmes, sanftes Schluchzen an ihr Ohr. Es klingt wie der leise Gesang einer Maus. Sie folgen dem Geräusch. Es kommt aus einem Haufen aus Kleidern und Körper, der vor Rebeccas Wohnung abgelegt wurde. Der Haufen ist klitschnass vom Regen und zuckt in gleichmäßigen Intervallen zusammen.

«Verdammt, wer ist das?», fragt Justin und versetzt dem nassen Bündel einen schwachen Tritt.

«Das ist Johnny, Justin, das ist Johnny», sagt Rebecca.

Ja, es ist Johnny, und er ist sturzbesoffen. Er dreht sich linkisch auf den Rücken, und wie eine Figur in einem Film, die wehrlos darauf wartet, dass sie aus nächster Nähe von einer Ladung Kugeln durchsiebt wird, starrt er Justin an. Sein nasses, gerötetes Gesicht sieht aus, als bestünde es nicht aus Haut und Knochen, sondern aus formbarer Masse. Aus Silikon oder Walspeck, Haferschleim. Seine Augen mit Kuli hingeschmierte Punkte.

«Hall…o.» Johnnys Kuliaugen verschwinden vor Schreck in seinem Matschgesicht.

«Er ist betrunken. Komm, wir bringen ihn rein.»

Johnny merkt nicht, dass er aufgesammelt wird. Er kriegt nicht mit, dass Justin ihn hochhebt und ins Wohnzimmer trägt. Er fühlt die Wärme, die das Haus verströmt, das goldene Licht, die Möbelstoffe, den fernen Klang von Rebeccas tiefer, besorgter Stimme. Aber seine Gedanken sind bei Kinderspielen: Verstecken, Tischtennis, Fangen.

«Hübsche Wohnung», lallt Johnny, während sich vor seinen Augen gelbe und rote Kristalle drehen. Er ist sternhagelvoll. Er hat den ganzen Nachmittag Bier trinkend im Bett gelegen und den ganzen Abend in fürchterlichen Bars Wodka geschlürft.

«Wo ist das Experiment? Wo ist der Sex?», fragt er, weil er Sex will und etwas über das Experiment erfahren möchte. Er ist ein Stück Papier, das jemand an einem windstillen Tag vom Balkon geworfen hat. Er flattert und dreht sich wie ein flimmerndes Auge, segelt langsam durch die stehende Luft. Und landet. Zufrieden. Dann übergibt er sich auf seine Brust.

«Verdammt, Rebecca. Ich mach ihn nicht sauber. Ich geh telefonieren.»

Justin sieht Rebecca dabei zu, wie sie die Kotze von Johnnys Jacke wischt. Er rauft sich die Haare und wünscht sich plötzlich, er hätte wieder eine Glatze. Kannst du dir ein einfaches Leben vorstellen?, fragt er sich. Nur das Nötigste tun. Handfester Sex. Aufregende Gedanken. Energie. Was für ein Witz. Er beobachtet, wie Johnny im falschen Moment zu zappeln anfängt; Erbrochenes rinnt aufs Sofa, um dort bleibende Flecken zu hinterlassen.

Im Flur greift Justin zum Telefonhörer und wählt. Im Wohnzimmer spielen Rebecca und Johnny mit Erbrochenem und hören mit halbem Ohr ein halbes Gespräch.

«Hallo? ... Sag mal, du bereitest doch diese Filmpremiere vor ... Nein, nein, kein Problem. Der Film interessiert mich nicht, aber wer kommt hinterher zur Party? ... Welche Promis? Jemand Berühmtes? ... Echt? ... Scheiße ... Du musst mir unbedingt Karten besorgen, wahrscheinlich brauche ich sogar sechs ...»

Johnnys Sachen sind wieder fast sauber. Die paar Kotzereste werden über Nacht eintrocknen und können morgen abgebürstet werden. Rebecca zieht ihm die Jacke aus. Das senfgelbe Polohemd ist vom Regen durchnässt und muss ebenfalls ausgezogen werden.

«Johnny, steh auf, du musst aus dem Zeug raus», sagt sie und zieht an seinem Polohemd.

«Ach, endlich, Rebecca ... endlich ... das ist das Glück, oder?»

«Nein, nein, Johnny, aber sonst erkältest du dich.»

«Ach, endlich ... das Glück und Rebecca.»

Rebecca zuckt mit den Achseln und rollt mit den Augen. Sie könnte schwören, dass sie für einen kurzen Augenblick im Finstern ihres Schädels ihr Gehirn erblickt hat und dass es ziemlich genervt aussah. Sie zieht Johnny das Polohemd über den Kopf und löst mit einer raschen Handbewegung seinen Gürtel. Ein kräftiger Ruck, und die Hose ist ausgezogen. Sie will seine Sachen gerade auf die Heizung legen, als sie den Urin- und Spermageruch bemerkt, der wie ein exotisches Insekt aus Johnnys Unterhose krabbelt. Sie schnaubt.

«Meine Güte, Johnny. Du stinkst.»

«Bitte sei sanft mit mir, Rebecca, mach's langsam, bitte, ganz langsam.»

Dies ist ein weiterer unerhört phantastischer Augenblick. Johnny steht schwankend in der Zimmermitte, als wehe in der Wohnung ein geheimnisvoller Wind. Nackt bis auf die Boxershorts präsentiert sich sein abstoßender Körper in seiner ganzen pickligen, gebeugten Pracht. Die endlos langen, krummen Beine, die mit ungleichmäßig sprießenden Büscheln hässlicher schwarzer Haare bedeckt sind. Sein eingefallener Brustkorb ähnelt einem halb ausgehobenen Swimmingpool, dessen

Fertigstellung von einer plötzlichen Pleite vereitelt wurde. Die schlechten Füße. Die dünnen Ärmchen. Das bedauernswerte Gesicht.

Justin erscheint in der Tür. «Was machst du da, Rebecca?»

«Wir machen gleich Liebe, du Blödmann», sagt Johnny. Er beugt die Knie und fuchtelt mit kläglich geballter Faust vor Justin herum. «Wir machen wahre Liebe ... Rebecca und ich ... wahre Liebe!»

Justin ignoriert ihn und sieht Rebecca an. «Wirst du mit Johnny vögeln, Rebecca?», fragt er.

«Nein, natürlich nicht», schreit Rebecca. «Ich will nur seine Sachen trocknen.»

«Sicher?»

«Ja», sagt sie und hält ihm das nasse Bündel hin.

«Und warum hat er dann eine Erektion?»

«Hat er nicht.»

«Hat er wohl», sagt Justin und zeigt auf Johnny. «Da!»

Rebeccas Blick folgt Justins Finger zu dem Durcheinander in Johnnys Unterhose, das sich eindeutig versteift hat. «Na schön, dann hat er halt eine.»

Tränen rinnen aus Johnnys Augen. Sein Gesicht ist so mit Wasser vollgesogen, dass es zu platzen droht. Sein Schwanz ragt in die Höhe wie eine Zeltstange. Eine traurige Erektion, kleingemacht vom Zimmer und vom Augenblick. Die drei Leute stehen sich schweigend gegenüber, während die Welt die Fassung zurückerlangt. Wieder einmal erspart die Zeit es der Menschheit zu erröten, indem sie vorbeigeht. Johnny sagt etwas.

«Wer hat das Leben Leben genannt? Hätte man es nicht anders nennen können, Scheiße, zum Beispiel?»

Rebecca legt die Hand auf Johnnys moosigen Rücken. Armer Johnny. Sie bringt ihn nach oben und packt ihn vorsichtig ins Bett, wischt ihm die letzten getrockneten Kotzespuren vom Mund und von den Wangen. Seine Lider senken sich wie Tücher, mit denen besonders unansehnliche Leichen abgedeckt werden. Er erhascht einen letzten Blick auf Rebecca in Unterwäsche, bevor der Schlaf ihn packt, als ginge irgendeine Welt zu Ende.

Unbemerkt besprüht Rebecca Johnnys Schritt und seine Brust mit Parfüm. Es kommt zu einem kurzen Gefecht zwischen dem Spermapissegestank und dem Rosenduft. Der Rosenduft gewinnt, dank der Hilfe unbekannter chemischer Verbindungen, die entwickelt wurden, damit Frauen mehr nach Frau riechen.

Rebecca liegt hellwach neben Johnny im Bett und lauscht den Geräuschen, die Justin unten macht; monotones Hämmern und Klappern. Sie denkt an die Haltebucht, daran, dass er sie schön und wunderbar genannt hat. Aber woher kommen die Wörter? Und wie viel liegt den Menschen wirklich an ihrer Bedeutung? Wir müssen auf die Bedeutungen achtgeben, denkt Rebecca, müssen sie, soweit wir können, kontrollieren. Schön und wunderbar. Persönlichkeit. Sexualität. Justin. Vielleicht sind Justin und sein Ehrgeiz, die Mythen der Sexualität zu erforschen, ehrlich, vielleicht sieht Ehrlichkeit genauso aus. Aber was ist mit der Liebe?

Sie starrt an die Decke. Stellt sich vor, dass der Nachthimmel nicht dunkel ist, sondern nur aus Sternen besteht, aus Abermillionen ferner Sonnen, die nebeneinander scheinen. Würde das die Welt mit romantischer Liebe erfüllen? Würden wir der so offensichtlichen Schönheit dieses blendenden, natürlichen Lichts erliegen und die Sehnsucht nach Liebe in uns spüren? Nein, entscheidet sie mit einem Wimpernschlag, wahrscheinlich würden wir weiterkämpfen. Ich glaube, sie denkt, dass Justin schön ist und wunderbar.

Die Zeit verstreicht still mit Rücksicht auf alle, die gern schlafen möchten. Es ist kurz vor eins, als Justin ins Schlafzimmer schleicht und sich auszieht. Er ist ein nahezu geräuschloses menschliches Wesen. Nur die Matratze ächzt, als er sich neben Johnny ins Bett legt. Der leise gluckst. Zwischen dem Jungen und dem Mädchen baut sich gedämpft knisternde Spannung auf. Dann ein Flüstern.

«Rebecca?»

«Ja?»

«Dann schlafen wir heute Nacht mit Johnny?»

«Scheint so.»

«Was ist das für ein Geruch?»

«Eine Mischung aus Parfüm, Sperma, Urin, mir und dir.»

«Okay.»

Justin zieht Johnny vorsichtig ein Kissen unter dem Kopf weg und dreht sich mit dem Gesicht zur Wand, fort von dem Geruch.

«Justin?», flüstert Rebecca.

«Ja?»

«Geht's dir gut?»

«Ja. Und dir?»

«Mir auch.»

In einer kühnen, nächtlichen Aktion steigt Rebecca über den schlafenden Johnny hinüber und schiebt ihn an den Rand der Matratze, wo sie bis eben gelegen hat. «Nimmst du mich bitte ganz fest in die Arme?», fragt sie. Ihre Hand legt sich auf Justins Bauch. Justin schlingt die Arme um Rebeccas Hals. Ihr Gesicht drückt sich in seine Brust. Sein Flüstern ist ein sanfter, warmer Wind.

«Ich war eben auf der Website», sagt er. «Irgendein Typ hat einen neuen Vorschlag gemacht. Ich weiß nicht genau, aber es könnte sich um einen Schwangerschaftsfetisch handeln. Er heißt Colin und hat eine Nummer hinterlassen.»

«Rufst du an?»

«Keine Ahnung, vielleicht. Ich muss mich auf das Promi-Projekt konzentrieren, ich glaube, wir haben es fast geschafft. Auf der Premiere nächste Woche werden ein paar Fernsehstars sein. Ich kann uns Karten besorgen, aber wie es dann weitergeht, weiß ich noch nicht. Vielleicht muss ich mir ein paar Mädchen aus der Nude Factory leihen.»

«Die wären ganz wild drauf», sagt Rebecca und sehnt sich nach einem Moment der Zärtlichkeit, ohne dass dabei ein schwieriger Einsatz in Sachen Sex besprochen werden muss. «Halt mich ganz fest», sagt sie gähnend.

Ihr Atem wird langsamer, und Justin schläft der Arm ein. Erinnerungen an frühere Freundinnen tanzen wild in seinem Kopf. Die vielen Mädchen, die er abgelegt hat. Die Rituale, die sich wiederholen, ohne dass man sich eingesteht, dass man sie vorher auf fast identische, intime Weise mit einer anderen vollzogen hat. Ist das eine Lüge oder einfach, was Menschen brauchen und darum tun? Ist es ein Fehler, dass wir so gekonnt an das Vergessen denken und zulassen, dass das Alte sich als Neues kostümiert?

«Ich will keine Freundin», flüstert. Justin. Seine Stimme ist klanglos, reiner Atem, so, als würden zwei Luftzüge durcheinander hindurchströmen.

«Ja, ich weiß», sagt Rebecca, die schon bis zur Nasenspitze in Schlaf versunken ist. Dann Stille, eine Stille, die nach mehr Geräuschen, mehr Flüstern zu verlangen scheint. Aber es gibt keine Geräusche mehr, nur noch Schlaf. Drei junge Menschen, wie ausgeknipste Lichter. Justin sinkt als Letzter.

22.

Gewischte Achten

Lass uns zu Fuß gehen», sagt Frank. Seine Wangen heben sich wie breite braune Vorhänge zu einem Lächeln. Er ist aus Japan zurück und fetter denn je. Er ist ein Schiff: ein Schoner. Sein Blazer besteht aus einer Unmenge grauem Stoff.

«Gibt es in Japan keinen Winter, Frank?», fragt Steve, der seinen Partner um dessen Bräune beneidet.

«Aber sicher, mein Junge, es war arschkalt. Meine Bräune ist gefakt. In dem Puff in Burnage gibt's ein Solarium – es ist ein richtiger kleiner Countryclub.»

Steve und Frank gehen von der Whitworth Street in die Oxford Road. Carlys Unfall ist jetzt drei Tage her, und sie sind auf dem Weg ins Krankenhaus, um sie zu besuchen. Steve trägt die aktuellsten Teile seiner Garderobe: eine Schiebermütze aus rotem Tweed, weiße Mokassins und eine taillierte Jeansjacke. Seine Entscheidungen lassen sich nicht mehr rückgängig machen: Er wird sein Studium nicht wiederaufnehmen, er wird weiter Hanteln stemmen, und das schöne Mädchen soll für immer ihm gehören. Darum ist er heute Morgen zum Friseur gegangen, hat sich die Haare färben und eine bizarre geometrische Frisur verpassen lassen. Die Sexmaschine hat jedenfalls keinen modernen Haarschnitt. Wie könnte sie auch? Und nach der neuesten Mode gekleidet ist sie auch nicht, weil sie nicht einkaufen kann und weil ihr die Klamotten sowieso nicht passen würden. Ha, denkt er, als ihm eine dunkelhaarige Passantin ins Auge springt. Ich werde Carly zurückerobern. Und ob ich das werde. Die Maschine wird verlieren, gegen mich, gegen den Mann, gegen die Mode.

«Damit ich das mal auf die Reihe kriege», sagt Frank und stopft sich einen Pfefferminzbonbon in den Mund. «Carly war mit der Maschine zugange und ist im Sexrausch in den Glastisch gefallen, ja?»

«Sieht so aus.»

«Das ist phantastisch, Steve, mein Junge. Wir sind reich. Und der Tisch war sowieso nicht der geschmackvollste.»

Es ist Mittag, und die Luft schmeckt nach frischgepresstem Orangensaft. Ein strahlend schöner Wintertag. Absolute Windstille. Frank reibt sich die Hände wie ein Comicmillionär. Seine Reise nach Japan hat's offenbar gebracht.

«Die Autopen-Verkaufszahlen stagnieren schon. Das Klit-Dingsda ist nicht jedermanns Geschmack, wie heißt das nochmal? ... Der Klit-Kitzler, genau. Offenbar ist er ein bisschen lahm, die meisten Vibratoren bringen mehr. Und der Reinraus-Modus ist ein netter Gag, aber bestimmt kein großer Geilmacher. Das Ding ist ein reiner Männerersatz, und wie's aussieht, lohnt es sich kaum, uns zu ersetzen, haha.»

Steve verzieht vor Abscheu das Gesicht. Seine Lippen zittern, als hätte ihm jemand vor die Füße gespuckt. Frank kann das egal sein, er ist ein fettes Arschloch, das nur mit Nutten bumst. Aber sich selbst sieht Steve gern als Sexathlet von olympischem Rang. Das ist der eigentliche Grund, weshalb er sein Leben geändert hat: für den Sex und die turboscharfen Tussis.

Frank quillt fast über vor Begeisterung: «Wenn sich herausstellt, dass Carlys Reaktion keine Ausnahme ist, sehe ich keinen Grund, warum wir uns nicht sofort an die Arbeit machen sollten. Wir können die Dinger selbst importieren. Sie an Versus verkaufen, an Shirley Rivers, sie in Eigenregie übers Internet verticken. Wir brauchen nur noch ein paar Testpersonen, dann rühren wir mächtig die Werbetrommel.»

Plötzlich kommt sich Steve eine Spur lächerlich vor. Als wäre die rote Mütze, die er heute Vormittag gekauft hat, schon wieder aus der Mode und von etwas Neuerem, völlig anderem ersetzt worden. Lachen die Leute über mich?, denkt er. Muss ich die Sexmaschine wirklich berühmt machen? Ihr Zuhälter sein? Diese Maschine. Scheißding.

Als sie die Station betreten, rast Frank auf das arme Opfer seiner phantastischen Maschine zu. Der Fettsack kann seine Aufregung nicht verbergen; seine Jacke flattert, als würde er gleich vom Boden abheben. Er stürzt sich auf Carly. Breites Lächeln, inquisitorischer Blick.

«Wie geht es dir, mein liebes, liebes Kind?», sagt das furchtbar fette Arschloch.

«Es geht mir gut, Frank», sagt Carly, das Opfer der verliebten Sexmaschine.

«Du ungezogenes Mädchen, einfach so Steves Paket aufzumachen. Was hast du dir dabei gedacht?»

«Ich habe mich gelangweilt, Frank, ich langweile mich den ganzen Tag.»

Steve tritt ans Fußende des Bettes. Natürlich ist dies nicht sein erster Besuch, aber richtig unterhalten haben sie sich bisher nicht. Er starrt Carly an, bis sie sich von Frank abwendet und seinem eifersüchtigen Blick begegnet.

«Hübsche Mütze, Steve», kreischt Carly, die Stimme verzerrt von unglückseliger Besessenheit.

Steve blinzelt nervös. Seine Kleidung verunsichert ihn tief. Sie muss noch in Mode sein, denkt er verzweifelt, ich habe sie erst heute Vormittag gekauft. Er setzt ein Lächeln auf, ein cooles Lächeln, das auf sein Investmenthirn und seinen talentierten Schwanz verweist. Er atmet tief durch: «Carly, gefällt dir die Mütze wirklich?»

Aber Carly antwortet nicht. Ihre verheilte Hand streckt sich Frank entgegen. Franks Hände sehen aus wie Kuheuter. «Sag mal, Frank», kreischt Carly, «wo hast du die Maschine her? Sie ist besser als der Wonnespender.»

«Ich wusste gar nicht, dass du eine solche Kennerin bist.» Frank lächelt dasselbe Lächeln, das ein Geschäftsmann aufsetzt, wenn ein Kunde auf sein Produkt hereingefallen ist. «Lass mich raten, der Klit-Kitzler hat dir nicht gefallen.»

«Doch, natürlich, aber er war nichts im Vergleich zu deiner Maschine!»

Am Fußende des Bettes läuft Steves Herz aus. Es tropft in seinen Magen und weiter in den Darm, es rinnt an den Knochen und Bändern seiner Beine hinunter und läuft in seine Füße. Es sickert durch die Gummisohlen seiner Mokassins und bleibt blutig und pochend auf dem Boden liegen. Jemand sollte einen Arzt rufen.

«Na, dann freut es dich sicher zu hören, dass dein Freund und ich im Begriff sind, einen Haufen Geld damit zu verdienen. Was meinst du, meine Liebe, werden alle Mädchen sie so gern haben wie du?»

«Ich liebe sie. Alle werden sie lieben.» Carly schweigt und blickt an ihrem Körper hinunter, der noch immer bandagiert ist, aber in Ruhe heilt, um zu seiner alten Vollkommenheit zurückzukehren. Sie wendet sich an Steve, der auf den Boden starrt, auf sein gebrochenes, weiterschlagendes Herz. «Steve», fragt sie, «hast du die Maschine schon sauber gemacht? Wie ich dich gebeten habe?»

«Nein», sagt Steve und stößt sein Herz verlegen mit der Schuhspitze an. «Nein, es klebt immer noch dein Blut dran.»

Steve nimmt die Mütze ab und bringt seine Haare in eine atemberaubend modische Form. Aber etwas stirbt. Ein Lebensstil liegt auf der Folterbank. Er hält seine Mütze wie ein Trauernder. Seine Haare und die auf alt getrimmte Jeans verursachen ihm plötzlich Scham, sein Status wird im Klo runtergespült und in die Kanalisation befördert.

«Ist er nicht süß, Carly?», schaltet Frank sich ein. «Er kann den Gedanken nicht ertragen, dass eine Maschine ihre Sache besser macht als er.»

«Ich habe immer geglaubt, ich könnte die Welt verändern», sagt Steve zum zweiten Mal in dieser Woche. Frank sieht Steve mitfühlend an, weil er spürt, dass die Gesellschaft sich tatsächlich verändern wird und dass Steve ein Opfer dieser Veränderung werden könnte. Er versucht, das Thema zu wechseln. Es gelingt ihm nicht.

«Was weißt du über die Website newsex.biz? Irgendein Typ und seine Freundin dokumentieren dort ihre Versuche, Sex in allen erdenklichen Formen zu praktizieren. Die Seite sorgt in jedem Bordell der Stadt für Gesprächsstoff. Ich glaube, das Mädchen mit ihrem erlesenen Geschmack könnte ein gutes Versuchskaninchen abgeben.»

Die Gesichter von Carly und Steve sind ohne Ausdruck. Fast leer.

«Ich meine, ich könnte die Maschine auch meinen Nuttenfreundinnen anbieten», fährt Frank fort, «aber die sind wenig interessiert an neuen Erfahrungen und am Orgasmus. Es sei denn, sie haben ihn mit ihren furchtbaren Freunden ... ‹Tut mir leid, Frank›, heißt es immer, ‹aber meinen Arsch heb ich mir für meinen Freund auf.› Mein Gott, wie oft ich diesen Satz schon gehört habe ... Werden die ihre engelsgleichen Arschlöcher denn nie hergeben ... sie entkorken wie einen guten Wein ...?»

Frank verstummt, abgelenkt von einem unsichtbaren Gegenstand, der dicht vor seiner fetten Nase zu schweben scheint; ein unsichtbarer Arsch vielleicht. Steve ergreift die Gelegenheit und geht um das Bett herum. Er kniet sich neben Carly.

«Kommst du in die Wohnung zurück, Carly?»

Carly dreht sich schwerfällig auf die Seite und betrachtet ihren modischen Freund. «Morgen werde ich entlassen. Ja, ich glaube, ich komme zurück, allein schon, weil ich die Maschine wiedersehen muss.» Die Farbe weicht aus Steves Gesicht, als hätte seine Haut die obersten Schichten ihrer künstlichen Bräune abgestoßen.

«Aber auch wegen mir, ja?», sagt er. Sein Gesicht ist grau wie flüssiger Zement.

«Ja, ja.»

Würde sich jemand darum scheren, denkt Steve, wenn ich mir ein Skalpell schnappte und Carly damit das Gesicht zerschnitte? Würde sich tatsächlich jemand darum scheren, wenn ich rasend schnell vorginge? Ich könnte ihr tausendmal ins Herz stechen, der tausendste Stich genauso entschlossen und tödlich wie der erste. Ich will die inneren Organe meiner schönen Geliebten überall verstreuen, will auf sie einstechen, bis nur noch ein ekelhafter Fleck von ihr übrig ist.

Der unsichtbare Arsch vor Franks Nase verschwindet, und seine Sinne kehren zurück wie Möwen, die ins Licht flattern.

«Na, na, ihr Süßen, jetzt streitet euch nicht. Steve, ich möchte, dass du die Maschine sauber machst. Kein Mädchen wird sie ausprobieren, solange Carlys Blut daran klebt. Ich will, dass das Mädchen von newsex.biz sie bekommt. Sie ist von hier, das dürfte kein Problem sein.»

«Würdest du bitte einfach die Fresse halten, Frank?», sagt Steve, der wieder am Fußende des Bettes steht und sich sein Herz in die Brust zurückstopft.

«Ach, Steve. Das ist aber nicht nett von dir. Du siehst schlecht aus, ganz grau. Lass uns gehen. Gute Besserung, Carly, ich werde die Maschine von dir grüßen.»

«Ja, aber vergiss es nicht ... und ... danke, Frank.»

Steve ist ein Haus, das zu nahe am Meer gebaut wurde. Jahr für Jahr höhlen die Wellen die Klippen darunter aus, graben sich ins Gestein. Es dauert seine Zeit, aber irgendwann stürzt das Haus ab; der Boden gibt nach und reißt das Haus mit sich, Steine und Mörtel fallen ins Meer. Niemand kommt dabei ums Leben. Die Bewohner wissen Bescheid und verlassen das Haus rechtzeitig. Steve ist verloren, leer, bereit zu fallen.

Ein Mopp wischt in gemächlichen Achten den beigebraunen Fußboden von Carlys Station. Colin blickt von der Arbeit auf und sieht einen fetten und einen großen, gutaussehenden Mann, die gemeinsam zum Fahrstuhl gehen. Colin muss versuchen, seine Wut im Zaum zu halten.

Neuigkeiten machen bei den Notdiensten schnell die Runde und dringen rasch bis zum Reinigungspersonal vor. Carly, das Mädchen, das beim Maschinensex beinahe gestorben wäre, ist bei den Ärzten, Schwestern und den weniger wichtigen Krankenhausmitarbeitern schon fast so etwas wie ein Star. Colin arbeitet sich gewissenhaft den Gang entlang, um sich das Ungeheuer anzusehen.

Colin hat Junge 1 und Junge 2 seit längerem nicht mehr gesehen. Das Letzte, was er von Junge 1 gehört hat, war, dass er sich beim Vögeln seines Sofas die Vorhaut eingerissen hatte, aber das bleibt ein Gerücht. Colin hat sich in seinem Zimmer aufgehalten, sich mit der Ratte verbrüdert und an seinen sexuellen Bedürfnissen gearbeitet. Er denkt oft daran, was Deaks in der Nacht im Wishing Well zu ihm gesagt hat, über das Gefühl, die schon Gefickten zu ficken. Seitdem hat er nicht mehr mit ihm gesprochen. Sie sind sich auf der Entbindungsstation begegnet, und er hat die wissenden Blicke gesehen, die er mit den Frauen getauscht hat, aber mehr nicht. Melissa hat vor ungefähr einer Woche ihr Kind bekommen. Colin hat mit einem der Ärzte über sie gesprochen und sich nach ihrem Zustand erkundigt. Es ging ihr gut und dem Kind auch.

Seit der Nacht mit Melissa ist alles anders geworden. Colin hat neue, einfache Wege gefunden, mit dem Teilzeitjob im Krankenhaus über die Runden zu kommen. Er hat das Trinken aufgegeben, geht nicht mehr aus. Wenn er neue Kleidung braucht, geht er in den Secondhandladen. Seine Freizeit verbringt er in seinem Zimmer, das weiter verkommt. Die Nagetiere haben sich vermehrt. Sie haben von seiner Gastfreundschaft gehört, sind in Scharen herbeigehuscht und haben sich inmitten des Verfalls häuslich für den Winter eingerichtet. Colin ernährt sich ausschließlich von Reis und Erbsen. Er raucht nicht, onaniert nicht. Es ist eine gewisse Ruhe um ihn. Es ist ein ausgehöhltes Dasein, und er spürt, dass er aufs Chaos zusteuert.

Endlich ist die Lautstärke runtergedreht. Alle Bewegung verlangsamt. Im Winter bieten die Frauen in ihren dicken Mänteln aus Kunstpelz oder Wolle nur wenig Ablenkung. Aber nein, in Wahrheit interessiert sich Colin nicht für Frauen: weil sie alle schon verloren sind. Die Männer auch. Verloren seit ihrer Geburt.

Colin lehnt es ab, seine Kleidung zu bügeln, weil gebügelte Kleidung unnötig ist. Er lehnt es ab, Fußbälle wegzuschießen oder Steine zu werfen, und er lehnt es ab zu rennen. Er lehnt es ab zu lächeln, lehnt es ab zu weinen, lehnt es ab, wütend zu werden, sich einen runterzuholen oder anderen hallo zu sagen. Er lehnt die Medien ab, lehnt Männer ab und Frauen, lehnt es ab, den Hals zu recken, den Hilfsbereiten zu danken oder die Unhöflichen zu bestrafen. Er lehnt es ab, Fragen zu beantworten, zu konsumieren, ans Telefon zu gehen oder seine Post zu öffnen, lehnt seine Freunde ab und seine Vergangenheit. Er lehnt es ab, sich das betrunkene Gegröle bei Nacht anzuhören, den Klatsch auf den Straßen, die Sirenen, das Gelächter. Colin lehnt es kategorisch ab zu sterben.

Er hat nur ein einziges Ziel: Er will verborgenes, unsichtbares Leben zeugen. Ja, er will, dass winzige Herzen ungehört in vakuum-isolierten Räumen schlagen. Er will ungestört biologische Konstrukte schaffen, heimliche Gebilde der Natur, die unbemerkt von den Menschen und ihrem abscheulichen

Wissensdrang existieren. Einfach ausgedrückt, er will Frauen befruchten und die Kinder abtreiben.

Er gelangt mit dem Mopp zu Carlys Zimmer und späht verstohlen durch die offene Tür. Das Zimmer ist zu weiß, weiß wie ein unbenutzter Teller. Carly liegt im Bett, die Fingernägel nasenblutrot lackiert, und blättert in einer Zeitschrift.

Colin sieht nur die Farbe der Haut auf dem Cover: porzellanen und retuschiert. Sie gehört zu irgendeiner berühmten Person, einem Leben, das zum Beruf geworden ist. Es handelt sich nicht um das Foto eines Menschen, das ist unmöglich. Es ist das Foto eines Fotos eines Fotos eines Fotos: eine unendliche Rückwärtsabfolge eingefangener Bilder, die sich fortsetzt, bis der Gegenstand des ersten Fotos nicht mehr zu erkennen ist und entmenschlicht und sinnlos erscheint. Beliebig, vergessen.

Colin folgt gebannt den minimalen Bewegungen von Carlys Augen, während sie durch die Zeitschrift blättert. Sie verweilt nur kurz auf jeder Seite, so, als verfüge sie über eine sagenhafte Schnelllesefähigkeit, mit deren Hilfe sie gerade ein bedeutendes Werk überfliegt, damit sie behaupten kann, sie habe es gelesen. Das Mädchen mit den lackierten Fingernägeln, das von einer Sexmaschine in Stücke gerissen wurde. Das Mädchen, das sich die Haare zum Pferdeschwanz gebunden hat, bevor sie sich mit ihrem Besuch unterhielt. Colin tritt in die Tür und spricht sie in breitem Manchester-Akzent an.

«An was erinnerst du dich, Mädchen?» Seine Augen sind wie Murmeln mit schmalen weißen Streifen darin.

«Was?» Carly legt die Zeitschrift zur Seite.

«Woran kannst du dich noch erinnern?»

«Verschwinden Sie», brüllt Carly, ihr Mund ein trunkener Kreis aus weichen, purpurroten Lippen. Colin zuckt zusammen und fährt sich mit der Hand durch das braune, ungepflegte Haar.

«Ich erinnere mich an nichts», sagt er. «Ich habe den Boden gewischt, muss wohl – warum hätte ich sonst einen Mopp in der Hand?»

«Ist es denn zu fassen?», sagt Carly zu der alten Dame im Nachbarbett. Aber Colin ist schon aus dem Zimmer und wischt in gemächlichen Achten den Gang.

Es ist schon spät, als Colin nach Hause zu den Ratten in das dunkle, dreckige Zimmer kommt. Aber was ist schon Zeit? Er wärmt sich in einer Pfanne Reis und Erbsen auf und nimmt das Essen mit ins Schlafzimmer, wo er vom Kratzgeräusch kleiner Krallen auf Holz begrüßt wird. Die Lage ist ernst, kein Zweifel. Ein von Nagern befallenes, mit Abfall übersätes Zimmer, beleuchtet von einer einzigen, nackten Glühbirne, die von der Decke baumelt wie ein Galgen. Aber Colin ist auf der Durchreise wie alle Menschen. Er lebt in einer Folge von Augenblicken, die ihn verändern und ihm dabei behilflich sind zu verstehen, worin genau seine Trauer liegt. Er schiebt sich eine Gabel voll Reis in den Mund und kaut.

Die Nacht bei Melissa hat ihm dabei geholfen, einen besseren Einblick in seine sexuellen Begierden zu erlangen. Erst im Nachhinein hat er begriffen, dass es nicht die Körper der schwangeren Frauen waren, die ihn so faszinierten. Die dicken Bäuche und die Würde, mit der sie getragen werden, sind nebensächlich, bilden nur einen Teil einer viel beeindruckenderen Schönheit, die er nicht vergessen kann: die Schönheit eines Lebens, in das bislang kaum eingegriffen wurde. Ein Leben, das nie das Tageslicht erblickt. Föten lackieren sich nicht die Fingernägel. Sie reden kein dummes Zeug und denken kein dummes Zeug. Sie gehen nicht in Bars, prügeln sich nicht und trinken nicht zu viel. Sie treiben umher, allein. Noch nie wurde ein Fötus dabei gesehen, wie er mit einem Strohhalm Bacardi-Cola trank, in einer Zeitschrift las oder sich volllaufen ließ.

Was wäre, wenn das menschliche Leben nie das Tageslicht erblickte?, denkt Colin. Das wäre vollkommen. Natürlich wäre so ein Leben nur von kurzer Dauer, ein paar Wochen oder ein paar Monate, aber schließlich blieben ihm die zersetzende Langeweile und die eintönigen Gefahren der Gesellschaft erspart. Dieser Gedanke hat sich auf Colins Hirn herabgesenkt wie ein heißes Handtuch. Endlich, endlich hat Sex eine Bedeutung. Die Schöpfung eines kurzen, vollkommenen Lebens.

Es ist vier Tage her, seit er den Eintrag auf Justins Website hinterlassen hat – newsex.biz. Noch hat er keine Antwort erhalten. Aber er braucht Hilfe, braucht Mitverschwörer, Glaubensgenossen. Frauen, die sich darauf einlassen.

Eine Ratte ist vom Geruch nach gedämpftem Reis und Erbsen unter dem Kleiderschrank hervorgelockt worden. Sie schnüffelt kurz an einem Pizzakarton, dann starrt sie im blauen Licht zu Colin hinauf. Colin blickt in ihr kleines, schwarzes Gesicht. Ungeziefer, denkt er, ich werde am Ende zu meinem Glück finden.

23.

Unsichtbare Rugbybälle

Ein Filmriss ist eine schlimme Sache. Vor allem, wenn man obendrein in einer fremden Umgebung aufwacht und auf ungeheuer dreiste Weise belogen wird. Als Johnnys Augen aufgehen, erlebt er einen friedvollen Moment und empfindet ansatzweise etwas wie Glück. So ist das mit einem Filmriss. Da man keine Vorstellung davon hat, was in der vergangenen Nacht passiert ist, kommt es einem vor, als sei man glücklich gewesen und hätte etwas Erfreuliches getan. Aber dieser Eindruck verblasst rasch. Er verblasst, als Johnny überlegt, warum auf seinem Nachttisch eine Ausgabe von «Verbrechen und Strafe» liegt, und löst sich in Luft auf, als er feststellt, dass weder das Buch, das Bett noch der Nachttisch ihm gehören.

In diesem Augenblick erkennt das Hirn, in welchem Zustand es sich befindet. Es bemerkt die Glasscherben, die eigenartigen Flecken und die leeren Flaschen, die überall im Schädel herumliegen. Genau in diesem Moment schlägt das schlechte Gewissen zu, die enorme Angst. Verdammt, was ist passiert? Johnny dreht sich um und sieht Justin und Rebecca, die eng umschlungen neben ihm liegen und schlafen. Was, verdammt? Was ist passiert?

Jetzt benimmt sich das gedächtnislose Hirn wie ein Teenager, der in Abwesenheit seiner Eltern zu Hause eine Party gefeiert hat. Noch ziemlich betrunken rennt das Hirn panisch durchs Haus, räumt auf und sucht nach möglichen Anhaltspunkten. Irgendetwas muss es doch geben, das mir verrät, was passiert ist. Nachdem er ein paar Minuten gründlich nachgedacht hat, findet Johnny die zerbrochene Vase seines Gedächtnisses und kniet sich hin, um die Scherben aufzusammeln. Das schlechte Gewissen, Scheiße. Er erinnert sich deutlich, dass er in dem kleinen Laden Bier und Pornographie gekauft hat. Er erinnert sich an den Telefonsex und daran, dass er in den Pub gegangen ist und am Tresen Wodka bestellt hat. Aber dann lässt die Qualität der Erinnerungen rapide nach, und die Bilder werden körnig und unzuverlässig wie in einem heimlich gefilmten Promi-Sexvideo. Er ist in einigen Bars gewesen und dann ... sein Hirn pocht, und er schnappt nach Luft.

«Guten Morgen, Johnnyboy», sagt Justin. In seiner freundlichen Stimme schwingt unüberhörbar Spott. Es war Justins Idee, Johnny weiszumachen, er habe in der Nacht mit Rebecca gevögelt. Die beiden sind mitten in der Nacht aufgewacht, und Justin fand, das könnte ein großer Spaß werden. Rebecca war einverstanden, ohne zu ahnen, wie überzeugend beide sein würden.

«Morgen, Johnny», schnurrt Rebecca. Sie streckt sich, als wäre sie gerade aufgewacht, und blickt aus glasigen, sinnlichen Augen in Johnnys wirres Gesicht. Das ist der Augenblick, in dem Johnny ein paar weitere Erinnerungsscherben findet. Er hebt sie auf. Er erinnert sich an die Tür, das Wohnzimmer. Hat er sich übergeben? Die Erinnerungen schneiden sich in seine Finger. Er lutscht das Blut weg und findet sich damit ab, dass bestimmte Ereignisse der letzten Nacht ihm für immer vorenthalten bleiben.

«Na, wie fühlst du dich? Anders? War 'ne ziemlich wilde Nacht.» Justin starrt Johnny gespannt an.

«Wer bist du?», murmelt Johnny, während das scheußliche Verlangen, sich zu übergeben, seinen Speisekanal hoch- und wieder runterläuft. «Was meinst du?»

«Ich bin Justin, Johnny, daran musst du dich doch erinnern. Ich rede von deiner Unschuld oder besser gesagt davon, dass du sie in den frühen Morgenstunden an die liebreizende Rebecca verloren hast.»

Johnny macht ein Gesicht, als hätte ein geheimnisvoller Vierter ihm soeben ein Messer in den Rücken gestoßen. Seine Augen scheinen seinen nahen Tod vorherzusehen, sein Mund verzieht sich, als drohe jeden Moment, Blut herauszuquellen. Nein, denkt er, es kann nicht sein, dass ich mit Rebecca gevögelt habe, unmöglich. Meine Unschuld, sie kann nicht verloren sein.

«Das kann überhaupt nicht sein», sagt Johnny. «Ich erinnere mich an nichts.»

«Na, und ob du sie verloren hast», sagt Justin. «Ich habe mir das Ganze aus dem Korbstuhl in der Ecke angesehen. Es war ziemlich fesselnd.»

Das ist der Augenblick, in dem das schlechte Gewissen Justin an den Hals greift und ihm die Kehle zudrückt. Aber es gibt nie ein Zurück, nicht, wenn man jemanden so gründlich verschaukelt hat. Auch Rebecca wird von Scham und Reue wie von Ohrfeigen überrascht. Armer Johnny, denkt sie, aber Justin ist so wunderbar überzeugend. Johnny wartet geduldig, dass das Messer in seinem Rücken sein Werk vollendet und ihn tötet. Wo bleibt das Blut? Wo die weißen Lichter? Die Himmelspforten? Er setzt sich auf und zappelt nervös, um die Flut aus Halbverdautem aufzuhalten, die aus seinem Magen aufsteigt.

«Rebecca ... es tut mir so leid ... ich kann mich an nichts erinnern ... ich trinke fast nie, und ich glaube ... Mist, verzeih mir.»

«Mach dir keine Sorgen deswegen, Johnny. Es hat mir Spaß gemacht.»

Rebecca steigt aus dem Bett und geht unter die Dusche, bevor sie vor Lachen explodiert. Als sie aus dem Bad kommt, ist Johnny verschwunden. Sie betritt nur mit einem Handtuch um die Hüften das Schlafzimmer. Justin liegt auf dem Bett, die Lippen zu einem grotesken Lächeln drapiert. Sie geht zu ihm.

O Mann! Aber es kommt noch schlimmer für Johnny. Er verlässt Rebeccas Wohnung und geht über Hulme und Moss Side zurück nach Fallowfield. Er braucht anderthalb Stunden für den Weg. Er denkt fieberhaft nach. Aber ein Hirn lässt sich nur begrenzt zermartern. Irgendwann ist es die Überanstrengung leid und weigert sich kategorisch, Informationen auszuspucken. Als er zu Hause ankommt, kann er sich kaum an seinen Namen erinnern. Er übergibt sich, dann setzt er sich vor den Fernseher.

Am späten Nachmittag – die Geschehnisse der letzten Nacht sind immer noch nicht greifbarer geworden – findet Johnny sich damit ab. Ich habe sie gefickt, denkt er, als das Kinderprogramm losgeht. Er erinnert sich dunkel an ein Mädchen, das ihm die Hose ausgezogen hat, Rebecca wahrscheinlich, es muss also wahr sein. Unschuld: noch ein Verlust.

Wie nicht anders zu erwarten, sitzt Johnny Stunden später allein auf einem scharlachroten Sofa in Fallowfields führendem Massagesalon. Und wartet auf Sex. Jetzt, wo er seine Unschuld verloren hat, verspürt Johnny, was alle Jungs irgendwann verspüren: einen nicht zu stillenden Hunger nach mehr. Dass er sich an den Sex nicht erinnern kann, spielt keine Rolle. Die Schleuse ist geöffnet, und es macht keinen Unterschied, dass er betrunken war, als er sie bewacht hat. Er fühlt Macht, Fortschritt, Sieg. Wie ein Imperialist aus dem 19. Jahrhundert, der sich zum Kampf um Afrika rüstet. Mehr Länder, mehr Beute, mehr Sex.

Also hat er sich nachts um halb eins auf den Weg ins Bordell gemacht. Es ist nur ein kurzer Fußweg. Er hat bezahlt und sieht sich jetzt in einem kleinen Fernseher die Fußballhighlights des Tages an, als plötzlich die Tür aufgeht und eine vertraute Stimme anfängt, über sexuelle Dienste zu verhandeln.

«Ja, ich will's auf die normale Tour, nichts Versautes, nur einen schnellen Fick.»

Genau in diesem Moment fällt Johnny wieder ein, wie sehr er das Leben im Grunde liebt und warum. Weil das Leben zum Schreien komisch ist. Zakir huscht wie ein Geist zur Tür herein. Als er Johnny auf dem Sofa erblickt, bleibt er stehen. Zuerst scheint er ihn gar nicht zu erkennen. Er kneift die Augen zusammen, als versuche er, ihn aus kilometerweiter Entfernung zu identifizieren. Schließlich fällt der Groschen. Zakir erinnert sich.

«Ach, du Scheiße … Johnny.»

«Zakir. Wie geht es dir?»

«Oh, Kacke, Mann.»

«Ist schon gut. Guck mal, im Fernsehen läuft Fußball.»

Allen Göttern sei Dank, denkt Johnny, als der Zufall sich auf seine Seite schlägt. Er stellt sich vor, wie die Erde aus dem

Weltraum aussieht: Die Länder bewegen sich und formieren sich zu einem riesenhaften, grinsenden Gesicht. Gott sei Dank, die Welt hat versagt, Gott sei Dank für den Sex der westlichen Welt und seinen unaufhaltsamen Sieg. Die Zivilisation zittert, als fröstele sie. Dann ein Geräusch: ein Todesröcheln.

Zakir setzt sich neben Johnny auf das Sofa. Aus seinem Mund weht eine Whiskyfahne. Was ist passiert? Vielleicht hat ein kurzer Blick auf das Pornoheft unter dem Kopfkissen gereicht: Die Schleusen sind gebrochen, und sein Hirn wurde mit Scheiße überschwemmt. Oder aber Zakir hat seine Probleme schon immer auf diese Weise bewältigt. Vielleicht gab es überhaupt keine Tagungen über die britische Demokratie, und er hat seine Eier schon immer in Manchesters Prostituierte geleert. Nein, denkt Johnny, während er in Zakirs betrunkenes Gesicht blickt, das ist menschliches Scheitern, wie es im Buche steht. Schließlich spricht er ihn an.

«Ist es meine Schuld, Zakir? Ich meine nur, weil du nie wie so jemand gewirkt hast.»

Zakir sieht ihn an, das Gesicht völlig hinüber, vom Alkohol benebelt.

«Ha ... wer hat Schuld? ... Nein, du nicht ... du nicht ... die Mädchen an der Uni ... ja, die Scheiß-Miss-India ... Wer hat Schuld? ... Ach, ich ... ich.»

Als Johnny klar wird, wie besoffen Zakir ist, taucht eine junge Brünette in roten Dessous auf und nennt Johnnys Namen.

«Johnny? ... Oh, hallo, Zakir, schon wieder da? Dann machen wir unsere Sache wohl gar nicht so verkehrt. Ich bin gleich wieder bei dir.»

Und in gewisser Weise stimmt das. Johnny lässt sich schnell abfertigen. Er betritt ein dunkelrotes Zimmer, das nach Talkumpuder riecht und dessen Wände schräg zu der niedrigen Decke laufen. Alles Weitere ist nicht der Rede wert. Er streckt die Hand nach einer kleinen Brust aus. Er staunt über die sparsame Technik des Mädchens: nicht eine Bewegung zu viel. 45 Sekunden lang reitet sie auf ihm, dann, als sie das schwache Zucken seines Schwanzes spürt, kreist sie kräftig mit den Hüften. Der Sex erinnert Johnny an die Rhythmusgruppe aus seiner Grundschulzeit. Daran, wie er rätselnd vor einem merkwürdigen Schlaginstrument stand und es nicht schaffte, den Takt zu halten.

Auf dem Weg hinaus geht er an Zakir vorbei und nickt ihm zum Abschied zu. Sie werden sich nie wiedersehen, aber wenigstens haben sie etwas Gemeinsames gehabt. Das war's, Ende.

Ja, ich schweife ab. All das ist schon vor Tagen passiert, vielleicht schon letzte Woche. Aber die Geschichte ist einfach zu gut, als dass ich sie für mich behalten könnte. Im Augenblick sind wir bei Justin. Er steht auf dem Exchange Square und starrt auf sein Handy, wartet, dass es klingelt. Es ist kurz vor neun. Ein großer Fernsehbildschirm versorgt die wenigen desinteressierten Passanten mit Bildern einer Naturkatastrophe. Justin starrt weiter sein Handy an. Es ist höchste Zeit, dass er eine Promi verführt.

Er war den ganzen Vormittag und den größten Teil des Nachmittags mit Rebecca Kleider kaufen. Sie haben für eine stolze Summe sechs Stück gekauft, eines für jede Stripperin, die er für den Abend gemietet hat. Wenn man einen Promi verführen will, muss man über ein gewisses Kapital verfügen, das heißt über Mittel, um den Promi für seine Liebe zu entlohnen. Ruhm ist natürlich das Naheliegendste und Einträglichste; ein Promi liebt nichts mehr als einen anderen Promi, der den eigenen Wert steigert und mit dem er Händchen halten kann, während die Kameras auf beide gerichtet sind. Aber Geld liegt, nur knapp geschlagen, auf dem zweiten Platz: Der Promi erkennt ein gemeinsames Interesse, eine gemeinsame Vorliebe, das selbstbewusste Glitzern von Bargeld in den Augen der Reichen. Reichtum auszustrahlen ist Justins einzige Chance. Wenn der Promi ihm ins Netz gehen soll, muss die Aussicht auf Geld durch und durch echt wirken. Sobald der Promi einen Hauch der Wirklichkeit wittert, könnte er Reißaus nehmen. Er darf nicht den leisesten Verdacht schöpfen.

Rebecca hat Justin einen schnurgeraden Seitenscheitel ins Haar gekämmt. Ein Hauch von dreißiger Jahre umgibt ihn, ein bisschen Dandy, ein bisschen Playboy, ein bisschen Schuft. Sein Anzug ist schneeweiß. Er trägt kein Hemd, nur ein schwarzes Unterhemd, unter dem sich sanft die trainierte Brust abzeichnet. Seine Erscheinung ist modern und doch konservativ, altes Geld gepaart mit zeitgenössischem Stil. Er ist perfekt. Flecken sind seine einzige Furcht: Ein verschütteter Drink auf seinem Anzug könnte bedeuten, dass er geliefert ist. Stars schrecken vor Missgeschicken und kleinen Demütigungen zurück. Das haben sie nicht gern. Aber es gibt immer Risiken, besonders wenn man einer Promi nachstellt: Es gibt immer Gefahren und die Möglichkeit zu scheitern.

Endlich klingelt das Handy. Es klingelt zweimal, dann hört es auf. Das ist das Zeichen. Es bedeutet, dass Rebecca und die anderen Mädchen Stellung bezogen haben, sie sind auf der Party und erwarten ihn. Justin steckt das Handy in die Innentasche und atmet tief durch.

Auf dem Weg vom Exchange Square zum Paparazzi, dem Club, wo die Party stattfindet, stößt er auf den ersten potenziellen Fehler seines Plans. Er hat keine Ahnung, worum es in dem Film geht. Alle Promis sind bei der Premiere gewesen, und Justin hat keinen Schimmer, welche Geschichte der Film erzählt und wie die Handlung verläuft. Doch als er zum Paparazzi kommt, schwinden seine Befürchtungen. Über dem Eingang hängt eine große Segeltuchplane mit dem Filmplakat. Er bleibt stehen und liest.

Der Film heißt *Die blutige Fahne*. Justin atmet erleichtert auf, als er begreift, dass der Film Schrott ist. Die miesesten Filme ziehen oft die meisten Stars an. Ein junger Mann starrt ernst und sehnsuchtsvoll vom Plakat. Er trägt die filzgrüne Uniform eines alliierten Soldaten aus dem Zweiten Weltkrieg. Sein Blick wird gekreuzt von dem einer Frau mit himmelblauen Augen und blonden Ringellocken, die an ihrem Kopf wippen wie Spiralen. Sie ist schön in ihrem langen Seidensommerkleid mit gelben, roten und rosa Rosen. Justin fasst sich an den Hals und blinzelt. Die Frage ist simpel: Beißt der junge Mann ins Gras, oder wird die Liebe des Paares die Wirrnisse des Krieges überstehen? Justin nimmt eine Zigarette aus der Brusttasche und zündet sie mit einem goldenen Zippo an. Er betrachtet rauchend das Plakat, studiert die Blicke der beiden jungen Hauptdarsteller. Fehlt nur das Popcorn zum großen Kinoerlebnis.

Ein paar Sekunden später ist alles klar. Der Junge und das Mädchen lernen sich etwa 1941 kennen. Der Krieg ist voll im

Gang, aber sie sind Texaner: Sie halten sich für unbesiegbar und fühlen sich irgendwie nicht betroffen. Natürlich sind sie beunruhigt, aber das hält sie nicht davon ab, eine stürmische Affäre zu beginnen. Schwülstige Liebesschwüre, neckisches Gefummel und schließlich heftiger, sinnstiftender Sex. Sie heiraten, und man ahnt schon, dass sie wahrscheinlich schwanger ist. Dann, sie machen gerade wild im Heu rum, wird im Radio der Angriff der Japaner auf Pearl Harbor gemeldet. Scheiße, sagt der junge Mann, ich muss in den Krieg. Geh nicht, sagt die junge Frau, ich will nicht, dass dir etwas zustößt. Keine Angst, sagt der junge Mann, ich bin ein wichtiger Teil dieses Films, es ist unwahrscheinlich, dass ich sterbe. Also zieht er seine fesche Uniform an und küsst sie zum Abschied. Als er geht, lässt sie die Bombe platzen: Sie ist schwanger. Mann, ist er glücklich, aber in den Krieg zieht er trotzdem. Als er auf Iwo Jima kämpft, sieht er Dinge, die ihm mächtig an die Nieren gehen, und ein richtig guter Kumpel stirbt in seinen Armen. Sie arbeitet derweil in der Munitionsfabrik, entdeckt ihre Unabhängigkeit und erzählt ihrem Sohn, wie toll sein Vater ist. Dann, sie hat sich gerade damit abgefunden, dass er in einem sinnlosen, propagandistisch ausgeschlachteten Angriff gefallen ist, marschiert er plötzlich zur Tür herein und überrascht sie dabei, wie sie etwas irrsinnig Erbauliches tut, zum Beispiel den Pullover des Jungen stopft. Sie sind wieder vereint, Gott sei Dank, und ficken. Aber eine Zeitlang läuft es gar nicht gut: Es fällt ihnen schwer, miteinander zu sprechen, er ist ständig bedrückt, sie ist erwachsen und sonst was geworden. Ihr Sohn wundert sich, warum sein Vater so traurig und ganz anders ist als die Männer in den Geschichten. Aber dann kommt die junge Frau eines

Nachts nach unten und sieht ihren Mann mit einer Pistole am Küchentisch sitzen. Sie sagt so etwas wie: Was ist los? Der junge Soldat schweigt, aber dann fängt er an zu weinen und hört nicht wieder auf. Sie umarmen sich leidenschaftlich. Danach ist alles wieder in Ordnung, und ihr Leben wird von einem wunderbaren Soundtrack begleitet. Die beiden jungen Leute genießen die 1950er in vollen Zügen, er geht in die Plastikbranche, und sie bekommen ein zweites Kind, ein Mädchen.

Scheißfilm, denkt Justin. Er wirft die Zigarette hin und geht zum Eingang des Paparazzi.

Er trifft Rebecca an der großen Bar, nicht weit vom VIP-Bereich, wo die Party stattfindet. Sie sieht unglaublich aus auf ihren hochhackigen Schuhen, göttlich. Das raffiniert geschnittene, grüne Seidenkleid lässt sie größer und überhaupt wie in einem völlig neuen Körper erscheinen. Sie lächelt, und Justin glotzt auf ihren zarten Busen.

«Also, die gute Neuigkeit ist, die Promis sind da, und die Mädchen haben sich schon unter die Leute gemischt. Sie erzählen allen, du hättest *Die blutige Fahne* mitfinanziert. Das ist dein Beruf, du finanzierst Kunst, okay?»

«Okay.»

«Hast du das Koks?»

«Ja, gerade eben bekommen.»

«Gut, sie werden es haben wollen, wenn du sie mit ins Hotel nimmst.»

Der Club ist wie elektrisiert durch das Gerücht, dass Stars anwesend sind. Jungs und Mädchen schleichen vor dem VIP-Bereich herum, zeigen dem Türsteher wogende Titten und getuschte Augen, bilden sich womöglich ein, dass der schwere, rote Vorhang, wenn sie ihn nur lange genug anstarren, durchsichtig wird und sie Stars live zu sehen bekommen. Justin bestellt zwei White Russian für sich und Rebecca. Das ist roter Samt, ihr Schwachköpfe. Der wird nie im Leben durchsichtig.

«Bei der Besetzung hast du keine Chance», sagt Rebecca. «Die Leute stehen Schlange, um mit ihnen zu reden, sogar mit den Nebendarstellern.»

«Okay.»

«Aber die Auswahl ist immer noch groß genug. Hauptsächlich Fernsehstars. Ich glaube, ein paar haben auch schon Film gemacht, aber ich kann dir nicht sagen, welche. Ich schätze, das Ganze klappt nur, wenn du eine siehst, die dir gefällt. Verschwende also keine Zeit, wir wollen uns diese Chance schließlich nicht vermasseln, oder? Oder, Justin?»

Rebecca demonstriert diese manisch geschwätzige, geheuchelte Begeisterung, für die Frauen berühmt sind. Sie weicht Justins Blick beharrlich aus, blickt starr auf den Ausschnitt seines Unterhemds und gelegentlich auf seine Schulter oder seine Haare. Justin kann Rebeccas Blick nur deuten, wenn er sich wirklich bemüht. Sie liebt ihn. In einer Nebenwelt liebt er sie auch. Ja. Auf der anderen Seite des Lebens sind die zwei ein Liebespaar. Sie kaufen in einem hellen Supermarkt gemeinsam Lebensmittel ein. Sie lernen die Eltern des anderen kennen und haben ein gemeinsames Konto. Aber nicht auf dieser Seite. Auf dieser Seite sind sie Persönlichkeiten, die im Dunkeln tappen. Experimentatoren mit Scheuklappen. Justin betrachtet Rebecca, wie er vielleicht ein verblasstes Foto betrachten würde.

«Alles in Ordnung, Rebecca?»

«Bist du dir auch sicher, dass du das wirklich willst?»

Justin schweigt und saugt an seinem Strohhalm. Man kann nur ein- oder zweimal lieben, dabei bleibt er. Auf jeden Fall ist die Liebe die große Lüge der westlichen Zivilisation, eine Notlüge vielleicht, aber dennoch eine Lüge. Er starrt finster vor sich hin. Die Liebe ist banal, ungefährlich. Bitte mach, dass es so ist.

«Weißt du, was? Ich hasse die Gesellschaft. Ich hasse beinahe alles an ihr», sagt er.

«Ich will keinen Freund. Haha.»

«Nein, hör mir zu. Ich hasse die Gesellschaft.» Justin steckt sich eine Zigarette in den Mund und sieht ungeduldig zu, wie Rebeccas Augen einen flehenden Ausdruck annehmen.

«Bitte tu's nicht, Justin. Bitte», sagt sie. «Lass uns nach Hause gehen. Tu es nicht.»

1, 2, 3, 4.

«Ich muss.»

Er geht an ihrer nackten Schulter vorbei, die wirkt wie durchtrennt vom schmalen Träger ihres Kleides. Aus dem Augenwinkel sieht er, dass Rebeccas Kopf sich langsam Richtung Boden senkt. Zu viel Kino, denkt er, es gibt viel zu viel Kino auf der Welt. Die Liebe ist die Notlüge der westlichen Zivilisation, singt er leise, die Liebe ist die Notlüge der westlichen Zivilisation. Er legt dem Türsteher die Hand auf die Schulter und setzt ein umwerfendes Lächeln auf. Er zeigt sein Ticket vor und wird in den VIP-Bereich geführt, zum Erstaunen der Schafherde.

Als er den Raum betritt, spitzen die sechs Stripperinnen die Ohren. Ihre Augen sind bereit wie aufgezogene Spritzen. Justin bleibt stehen und lächelt. Er hebt leicht das Kinn und nippt an seinem Drink. Das war gut, elegant und kontrolliert. Tolle Geste, toller Start. Wie verabredet, macht Sidney den Anfang. Er beobachtet, wie sie den grapschenden Händen einer Gruppe angegrauter Männer ausweicht und auf ihn zusteuert.

«O mein Gott, Rudolf de la Hooting, was für eine Ehre, Sie kennenzulernen. Der Film war phantastisch.»

Sie beugt sich vor und küsst die Luft neben seinen Wangen. Der Name ist Mist. Das ist Justin in dem Moment klar geworden, als Sidney ihn ausgesprochen hat. Kein Mensch heißt de la Hooting. Aber was wissen schon Stars? Zwei von ihnen kommen an die Bar, als Justin eine Flasche 1986er Margaux für vierhundert Pfund bestellt. Der Wein wird unter großem Gewese herbeigeholt. Eine Kellertür schlägt zu. Eine Stripperin nach der anderen stellt sich zu ihm. Die C-Promis starren zu ihnen hinüber.

Der Promi ist in seinem Kern eine sanfte Spezies. Dazu verdammt, sich schwankend auf den Grenzen der Realität zu bewegen, über die nur wenig Gesichertes bekannt ist. Der Promi vollzieht einen Balanceakt. Auf der einen Seite liegt das Tal der Sterblichkeit, wo die Lebenden wohnen. Auf der anderen liegt eine tiefe Schlucht, die Unsterblichkeit, wo die Toten auf steilen Abhängen herumkraxeln und für alle Ewigkeit bekannt sind.

Justin schenkt jeder Stripperin Beachtung, nickt und lächelt ein stilles, schiefes Lächeln. In ihrer vergleichsweise übertriebenen Aufmachung sind die Mädchen ein Augenschmaus, echte Schönheiten. Mindestens zwei, eine davon Sidney, sind so scharf, dass sie es ernsthaft verdient hätten, richtige Stars zu sein.

«Na, was meinst du, de la Hooting? Schon eine Promi gesichtet, die dich anturnt?», flüstert Sidney ihm ins Ohr. Die aufgeblasenen, falschen Titten seufzen in ihr Kleid.

«Ich weiß nicht. Wo ist Rebecca?»

«Sie ist sauer auf dich.»

«Warum? Weil ich eine Berühmtheit vögeln will?»

Weiter hinten ertönt dämliches Gelächter. Als ob Kinder Maschinengewehre nachmachen. Justins Blick tastet sich durch den Raum, sucht nach einem bekannten Gesicht, einem Gesicht, das sich heimlich in seine Gedanken geschlichen und auf den Teppich gepisst hat. Schließlich entdeckt er sein Opfer, genau gegenüber auf der anderen Seite, nicht mehr als fünf Meter von ihm entfernt. Sie wendet ihm ihr Profil zu und blickt zu einem Schwarzen mit Sonnenbrille auf. Das ist sie, denkt er, sie ist scharf, und ich kenne ihr Gesicht.

«Hab eine», sagt er und schiebt Sidney zur Seite, damit er seine Beute genauer in Augenschein nehmen kann. Sidney hat ihm gerade etwas ins Ohr geflüstert, etwas über Rebecca, dass sie sich, was das Experiment angeht, nicht mehr sicher ist und dass sie sich möglicherweise gerade in Justin verliebt. Aber was soll der Unsinn? Die Liebe ist die Notlüge der westlichen Zivilisation. Er kritzelt die Worte mit weißem Licht auf die Innenseiten seiner Lider. Er blinzelt, dann starrt er die Promi an. Sind ihre Titten echt?

Wenn er sich weiter in den Kreisen der Berühmten bewegen will, müssen neue Sinne eingesetzt werden. Es handelt sich um eine völlig neue Art, am Leben zu sein. Riechen und Hören sind nutzlos, Sehen ist zweitrangig. Begehe nie den Fehler, dich in Gegenwart bekannter Menschen auf deine Sinne zu verlassen. Sie leben in einer Welt, in der jeder jeden checkt und sofort sein

Urteil fällt. Gesehen werden kann jeder, berühmt sein nicht. Die Stimmung ist eine Batterie, voll aufgeladen, aber abhängig von hoher Drehzahl, von knisternder Spannung, berückenden Hallos und davon, dass man den richtigen Leuten vorgestellt wird. Diese Menschen bezahlen nicht, hören nicht zu und scheren sich um gar nichts. Sie erzählen Geschichten, sie prahlen, sie schwärmen und wissen heute schon, was morgen Trend ist.

«Kreischt, Mädels, los, kreischt vor Lachen, als wär ich wahnsinnig witzig», flüstert Justin seiner Fangemeinde zu. Die Stripperinnen kreischen, als hätte er den tollsten Witz gerissen, der je erzählt wurde. Sidney krümmt sich vor Lachen, als wollte sie sich gleich in ihr Weinglas übergeben. Mann, war das komisch. Männer schauen zu den ausgelassenen Schönheiten herüber und wünschen sich, auch sie hätten etwas von diesem Format auf Lager. Muss ein toller Witz gewesen sein, denken sie, und wünschen sich, sie wären Justin.

Es funktioniert. Er hat ihren Blick auf sich gezogen. Justin hält sich daran fest. Er schwebt zwischen den lachenden Stripperinnen hindurch und steuert zielstrebig auf die Promi zu. Es gibt nichts Besseres als Lachen, um die Aufmerksamkeit auf sich zu ziehen; Lachen ist ein Werbespot fürs Glück. Die Promi wendet sich kurz von dem Schwarzen mit Sonnenbrille ab und wirft Justin und seinem Gefolge einen flüchtigen Blick zu. Ein einziger Blick, mehr ist nicht nötig, Augenkontakt, Hoffnung, das Tier in uns.

Justin geht durch den Raum. Die Promi weiß schon, dass er kommt. Sie reißt sich zusammen und unterhält sich übertrieben lebhaft weiter mit dem Schwarzen. Die Frage ist nur:

Wer zum Teufel ist sie? Justin hat nicht die leiseste Ahnung; er kennt nicht mal den Namen ihrer Rolle. Er vermutet, dass sie zu irgendeiner Daily Soap gehört, einer, die in Liverpool spielt, ja, das würde passen.

Ihr Haar ist schulterlang und braun mit flachsblond gefärbten Strähnen. Üppige Figur, die Brüste schielen aus dem kastanienbraunen Kleid wie Zielscheiben auf einem Schießübungsplatz. Liebliches Gesicht, runde Augen, zarte Nase, anheimelnde rosa Lippen. Als Justin sie anlächelt, fällt ihm ein, warum sie berühmt ist. Sie spielt in einer Daily Soap im Vorabendprogramm. Die Figur, die sie darstellt, manipuliert Männer mit ihren sexuellen Reizen, ist aber liebesfähig. Ihre Gage bessert sie mit Modeln auf, Dessousfotos für Männermagazine. Vielleicht ist sie sogar schon auf einem Cover gewesen. Ha, die Schlampe, die berühmte Schlampe.

«Hallo, und wer sind Sie?», fragt Justin. Sein blankgeputztes Gesicht strahlt.

«Das Gleiche könnte ich Sie fragen», sagt die Promi mit pochendem, schwarzem Herzen.

«Ach, ich bin ein Niemand.»

«Das erscheint mir untertrieben.»

«Vielleicht. Darf ich Sie auf ein Getränk einladen?»

Justin ist lakonisch und charmant. Das Weinglas liegt lässig in seiner Hand, seine Stimme gleitet brustschwimmend durch die Luft. Mein Gott. Die Promi hat mit ihm gesprochen. Wer hätte das gedacht?

Als Justin zum Angriff übergeht, nimmt der Schwarze die Sonnenbrille ab. Seine Augen sind dunkelbraun, die Pupillen eingefasst von einem strahlend weißen Band. Es ist offensichtlich, dass er es selbst auf die Promi abgesehen hat. Er mustert Justin gereizt. Aber sie ist auf Justins Seite, es kann gar nicht anders sein. Justin ist zuvorkommend und genau, hinreißend und kühn, der Experimentator, der Sieger.

«Ich bin Davine, und das ist Claude.»

Justin gibt Claude die Hand und fräst ihm ein breites Los-verpiss-dich-Lächeln in den Schädel.

«Rudolf. Ich bin Rudolf. Begleiten Sie mich doch an die Bar.»

Du bist erledigt, Riesenarschloch, denkt Justin. Setz die Sonnenbrille auf und zieh Leine. Justin legt den Arm um die Promi. Sie atmet tief ein, und ihr Brustkorb wölbt sich unter angehaltener Luft. Noch ein Lächeln von Justin, und Claude ist besiegt. Er räumt das Feld. Das Champagnerglas in seinen Wurstfingern droht zu zerspringen.

«Claude hat viele der Schlachtszenen choreographiert, wissen Sie.»

Die Promi vollführt eine Drehung, und Justins Hand gleitet über ihre Hüften bis zum Ansatz ihres Hinterns. Haut auf kastanienbrauner Seide.

«Nein, das wusste ich nicht», sagt Justin. «Um ehrlich zu sein, ich habe den Film noch gar nicht gesehen.»

«Ach, dann haben Sie nichts damit zu tun?»

«Nun, nicht direkt, obwohl ich den Großteil bezahlt habe.»

An der Bar wetteifern die Stripperinnen weiter um Justins Gunst. Einmal hat es fast den Anschein, als wolle Sidney mit der Promi konkurrieren. Der Effekt ist bezaubernd, die Promi ist erobert. Die Flasche Wein ist leer, eine neue wird bestellt.

Die Promi sieht zu, wie die Fünfzigpfundscheine über den Tresen wandern. Die Promi ist außer sich und schutzlos.

«Guter Wein, mein einziges Vergnügen», scherzt Justin und blickt geschickt an den Stripperinnen und ihrem klaffenden Grinsen vorbei. Sie sind betrunken und schießen übers Ziel hinaus. Justin bugsiert die Promi zu einem Tisch, schenkt Wein nach und setzt sich ihr gegenüber. Er bietet ihr eine Zigarette an, die angenommen wird. Beide rauchen. Überall im Raum erliegen Organismen dem kostenlosen Champagner; das peinliche Erwachen am nächsten Morgen zeichnet sich schon drohend ab. Eine Frau an der Bar macht einen Hund nach. Sie bückt sich und bellt, wuff, wuff. Ein Drink wird verschüttet, und ein Schwachkopf bewegt stumm die Lippen zur Musik.

Justin braucht nicht lange, bis er einen ziemlich zügigen Abgang bewerkstelligt. Die wichtigen Promis sind schon gegangen, auf der Suche nach Geheimnis und mehr Exlusivität. Die Menge löst sich auf, der Glanz der Party ist praktisch erloschen. Aber Justins Promi scheint noch nicht genug zu haben. Sie spricht. Das heißt, sie hört gar nicht wieder auf. Das ist wirklich ein gutes Zeichen. Ihre Augen sprühen vor Leben, ergründen Justins Gesicht, so wie bei allen Leuten, wenn sie Interesse zeigen wollen. Etwa alle fünf Minuten greift sie sich mit beiden Händen ans Haar, als wolle sie sich die Haut vom Gesicht ziehen. Damit schenkt sie Justin jedes Mal zwei Sekunden, in denen er sich mit den schönen Partien ihrer Brüste beschäftigen kann. Sie bieten alles, was man von berühmten Titten erwarten kann. Glatt und absolut marktkompatibel, fast scheint es, als seien sie zum Zweck der Masturbation hochglanzbeschichtet worden. Sie leuchten – ein echtes Alleinstellungsmerkmal. Vielleicht, überlegt Justin, wird die Evolution denselben Weg gehen. Vielleicht werden die tollen Titten der Zukunft eine hochglänzende, abwaschbare Oberfläche haben, wie Haut, nur weicher, eher wie Plastik. Und die Hintern vielleicht auch. Ja. Es ejakulieren ständig Leute auf Hintern. Männer. Plexiglashaut. Immerhin ...

«Rudolf?»

«Was?»

«Alles in Ordnung?»

Die Promi redet seit einer halben Stunde ununterbrochen. Der teure Wein fließt in ihrem Blut und lässt sie reden und reden und reden. Der Alkohol normiert sie, zerlegt sie in ihre Bestandteile, löst sie in einzelne Pixel auf. Justin stellt sie sich als dickflüssige Pfütze auf dem Stuhl vor, eine klebrige Masse aus schönen Augen, Lippen, Titten und Hintern. Wenn er nicht bald etwas unternimmt, wird sie sich garantiert in eine Stimmung hineinreden. Frauen können das, wenn man sie zu lange reden lässt und sie betrunken sind. Sie wird sich irgendein Problem einreden, in Trübsinn verfallen. Dem muss Einhalt geboten werden.

«Hätten Sie etwas dagegen, wenn wir gehen? Ich finde solche Partys ziemlich langweilig, Sie nicht auch?»

Sie sagt ja, ha, ich schwöre es. Ja, sagt die Promi, leert ihr Glas und blickt zur Garderobe. Natürlich sagt sie ja. Großes Ehrenwort.

Und dann kommt die Stille ...

Justin und die Promi sitzen im Taxi. Es ist vollkommen still, obwohl der Mund der Promi sich aus irgendeinem Grund bewegt. Eigentlich redet sie. Und dennoch herrscht absolute

Stille. Nicht ein Laut ist zu hören, weder die Stimme der Promi noch die Geräusche Justins, der auf dem Ledersitz herumrutscht. Justin stößt auf. Lautlos. Eine Weinwolke, aber mehr nicht. Der Wagen macht keine Geräusche und auch der Fahrer nicht. Nicht einmal auf der Straße gibt es Geräusche. Menschen schreien, aber es ist, als hätten sie große Gegenstände verschluckt, unsichtbare Rugbybälle. Der Wind ist unhörbar, so wie der Regen. Alles geschieht absolut lautlos.

Was immer die Promi auch sagen möchte, es wirkt ziemlich langweilig, nein, warte, nicht langweilig, vielleicht eher sinnlich, erotisch. Ihre Lippen schnappen nach der Luft. Vielleicht redet sie über Sex oder aber über das Pech, das sie mit ihren Ex-Liebhabern hatte. Ein Arm fällt zwischen ihre Schenkel, und ihr Kleid rutscht hoch. Sie nähert sich murmelnd Justins Gesicht, beendet lautlos einen Satz oder verstummt mittendrin, so wie Liebende es manchmal tun.

Auch der Kuss ist lautlos. Als ihre Lippen sich voneinander lösen, wartet Justin auf das klebrige Geräusch, das man beim Öffnen einer Tupperdose hört. Aber es kommt nicht, es gibt kein Geräusch, nur die Promi, die ihre Position verändert und halbherzig versucht, sich breitbeinig auf seinen Schoß zu setzen. Justin fährt mit den Händen über ihren Bauch und stützt von unten ihre Brüste. Sie lässt es zu, und es folgt ein zauberhafter Moment: Ja, du hast die Erlaubnis, meine Brüste könnten dir gehören. Ach, Justins Hände, Männerhände, sanft und kindlich, als hätten sie nie etwas anderes sein wollen als ein BH, als wären die vielen Schläge und die Würgemale, die sie verursacht haben, nur unglückliche Zufälle gewesen.

Woher kommt das Klopfgeräusch? Ich meine es ernst: Wo

kommt das Klopfen her? In der Hochzeitssuite des Hotels ist kein Klopfen zu hören, dabei müsste es zu hören sein. Justin legt Bahnen auf dem Couchtisch. Er klopft mit der Kreditkarte auf die kleinen Klümpchen, bis das Koks zu Pulver zerfällt, dann schiebt er es zu Bahnen zusammen. Die Promi liegt auf dem Bett. Und redet, stellt Justin sich vor. Doch um es genau zu wissen, müsste er sich umdrehen und nachsehen, ob ihre Lippen sich bewegen.

Und natürlich ist auch das kräftige Hochziehen nicht zu hören, das zum Koksen dazugehört. Justin und seine Promi beugen sich über das Pulver und ziehen es sich in die Nase. Stockender Atem, lautlos wie der Wind hinter einer Fensterscheibe. Die Promi sinkt zurück gegen das Bett, ihre Lippen zucken, stumme Worte. Du hast die Lippen bewegt, ohne es mir zu sagen, denkt Justin, als er auf ihren Ruhm zurobbt und ihr taubes Zahnfleisch küsst.

Die beschissene Alltäglichkeit des Lebens, denkt Justin, als er sein Repertoire aus abgedroschenen Bewegungen abspult: ein Kuss auf den Hals, sanftes Fingerkreisen an den ruhelosen Schenkelinnenseiten, auf der geronnenen Scham. Das ist Starfleisch in meinen Händen, das ist berühmte Haut, das ist ein Traum, hier ist kein Platz für mein lebensmüdes Vorspiel. Justin wringt verzweifelt sein Hirn aus, hofft auf einen Tropfen Inspiration. Die Droge beginnt zu wirken.

Wahrscheinlich ist es ein Uhr siebenundzwanzig oder etwas ähnlich Krummes, als Justin die Promi mitten im Zimmer aufstellt und langsam um sie herumgeht. Die Stille bleibt bestehen.

Er kniet sich vor sie und zieht ihr die schwarzen, hochhackigen Schuhe aus. Er hält sich an ihrem Kleid fest und zieht ihr die Strumpfhose aus. Er legt den ausgebeulten Stoff beiseite. Ihre Beine und Füße sind nackt, ihr Gesicht ist Kerzenwachs, die Züge wurden von einem Daumenpaar in die warme, weiche Masse gedrückt. Justin dämpft das Licht.

Er tritt hinter die Promi und zieht den Reißverschluss herunter. Er schiebt die Träger von den Schultern, und das Kleid fällt zu Boden, kastanienbraune Seide zu ihren Füßen. Er öffnet den BH und wirft ihn fort, spürt den erleichterten Ruck, der durch ihre befreiten Titten geht. Er lässt sich wieder auf die Knie sinken und zieht ihr das schwarze Baumwollhöschen herunter. Es fühlt sich an wie ein Spinnennetz. Sie ist jetzt völlig nackt, stumm, reglos. Justin widersteht dem Verlangen, den Promi-Anus zu lecken.

Er steht vor ihr, sieht sie an. Ab und zu bewegen sich ihre Lippen, aber es gibt kein Geräusch; alles wird verschluckt von der Stille. Seine Augen betrachten jedes Segment ihres Körpers. Die großen Füße, die trainierten Schenkel, das zurechtgestutzte Schamhaar, die Kurven ihrer Hüften, die flehenden Titten, Schlüsselbeine, Hals und so weiter. Langsam und absolut selbstsicher geht er auf die Promi zu und nimmt ihr vorsichtig den rechten Arm ab. Es fließt kein Blut, und natürlich gibt es kein Geräusch.

Nachdem er den Arm hübsch auf dem Hotelbett drapiert hat, nimmt er sich den anderen vor. Er lässt sich ebenso leicht abtrennen wie der erste; die Promi ist vollkommen blutleer. Als Nächstes kommen die Brustwarzen dran, dann die Brüste, die behutsam vom Brustkorb gezogen und neben die Arme aufs Bett gelegt werden. Das Gesicht stellt die größte Herausforderung dar. Mit fester Hand löst Justin Augen, Nase und Mund heraus und legt alles in den unbenutzten Aschenbecher.

Jetzt kann er sich richtig über ihren Körper hermachen. Die Beine sind einfach, ein leichter Ruck, und sie fallen ab. Aber das Fett in den Oberschenkeln macht sie schwer. Justin schleppt sie zum Bett, verschnauft und streicht mit den Fingern über die losgelösten Waden. Als Nächstes kommt der Arsch an die Reihe, den er Backe für Backe abmontiert. Dann der Bauch, der sich nach vorne wölbt, als er daran zieht. Schließlich sind nur noch die fummeligen Teile übrig: Vagina, Ohren, Haare. Er braucht ungefähr eine Viertelstunde, aber es ist die Mühe definitiv wert. Als er sich einen Whisky-Cola mixt, versucht sich Justin vergeblich zu erinnern, wann er das letzte Mal eine Promi gesehen hat, die auf so fachmännische Weise zerlegt worden ist. Er wünscht sich, Rebecca könnte das sehen. Sie wäre stolz auf ihn. Vielleicht hätten sie mit den Promiteilen gespielt oder zwischen ihnen gefickt.

Wie weit reicht diese Stille?, überlegt Justin, als er, ohne dass ein Laut zu hören wäre, auf eine abgelegte Pobacke klatscht. Erstreckt sie sich über ganz Manchester? Wenn Rebecca davon betroffen ist, wird sie sicher enttäuscht sein. Sie wird darauf brennen, etwas über den freien Handel zu sagen, dass er nichts mit Freiheit zu tun hat, dass die Stille die Stille des Widerspruchs und des Protests ist, dass man uns für dumm verkauft, unsere Sinne abgestumpft sind von einem sinnlosen Leben. Aber wenn das Schweigen auch sie ergriffen hat, ist sie natürlich stumm und muss sich damit begnügen, zum Wohl der Welt die Lippen zu bewegen.

Justin streckt sich zwischen den Körperteilen auf dem Bett aus und legt sich den Bauch der Promi unter den Kopf. Während er langsam in den Schlaf sinkt, denkt er über die Promi und die Stille nach. Am Luftbefeuchter leuchtet ein grünes Lämpchen auf. Vermutlich ist die Feuchtigkeit im Raum leicht angestiegen.

Dann endlich ein Geräusch, ein Schnauben, in Justins Nasenlöchern zischt es, Rotz gluckert, dann eine ferne Frauenstimme. Scheiße. O Gott, denkt Justin. Sein püriertes Hirn schlägt Blasen in seinem Pappmaché-Schädel. Scheiße. In den Promibauchnabel ist Rotz getropft. Er dreht sich um und fegt mit dem Bein eine Hand vom Bett. Wo kommt die Stimme her?

Sein Kopf fühlt sich an, als hätte sich jemand darin übergeben. Dafür wird die Promi ihn umbringen. Zeit ist vergangen. Er stürzt zum Couchtisch und trinkt von seinem Whisky. Das Experiment geht den Bach runter, er tut der Gesellschaft unrecht, spielt mit dem sexuellen Schicksal anderer Menschen. Und immer noch die Frauenstimme, leise und zart: Wo kommt sie her und was sagt sie?

Justin folgt der Stimme und kriecht auf allen vieren zum Nachttisch. Sie ist kaum zu hören, ein Geräusch wie schleichende Schritte auf Kies. Er blickt in den Aschenbecher mit dem Gesicht der Promi. Der Mund lehnt an den Augen, die rosa Lippen bewegen sich wie splitterndes Holz.

«Setz mich wieder zusammen, du Arschloch.»

O Scheiße, denkt Justin, ich hätte sie überhaupt nicht auseinandernehmen dürfen. Er läuft zum Bett, nimmt eine Hand und versucht, sie an den Arm zu pappen. Richtig so? Ja, Hände und Arme, mustergültig, Beine mit Füßen dran, Mist, wo ist ihr Rücken? Sei still. Sei bloß still.

«Für wen hältst du dich eigentlich? Mich einfach so zu zerlegen, was hast du dir dabei gedacht?»

Die Lippen kleben wieder in ihrem Gesicht und reden laut. Justin setzt ihr die Haare auf. Jetzt ist sie wieder schön. Und wütend.

«Und wo bleibt mein Bauch?»

«Ich weiß, gleich.»

Justin nimmt den Bauch und kreist mit dem Zeigefinger um den Nabel. Es gibt ein Geräusch – ein leises Glucksen.

«Was ist das?», fragt die Promi.

«Nichts.»

«Das ist Spucke.»

«Es ist Rotz.»

«Gib ihn her.»

Justin gibt der Promi ihren trainierten Bauch, und sie setzt ihn wieder ein, wischt mit dem Finger die letzten Rotzschlieren aus dem Nabel. Er reicht ihr einen Drink. Sie trinkt. Gott sei Dank, sie funktioniert noch. Sie liegt nackt auf dem Bett, trinkt gierig, die Nähte zwischen den Körperteilen sind verschwunden. Auf einmal fängt sie an zu lachen, kann gar nicht wieder aufhören, sie liegt einfach da und stößt lautes Gelächter aus.

«Hahahahahahahaha.»

«Was ist los?»

Die Promi kann nicht antworten, aber irgendetwas muss saukomisch sein. Ihr Körper krümmt sich unter grunzendem Lachen, ihr Bauch zittert und schlägt Wellen. Ihre Augen sind zusammengekniffen, sind nur noch knittrige Haut, die ins Nichts führt. Justin gerät in Panik. Hat er sie richtig zusammengesetzt? Ja, ja, alles in Ordnung; ihre Augen sitzen wieder im Gesicht, ihr Anus ist wieder an der richtigen Stelle. Justin ist beunruhigt.

«Ähm ... wie läuft's denn so mit deiner Schauspielkarriere? Hast du schon mal über Film nachgedacht?»

Die Promi bricht wieder in Gelächter aus, windet sich auf dem Bett, lacht hemmungslos, zerwühlt die Laken, hält sich den Bauch. «Hahahahahahahaha.»

«Der Aufstieg vom Fernsehen zum Film ist möglich», fährt Justin fort. «Sieh dir Robin Williams an, George Clooney.»

«Hahahahahahahaha.»

Justin setzt sich neben die Promi aufs Bett. Er legt ihr eine Hand auf die Schulter, die unter ihrem Prusten wippt und zittert. «Bitte, Promi», sagt er besorgt, mit dem unmelodischen Klang der Niederlage in der Stimme.

«Entschuldige», sagt die Promi. Ihre Hände liegen auf ihren geröteten Wangen, rahmen den gackernden Mund ein.

«Was ist so lustig?», fragt Justin, worauf ihm die Promi unter anhaltendem Gelächter behutsam antwortet.

«Es hat mir nicht gefallen, dass du mich auseinandergenommen hast. Ich habe nämlich eine Vergangenheit.»

«Ja, natürlich. Natürlich hast du eine Vergangenheit.»

«Das hättest du nicht tun dürfen. Deinetwegen sah ich aus wie eine Vollidiotin.»

«Da gebe ich dir recht. Aber ich wollte dich nur verführen. Sex mit dir haben. Das hatte nichts mit Strategie zu tun, Ehrenwort.»

«Ich glaube dir. Ich empfinde Mitleid für uns beide.»

Die Promi zieht sich die Bettdecke unters Kinn. Justin stellt fest, dass sein Gesicht sich zu einer grässlichen, unangenehmen Grimasse verzogen hat. Wie eine grinsende Puppe, böse und starr. Er zappelt nervös auf der Stelle, versucht, sich zu entspannen. Seine Knie werden weich, in seinem Darm rumort es. Die arme, arme Promi sagt etwas.

«Zieh dich aus, Rudolf. Leg dich zu mir.»

«In Wirklichkeit heiße ich Justin.»

«Natürlich, alles ist eine große Lüge, oder?»

«Ja, alles ist eine große Lüge.»

Justin geht in die Hocke und zieht sich erstaunlich schamhaft aus. Er schlüpft rasch unter die Decke, um zu verhindern, dass die Promi einen Blick auf seinen Schwanz erhascht. Sofort legt Davine den Arm um ihn und drückt seinen Kopf an ihre Brust. Justins Gesicht findet Trost zwischen ihrem harten Schlüsselbein und dem weichen Ansatz ihrer Brüste.

«Ist das dein …?»

«Ja, leider.»

«Abgefahren», sagt Davine. Sie hebt das Laken an und späht nach unten. «Ich hätte nicht geglaubt, dass du erregt bist.»

Sie spürt Justins pochende Erektion an ihrem Knie, doch es fühlt sich gar nicht wie ein Schwanz an. Eher wie ein Gegenstand, der versehentlich zwischen die Laken gerutscht ist, ein Handy vielleicht oder ein Vibrator.

«Die Wahrheit ist, Davine, ich habe einen Ständer und kann nichts dagegen tun. Du bist nackt, und ich bin ungeheuer langweilig.»

«Ich verstehe. Schließlich bin ich berühmt. Und natürlich

habe ich eine Vagina, oder besser gesagt, natürlich habe ich *trotzdem* eine Vagina. Und eine Kindheit. Ich weiß es nicht. Ich fühle mich schrecklich.»

Justin legt die Hand auf Davines reparierte Scham. Ein widerlicher chemischer Geruch steigt ihm in die Nase, dann folgt das hemmungslose Gelächter einer Promi, die sich anschickt, Liebe zu machen.

24.
Vergewaltigungsspiele

Frank und Steve haben Justins Wohnung vor ungefähr zehn Minuten verlassen. Warum Steve mitgekommen ist, weiß der Himmel, der Typ ist am Ende, absolut nicht in dem Zustand, Geschäfte zu machen. Er ist davon überzeugt, dass die Modewelt sich gegen ihn verschworen hat. Dass Designer und Händler so rasant neue Kleidungsstücke entwerfen und verkaufen, dass er ins Schwimmen gerät und abzusaufen droht. Er gibt täglich zighundert Pfund aus und hat tiefe Ringe unter den Augen. Er wird das Gefühl nicht los, dass er eine lächerliche Gestalt ist, der Zeit immer hinterherhinkt, ganz gleich, wie oft er sich neu einkleidet.

Frank und er haben Justin besucht, um die Sexmaschine abzuholen und die zehntausend Pfund einzusacken, die Justin investieren will. Nachdem er gut eine Stunde lang gründlich überlegt hatte, entschied sich Steve für einen Filzhut mit roten Federn und ein T-Shirt, auf dessen Vorderseite in geometrischer Schrift «Vergewaltigungsspiele» steht. Der Filzhut ist eindeutig ein Klassiker, und die Tatsache, dass ein führender Herrenmodedesigner ihn wieder auf den Markt gebracht hat, beruhigte ihn. Mit diesem Hut werde ich den ganzen Tag in Mode sein, dachte er. Von dem T-Shirt erhoffte er sich eine provozierende Wirkung. Das Wort «Vergewaltigungsspiele» sollte dem Betrachter suggerieren, dass Steve ein ausgesprochen kühner junger Mann ist, ein taffer Typ. Einer, der auf gesellschaftliche Konventionen pfeift und brisante Wörter mit neuer

Bedeutung füllt. Steve verließ das Haus voller Zuversicht, modisch auf dem neuesten Stand zu sein.

Aber in letzter Zeit überkommt ihn eine quälende Unruhe, sobald er das Haus verlässt. Er traut sich weder abzubiegen noch über die Straße zu gehen, aus Furcht, dass die Mode sich dadurch schlagartig ändern könnte. Aus Furcht, er könnte lächerlich aussehen. Frank musste ihm unentwegt gut zureden. «Du siehst blendend aus», sagte er immer wieder, während Steve die Gesichter der Passanten nach Zeichen der Belustigung durchforstete.

Um halb fünf kamen sie bei Justin an; der Deal ging schnell über die Bühne. Frank hatte sich zwei Tage vorher mit Justin und Rebecca getroffen und ihnen die Sexmaschine gegeben. Als er Wind davon bekam, dass Justin über Geld verfügte, schilderte er ihnen sein Geschäftsvorhaben. Justin zeigte sich bereit zu investieren, wollte die Entscheidung aber von Rebeccas Meinung über die Maschine abhängig machen.

Rebecca sollte die Maschine eine Woche lang behalten, sich ausgiebig mit ihr vertraut machen und testen, ob sie sich in ihr Leben und ihren Tagesablauf integrieren ließ. Doch nur wenige Stunden nachdem man ihr die Maschine weggenommen hatte, wurde Carly unruhig und begann zu zittern. Seit der Entlassung aus dem Krankenhaus hatte sie das Gerät pausenlos benutzt. Nach einem Tag ohne weigerte sich Carly, ihr Zimmer zu verlassen, und bekam am ganzen Körper Schweißausbrüche. Gestern Abend weinte und schrie sie stundenlang, rief nach der Maschine, bis die Sonne aufging und sie vor Erschöpfung zusammenbrach. Sie ist süchtig nach ihrer Liebe, und ein Totalentzug war undurchführbar. Es gab nichts, womit Steve und Frank sie beruhigen konnten. Also gingen sie zu Justin, um die Maschine zurückzuholen, sich zu entschuldigen und die Kohle zu kassieren.

«Wie finden Sie meinen Hut?», fragte Steve, als Justin die Tür aufmachte. Der Typ ist am Ende, er hatte Justin noch nie vorher gesehen. Justin stand verdutzt in der Tür und dachte, dass der Hut irgendwie übertrieben aussah. Leicht schwul.

«Meinen Filzhut? Wie finden Sie ihn?», fragte Steve noch einmal und zeigte mit vor Anspannung zitternder Hand auf seinen Kopf.

«Ich heiße Justin.»

Justin streckte, noch immer verwundert, die Hand aus. Doch anstatt sie zu schütteln, knöpfte Steve die Jacke auf, zog sie aus und präsentierte sein T-Shirt.

«Vergewaltigungsspiele», sagte er und zeigte auf den Schriftzug.

«Wie bitte?»

«Auf meinem T-Shirt steht ‹Vergewaltigungsspiele›. Sehen Sie doch, ‹Vergewaltigungsspiele›. Sie brauchen keine Angst zu haben, ich bin ein taffer Typ.»

Steve starrte mit gesenktem Kopf auf sein T-Shirt; sein Mund stand leicht offen, und die Zungenspitze schaute hervor wie bei einem sterbenden Hund. In diesem Augenblick schritt Frank ein. Er drückte sich an Steve vorbei und ergriff Justins Hand.

«Ich muss mich für meinen Geschäftspartner entschuldigen; er steckt gerade in einer Beziehungskrise.»

Aber das Geschäft wurde trotzdem problemlos abgewickelt. Steve schwieg, während Frank die zehntausend Pfund von Justin entgegennahm und sich mit Rebecca über die Sexmaschine unterhielt. Vor zehn Minuten sind sie gegangen. Jetzt gibt Justin Rebecca eine Kopfmassage. Er sitzt auf dem Sofa, sie sitzt zwischen seinen Beinen auf dem Fußboden und erzählt ihm von der Maschine.

«Das treffende Wort ist ‹heftig›. Vielleicht könnte man es als ‹weißen Orgasmus› beschreiben oder als Orgasmusschwall oder als das Gefühl, man wäre in Orgasmuszement gegossen.»

«Frank ist ein Schmierlappen, und sein Partner ist irre», sagt Justin, während er lustlos Rebeccas Kopfhaut knetet. Rebecca hat heute einen ihrer überheblichen Tage. Aus jeder ihrer Körperöffnungen dringt Selbstgefälligkeit. Wörter gleiten über ihre Zunge wie über ein Fließband.

«Der passendste Vergleich ist Schmerz, es hat große Ähnlichkeit mit Schmerz. Zumindest, was Konstanz und Intensität betrifft. Stell dir vor, man bräche dir jeden Knochen einzeln, und zwar extrem langsam, nur, dass es ein schönes Gefühl ist, ein extrem schönes Gefühl. Ein Labyrinth der Lust, in dem du dich verirrst, aber es ist dir egal.»

«Meine Hände sind müde. Hat das gutgetan?»

«Ja, herrlich, mach weiter.»

Rebecca hat die Sexmaschine in den vierundzwanzig Stunden, in denen sie das Gerät besaß, dreimal benutzt. Einmal war Justin dabei; er hat zugeschaut, aber nicht gewichst. Als er sah, wie sie sich wand und schrie, fasste er den Entschluss, in das Produkt zu investieren. Aber Rebecca beharrt darauf, dass die Sexmaschine nicht den Abschluss ihres Experiments darstellt. Sie bleibt eisern dabei, dass sie nicht die Antwort ist.

«Ich bin mir nicht mal sicher, ob ich mir eine kaufen würde», sagt sie. «Sie ist zu viel – im Sinne von zu viel Lust – und zu wenig, insofern ich den Eindruck habe, dass die Sache nichts mit Glück zu tun hat. Nicht einmal, wenn du sie gerade benutzt und vor Lust schreien möchtest.»

Die Sexmaschine hat die Probleme gelöst, die seit Justins Nacht mit dem Promi zwischen ihnen standen. Sie hat sie auf dieselbe Stufe gestellt, sie wieder zu Experimentatoren in Sachen Sex vereint. Erst jetzt, nach Rebeccas Affäre mit der Maschine, ist die alte Ruhe wiederhergestellt. Er hatte den Promi, sie die Maschine. Gleichstand.

Justin schilderte ihr den Sex mit dem Promi auf die einzige Weise, in der es ihm möglich war. Er blieb eher vage, als er davon sprach, wie es gewesen war, mit einer leeren Hülle zu vögeln. Mit einem Mythos zu ficken. Die ordinäre Wahrheit hinter der schönen Fassade zu erblicken. Es spielte keine Rolle, dass er keineswegs mit einer leeren Hülle oder einem Mythos gefickt hatte. Es spielte keine Rolle, dass es am Ende sogar ziemlich schön, wenn auch ein bisschen arg gefühlsselig gewesen war. Tatsache bleibt, dass das Vögeln von Stars keine Antwort ist, und darum hielt Justin es für richtig, Rebecca nicht aufzuregen und so zu tun, als sei der Sex absolut hohl gewesen.

Justin hört auf zu massieren. Er steht vom Sofa auf und geht zum Fenster. Er weiß schon lange, dass Rebecca im Begriff ist, sich in ihn zu verlieben. Es herrscht eine unausweichliche Stimmung, wenn sie zusammen sind. Das ist ihm unangenehm. Sie wollte ihn dadurch eifersüchtig machen, dass sie mit der Sexmaschine flirtete, aber das hat nicht funktioniert. Natürlich findet er Rebecca schön und wunderbar. In einer anderen Welt, denkt er oft, sind wir ein Liebespaar. Wenn er die Wand in ihrem Wohnzimmer anstarrt, kann er dahinter fast ihre Doppelgänger sehen, die auf dem Sofa echte Beziehungspläne schmieden. Aber das Experiment ist alles. Die anderen Welten sind die anderen Welten.

«Ich finde, wir sollten zu der Antipornokundgebung am Samstag gehen», sagt Rebecca. Sie stellt sich neben Justin ans Fenster und hängt sich an seine Schultern, damit er sie huckepack nimmt. «Am besten, wir schnappen uns diese Schulleiterin und machen ihr ein eindeutiges Angebot. Wäre doch der Hammer, wenn es uns gelänge, einen Dreier mit der Anführerin von Antiporno zu machen.»

«Findest du?», sagt Justin. Er greift nicht unter ihre angewinkelten Beine, sondern trägt ihr ganzes Gewicht mit den Schultern.

«Du nicht?» Rebecca rutscht langsam an seinem Rücken runter auf den Boden.

Die beiden kehren zum Sofa zurück. Rebecca bittet ihn, sie weiter zu massieren. Justin fügt sich und bearbeitet ihren Nacken kräftig mit den Daumen. Rebeccas Sexideen verlieren immer mehr an Überzeugungskraft. Es scheint, als ginge es ihr nur noch um den reinen Selbstzweck und nicht mehr um eine glückliche Welt. Justin hat sie durchschaut und ist enttäuscht. Er hat versucht, sie festzuhalten, sie vor der Liebe zu beschützen. Aber leider lieben die Menschen nun mal die Liebe. Und Rebecca hat sich von Justins Gleichgültigkeit gegenüber der Liebe Stück für Stück gelöst. Sie will einen Freund. Sie ist im Begriff, sich in ihn zu verlieben.

Justin widmet sich Rebeccas Haar. Das ist die Liebe, denkt er. Wenn die Liebe irgendetwas ist, dann, mit den Fingern über chemisch behandelte Kopfhaut zu streichen.

«Wir werden nicht versuchen, mit der Schulleiterin zu ficken, Rebecca. Wir werden Colins Idee verfolgen.»

«Colins Idee ist absurd», sagt Rebecca plötzlich zornig. Sie hat sich gegen Colins Vorschlag ausgesprochen, seit er auf der Website aufgetaucht ist. Justin schweigt, malt nur mit allen zehn Fingern kleine Kreise auf ihre Kopfhaut. «Na, was?» Rebeccas Stimme klingt blechern und gereizt. «Willst du etwa, dass ich ein Kind bekomme?»

«Ich will, dass du schwanger wirst, und ich will, dass du das Kind abtreibst. Ich will, dass du es wenigstens versuchst», sagt Justin bewusst leise, um sie mit seiner Ruhe einzulullen. Er merkt, wie das Blut in ihren Adern pulsiert, ihr Kopf wird spürbar wärmer. Seine Hände halten still. Rebeccas Kopf fällt zurück in seinen Schoß, und er starrt in ihre Nasenlöcher und die Augen, die sich an den Rändern langsam röten.

«Von dir, Justin? Wirst *du* mich schwängern?», fragt sie mit dem gequälten Blick einer Untoten.

«Nein, Liebling», antwortet er. «Colin.»

25.

Piep piep piep

Einen Tag später erstarrt Johnnys Gesicht im trostlosen Licht der Nude Factory zu einer hässlichen Grimasse. Die Wülste aus zusammengezogener Haut auf seinen Wangen und der Stirn werfen unvorteilhafte Schatten auf sein Gesicht. Wie ist es dazu gekommen? Zum dritten Mal innerhalb einer Minute verlangt er die Bestätigung, dass er seine Unschuld an eine Prostituierte verloren hat. Rebecca verstellt die Träger ihres BHs. Ihre Brüste sehen aus, als würden sie in ihren Satinkörbchen kichern. Zum dritten Mal innerhalb einer Minute antwortet sie: «Ich sage nur, dass du neulich Nacht nicht mit mir geschlafen hast, Johnny. Justin und ich haben dich reingelegt.»

«Ist gut, okay.»

«Bist du schon bei Prostituierten gewesen, Johnny? Bitte sag nein.»

«Wie lange arbeitest du schon als Stripperin?»

«Seit einem Jahr. Hast du schon mit Prostituierten geschlafen?»

«Das kann ich nicht sagen, Rebecca.»

Johnny fand nichts Besonderes daran, als er dem Mädchen den Nude-Chip gab und den Ring an ihrem Finger erkannte. Es war ein Ring mit einem grünen Plastikstein, genau der gleiche, den Rebecca häufig trägt. Sein Blick wanderte ihren Arm hinauf und über die Schulter. Er war nicht erstaunt, als er plötzlich in Rebeccas Gesicht starrte. Oh, dachte er, meine Freundin.

Am Nachmittag ist er in die Stadt gekommen. Er war mit dem sonderbaren Wunsch aufgewacht, sich eine DVD zu kaufen und sein Leben wieder in Gang zu setzen. Was für eine DVD, wusste er nicht, einen Film vielleicht oder die Staffel einer Comedyserie. Doch bevor er überhaupt einen Laden fand, zog es ihn in die Nude Factory. Es war ein Gefühl, als hinge ein tonnenschweres Gewicht an seinem Schwanz. Er bekam eine Erektion. Musste die Hände in die Hosentaschen stecken, um sie zu verbergen. Gegen zwei Uhr betrat er die Nude Factory, und es dauerte nicht lange, bis er entdeckte, dass Rebecca dort arbeitete. Aber wie ich schon sagte, er fand nichts Besonderes daran. Es scheint, als würde jeder von Johnnys Versuchen, sich an verbotenen Erotika zu erfreuen, in Peinlichkeit enden. Jedenfalls dann, wenn er jemandem begegnet, den er kennt.

Und so werden in der körnigen Atmosphäre des Stripclubs eine Menge Enthüllungen enthüllt. Johnny hat nicht mit Rebecca geschlafen. Johnny hat seine Unschuld tatsächlich an eine Prostituierte verloren, und Rebecca arbeitet als Teilzeitstripperin. Aber *wir* wussten all das natürlich schon.

Rebecca denkt nicht einmal daran, für Johnny einen Lapdance aufzuführen. Sein überraschendes Auftauchen in der Nude Factory ist nur ein weiterer Beweis für die entsetzlich trübe Phantasie des Mannes. Das Geheimnis von Sexualität und Persönlichkeit, denkt sie, als sie sich neben ihn auf die abgewetzte Bank setzt. Meine Güte, Männer sind geschmolzener Asphalt.

«Hör mal, Johnny, wenn du mit mir reden willst, musst du mich bezahlen. Sonst kriege ich Ärger», sagt sie und verschränkt die Arme, damit er nicht auf ihre Brüste glotzen kann.

Johnny gibt Rebecca eine Handvoll Kleingeld, ungefähr fünf Pfund. Er dreht ihr seinen Körper zu und fragt sich, wie das Leben wohl im 16. Jahrhundert war.

«Du hast mich also reingelegt», sagt er. «Wir haben nie miteinander geschlafen?»

Rebecca nickt gereizt. Marcus, der Manager, macht ihr hinter Johnnys linker Schulter Zeichen. Sie soll die Arme herunternehmen. Sie fügt sich widerstrebend und beobachtet Johnnys Blick, der an ihrem Gesicht und über ihre Schlüsselbeine bis zu ihren Brüsten gleitet. Sie seufzt. Johnny auch. Die beiden jungen Leute seufzen.

«Eigentlich bin ich in die Stadt gekommen, weil ich mir eine DVD kaufen wollte», sagt Johnny. «Was für eine, wusste ich nicht genau, aber ich war mir sicher, dass ich mich entscheiden könnte, wenn ich vor den Regalen stehe und das Warenangebot betrachte. Ich war mir sogar sicher, dass ich hinterher nach Hause gehen und sie mir ansehen würde, dass ich die DVD in den Player legen und eine Weile davorsitzen würde, wahrscheinlich sogar bis zum Schluss.»

Johnny fährt mit dem Finger über die Stelle seines Gesichts, an der er sich Koteletten wünscht. Aber es wachsen keine. Er fühlt die kleinen Hubbel eines sinnlosen Hautausschlags und ein paar vereinzelte, borstige Haare. Rebeccas Möpse anzustarren macht auch keinen Spaß; er muss dabei an Weinen denken. Ihre Haut sieht aus wie Kleidung, ihre Brüste sind nur Accessoires.

«Aber ich habe nichts gekauft», fährt er fort. «Bis auf dich, nehme ich an. Ich habe auf einen Lapdance gehofft, oder nein, vielleicht stimmt das gar nicht. Ich habe gehofft, ich könnte den dicken Zement aus meinem Kopf herausbekommen.»

«Zement?»

Johnny scheint unkontrolliert nach vorne zu kippen, doch dann hält er dicht vor Rebeccas grinsendem Ausschnitt entschlossen inne. Sein Blick folgt den geschwungenen Linien ihres BHs. Könnte ich doch ein BH sein, denkt er, ja, das wäre ein himmlisches Schicksal. Eine Vorstellung von Glück huscht durch seine Gedanken, und er lacht und sehnt sich danach zu weinen.

«Ich habe das Gefühl, ich bräuchte nur zu niesen und würde mich in Luft auflösen. Ich habe das Gefühl, ich werde nie glücklich sein, nur enttäuscht und ein Stück Dreck. Und natürlich liebe ich dich.»

«Nicht weinen, Johnny», sagt Rebecca. Sie strengt sich an, mit Johnnys Pfützenschicksal mitzufühlen. Sie legt ihm die Hand auf die Wange, aber sein Körper zuckt so heftig, dass sie den Arm wieder sinken lässt. Johnnys Stimme ist ein dünnes Quieken.

«Ich dürfte gar nicht hier sein», sagt er. «Auf der Welt, meine ich. Ich dürfte gar nicht hier sein. Ich zähle nicht, so sieht es aus ... Sieh nur, meine dünnen Handgelenke, hast du dir je meine dünnen Handgelenke angesehen?»

«Du hast hübsche Handgelenke.»

Blitzartig ist Johnny aufgesprungen. Es ist, als würde sein Körper gegen seinen Willen aus dem Club gesogen wie die letzten Tropfen eines Drinks durch einen Strohhalm. Rebecca steht auf und ruft ihm nach, aber er ist schon fort. Und sie kann ihm wohl kaum in Unterwäsche hinterherlaufen.

Ja, Johnny rennt. Er rennt aus der Nude Factory in Richtung Market Street. Er rennt an einem großen Spielwarengeschäft vorbei. Eine Riesin wankt gerade mit einem überdimensionalen Holzpuppenhaus heraus. Sie lacht. Ihn aus? Bestimmt nicht. Er rennt an einem Pub vorbei. (Pubs gibt es überall.) Fußballlärm. Betrunkenes Gejohle und Gestöhne. Johnny rennt weiter. Die Straßen sind brechend voll. Er rennt im Zickzack, damit er mit niemandem zusammenstößt. Im Stillen hofft er, dass Rebecca ihm vielleicht folgt, ihm in Höschen und auf Stöckelschuhen hinterherrennt und seinen Namen ruft. Vergiss es; renn weiter.

Er rast über die King Street. Ein Mann in Lederkleidung hat Haare wie ein Ölteppich. Eine Frau mit großen Zähnen und strohgedecktem Vogelscheuchenkopf bleibt stehen, als er vorbeirennt; ihre Schienbeine drücken sich durch ihre Wildlederstiefel. Auf der Cross Street fährt ein Bus mit ein paar versprenkelten Menschen vorbei.

Am südlichen Ende der Market Street gibt es einen offenen Platz. In einer anderen Stadt wäre es vielleicht eine vor Leben sprühende Piazza, aber nicht in Manchester. Holperiger Asphalt, umstrittene Architektur, mieses Konzept. Johnny kommt, und die Tauben gehen. Die Menschenherde geht weiter, ohne vom stürmischen Erscheinen des jungen Manns Notiz zu nehmen.

Sind meine Klamotten zu schlottrig?, fragt sich Johnny, während er die vollgepackten Plastiktüten bestaunt, die an den Handgelenken der Leute baumeln. Kann ich denn gar nichts tun? Er bleibt stehen und starrt vor sich hin; die Menschen drehen sich um ihn, als wäre er die Mittelstange eines alten Karussells. Sie schaukeln im Kreis herum wie bunt bemalte Plastikpferde mit aufklaffenden Mäulern und erstarrten Mienen.

«Kann ich denn gar nichts tun?», sagt er laut. Er versucht, den Blick eines alten Mannes auf sich zu ziehen, der auf seinen Stock gestützt an ihm vorbeihumpelt. Über ihm kreisen Tauben; sie haben ihren Spaß.

«Kann ich denn gar nichts tun?», sagt er wieder, diesmal zu sich selbst. Kann ich zurück in die Nude Factory rennen und verlangen, dass Rebecca auf meinem Schoß reitet? Kann ich zu ihr laufen und ihren nackten Körper in eine große Decke wickeln? Kann ich ihr sagen, dass alles gut wird, dass ich sie vom Strippen weghole und uns ein neues, besseres Leben aufbaue? Kann ich noch irgendetwas retten? Johnnys Gedanken purzeln aus seinem Hirn und platschen auf den Asphalt. Er schreit aus voller Kehle: «Sagt mir, was ich tun soll!»

Er rennt weiter, getrieben von den finsteren Blicken, die jetzt auf ihn gerichtet sind. Er rennt die Market Street hinunter und tippt hektisch auf seinem Handy herum. Er kann sich an kaum einen Namen im Telefonbuch erinnern: Andy, Anka, Ben. Die Namen von Leuten, zu denen er den Kontakt verloren hat, ein ganzes Alphabet des Versagens. Er biegt ab und läuft in eine ruhige Fußgängerzone. Vor einem Pub namens The Shakespeare bleibt er stehen. Atemlos wählt er die Nummer der Sexline.

Was würde Shakespeare an seiner Stelle tun? Wahrscheinlich ein Stück darüber schreiben. Ein Mädchen, ein Junge, Zurückweisung, sexuelle Experimente, Betrug, Farce. Aber Shakespeare hat zu einer anderen Zeit gelebt. Johnny spielt kurz mit dem Gedanken, in den Pub zu gehen und sich eine Cola zu bestellen, doch dann meldet sich eine Stimme.

«Hallo, wer ist da?» Die Stimme des Mädchens klingt fremd, aber vertraut. So wie alle anderen.

«Ich bin's», sagt Johnny. Er geht nervös auf und ab und starrt Shakespeares Porträt an. Das über ihm auf einem Schild im Wind schaukelt.

«Wer ist ich, mein Schatz?», sagt das Mädchen. Wie lieb von ihr, die gute Seele! Wie lange wartet sie schon neben dem Telefon? Und hat sie gerade einen Becher Kies getrunken? Ihre Stimme ist ganz rau.

«Ich bin's. Johnny», sagt Johnny. Zum ersten Mal nennt er bei der Sexline seinen richtigen Namen. «Ich brauche deine Hilfe. Kannst du mir sagen, was ich tun soll?»

«Wie bitte?», lautet die heisere Antwort.

«Was soll ich tun?»

Johnny schießt einen unsichtbaren Fußball weg und merkt, wie die Tränen in seinen Augen sich verschwören. Natürlich gegen ihn. Er lauscht dem Telefon; das Mädchen ist durcheinander. Warum redet sie nicht? Was soll ich tun? Halt – sie sagt etwas.

«Also, Johnny, normalerweise nennen mir die Männer eine Phantasie und holen sich einen runter, während ich sie damit scharfmache.»

«Echt? Aber alles läuft verkehrt.»

«Du weißt schon, Hundestellung. Oder anal.»

Johnny ist groß und hat dünnes, braunes Haar. Der Himmel ist blau. Am Ende der Straße setzt ein Laster langsam von einer Baustelle zurück. Piep piep piep.

«Bitte, ich brauche einen Rat.»

«Blasen? Tittenfick?»

«Hilf mir.»

Aus Verzweiflung nimmt Johnny den Hörer vom Ohr und sieht zu, wie der Laster rückwärts auf ihn zurollt. Er denkt an den Tod, dann an Gott. Hat Gott private Probleme? Bestimmt. Schnell fasst er den Entschluss, an Gott zu glauben, nur damit er eine minimale Chance hat, dem Dreckskerl zu begegnen. Er hält das Handy wieder an sein Ohr. Das Mädchen klingt jetzt völlig anders. Mist.

«Bist du draußen?», fragt sie. Alle Erotik ist aus ihrer Stimme gewichen. «Scheiße, du bist draußen, stimmt's?»

Johnny merkt, dass Tränen sich aus seinen Augen stehlen.

«Ja», sagt er. «Ich bin draußen, hilf mir, bitte!»

«Du perverse Sau!»

Die Leitung ist tot. Die heisere Stimme des Mädchens weicht einem warmen Dauerton. Der Laster kommt näher, das Piepen wird immer lauter. In einer idealen Welt könnte Johnny jetzt stehen bleiben und sich von dem zurücksetzenden Fahrzeug zerquetschen lassen. In einer idealen Welt würden ihn die schweren Räder plattwalzen, dann würde man ihn wie eine Comicleiche zusammenlegen und als Paket an seine Eltern schicken.

Aber natürlich sind wir nicht in einer perfekten Welt. Dies ist eine Welt, in der Laster piepen, wenn sie im Rückwärtsgang fahren, damit die Menschen auf den Bürgersteig ausweichen können, wo sie in Sicherheit sind. Johnny lehnt sich gegen die Speisetafel am Eingang: kaltes Bier, hausgemachte Sandwiches, Steak-and-Ale-Pie, Bratwürste, Kartoffelbrei.

Er beginnt stumm zu zählen. 1, 2, 3 und so weiter. Bei 21 hält er an; sein Alter. Zwei Jahrzehnte und ein Jahr. Weiß der

Himmel, wie viele Tage. Fest steht, dass er sich spontan an keinen speziellen erinnern kann. Das Leben: blauer Himmel, rotes Blut, graue Straßen, piep piep.

Johnny macht, was wahrscheinlich das Richtige für ihn ist. Er steckt die Hände in die Hosentaschen und geht weiter. Über ihm schwingt Shakespeare auf seinem Schild. Johnny ist woanders und wieder woanders.

III

Sieben Monate später

26.

Was für ein Albtraum. Würden die Leute sagen. Ich sehe mich stöhnend in einem Pub sitzen, in der Hand ein halbvolles Glas Ale. Ich verdrehe die Augen, bis nur noch das Weiße zu sehen ist. Ich gehe, was für ein beschissener Albtraum. Ich meine es ernst. Ich bin –.

Atme tief durch und mach dir klar, dass wir im selben Boot sitzen. Dazu verdammt, noch mehr Geschwätz über Titten, Blut und rein und raus zu schlucken. Die Wahrheit lehnt an der Bar und starrt zu uns herüber. Wir unterhalten uns weiter, sehen uns in die Augen. Aber wir spüren ihren Blick und sind nervös. Wir fragen uns, mit wem von uns die Wahrheit lieber rummachen will.

Übrigens, ich sitze in der Scheiße.

Das ist wirklich komisch. Hihi. Heute Morgen bekam ich nämlich ganz besonderen Besuch. Nicht von Susan, meiner Beraterin für Gesundes Schreiben. Nein, die nicht. Ich blickte von der Arbeit auf, und da sah ich unseren erlauchten Direktor übergewichtig in der Tür stehen. Sein grauer Kopf quoll wie Rauch aus seinem roten Hemdkragen. Ich lächelte und verpasste ihm den Namen Gordon. Gordon schwieg. Er gab mir ein Zeichen, ich solle mit der Arbeit fortfahren, und das tat ich. Eines ist mir inzwischen klar geworden: Es war kein Zufall, dass ich im Evernet-System die Geschichte der Menschheit studierte. Oder sagen wir, es war kein Zufall, dass ich meine Studien ungehindert abschließen konnte. Der Direktor scheint fasziniert von mir zu sein. Ich bin was Besonderes. Ich bin eine Leiche. Er glotzte mich an, wie die Frommen ein Wunder anglotzen. Direktor Gordon weiß, wer ich bin. Er weiß, dass ich weiß, wer ich bin.

Nichts und niemand kann diese Geschichte verhindern. Man wird mich dafür nicht mit der Freilassung belohnen, das ist mir klar. Pfeif drauf, scheiß drauf oder sonst was. Aber der Direktor weiß, dass er am Arsch wäre, wenn seine Vorgesetzten dahinterkämen, dass ich Zugang zum Evernet hatte. Das war ein böser Schnitzer. Dann wären wir ... Ach was, komm schon. Ich bin –.

Ich bin ein rostiges Schiffswrack. Kaum in der Lage, die Zahlen zu deuten. Die Karten zu lesen. Sie zu übersetzen. Mich selbst zum Leben zu erwecken. Heute Nacht ist Schluss damit. Mein Gehirn ist nicht dafür geschaffen, bis zum Überquellen voll zu sein. Es braucht frische Luft. Seine Kanäle waren als Rutschen vorgesehen, doch leider sind Widerstände aufgetreten. Mein Geist ist ausgetrocknet, vollgestopft mit umgegrabener Erde, Wissen und Geschichte. Heute Nacht ist Schluss.

Heute denke ich viel an den Tod. Meinen eigenen, glaube ich. Ich sehe mich kraftlos auf einem großen Stein liegen, weit weg von dem hellen Kiefernholz, das mich jetzt umgibt. Ich lege die Hand auf meine Stirn und besinne mich, versuche, ein paar Erinnerungen einzufangen. Liegt es daran, dass es zu wenige sind? Oder gar zu viele? Jedenfalls erinnere ich mich an nichts. Nicht eine Sekunde meines Lebens erscheint hübsch tranchiert vor meinen Augen. Keine Bilder, keine Geräusche. Kein Grund, zu lächeln oder zufrieden zu sein. Und als sich meine Lider langsam senken, taucht über mir ein Mann auf.

Und obwohl das Sonnenlicht, das über seine Schulter fällt, ihn zu einem Schatten macht, weiß ich, dass ich dieser Mann bin. Oder du vielleicht, ja, vielleicht bist du es. Der mir die Hand reicht und mir auf die Beine hilft.

An Direktor Gordons Blicken heute Morgen sah ich, dass er entsetzt war. Ich bin ein loser Zahn. Ein Autounfall. Ein kompliziertes Sexspiel. Eine Laune der Natur. Der Direktor wischte sich den Schweiß von der Stirn, als ich wie ein Besessener auf die Tastatur einhämmerte und ihm zwischendurch ein Lächeln zuwarf. Er fuhr zusammen und wandte sich ab. Er weiß, dass ich herausgefunden habe, wer ich bin. Du auch, nicht wahr? Du fragst dich, wozu ich fähig bin.

Mein Name? Verboten.

Ich bin bereit, und du bist es auch. Scheiß auf Gordon. Scheiß auf Susan. Das Finale ist nur für uns beide bestimmt. Die Wahrheit will, dass wir zu dritt rummachen. Uns abwechselnd huckepack nehmen. Das wird –. Wir springen wieder durch die Zeit. Greifen nach dem Ende. Sieben Monate später. Ich könnte meinen Namen hinausschreien, aber die Winde der Zeit würden ihn stehlen. Zu früh. Egal. Sieben Monate später. Das Ende.

27.
Eine Million Colas

Marco Franchesi ist ein dürrer Italiener aus Ancona. Eine alberne Gestalt wie ein toter Baum. Sein knochiger Körper ist in schwarzen Stoff geschnürt: enges Polohemd in Röhrenjeans. Er ist das alte Europa. Er sitzt mit schrecklich verknoteten Beinen in seinem Sessel, eingerahmt von einem Aschenbecher, Zigaretten und einer Brille mit schwarzem Rand. Seine dünne Fistelstimme ist ein leiser Lufthauch.

«Meine Güte, Justin, ist das nicht ein bisschen englisch? Als wüssten Sie nicht, wie man mit einer Frau richtig Liebe macht?»

Justin gibt ein gewaltiges Gähnen von sich. Seit fast einer Stunde muss er wegen Franchesis Qualmerei ständig husten. Und die immer drängenderen Fragen des Italieners strapazieren zunehmend seine Nerven.

«Es geht nur um persönliche Befriedigung», sagt Justin. «Es geht nur darum, glücklich zu sein.»

Die Bar des Malmaison-Hotels ist enttäuschend dunkel. Die Möbel pechschwarz, der Teppich auch. Die Fensterscheiben so getönt, dass man kaum hindurchsehen kann. Justin hatte auf mehr Licht gehofft, auf weniger Atmosphäre.

«Zigarette?», fragt Franchesi, während seine linke Hand schon fahrig mit der nächsten Kippe spielt. Justin lehnt ab, was Franchesi sonderbarerweise als Beleidigung aufzufassen scheint. «Wissen Sie, Justin, ich bin nicht katholisch. Sie können ganz entspannt sein.»

«Das weiß ich», antwortet Justin, als müsste er sich verteidigen. «Aber ich glaube, ich rauche nicht. Ich dachte, ich würde rauchen, aber jetzt, wo ich darüber nachdenke, wird mir klar, dass es nicht so ist. Anscheinend habe ich aufgehört.»

Der Italiener nickt und blickt auf die Notizen, die er sich seit Interviewbeginn gemacht hat. Er streicht eine Zeile durch und versieht eine andere mit einem Häkchen.

«Nach dem Schulabschluss fingen Sie sofort an, im Stadion zu arbeiten, ist das richtig?»

«Ja, das ist richtig.»

Franchesi verschiebt das Diktiergerät, das vor ihm auf dem Tisch steht; warum, bleibt unklar. Dann spitzt er die Glut seiner Zigarette am Rand des Aschenbechers an, inhaliert und fährt fort.

«Was wissen Sie über Briony Freeman?»

«Nur, was ich den Zeitungen gelesen habe.»

«Ist das Glück, Justin? Glauben Sie, Briony hat das ‹Glück› gefunden, über das Sie so gerne sprechen?»

Über diese Frage muss Justin lächeln. Genauso lächelt jemand, dem man eine tolle Neuigkeit ins Ohr flüstert. Den ganzen Tag lang haben Journalisten ihn zum Thema Glück befragt. Er wünscht sich, er wäre auf seiner Website nicht so überschwenglich gewesen.

«Ich bin kein Guru, Mr. Franchesi.»

Justin fährt sich mit trockener Hand über den rasierten Schädel; die Interviews beginnen ihn zu langweilen. Er sitzt seit heute Morgen um zehn in dieser Bar. Jetzt ist es vier, und durch die getönten Scheiben sieht er die Silhouetten der Werktätigen, die mit langsamen, müden Schritten aus dem Bahnhof kommen. Er weiß nicht mehr, mit wie vielen Journalisten er heute schon gesprochen hat, zehn vielleicht. Marco Franchesi, der magere Italiener vom *Spectator*, müsste der letzte sein.

«Haben Sie Kontakt zu Rebecca Fields?», fragt Franchesi.

«Sie wissen doch, dass Rebecca eine Freundin von mir ist. Warum stellen Sie mir diese Frage, wenn Sie auf der Website gewesen sind?»

Justin stemmt die Füße gegen den Fußboden. Der Sessel rutscht ein Stück vom Tisch weg. Franchesi grunzt verärgert, aber das ist Justin scheißegal. Er starrt durch das Fenster auf die heimkehrenden Schatten. Franchesi beugt sich vor und schiebt das Diktaphon näher zu Justin. Der Italiener ist ein Dreckskerl, vielleicht sogar ein Arschloch. Augen wie ein Chamäleon.

«Wissen Sie, dass Ihre Website im vergangenen Monat über zwei Millionen Mal angeklickt wurde, Justin?», fragt er, um Justins Aufmerksamkeit vom Fenster wegzulocken. «Können Sie mir sagen, wer Colin Rogers ist?»

Justin furzt leise in den Ledersessel, ohne dass Franchesi es bemerkt. Wie ist es so weit gekommen?, denkt er. Dass ich in Gegenwart von Journalisten furze, die mich für den leibhaftigen Satan halten. Ich habe Fehler gemacht, entscheidet Justin, ich habe eindeutig Fehler gemacht. Er wendet den Blick vom Fenster und richtet ihn ruhig auf den Journalisten. «Colin ist ein entfernter Bekannter. Sie waren doch auf der Seite. Warum fragen Sie?»

«Es war Colins Idee, nicht? Mädchen zu schwängern? Er ist verantwortlich für Briony Freeman.»

«Wir kennen Briony Freeman überhaupt nicht. Sie hat nichts mit mir zu tun. Auch Colin kenne ich kaum.»

Briony Freeman war ein Mädchen aus Leeds. Sie und ihr Freund hatten Spaß daran, vorsätzlich Kinder zu zeugen und sie dann abzutreiben. Nur die deprimierende Atmosphäre in den Krankenhäusern hatten sie schnell satt. Das vorwurfsvolle Seufzen des Personals. Also betranken sie sich eines Abends, und Briony legte sich nackt auf den Küchentisch, während ihr Freund in der Besteckschublade wühlte. Sie waren absolute Nieten. Dilettantische Chirurgen. Blutvergiftung. Fünf Tage lang siechte Briony elend dahin.

«Ich weiß es nicht.» Justin legt zwei Finger vor das rechte Auge. «Ich weiß es nicht.»

Er hat in den letzten Stunden so viel Cola getrunken, dass sein Blut wahrscheinlich voll mit Kohlensäure ist. Er hat das Gefühl, als würde es braun und zuckrig in seinen Adern sprudeln. Er bekommt schlechte Laune. Langweilt sich mit dem langweiligen Italiener. Wahrscheinlich wird er gleich explodieren und den Kerl mit Blut und Coca-Cola vollspritzen.

«Ich muss dreitausend Wörter über Sie und Ihre Aktivitäten schreiben, Justin. Über die Mode, die Sie losgetreten haben. Sie müssen über das Thema Abtreibung sprechen. Wenn Sie einen fairen Bericht wollen, brauche ich mehr.»

Franchesi zerknüllt die leere Zigarettenschachtel und holt aus seinem Lederrucksack eine volle. Sofort glimmt die nächste Kippe zwischen seinen Fingern, als wäre Zauberei im Spiel. Justin reißt sich zusammen und macht sich bereit, Franchesi dasselbe zu erzählen wie den anderen Journalisten.

«Rebecca und ich haben mit dem Experiment begonnen, weil wir auf der Suche nach besserem Sex waren. Colins Idee kam am besten an. Ich will nicht ins Gefängnis. Ich will nicht gegen das Gesetz verstoßen. Wir hatten die Schnauze voll, okay? Wir hatten einfach genug.»

Franchesi ist unbeeindruckt. Aus seinem Gesicht steigt so viel Rauch auf, dass Justin befürchtet, er könne in Flammen stehen. Er kann die schmale, schwarz gekleidete Gestalt durch den weißen Nebel hindurch kaum noch erkennen, sieht nur schemenhaft die Lippen, die sich bedauerlicherweise weiterbewegen.

«Es *wird* gegen das Gesetz verstoßen, Justin.»

«Nicht von mir. Ich will nur ein Sexleben, verdammt nochmal ... diese ewigen Wiederholungen ...»

Je nachdem, wie man es betrachten will, haben Rebecca und Justin für ihr Experiment entweder den perfekten oder aber einen denkbar ungünstigen Zeitpunkt gewählt. Wenn man zum eigenen sexuellen Vergnügen vorsätzlich Embryos abtreibt, kann der Zeitpunkt ungünstig sein, wenn gleichzeitig das Thema Schwangerschaftsabbruch eine gründliche Neubewertung erfährt. Andererseits haben Justins Abenteuer eben durch die jüngst entfachte Kontroverse zum Thema Abtreibung ein größeres Publikum erreicht. Sein Feldzug hat kostenlose Werbung bekommen. Nur glaubt er jetzt nicht mehr, er würde die Welt retten. Das Experiment geht vor seinen Augen in den Arsch. Aber die Empörung einer ganzen Nation auf sich zu ziehen ist schließlich auch eine aufregende Erfahrung.

Als neben Briony Freemans Horrorgeschichte auch noch herauskam, dass ein hochrangiges Regierungsmitglied für seine zahlreichen Geliebten sage und schreibe sechs heimliche Schwangerschaftsabbrüche arrangiert und im Schnellverfahren hatte durchführen lassen, überschwemmte das Thema Abtreibung sämtliche Titelseiten. Natürlich lassen sich überall abartige Enthüllungen machen, sobald die Journalistenspürhunde eine Story wittern und die Fährte aufnehmen. Es dauerte nicht lange, und newsex.biz war das Gesprächsthema in der Boulevardpresse. Die Bevölkerung war über die Spaßabtreibungen verstört und entsetzt. Die Leute tobten und wurden schon bei dem Gedanken daran rot vor Zorn. Sie schäumten. Schnaubten vor Empörung. Sie ballten die Fäuste und wünschten sich nichts mehr, als das Blut der Verdammten fließen zu sehen.

Und irgendwie geschah das auch. Der Politiker trat zurück und wurde durch einen anderen ersetzt, und Justin wurde als der teuflische Kopf hinter newsex.biz und den Spaßabtreibungen identifiziert. Seit die Geschichte in Umlauf ist, hat Justin sich zu so vielen Interviews bereiterklärt, wie er ertragen kann. Mit jedem neuen Artikel, der ihn und seine perverse Anhängerschar kritisiert, scheint die perverse Anhängerschar größer zu werden. Sie wächst enorm. Darum wurde Franchesi nach Manchester geschickt, um das Ungeheuer selbst in Augenschein zu nehmen. Darum blickt er auf seine Liste mit Fragen und überlegt, welche er als Nächstes stellen soll.

«Erzählen Sie mir von ‹unsichtbaren Leben›», sagt Franchesi nach einer Denkpause.

«Das Leben ist ein Stück Scheiße, Mr. Franchesi. Wir wollten Leben schaffen ohne diesen ganzen Dreck», sagt Justin zum zehnten Mal an diesem Tag.

«Ist Colin ein gefährlicher Mensch?»

«Ich kenne ihn kaum … Aber ich glaube, nicht, nein.»

Franchesi drückt nachlässig seine Kippe aus; sie glimmt im Aschenbecher weiter. Als müsse er sein Missgeschick wettmachen, beugt er sich durch den Rauch nach vorne und schiebt das Diktiergerät bis an die Tischkante. Die Augen des Italieners blitzen auf, dann scheinen sie sich um zwei, drei Nuancen zu verdunkeln wie ein Abendhimmel, der plötzlich von der Dämmerung überzogen wird.

«Ist Rebecca noch gebärfähig, Justin?» Seine Stimme ist rachsüchtig und gemein, das Gesicht knittrig wie zerknüllte Alufolie.

«Ja», antwortet Justin, ohne zu zögern. Er spreizt die Finger auf der Tischplatte und bewundert ihre Unschuld. Aber der Italiener gibt keine Ruhe.

«Wie sieht Ihre Verbindung zu Frank Jacobs und der Firma White Love aus? Können Sie das erklären, Justin?»

Einen Augenblick lang scheint es, als wäre die furchtbare Bar ein Vakuum, als wäre alle Luft meterhohen, leuchtend grünen Brennnesselhecken gewichen. Justin gähnt und trinkt seine einmillionste Cola.

«Nein, das kann ich nicht. Das hat nichts damit zu tun.»

28.

Accessoires — unser Lebenselixier

Wenn du dynamisch genug bist, selbstbewussten Schrittes und erhobenen Hauptes zu gehen, kann der Weg vom Bahnhof zu den Piccadilly Gardens ausgesprochen angenehm sein. Besonders, wenn das Wetter schön ist und die Sonne sich in den gläsernen Fassaden der großen Hotels spiegelt. Das Rosetti, das Malmaison, das Holiday Inn. Nichts durchdringt das Verhalten der Menschen so sehr mit dem Gefühl, in Eile zu sein und dringend irgendwohin zu müssen, wie das Fahren mit öffentlichen Verkehrsmitteln. Hetzende Geschäftsleute, die Aktentaschen vor die Brust gepresst. Bummelnde Studenten, beladen mit buntem Gepäck, in den strahlenden Gesichtern ein unheilvoller Ausdruck von Freiheit. In Momenten wie diesen, an den wenigen warmen Tagen im Jahr, droht dir die Welt zwischen Bahnhof und Piccadilly Gardens offenzustehen.

Es ist halb sieben am Abend. Die Sonne geht langsam unter, und die Türen des Bahnhofs öffnen sich für Steve. Obwohl er nur einen kleinen Rucksack trägt, ist sein Gang schwerfällig. Als transportiere er huckepack eine schlaksige Leiche. Er schleicht aus dem Bahnhof und wankt vorbei an Restaurants und Zeitschriftenläden zu den Piccadilly Gardens. Ihm steht die Welt nicht offen.

Steves Beitrag zur Gründung von White Love war minimal, in erster Linie finanziell. In den letzten Monaten hat Frank sich immer mehr Justin angenähert. Wenn es um die Angelegenheiten der Firma geht, fragt er meistens ihn um Rat. Tatsache ist, dass es Steve schwerfällt, draußen zu sein. Es fällt ihm schwer, unter Menschen zu sein.

Er geht ein paar Schritte. Beim Gedanken, Menschen zu sehen, lockert sich sein Schließmuskel: Er muss dringend scheißen. Genau genommen muss er schon seit Tagen scheißen, doch die Vorstellung, aufs Klo zu gehen, macht ihn so konfus, dass ihm das Herz bis zum Hals schlägt. Der Affe in ihm ist verschwunden. Er ist ein künstlicher Mensch, davon ist er fest überzeugt. Sein Blick hebt sich gerade so rechtzeitig, dass er, trotz der gebeugten Haltung, die sein Körper eingenommen hat, die Menschenmenge sieht, die zielstrebig auf ihn zumarschiert. Er zuckt zusammen und hält schützend den Rucksack vor sich. Schnell tritt er in einen Ladeneingang, um der reißenden Welle umsatzorientierten Lebens zu entgehen. Während die Leute an ihm vorbeistürmen, hält er sich den Rucksack vors Gesicht. Seine Extremitäten scheinen sich einwärts zu krümmen, als wollten sie ihr Aussehen und ihren Daseinszweck verstecken.

«Bitte, treten Sie ein, Sir. Möchten Sie essen?»

Ein kleiner Mann guckt aus einem indischen Restaurant wie ein Kuckuck aus der Uhr. Sein pechschwarzer Vollbart sieht aus wie aufgemalt. Steve schüttelt den Kopf und schiebt sich weiter an den Geschäften vorbei. Sein Kinn lastet schwer auf seinem Schlüsselbein, als hätte er sich das Genick gebrochen, um seine tiefe Scham zu verbergen. In seinem Augenwinkel taucht das Malmaison auf, in dessen gewaltiger Glasfassade sich die letzten Sonnenstrahlen spiegeln. Fast geschafft.

Auf Franks Anweisung hin ist Steve für eine Woche zu seinen Eltern gefahren, in der Hoffnung, dass er einigermaßen wiederhergestellt zurückkommen würde. Aber sein Zustand ist weiterhin kritisch. Nach Carlys Entlassung aus dem Krankenhaus verschlechterte sich seine seelische Verfassung rapide. Er begann, jeden Tag Kleidung und Modeaccessoires in besorgniserregenden Mengen zu kaufen. Sobald die Geschäfte öffneten, brach er auf und kehrte erst wieder zu Carly in die Wohnung zurück, nachdem die letzten Boutiquen die Rollläden heruntergelassen hatten. Nicht selten kam es vor, dass ein Verkäufer ihn lange nach Geschäftsschluss im Laden entdeckte. Immer wieder wurde er dabei ertappt, wie er in einer verborgenen Ecke Kleidungsstücke betastete, zärtlich über den Stoff strich, fieberhaft überlegend, ob der betreffende Artikel auch wirklich der neuesten Mode entsprach.

Finanziell gesehen stellt Steves ausgiebige Erkundung des Einzelhandels keine große Belastung dar, da Carly zeitgleich mit ihrer Affäre mit der Sexmaschine von einer plötzlichen Gleichgültigkeit gegenüber Shoppen und Klamotten befallen wurde. Der Einzige, zu dem sie noch Verbindung aufnimmt, ist Frank, der manchmal nach ihrem Befinden sieht, ihr etwas zu essen bringt und sie über die Maschine ausfragt. Das Essen, das man ihr hinstellt, rührt sie kaum an. Manchmal, in einem klaren Moment, geht sie unter die Dusche; das sind diese seltenen Augenblicke der Ruhe nach langen Phasen, die sie mit der Maschine verbracht hat. Obwohl Frank die Maschine unter dem Namen White Love 1000 verkauft, nennt Carly sie unbeirrt weiterhin «Darling». Die Nachbarn tuscheln über den nächtlichen Lärm, ihre ohrenbetäubenden Schreie: «Darling! Darling! Darling!»

Als Steve sich davon überzeugt hat, dass kein Auto in Sichtweite ist, saust er über die Straße. Den Rucksack fest an die Brust gedrückt, sieht er aus wie ein spinnenbeiniger Märchenbösewicht, der ein geraubtes Kind in den Armen trägt. Vorbeifahrende Autos gehören zu Steves größten Ängsten: Nie kann er sicher sein, welcher Ausdruck in den schattenhaften Gesichtern im Inneren liegt. Ob sie sich nicht über sein Aussehen lustig machen, seinen Modegeschmack in Zweifel ziehen. Auf der anderen Straßenseite eilt Steve zügig die letzten Meter bis zum Malmaison, wo er sich mit Justin treffen soll. Mit gesenktem Kopf betritt er das Foyer. Sein Blick bohrt sich durch den Fußboden bis zum Mittelpunkt der Erde.

«Hier drüben, Steve!», ruft eine Stimme von einem Tisch am Fenster. Steve erkennt sie als Justins. Gott sei Dank.

Justin hatte sich gegen dieses Treffen gesträubt. Er kann Steve nicht leiden. Es fällt ihm schwer, die Geschichten zu glauben, die Frank ihm über Steves Vergangenheit erzählt hat. In Justins Augen ist Steve schon immer ein wirres Zeug brabbelnder, kaputter Typ gewesen, aber dieses Bild verträgt sich nicht mit Franks Erzählungen von dem gutaussehenden, durchtrainierten Akademiker. Jetzt sieht Justin in Steve eine menschengroße Ratte mit Cowboyhut und scheußlichem, geblümtem Hemd, die schnüffelnd auf seinen Tisch zuwieselt. Verdammt, wie sieht der denn aus?, denkt Justin, als Steve nervös an den Tisch tritt. Seine Lippen zittern, als würde er leise vor sich hinmurmeln. Justin steht auf, um die beiden Fremden einander vorzustellen.

«Mr. Franchesi, das ist Steve, ein Bekannter. Steve, das ist Marco, ein Journalist.»

Steve setzt sich vorsichtig in den Sessel neben Justin, ohne den Blick vom Boden abzuwenden. Während er weiter den Teppich anstarrt, öffnet sich sein Mund, und er richtet sich mit schwankender, zittriger Stimme, die an ein quäkendes Kriechtier erinnert, an den Italiener.

«Hallo, Mr. Marco ... Sind Sie Modejournalist? Schreiben Sie über Kleidung?»

«Äh, nein, ich mache Zeitgeschehen, Kultur, Politik und so weiter. Aber ich muss sagen, mein Freund, Ihr Outfit heute ist wirklich eine Sensation.»

Steve richtet sich abrupt auf und drückt die Wirbelsäule an die Sessellehne. Er wirft den Kopf in den Nacken, sodass sein Gesicht fast zur Decke zeigt. Er wirkt, als wäre er tief in unglückseligen Gedanken versunken.

«Wissen Sie, Mr. Marco», sagt er, «die Sachen, die ich anhabe, sind heute wahnsinnig im Trend ... ich trage einen Stetson – wie ein Cowboy. Das geblümte Hemd ist von Vivienne Westwood und aus Kräuselsatin, sehen Sie nur, Kräuselsatin! Wenn Sie meine Sneakers sehen könnten, würden Sie die schöne Goldstickerei und die funkelnden Kristalle in den Zungen bewundern ... Sie müssen sich meine Sneakers einfach ansehen!»

Steve und Justin machen zeitgleich eine ruckhafte Bewegung. Steve donnert den linken Fuß auf den Tisch. Justin schnellt nach vorne, schnappt sich die Zigaretten und zündet sich eine an.

«Natürlich rauche ich, jetzt fällt es mir wieder ein», sagt Justin, während sein Herz beim Anblick von Steves Turnschuh auf dem Tisch stehen bleiben will.

«In der Tat, sehr hübsch, Ihre Sneakers, mein Freund», sagt

Franchesi kichernd zu Steve, doch sein Blick ist fest auf Justin gerichtet.

«In den Zungen stecken kleine funkelnde Kristalle», schreit Steve. «Und dann die Goldstickerei. Sehen Sie nur, Mr. Marco!»

Justin bläst die erste Rauchwolke aus und starrt Steve an. Nimm gefälligst den Fuß vom Tisch, fordert der Blick. Franchesi kichert wieder, ein italienisches Kichern. Hihihi statt Hahaha.

«So ... ich glaube, da wäre nur noch eines, was ich wissen muss, Justin, wie sehen Ihre ethischen Prinzipien aus?»

Justin, der weiter Steve ansieht und dessen vom Gekicher des Italieners genervtes Hirn stumm vor sich hinköchelt, beschließt, sich erst am Kopf zu kratzen, bevor er seine Antwort gibt. Er lässt sich Zeit.

«Ich glaube, die Menschen sollten ihren Instinkten folgen, das tun, wozu sie Lust haben», sagt er und wendet den Blick dem spindeldürren Italiener zu. «Die Menschen sollten den Schönen dieser Zeit, den Hipper-leben-besser-aussehen-Ratgebern, den Websites und Sternzeichen keine Beachtung schenken. Ich glaube, die Menschen sollten ein bisschen gefährlich leben.»

«Sie meinen, die Menschen sollen sich mit Spaßschwangerschaften und Mehrfachabtreibungen vergnügen?»

«Nein, ich sage nur, dass die Menschen ein bisschen gefährlich leben sollen. Das ist mein ethisches Prinzip, Mr. Franchesi.»

Der Italiener ist enttäuscht. Er hatte gehofft, er könnte Justin mehr entlocken. Er packt die Zigaretten ein und wirft die

Tasche über seine knochige Schulter. Er sieht Steve an, der seine Finger anleckt und versucht, winzige Schrammen von seinen Turnschuhen zu reiben. «Ich glaube, ich lasse Sie beide jetzt allein.»

Ja, ich auch. So wie er: Der Italiener packt das Diktaphon ein und geht. Wahrscheinlich sagt er noch etwas, auf Wiedersehen oder viel Glück.

Justin versäumt es zu lächeln. Er trinkt schnell die Cola aus und wünscht sich, so wie wir uns manchmal auch, dass sein Leben völlig anders wäre. Er ist mit den Interviews des heutigen Tages relativ zufrieden; wie immer hat er nichts preisgegeben. Was er gesagt hat, ergibt im Grunde keinen Sinn; echte Meinungen sind das Letzte, was er möchte. Er beobachtet, wie der Italiener im Foyer verschwindet. Kurz darauf sieht er durch das dunkle Fenster, wie er mit dem Handy am Ohr die Straße überquert.

Aufs Steves Bitte mietet Justin den beiden ein Zimmer, wo sie geschützt sind vor den feindlichen Blicken der Öffentlichkeit. Steve schwitzt aus allen Poren. Sein Haargel schmilzt und läuft ihm über die Stirn. Es brennt in den Augen. So umgänglich wie bei seiner kurzen Begegnung mit dem Journalisten ist Steve schon ziemlich lange nicht mehr gewesen.

Das Zimmer im Malmaison ist so, wie man es erwarten würde: dunkel, edel, exklusiv eingerichtet. Manche Leute würden ein solches Zimmer als «sexy» bezeichnen. Steve legt sich aufs Bett und versucht, die Knitterfalten in seinem Hemd und der Hose glattzustreichen.

«Ich habe beschlossen, dass ich so werden will wie du, Justin», sagt Steve, während er hoffnungslos mit den Falten des

Satinhemds kämpft. Falten sind mein Tod, denkt er, hihihi. Sein Hirn wird sekündlich kleiner, es planscht in Leitungswasser. «Ja», sagt er, als Justin ans Bett tritt, «ich werde Carly schwängern, hihihi.»

Justin blickt seufzend auf die Armbanduhr, dann packt er seinen vermeintlichen Geschäftspartner am Hals und zieht ihm den Stetson übers Gedicht. Eine gedämpfte Stimme nuschelt: «Entschuldige, Justin, ich bleibe noch ein bisschen hier drunter, der Hut riecht noch so neu ... lecker.»

Vor dem Fenster stehen ein Tisch und ein Stuhl. Justin lässt Steve liegen, setzt sich auf den Stuhl und ruft mit dem Handy Frank an. Auf dem Bett tastet Steve blind nach weiteren Falten in seiner Kleidung und glättet sie mit den beringten Fingern. Frank meldet sich.

«Frank ... du musst ins Malmaison kommen und Steve abholen ... ja, ich weiß, aber das hat nicht geklappt ... so schlimm war er noch nie ...»

Unter dem Hut murmelt Steve leise «Frank», doch es klingt eher wie «krank». Krank, krank, krank.

«Hol ihn einfach ab. Zimmer 16. Du wirst es verstehen, wenn du seine Klamotten siehst, er ist immer noch total am Ende. Wahrscheinlich bin ich schon weg, wenn du kommst.»

Justin legt auf, und sofort klingelt das Handy. Es ist seine Mutter; sie ruft ihn mindestens einmal am Tag an, seit sein Name groß in allen Boulevardzeitungen steht. Er drückt den Anruf weg und stellt das Handy leise.

«Du kannst den Hut jetzt wegnehmen, Steve.»

«Danke.»

Steve nimmt den Hut vom Gesicht und lächelt Justin an,

als der sich zu ihm aufs Bett setzt. Justin schweigt. Er starrt in Steves glasige Augen und dann auf das scheußliche geblümte Hemd. Ob er tatsächlich mal ein Hirn gehabt hat?

«Was erinnerst du noch aus deinem Wirtschaftsstudium, Steve?», fragt Justin. Erst jetzt fällt ihm auf, dass Steve an jedem Finger, auch an den Daumen, mindestens zwei Ringe trägt. Steve striegelt seine Haare hoch und fingert nervös an seinem Hemdkragen.

«Hm ... Das Problem ist, Justin ... ich kann mich eigentlich an gar nichts erinnern.»

Justin sieht die Feuchtigkeit, die sich in Steves Augen bildet. Die zarte Haut um seine Augen beginnt wild zu zucken, die Brauen verziehen sich zu zwei Ms, und die Wangen spannen sich.

«Ich erinnere mich an so gut wie gar nichts, Justin», sagt Steve mit brüchiger Stimme. «Ich meine, dein Name – an den erinnere ich mich, und an Frank und Carly und die Sexmaschine. Klamotten, Läden. Farben. Schnitte ... Aber es kommt mir vor, als beginne jeden Tag ein neues Leben für mich. Das vollkommen anders ist als das davor und das danach ...» Aus seinem linken Auge kullern die ersten Tränen. Das Sprechen fällt ihm schwer. «Es ist, als wäre Kleidung das einzig Reale ... Accessoires unser Lebenselixier ... und ... und Mode die einzig reale Zeit.»

Justin nimmt den Hut vom Bett und legt ihn wieder auf Steves Gesicht. Er geht zurück zum Tisch und seinem Handy. Aus dem Hut dringt ein dumpfes Schluchzen, so, als würde im Nachbarzimmer ein Mann weinen. Justin wählt eine Nummer. Während die Verbindung hergestellt wird, setzt er sich gerade hin und starrt aus dem Fenster nach Ancoats mit seinen vielen sanierten Baumwollspinnereien.

«Colin?»

Es folgt langes Schweigen, während Justin der Stimme am anderen Ende genau zuhört. Er trommelt mit dem Finger gegen die dicke Fensterscheibe, um Steves Weinen zu übertönen. Es dauert fast eine Minute, bis Justin etwas sagt. Inzwischen geht er wütend im Zimmer auf und ab und schlägt zwischendurch mit der flachen Hand gegen die Fensterscheibe. Steve jammert. Er versucht verzweifelt, seinen Schmerz zu ersticken, und drückt sich den Hut mit beiden Händen ins Gesicht.

Ein paar Sekunden später schlägt Justin so heftig gegen die Fensterscheibe, dass er befürchtet, sie könnte zerspringen und als Splitterregen auf unschuldige Passanten niedergehen. Steve heult auf, und das Fenster bleibt heil. Justin wendet sich zur Tür und hält sich das Handy vors Gesicht wie ein Mikrofon. Er schreit, das Gesicht rot und verzerrt.

«Ist Rebecca jetzt schwanger oder nicht, Colin? Verdammt, was hast du mit ihr gemacht?»

29.

Ein gutes, sinnvolles Leben

Colin tritt mehrere Male auf Rebecca ein. Er bückt sich, zieht sie zu sich hoch und blickt in ihr verunstaltetes Gesicht. Blut rinnt aus ihrem kastanienbraunen Haaransatz. Blut rinnt aus ihrem Mund.

«Es ist Liebe, oder nicht?» Er krallt seine Finger in ihren Leib. Rebecca. Seine letzte Chance. Zerschmettert auf dem Badezimmerfußboden.

Er lässt sie los, und ihr Kopf fällt zurück auf die roten Fliesen. Er geht zum Waschbecken und sieht in den Spiegel. Er schnaubt verächtlich. Ist es das? Er überlegt, ob er mit seiner scharlachroten Hand über sein Spiegelbild wischen soll. Er tut es nicht; wozu? Sein Handy dudelt, auf dem Display erscheint «Justin».

«Hallo», sagt Colin bemüht höflich. Mit einem Auge betrachtet er weiter sein Spiegelbild. Justin meldet sich mit seinem Namen, und Colin verlässt ruhig das Badezimmer.

«Sie hat es nicht abgetrieben.» Er steht auf dem Flur und hämmert gegen das Treppengeländer, um ruhig zu bleiben. «Sie hat uns alle angelogen. Meins hat sie weggemacht, aber dann war Schluss. Sie ist im sechsten Monat schwanger von dir. Sie hat mich belogen und dich auch. Sie hat uns weisgemacht, sie hätte beide im Krankenhaus weggemacht.»

Colin dreht sich im Kreis. Bei jeder Umdrehung ein Tritt gegen die Wand, immer an dieselbe Stelle. «Es ist vorbei. Ich habe mich um die Sache gekümmert, und um sie auch. Sie hätte es wissen müssen.» Die Tapete reißt, und Putz rieselt auf den Boden. «Jetzt wird es langweilig. Es geht nicht anders. Verstehst du das, Justin? Ich hab mich um das Baby gekümmert. Aber sie hat die ganze Zeit gelogen. Verstehst du? Ab jetzt wird es sterbenslangweilig. Keine Party. Bloß eine Beerdigung!»

Colin nimmt den Fuß von der Wand und lässt das Handy fallen. Zurück ins Badezimmer. Mehr Tritte. Rebeccas aufgeblähter Bauch. Tränen in ihren Augen. Züngelnde Schlangen in Colins Adern, Tritte, noch mehr Tritte, die falsche Hündin, überzogen mit Blut, Tritte zwischen ihre Beine. Gebrochenes Herz.

«Begreifst du, was du getan hast?», schreit Colin, die geballten Fäuste vorm Gesicht. Er stößt einen schrillen Schrei aus. «Begreifst du endlich, was du getan hast?»

Rebecca sieht zu, wie Colin erneut das Badezimmer verlässt. Ihre Sinne sind nur noch ein Schatten ihrer selbst. Colin eine Abfolge hüpfender Bilder mit knackender Tonspur. Rebecca tut alles weh. Colins schwere Füße und schnelle Beine haben sie kaputtgemacht. Ihr Körper fühlt sich an wie ein Haufen Steine. Sie versteht ihn nicht mehr. Der Schmerz ist ein heftiges Pochen, als schlüge ein Herz in ihrem Schädel. Sie liegt in ihrem Blut. Ihre Qualen sind wie ein Puls, ein Countdown, ein Geisteszustand, der jede Erinnerung absurd erscheinen lässt. Ihre Umgebung nimmt sie nur noch schemenhaft wahr. Sie erkennt eine Flasche Putzmittel. Und daneben Rattengift. Rebecca schließt die Augen.

Sie hat diesen Moment schon einmal gesehen. In Gedanken. Sie hat sich selbst gesehen, zusammengeschlagen in Colins Haus. Sie hat immer gewusst, dass das passieren könnte.

Monatelang hat sie Justins Kind vor den beiden versteckt. Bei jedem Besuch war ihre Kleidung etwas weiter. Beide Jungs waren überrascht gewesen, dass sie Rebecca geschwängert hatten. Beide beim ersten Versuch. Beide hatten ihre Freude darüber ausgedrückt, dass sie ein stummes, im Dunkeln lebendes Wesen gezeugt hatten, das noch unversehrt war von der glitzernden Langeweile der Außenwelt. Beide hatten sich bei ihr bedankt wie beschenkte kleine Kinder, als sie ins Krankenhaus ging, um ihren Fetisch zu vollenden und den Embryo abzutreiben. Aber es gab nur eine einzige Abtreibung.

Vor sieben Monaten hatte Rebecca an Colins Tür geklopft. Erst als er den Arm um sie schlang und sie die Treppe hinaufdrängte, begann ihre Meinung sich zu ändern. Das Interesse an Dostojewski hatte sie verloren. Ihren Job aufgegeben und das Studium geschmissen. Es war, als wäre ihr Leben ein fertiges Puzzle, das eilig auseinandergerissen und in seine vielen tausend Teile zerlegt wurde, und das gefiel ihr. Für Justin ging sie zu Colin. In der Hoffnung, dass es von Anfang an Liebe gewesen war.

Der Sex erwies sich als langwierige Pflichtveranstaltung: Colin lag mit bizarr verkrampftem Körper auf ihr und stieß ächzend in sie hinein. Er kam mit genussvoll geschlossenen Augen, und Rebecca unterdrückte den Lachreiz. Auf jeden Fall war sie weit davon entfernt, in Tränen auszubrechen, trotz des muffigen Gestanks in Colins blauem Zimmer. Die Experimente mit Justin hatten sie, was ihre sexuellen Ängste betraf, längst unempfindlich gemacht.

Eine Woche später pinkelte sie auf einen Teststreifen. In eben dem Badezimmer, in dem sie jetzt verblutet. Colin weinte, als der Streifen sich chemisch blau färbte. Positiv. Er streichelte ihr mit der geballten Faust über den flachen Bauch. «Ein Leben, das nie das Licht sehen wird. Unschuldig», flüsterte er. Rebecca schüttelte den Kopf und sah schweigend zu, wie die Tränen tropften.

Später, im Krankenhaus, wachte Rebecca von Schmerzensschreien auf. Es dauerte, bis sie begriff, dass es ihre eigenen waren. Die Betäubung ließ nach, und eine Krankenschwester beugte sich lächelnd über sie. Die anderen Frauen lagen stumm in ihren Betten. Manche starrten teilnahmslos in Zeitschriften. Eine Frau hielt einen Lippenstift in der Hand und schien zu überlegen, ob sie sich schminken sollte. Aber wozu? Rebecca sah, wie der Lippenstift zugeschraubt und weggelegt wurde. In diesem Augenblick traf sie die Entscheidung: nie wieder. Die Natur meldete sich zu Wort. Kein bisschen tot. Rebecca stellte sich ihre Gebärmutter vor, leer und voller Zorn, dass man den Embryo abgesaugt und weiß Gott wohin gespült hatte. Nie wieder.

Die Sache wuchs ihnen ohnehin über den Kopf. Antiporno demonstrierte vor dem Krankenhaus. Rebecca musste sich zwischen Transparenten und lautem Geschrei hindurchkämpfen. Frauen mit dunklen Schatten auf den Gesichtern griffen nach ihrer Kleidung. Frauen mit farblosem Haar und alten Mänteln. Darüber entsetzt, dass es Menschen gab, die Abtreibungen nur zum Spaß durchführten. Auf einigen Transparenten wurde sogar newsex.biz erwähnt. An diesem Tag begann Rebecca ihr Täuschungsmanöver.

Einen Monat später zeugten sie und Justin das Kind. Inzwischen hatte man Justin als die Person hinter der Website ermittelt. Vor dem Haus drängten sich die Reporter. Als sich der Teststreifen blau färbte, sprach Justin von unsichtbarem Leben, von Glück und von Antworten. Endlich. Nach all den Experimenten. SM-Spiele, Gruppensex, Parkplatzsex, Sex mit Prostituierten, Sex mit Ghandi, Sex mit Promis. Endlich Glück. Er sah aus dem Fenster, und die Kameras blitzten. Rebecca ging, um das Kind abzutreiben. Sagte sie. Aber in Wahrheit ging sie nach Hause und weinte.

Rebecca versucht sich auf die Seite zu drehen. Das Rattengift schwimmt in einer Blutlache, ihrem Blut. Sie denkt an Justin. Ist es von Anfang an Liebe gewesen? Jetzt wird er pausenlos gejagt, von den Medien und von Frank. Sie sieht ihn viel zu selten. Sie muss ihn sehen. Sie braucht ihn, jetzt, weil sie verblutet. Weil das Kind, das sie in sich trägt, wahrscheinlich tot ist.

Heute Nachmittag ist Colin hinter ihr Geheimnis gekommen. Rebecca hatte nach Kräften versucht, ihre Kleidung anzubehalten, als er sich ihr auf die üblich manische Weise näherte. Laut wurde und sonderbar stöhnte wie vor jedem Sex. Für Justin, all das für Justin? Ich dämliche Kuh, dachte Rebecca. Ich dämliche, bescheuerte Kuh. Sie war überrascht, als Colin ihr befahl, sich nackt auszuziehen. «Runter mit den Klamotten», schrie er und zog an ihrer Bluse. Rebecca fand es altmodisch, sich auszuziehen. Aber anscheinend behauptet sich die Vorliebe für nackte Körper auch im Zeitalter des neuen Sex. Colin zerrte an ihren Sachen, bis die Nähte platzten. Er ließ sich nicht aufhalten. Schließlich riss er ihr die Bluse vom Leib und sah ihren runden Bauch. Ihre Blicke trafen sich. Beide verließ der Mut.

«Es ist von Justin», sagte Rebecca sofort. Sie nahm die Beine in die Hand und rannte nackt zur Tür. «Ich liebe ihn.» Sie drehte sich zu ihm um. «Ich liebe ihn wirklich.»

Das war der Moment, als Colin blau anlief. Als die Ratten das Weite suchten. Als die Luft plötzlich trocken wurde. Die zerknüllten Gegenstände öffneten sich; das Gerümpel wurde lebendig. Pizzakartons falteten sich auseinander, bis sie fast wieder die alte Form hatten. Bierdosen entknautschten sich mit lautem Knirschen. Colin zog die Schultern hoch, als wüchsen ihm in einer qualvollen, doch zugleich rauschhaften Verwandlung Flügel. Seine Lippen kräuselten sich, und aus seinem Mund drang ein ferner, fast unhörbarer Laut, der aus einem knorrigen Winkel seines Zwerchfells zu hallen schien.

«Aber ich war kurz davor, glücklich zu sein», sagte er.

«Die Sache läuft aus dem Ruder», sagte Rebecca ruhig, um ihn zu besänftigen. Sie sprach plötzlich mit amerikanischem Akzent, als ließe sich die Situation entschärfen, wenn sie die Kultur des Mainstreams nachahmte.

«Wir haben versagt», sagte Colin leise. «Ab jetzt sind wir sterbenslangweilig.»

Dann sprang er auf Rebecca zu und schlug ihr mehrere Male hart ins Gesicht. Sie verlor einen Zahn, und das Blut an seiner Faust mischte sich mit dem Blut, das sofort aus ihrem zarten Gesicht quoll. Sie war wehrlos, stand unter Schock, stammelte nur unter den schmerzlosen Schlägen. Dann fiel sie zu Boden; das Puzzle war auseinandergerissen und in seine Einzelteile zerlegt worden.

Während er weiter auf sie eindrosch, schleifte er sie hierher, ins Badezimmer unter das Waschbecken, wo sie jetzt liegt. Erst jetzt, wo sie halb tot an der weißen Auslinie des Bewusstseins liegt, erkennt Rebecca, dass sie in letzter Zeit wie in einem Dämmerzustand gelebt hat. Ihr Ohr liegt in einer roten Pfütze auf den Badezimmerfliesen. Unten ist Colin zu hören. Wie kann sie ihn aufhalten?

Colin ist in der Küche, die Hände voll mit Müll. Voll mit Ciabatta-Brötchen: Chorizo, Mozzarella, Pesto, Parmaschinken. Er wirft die Brötchen in die Mikrowelle und stellt die Zeit ein. Er hat sie für die hinterhältige Drecksnutte gekauft, die oben verblutet. Er hat sie gekauft, weil er bis jetzt besorgt um sie war. Sie sollte essen, was sie gerne hatte, wenn sie zu Besuch kam. Er war bereit, Zugeständnisse zu machen an ihre Welt aus Schrott und Lifestyle.

Bing! Die Brötchen sind fertig. Er holt sie aus der Mikrowelle und stellt Becher mit den verschiedenen Kaffeesorten hinein, die er für sie besorgt hat. Die Schlampe, denkt er, als ihm ihr Bauch einfällt. Er stellt die Uhr. Diese Lügnerin. Wie konnte sie es wagen?

Es hat Colin beinahe umgebracht, die Sachen einzukaufen. Den Kaffee und die Lebensmittel. Er musste durch den Morast waten und in den bunten Gängen nach der Hundescheiße Ausschau halten, die ihn vernichtet. Er hält ein Glas mit getrockneten Tomaten ins Licht und beobachtet, wie sie dicht gedrängt in Öl und Gewürzen schwimmen. Dieser viehische Verrat! Das Wort Liebe!

Er geht mit den Brötchen und dem Kaffee zurück ins Bad. Kochend heißer, italienisch angehauchter Dreck: Cappuccini, Latte macchiatos, Hirnfäule, getrocknete Tomaten. Rebecca hat sich nicht vom Fleck bewegt, höchstens ein bisschen gezuckt. Sie atmet wie ein Beatmungsgerät, stirbt, weil er am Ende doch alles versaut hat.

«Heute ist Beerdigung», schreit er. «Weil die Welt sich niemals ändern wird.» Seine Lippen kabbeln und behakeln sich. Vor der Badewanne stellt er das Essen und den Kaffee hübsch auf wie ein kleines Büfett. Dann dreht er sich zum Spiegel um, fest davon überzeugt, dass er unsichtbar ist, dass sein Spiegelbild in ein leeres Zimmer starrt.

«Heute ist Beerdigung», wiederholt er und starrt hinunter auf Rebecca, bevor er sich umdreht und erneut das Bad verlässt.

Rebecca hört, wie der Schlüssel umgedreht wird. Kurz darauf fällt die Haustür ins Schloss. Gott sei Dank. Er ist weg. Sie blickt zu den Flaschen, die unterm Waschbecken stehen. Seit Colin das Essen vor die Badewanne gestellt und sie das Pesto gerochen hat, denkt sie nur noch an das Rattengift. Sie streckt die Hand danach aus.

Ihr Atem erinnert sie an einen Kessel mit kochendem Wasser. Aber es ist ihr Blut, das kocht. Dicke, zornige Flüssigkeit tropft glühend heiß aus ihrem Gesicht. Ich hätte nie hierher zurückkommen dürfen, denkt sie. Ich bin eine dämliche Kuh. Sie versucht, auf alle viere zu kommen, aber es gelingt ihr nicht. Körper und Geist schmollen miteinander, kehren sich mit vor der Brust verschränkten Armen den Rücken zu. So lässt sich ihr Wunsch, die Brötchen zu vergiften, nur schwer in die Tat umsetzen.

Rebecca denkt an Filme, in denen Leute nah am Tod noch

schwerste körperliche Anstrengungen bewältigen, dann fällt sie zurück und kriecht auf die Badewanne zu. Mit einer Hand hält sie ihren aufgedunsenen Bauch, mit der anderen schiebt sie das Rattengift vor sich her. Sie denkt an Colins Gesicht, als er ihr das Essen hingestellt hat. An die blitzend weißen Augen. Er grinste, als hätte er eine Trense zwischen den Zähnen.

Der Verschluss ist die Hölle, nicht gemacht für Frauen mit gebrochenen Fingern und glitschigen, blutbeschmierten Händen. Aber schließlich kriegt sie ihn doch auf, und während sie schnauft wie eine Dampfmaschine, hebt sie die oberen Brötchenhälften ab und streut die türkisfarbenen Kügelchen über den lauwarmen Belag. Sie betrachtet die Tomaten und die Becher mit Kaffee und denkt: Scheiße. Und wo ist Justin? Sie schnappt nach Luft. Wo ist Dostojewski, wo mein wunderbares Leben?

Rebecca kriecht zum Waschbecken zurück und wischt unterwegs mit einem Handtuch die preiselbeerroten Blutspuren weg, die sie auf dem Boden hinterlassen hat. Sie stellt das Rattengift an den alten Platz neben die Putzmittel.

Ihr Instinkt sagt ihr, dass sie stirbt. Ihr Baby auch. Sie tätschelt ihren Bauch, als würde sie mit einer Spielzeugschaufel nassen Sand festklopfen. Ihr Höschen ist beängstigend rot, und ihre blutbeschmierten Beine sehen aus, als steckten sie in schauderhaft altmodischen, gemusterten Leggins. Sie legt sich unter das Waschbecken und schiebt ein blutgetränktes Handtuch unter ihren Kopf. Justin wird sie retten, sie glaubt fest daran. Es ist von Anfang an Liebe gewesen. Er wird mich finden, denkt sie. Irgendwie.

Ihr Körper sieht aus wie der Mars. Ihr gewölbter Bauch ist

mit einer braunen Blutkruste überzogen. Darunter liegt ein dunkelroter See. Vielleicht machen die Marsbewohner dort Urlaub und aalen sich in der Sonne. Aber was bringen solche Beschreibungen?

Die Zeit tropft wie ein Wasserhahn in ein leeres Waschbecken. Ping. Ping. Wo ist Colin?

Ich weiß, wo Colin ist. Auf mich kannst du dich verlassen. Ich bin.

Er ist unterwegs nach Withington. Das Wetter gleicht eher einer Wetterkarte: vereinfachte Wolkendarstellung, Sonnen, Regenschauer. Die Kultur der kühlen, coolen Tage hat sich ausgebreitet. Withington bietet ein Sortiment aus warmen Farben: Geschäfte verkaufen einen Tag voller Events, ein relaxtes Gespräch, einen Touch Tradition, einen Snack für unterwegs. Colin fällt es schwer zu glauben, dass es noch Leute gibt, die einen Job haben. Aber wenn du durch die Farben und die Konditoreiauslagen voll Frischgebackenem hindurchblickst, siehst du dezente Spuren von menschlichem Fleiß und sein gelbes, festgetackertes Grinsen.

Colin geht einkaufen, weil er Nachschub für die Beerdigung braucht. Im «One-Stop»-Minimarkt ruft ein Plakat zu einer Antipornokundgebung auf. Das Plakat wurde eilig mit Textmarker geschrieben und fotokopiert. ANTIPORNO. SPONTANDEMO. 15 UHR. HOTEL MALMAISON. Genau darunter schläft ein Obdachloser. Pisse schlängelt sich von seinem Schritt zum Rinnstein. Aber Colin bemerkt all das nicht. Er betritt den Laden und geht zu dem Regal mit den Zeitschriften.

Er greift so viele Klatschmagazine, wie er tragen kann, was bei weitem nicht alle sind, und geht zur Kasse.

«Hallo», sagt der Junge hinterm Tresen. Er ist Chinese und macht einen überflüssig intelligenten Eindruck.

«Hallo», presst Colin ungläubig vor, als hätte man ihm gerade mitgeteilt, dass seine ganze Familie bei einem Brand ums Leben gekommen sei. Wirklich? Sind Sie sicher, dass nicht mal ein Cousin überlebt hat?

«Möchten Sie eine Tüte, Sir?», fragt der junge Chinese und zückt eine unter dem Tresen hervor.

«Wahrscheinlich geht es darum, ein gutes, sinnvolles Leben zu führen, oder?», sagt Colin mit schiefem Blick auf seine Hüftgegend.

«Ich weiß nicht, Sir, ja, vielleicht.»

«Und ich bin bald ein Mörder.»

Der Chinese lächelt abwesend. Dass jemand beiläufig einen Mord gesteht, ist in Withington nichts Ungewöhnliches. Und außerdem bildet sich hinter Colin eine Warteschlange.

«Okay, geben Sie bitte Ihre Geheimzahl ein.»

1-7-5-4. Colin tippt mit Computerbildschirmaugen die Geheimzahl ein. Die Plastiktüte baumelt an seinem Handgelenk wie ein schweres Armband.

«Ha ... ein gutes, sinnvolles Leben ... ha.»

Er tritt aus dem Laden und macht einen Schritt nach links. Sein Kopf fühlt sich an wie eine Lagune, eine wunderschöne Lagune, in deren Mitte sein Hirn als kleine Insel schwimmt. Er sieht Rebecca. Sie trägt einen roten Sarong und winkt aus seinem dumpfen Hirn. Ich hab's versaut. Er lehnt sich an die Hauswand, dann schlurft er auf den schlafenden Obdachlosen zu. Als ich Rebecca verprügelt habe, hab ich's versaut. Mist.

Soll ich den Penner wecken?, überlegt er. Soll ich ihn wecken und ihn bitten, mir zu helfen? Der Mann bewegt sich und gibt eine Duftwolke ab: Pisse, Scheiße, Rauch, Sperma, Dreck. Das Leben. Colin setzt sich auf die Zeitschriften und zieht die Knie unters Kinn.

Als Rebecca das erste Mal zu ihm kam, war alles wunderbar. Das war vor sieben Monaten. Am Anfang war sie wütend, aber sie war da, wenigstens war sie gekommen. Er hatte ihr Reis mit Erbsen gegeben, ihr dabei zugesehen, wie sie ihre Sachen bügelte, sich die Haare glattstrich und dann, ja dann, wie sie sich auszog. Bevor sie endlich ... wie soll ich es ausdrücken? Bevor sie es taten? Trieben? Fickten? Vögelten? Sich liebten? Keines dieser Wörter trifft es genau, nicht bei Colin. Bevor sie «koalierten», das ist vielleicht der beste Ausdruck. Er schwängerte sie und würde den Fötus zerstören, bevor er auf die Welt kommen konnte und unglaublich enttäuscht wurde. Ja, denn für Colin ist selbst die Gebärmutter ein Ort der Ernüchterung. Die Wärme und das wohlige Schaukeln werden rasch trivial. «Wir müssen es schnell wegmachen», hatte er gesagt, «bevor es etwas merkt.»

Aber all das zählt jetzt nicht mehr, weil Rebecca ihn auf verschiedenste Weise getäuscht hat. Colin hustet in die Faust und bemerkt die Blutspuren auf seinen Boots. Die Augen des Obdachlosen öffnen sich wie Scheunentore, und zwei heufarbene Augen sehen ihn an.

«Alles klar?» Der Obdachlose greift sich in den Schritt, um sich zu bestätigen, dass er sich vollgepisst hat.

Colin nickt und betrachtet neidisch das zeitlose Gesicht. Ja, neidisch. Besser, man pisst sich voll und hat ein Gesicht wie ein überquellender Aschenbecher, als man hat zu Hause im Badezimmer eine sterbende Schwangere liegen. Das weiß Colin inzwischen. So viel hat er begriffen. Aber das Leben ist eine Wasserrutsche: Du kannst nicht anhalten, also rutsch einfach durch bis zum Ende. Er muss nach Hause. Er steht auf und sammelt die Zeitschriften ein, da hustet der Obdachlose so schlimm, dass ihm das halbe Gesicht herauszufallen scheint, und spricht ihn an.

«Was machst du so?»

Was mache ich?, überlegt Colin. Was ist denn das für eine Frage? Was mache ich? Er antwortet nicht, sondern rennt davon. Ich ... ich ... äh ... ich mache Folgendes ... ich schwängere sie, weil ... äh ... und dann treibe ich ab ... weil ... also ... glaube ich. Komische Frage. Ja. Ich mache Sachen. Ich gebe dem Glück die Schuld. Ich gebe dem Glück die Schuld.

Zum ersten Mal seit langer Zeit denkt Colin an seinen ehemaligen Job an der Uni. Was mache ich? An die vielen Namen, die er in die Datenbank eingegeben hat, die neuen Studenten, ihre Hobbys, die Wünsche bezüglich der Unterkunft, die gewählten Studienfächer, lauter beschissene Hobbys, lauter beschissene Namen. So viel Freizeit.

Colin marschiert auf dem Bürgersteig, als wäre er ein Soldat auf einer nostalgisch anmutenden Straße in China. Seine Beine schießen mit militärischer Präzision nach vorne, seine Hände umklammern die Klatschmagazine, als wären sie eine Waffe, mit der er jeden Augenblick die ganze Straße niedermetzeln könnte. Er brüllt Befehle wie ein General.

«Tischtennis! Polo! Orientierungslauf! Gilbert und Sullivan! Snowboarding! Kunst! Reisen!»

Sein Geschrei erregt die Aufmerksamkeit der Passanten. Er wirkt ein bisschen lächerlich. Ein paar Jungs in Sportklamotten feixen, und sogar die Älteren kichern über sein harmloses Gezeter. Die Leute lachen sich kaputt, als er krakeelend die Wilmslow Road hinuntermarschiert.

«Fußball! Theater! Sozialistische Politik! Trinken! Felsenklettern! Ballett! Stricken! Rugby! Schwimmen! Klöster! UFOs! Computerspiele! Sex! HAHA! Tudor-Architektur!»

«Hast wohl 'nen harten Tag gehabt, mein Junge!», ruft ein alter Mann humorvoll, als Colin nach Hause kommt, um nach dem schwangeren Mädchen zu sehen, das er halb totgeschlagen hat. Aber es geht ihr gut. Sie röchelt noch, als er die Badezimmertür aufschließt und die Zeitschriften ablegt.

«Rebecca?»

Rebeccas Lider öffnen sich. Das Weiße ihrer Augen ist wie eine Straßenkarte aus verschlungenen roten Linien. Er sieht, dass sie eines seiner Handtücher vom Halter genommen und mit Blut beschmiert hat. Ärgerlich.

«Es geht darum, ein gutes, sinnvolles Leben zu führen, oder, Rebecca?» Er bohrt ihr seine Finger in die Wangen.

«Kran...ken...wagen ... du bist ... ein ... ein guter Mensch», röchelt Rebecca. Ihre Augen sehen aus wie Dauerlutscher.

«Ja», sagt Colin. «Es geht nur darum, den ganzen Tag beschäftigt zu sein. Das habe ich jetzt begriffen.»

«B... bitte ... C... Colin.»

«Aber Schlampen wie du haben alles versaut. Du warst mehr als einfach nur schön ... und das weißt du genau.»

Colin setzt sich auf den Badewannenrand und packt die Klatschmagazine aus.

«Und darum ist heute Beerdigung. Aber ich habe dir etwas zu essen und deine Zeitschriften mitgebracht.» Colins Stimme ist ein ausgelassenes Kreischen. Er eilt umher, bereitet seine Party vor. Als er freudig feststellt, dass alles so ist, wie es sein sollte, stößt er ein befriedigtes Seufzen aus. Dann wendet er sich zu Rebecca, in jeder Hand ein Ciabatta-Brötchen.

«Iss, Rebecca … es ist Essenszeit.»

30.

Mörder

Es muss doch eine Hintertür geben!»

«Sie haben alle Ausgänge blockiert, Sir. Die Polizei ist unterwegs.»

Justin sitzt im Malmaison fest; das Hotel ist komplett umstellt von Antipornodemonstranten. Justin vermutet, dass einer der Journalisten ihnen den Tipp gegeben hat, vielleicht Franchesi, aber höchstwahrscheinlich doch eher das in Wolle gewandete Miststück von der *Mail*. Er spielt nervös mit den Autoschlüsseln und kratzt sich den rasierten Schädel. Rebecca. Das Geschrei der Menge hallt wie Donner durchs Foyer:

«MÖRDER! MÖRDER! MÖRDER! MÖRDER!»

Die Demonstranten drohen brüllend mit den Fäusten. Gesichter sind durch die dunklen Fensterscheiben nicht zu erkennen, nur aufgerissene Münder und verrenkte Hälse. Die Blitze der Pressefotografen. Justin sieht den jungen Portier an, der neben ihm steht. Wie schätzt er die Lage ein? Der Portier weicht seinem Blick aus.

Der diffuse Schatten vor dem Haupteingang bewegt sich: Er teilt sich wie ein Meer, als würde sich ein Panzer durch die Menge pflügen. Die Polizei, denkt Justin, während er die Hände ausschüttelt wie ein Sprinter vor dem Start. Aber nein, es ist nicht die Polizei. Eine riesige Gestalt drängelt sich zwischen den glühendsten Antipornoanhängern hindurch und hämmert mit einer Schinkenpranke gegen die Glastür.

«Lassen Sie ihn rein!», schreit Justin. Seine Schultern und

Fäuste zucken im Stakkatorhythmus. Die Security schließt die Tür auf und zerrt den Koloss herein. Sofort werden die Stimmen lauter, sie brüllen mit derselben fanatischen Hingabe, wie man sie sonst nur beim Fußball hört.

«MÖRDER! MÖRDER! MÖRDER! MÖRDER!»

Die Security schlägt der tobenden Menge die Tür in die wutverzerrten Gesichter. Die Demonstranten dreschen mit den Fäusten auf die Scheibe ein, aus ihren Extremitäten zucken gabelförmige Blitze.

Der Koloss klopft sich den Anzug ab und grinst das bekannte Grinsen: Beide Wangen heben sich wie von der Schlachtbank hochgezogene Kalbskadaver.

«Mein Junge, mein lieber, lieber Junge.»

«Hallo, Frank.»

«Was haben die nur gegen einen unreifen Bengel wie dich?»

Justin zieht Frank unter eine Wendeltreppe. Das fette Arschloch zittert vor Erregung. Sein dreistes Grinsen ist wie festgemeißelt: Es wäre zu anstrengend, die Lippen zu bewegen.

«Ich brauche deine Hilfe, Frank. Rebecca steckt in Schwierigkeiten. Sie ist bei Colin in Withington, und ich glaube, er ist am Durchdrehen. Der Typ ist ein Irrer.»

«Du hast deine Geliebte in die Arme eines Irren geschickt? Ach, Justin.»

«Ich halte es für möglich, dass er ihr etwas antut», sagt Justin schroff, damit Frank endlich kapiert, dass die Sache ernst ist. Franks Hände treffen sich vor seiner Brust und legen sich auf seinen gewaltigen Bauch. Seine Finger fummeln miteinander. Sein Lächeln hat etwas Unwirkliches, es flackert wie eine Filmaufnahme in Endlosschleife.

«Ich fürchte, ich muss mich da raushalten, Justin», sagt er langsam und beinahe ernst. «Von allem, was du außerhalb der Firma treibst, halte ich mich fern, für White Love und das Geschäft. Es wäre wirklich das Beste, wir treffen uns nicht mehr.»

«Sie stirbt vielleicht, Frank.» Justin packt Frank am Arm und bedauert es sofort: Er ist schwabbelig wie eine Blase. Frank lässt nicht mit sich reden. Er hilft anderen nicht gerne. Weil er ein Arschloch ist.

«Tut mir leid, Justin, aber ich mische mich da nicht ein. Ich verhelfe dir zu einem Haufen Geld. Allein die Verkäufe im ersten Monat bringen dir eine halbe Million. Hier geht es schließlich um meine Zeit.»

Während Justin noch überlegt, warum ihm eine halbe Million Pfund nichts bedeuten, erstrahlt der Eingang in neongelbem Licht. Justin macht einen notgedrungen weiten Bogen um Frank und eilt auf die Polizisten zu.

«Ich kümmere mich um Steve, mein Junge. Viel Glück», röhrt Frank ihm über die fette Schulter zu.

Justin hört nicht hin. Er geht mit ausgestreckten Armen auf einen der Beamten zu. Der Polizist runzelt die Stirn.

«Es wird mindestens noch eine Stunde dauern, bis die Demonstration aufgelöst ist, mein Junge.»

31.
Darling Tod

Es geschieht. Rebecca blutet und Colin tritt, Steve ist verrückt und Justin sitzt fest. Und Carly, die liebe Carly, ist dort, wo sie schon seit Monaten ist: in der Wohnung im Green Quarter, allein mit der Sexmaschine.

Nach vielen Stunden mit der Maschine summt Carlys Atem. Sie ist zu schwach, den Mund zu öffnen. Sie zieht durch die Mundwinkel Luft ein und lässt sie mit einem hohen, sehnsuchtsvollen Summton durch die Nase ausströmen.

Langsam nimmt sie die Lustpads ab. Rauch steigt auf, als sie ihre Brustwarzen vom Strom befreit. Die Haut zwischen ihren Beinen ist verbrannt und schwarz. Die Haare fallen ihr aus. Je nach Blickwinkel sieht sie beinahe kahlköpfig aus, die hohe Stirn zieht sich wie geschmolzenes Wachs vom Haaransatz bis zu den spärlichen Brauen. Und erst die Augen: steinern und hohl, die Lider bröselig wie Kekse.

«Oh, Darling», murmelt sie und rekelt sich zwischen den Gurten und Drähten. Darling: White Love 1000.

Sie hat die Wohnung seit sechs Wochen nicht mehr verlassen. Isst fast nichts mehr. Ihre Beine sehen aus wie Golfschläger, so staksig, dass sie sie kaum noch bis zur Schlafzimmertür tragen. Frank hat sich einen genialen Schachzug ausgedacht, um die Sache zu vertuschen. In sechs Monaten soll die Maschine in Großbritannien auf den Markt kommen, da kann er sich keine schlechte Presse leisten. Und Carly wäre eindeutig schlechte Presse. Ihren Eltern wurde mitgeteilt, sie sei ganz plötzlich von moralischen Anwandlungen heimgesucht worden und im Dienste einer Hilfsorganisation in den Sudan gereist. Aber sie hat weder moralische Anwandlungen, noch ist sie im Sudan. Sie liegt auf dem Bett und wartet, dass ihr Körper abkühlt. Damit sie weitermachen kann.

Das Zimmer ist mit einer Staubschicht überzogen. Graue Flusen liegen auf der verstummten Stereoanlage und dem verwaisten Fernseher. Wo kommt bloß all das Zeug her?, überlegt Carly. Bis auf die Maschine stürzt alles sie in tiefe Verwirrung. Steve ist nur selten da. Er ist immer unterwegs, wo, weiß sie nicht. Sie ist immer zu Hause. Es gibt kein anderes Wort, um diesen Ort zu beschreiben. Er ist Carlys Bau.

Sie krabbelt aus dem Bett. Die Maschine lässt sie liegen, damit sie sich ausruhen kann.

«Ablenkung», haucht sie. «Ich brauche Ablenkung.»

Jedes Mal, wenn sie Darling benutzt hat, muss Carly etwas finden, womit sie die Zeit totschlagen kann. Am liebsten würde sie die Maschine gar nicht mehr ausstellen, aber in seltenen lichten Momenten weiß sie, dass ihre Haut dann noch schwärzer und dass sie wahrscheinlich ohnmächtig werden würde. Also muss sie ab und zu Verschnaufpausen einlegen.

Sie kriecht zur Frisierkommode und befühlt die Gegenstände, die sie dort vorfindet. Es gibt kaum etwas, was sie benennen könnte. Sie weiß, dass das Fläschchen mit der dicken rosa Flüssigkeit etwas mit ihren Fingern zu tun hat. Aber was, fällt ihr nicht ein. Die bunte Schminke kommt ihr jetzt albern vor. Sie liest die Etiketten und rätselt, was ihr die verschiedenen Farbtöne früher bedeutet haben. 314 Hot Lilac. 28 Sheer Blossom. 49 Violet Magnetique. 30 Foxy Lady.

Sie fegt das Schminkzeug vom Tisch und öffnet eine Schublade. Darin befindet sich ein Stapel fettiges Papier. Sie weiß, was das ist. Sie hat es schon einmal gesehen, ganz sicher. Sie riecht daran und erinnert sich. Es riecht nach ranzigem Schweiß. Aber nein, sie kann nicht denken. Sich doch an nichts erinnern. Jedes Blatt ist erstaunlich zerknittert, irgendwie beeindruckend. Es gibt sie in verschiedenen Farben, und jede Seite ist mit unzähligen kleinen Details versehen. Sie vergleicht die unterschiedlichen Bilder, legt sie nebeneinander auf die Kommode und starrt sie an. Aber es ist zwecklos. Sie kommt einfach nicht drauf, was man damit anstellen könnte.

«Zwanzig Pfund», liest sie ab, doch die Wörter fühlen sich fremd an auf ihrer Zunge. «Zwanzig Pfund», wiederholt sie und lässt das Ding fallen.

Natürlich war es die Langeweile, das Fehlen einer anderen Beschäftigung. Das war der Auslöser. Und dann war es das köstliche Verlangen nach mehr, das uns zitternden Idioten zu eigen ist. Schließlich sind Geburt und Tod eine ziemlich altmodische Ereignisabfolge. Es ist nur recht und billig, die Jahre dazwischen mit gesteigertem Lustgewinn zu füllen. Darum hat sich Carly von der Sexmaschine elektrische Schläge verpassen lassen. Immer länger. Stundenlang.

Aber es war nicht die Liebe zum Sex, die Carly in diese Lage gebracht hat, und eigentlich war es auch nicht die Liebe zum Orgasmus. Sondern die farblose Brühe. Das Leben: dieses vorgetäuschte Gähnen. Die erstaunliche Langeweile, die dein Hirn in dünne Vorhänge hüllt und das Leben wie eine bedeutungslose Katastrophe erscheinen lässt. Verstehst du? Am Leben sein. Menschen kennen, Freunde haben. Solche Sachen.

Carly war unvorstellbar gelangweilt. Verwirrt von einer Welt voll Bomben, Reden und großen Zielen. Entmutigt angesichts eines Planeten, der mit Energie und Ehrgeiz seine Zeit verplempert.

Zurück am Bett, entdeckt Carly ein silbernes Band an einem ihrer Zehen. Sie zieht es ab und hält es ins Licht. Sieht völlig nutzlos aus, denkt sie, wozu könnte es wohl gut sein? Sie steigt ins Bett und umschlingt zärtlich die Maschine. So viel besser als ein Schwanz und Eier, denkt Carly. Keine Grunzgeräusche mehr, keine ungeschickten Finger. Sie betrachtet ihre schwarze Brust und die tauben Stellen ihres Körpers. Darling stört das nicht. Darling ist es egal, wie du aussiehst, und dem Tod auch. Ihr Hirn schaltet in den Leerlauf. Sie legt die Maschine an. Sie hasst Männer. Schwanzlose Arschlöcher. Das Einzige, was Carly mag, sind endlose Orgasmen. Mit verheerenden Folgen. Einfach ausgedrückt, ihr war langweilig, und sie stand auf Sexmaschinen. Jetzt ist sie verkohlt.

32.
Tomatenaugen

Der köstliche, weiche Ciabattateig saugt das Blut von Rebeccas Lippen. Aber ihr Mund funktioniert nicht: Er weigert sich, das Essen aufzunehmen, das Colin ihr aufdrängt.

«Iss, Rebecca, iss dein lecker Happa.»

Colins Augen sind weit aufgerissen, erstarrt zu einem falschen Staunen. Er drückt Rebecca das Brötchen, das dick mit Blut und Lippenstift beschmiert ist, an den Mund. Rebecca zieht es die Kehle vom Würgereiz zusammen, der strenge Pestogeruch kratzt ihr in der Nase.

Colin gibt fürs Erste auf und beißt selbst ein großes Stück ab. Seine Zähne färben sich rötlich. Er kniet sich kauend neben Rebecca und beugt sich über sie, bis ihre Gesichter sich fast berühren. Sie sieht es nicht, weil ihre Augen sich nicht öffnen. Ihre ruhiggestellten Sinne registrieren nur die Kaugeräusche und das tiefe Brummen in Colins Adamsapfel. Sie wünscht sich, dass er wieder in den Zeitschriften liest, ihr einen Augenblick der Ruhe gönnt.

Doch stattdessen spürt sie etwas Kaltes, das auf ihre Wangen tropft. Wie kleine Nadelstiche. Sie muss an die Zeit denken und daran, dass auch sie irgendwie tropft, zu Ende geht. Colin hält getrocknete Tomaten über ihr Gesicht und sieht zu, wie das tropfende Öl durch ihre Hautfältchen und in die Wunden rinnt.

Genervt darüber, dass sie nicht bei vollem Bewusstsein ist, zieht er ihre Lider hoch und betrachtet die verängstigten, starren Pupillen. Aber er kann ihren Blick nicht festhalten. Rebeccas Pupillen rutschen nach oben, als versuchte sie mit aller Kraft, ihre Schädeldecke anzustarren.

«Aber mit dem Hören klappt's noch, was, Rebecca? Miststück.»

Colin lässt ihre Lider los und legt ihr dann mit ruhiger Hand eine appetitliche Tomate auf jedes Auge. Rebecca nimmt es nicht wahr, spürt vielleicht im Augenbereich etwas Kühles, Beruhigendes. Sie ist ein totes Monster mit tomatenroten, nassen Glotzaugen. Colin setzt sich auf den Badewannenrand. Mit einer Zeitschrift versucht er, sich das Blut von den Händen zu wischen.

«Das ist ein hübsches Ende, genau, wie es sich gehört. Getrocknete Tomaten und eine gute Zeitschrift.»

Seine Stimme ist unmelodisch und blechern. Ein tiefes Blubbern. Rebecca hustet leise. Er blättert in der Zeitschrift, bis er auf eine interessante Seite stößt. Er liest laut vor. Aus seinem Mundwinkel rinnt rosa Sabber.

«Für die meisten Frauen bedeutet eine Brustvergrößerung den Beginn eines neuen Lebens mit mehr Selbstbewusstsein und besserem Sex. Nicht so für Lianne Buckell, die nach Los Angeles flog, um ihre Körbchengröße A in eine DD verwandeln zu lassen. Alles verlief glatt, bis sie den Heimflug antrat. Ihr Freund Gerrard berichtet: ‹Die Dinger sahen klasse aus, richtig amerikanisch, praller und fester als die meisten britischen Silikonmöpse. Ich konnte es kaum abwarten, sie endlich anzufassen. Plötzlich wachte ich im Flieger von einem lauten Knall auf. Zuerst dachte ich an einen Terroranschlag, was schon schlimm genug gewesen wäre, aber dann sah ich das Blut und das ganze

Wabbelzeug, und da wusste ich, dass Liannes Titten explodiert waren.›»

Colin verstummt, plötzlich gelangweilt, dann blättert er drei, vier Seiten vor und liest weiter.

«‹Ich habe meinen Mann mit meiner Schwiegermutter im Bett erwischt›.» Er spuckt kirschroten Schleim auf den Badezimmerfußboden. Die nächste Seite wird umgeblättert.

«‹Mein Freund will es nur anal› ... ‹Warum ist er verrückt nach Titten?› ... ‹Er und seine Rugbykumpel haben es mir der Reihe nach besorgt› ... ‹Mein Zehnjähriger hat meine beste Freundin vergewaltigt›.» Colins Stimme überschlägt sich. Rebecca zeigt keine Reaktion. «Wach auf, Rebecca! ... Ich halte deine Grabrede ... ‹Meine Fickbekanntschaft aus dem Netz› ... ‹Warum mein Vater und ich miteinander geschlafen haben›.»

Colin stopft sich noch ein Stück vergiftete Ciabatta in den Mund, Chorizo. Mozzarella quillt ihm aus dem Maul, Krümel springen heraus und begehen Selbstmord. Er schreit:

«‹Hollywoods Traumpaar ist pleite› ... ‹So kopieren Sie den Stil der Trendqueen› ... ‹Wie blase ich am besten› ... ‹Hilfe, ich bin unersättlich› ... ‹Machen Sie ihn eifersüchtig› ... ‹Wie Sie erkennen, dass er fremdgegangen ist›.» Colin starrt Rebecca zornig an, dann brüllt er: «Hilfe, ich bin unersättlich!»

Und immer so weiter. Colins Stimme dringt in Rebeccas Ohren, rasselt zwischen den zarten Knochen und Röhren, pustet leise an ihr Hirn. Sie stellt sich Justins Wagen vor, das vanillegelbe Innere, die Sitze mit dem Plumpseffekt und seine blassen, festen Hände.

33.
Das Einmachglas

Justin heizt über den Princess Parkway, aus dem voll aufgedrehten Radio dröhnen Superhits. OH I WOULD DO ANYTHING FOR LOVE, BUT I WON'T DO THAT NO NO. Hört er überhaupt zu? Aber ja, natürlich. Denn ab jetzt braucht das Leben einen ihm angemessenen, packenden Soundtrack. Das ist die Zivilisation. Sie hat uns Elasthanhaut und Kunststoffaugen geschenkt. Mach ein freudiges Gesicht.

Justin hat das Malmaison unter Polizeischutz verlassen. Ein paar Demonstranten hatten sich zusammengerottet und auf ihn gewartet. Eine Frau hatte ihm ein Einmachglas mit einem Embryo vors Gesicht gehalten, andere hatten stumm mit dem Finger auf ihn gezeigt, unsicher, was sie – Aug' in Aug' mit dem Ungeheuer – sagen sollten.

Justin hatte sich jeden Demonstranten genau angesehen. Er hielt es für angebracht, einen möglichst interessierten Eindruck zu machen, ihren Hass und ihr Entsetzen zu registrieren. Die Frau mit dem Einmachglas hatte eine lange, weiße Narbe, die von der Stirn bis zu den gekräuselten, rosa Lippen reichte und weiter bis zur fleckigen Haut an ihrem Kinn. Justin war fasziniert. Es war, als zöge sich eine kleine Geschichte durch ihr Gesicht – eine Fußnote der Zivilisation. Ein Augenblick der Wut oder bloß ein dummer Unfall. Aber offen gesagt wirkte die Frau ein wenig sprachlos. Es schien ihr etwas peinlich zu sein, einem jungen Mann mit einem Embryo vor dem Gesicht herumzufuchteln. Wenn alles vorbei ist, wenn die Sexmaschinen den Sieg davongetragen haben und alle Embryos in Einmachgläsern stecken, dann, ach, ich weiß auch nicht – das Einzige, was immer bleibt, ist Scham.

Aber was soll's. Jetzt sitzt Justin im Wagen. Der Motor dröhnt, als würde ein Kind ein fahrendes Auto nachmachen. Ich meine, der Motor heult wie eine verzerrte Sirene. Justin fährt schnell, den Blick fest auf die Straße gerichtet, den Körper nach vorne gebeugt, als könnte er den Wagen so noch mehr beschleunigen. Er überfährt eine rote Ampel und biegt links in die Mauldeth Road. Er atmet tief durch; nur noch eine Minute bis zu Colins Wohnung. Rebecca.

34.

Superschlampe

Als Frank Zimmer 16 des Malmaison betritt, ist Steve schon weg. Also bestellt sich Frank beim Zimmerservice eine Riesenportion Rinderschmorbraten und wartet.

Zum Glück weiß ich, was diese paar Geschöpfe gerade treiben. Ich weiß genau, was mit Steve passiert ist. Er verließ das Malmaison durch den Hinterausgang und traute seinen vom Weinen noch immer geröteten Augen nicht: Er musste sich beim Anblick der Demonstrantenschar übergeben.

«Nicht angucken!», schrie er, als er sich in die Menge stürzte. Die Wärme anderer Menschen brannte in seinem Gesicht, Transparente schabten an seiner Kleidung.

«Mode! Mode! Mode!», kreischte er, als ihn der Blick der Menge traf wie ein Hochgeschwindigkeitszug. Er schlug wild um sich, und die Menge teilte sich. Kleine Kinder schrien: «MÖRDER», und wurden aus der Nähe des tobenden jungen Mannes in der merkwürdigen Aufmachung fortgezogen.

Erst als er sich durch die Menge gekämpft hatte, fiel ihm auf, dass er seinen Stetson verloren hatte. Er sah sich nach den Demonstranten um: Es gab kein Zurück. Er sank auf dem Bürgersteig auf die Knie und erbrach sich wieder. Diesmal würgte er nur kleine, trockene Stücke heraus.

«Entschuldigen Sie, geht es Ihnen nicht gut?»

Ein Demonstrant beugte sich zu ihm hinunter und tätschelte ihm seltsam den Kopf. Auf seinem Transparent stand: «ICH GLAUBE FEST AN DIE FAMILIE.»

«Nicht angucken, bitte», sagte Steve, ohne den Blick vom Asphalt und seinem Mageninhalt abzuwenden. Aber wie so viele Moralisten war der Mann hartnäckig.

«Und Ihnen fehlt bestimmt nichts?»

Steve tat etwas, was er schon seit Wochen nicht mehr getan hatte, er sah dem Mann ins Gesicht. Er war um die fünfzig. Die fleckige Haut um seine Augen war runzlig wie ein Hodensack. Mit jedem Blinzeln schoben die Falten sich übereinander und legten sich zu einem ordentlichen Stapel aus sterbender Haut. Seine Augen waren von einer dünnen, weißen Membran überzogen – wie verschüttete Milch auf Glas. Die türkisblaue Iris war kaum zu sehen.

«Ich habe meinen Hut verloren», sagte Steve, als ihm der herrliche Stetson wieder einfiel, der ihn so glücklich gemacht hatte.

«Ich habe mein Augenlicht verloren, junger Mann. Seien Sie dankbar, dass Sie noch sehen können.»

Eine seltene Euphorie sprudelte unter Steves Wangenknochen auf. Weitaus befremdlicher war allerdings, dass seine Mundwinkel sich plötzlich hoben. Dass er tatsächlich lächelte, traf ihn wie ein Schock. Der Mann reichte ihm die Hand. Steve nahm sie und fühlte sich herrlich schwerelos, als er vom Asphalt gezogen wurde. Dann sah er, dass auf den scheußlichen Turnschuhen des Mannes Spritzer seiner Kotze klebten. Er lachte, nicht gehässig, sondern aus einer kurz aufflammenden, urkomischen Verzweiflung. Auch der Mann lächelte. Es war ein Lächeln, wie man es sich vielleicht in einer Welt ohne Spiegel aneignet. Schief und mit entblößten Zähnen.

«So, mein Junge, alles wird gut.»

Doch der Blinde war bereits allein. Steve lief noch immer lächelnd zum nächsten Bankautomaten, bereit für das Finale.

Aber das war vor einer halben Stunde, mein Freund. Dreißig Minuten in der Vergangenheit. Jetzt sind wir im Jetzt. Ha. Jetzt.

Nachdem er so viel Geld wie möglich abgehoben hat, geht Steve shoppen. Er geht von Geschäft zu Geschäft und kauft alles, was ihm gefällt. Mit sechs oder sieben Kleidertüten in jeder Hand eilt er die Market Street hinunter. Das geblümte Hemd hat er ausgezogen. Sein Oberkörper ist nackt. Er kommt an einem Klamottendiscounter vorbei, aus dem Kunden nach draußen gespült werden. Er betritt das Arndale Centre und geht unter der gläsernen Überführung mit der Gastro-Zone entlang. Kinder starren von oben herunter, die Münder voll mit Burgern, die Hände voll mit Pommes, und lachen über den halbnackten Steve. Er spannt die Brustmuskeln an. Seine Arme sind gestreckt vom Gewicht der Einkäufe.

An der Ecke zur Cross Street wird er von einer Mädchenhorde aufgehalten: Ungefähr fünfzehn Frauen mit flachsblonden Haaren und karottenroter Haut feiern einen Junggesellinnenabschied. Jede trägt ein weißes T-Shirt mit einem eigenen Spruch quer über der Brust: «Blaskönigin Kate», «Schwanzschluckerin», «Becky Bumsgrotte», «Penny Schlabberfotze», «Superschlampe». Die Frauen lachen. Alle sind betrunken und amüsieren sich köstlich.

«Superschlampe» ist die Erste, die Steves nackten Oberkörper entdeckt. Sie stürzt sich auf ihn und saugt, angefeuert von einem virtuosen Kreischkonzert der anderen, abwechselnd an seinen Brustwarzen. In Sekundenschnelle ist Steve von Frauen umringt, sie streicheln seine trainierte Brust und grapschen nach seinem Schwanz.

«Ein Foto! Mach ein Foto!», schreit Superschlampe und beugt sich vor, als würde Steve sie von hinten nehmen. Anal. Penny Schlabberfotze folgt Superschlampes Befehl und zückt eine Kamera. Sie tritt einen Schritt zurück, damit sie alle aufs Bild kriegt. Steve erscheint auf dem Display. Mittig. Er spannt mit aller Kraft die Gesichtsmuskeln an, und sein Mund verzieht sich zu einem stahlharten Grinsen. Die Mädchen nehmen verschiedene Posen ein. Zwei lüpfen ihre T-Shirts und zeigen ihre Titten, dann machen sie einen ungeschickten Viertitter. Andere heben einfach ihre Möpse. Und lächeln. Schwanzschluckerin hockt vor Steves Schritt, die Finger im weit aufgerissenen Mund. Und schluckt einen imaginären Schwanz.

Die Kamera blitzt, und die Mädchen verlieren sofort das Interesse. Nur Superschlampe verweilt und tauscht einen langen Kuss mit Steve. Sie ist verblüfft, wie hart sein Mund und seine Wangen sind. Als küsste sie menschliche Knochen und gefrorene Bänder.

«Äh ... danke ... und tschüs ... haha ...»

Steve sammelt seine Tüten auf. Das Lächeln in seinem Gesicht ist gespannt wie eine Sehne. Er blickt auf seine perfekt rosa Brustwarzen, die auf den geschwollenen Muskeln glänzen. Es kommt ihm vor, als würde sein Körper sekündlich wachsen, mit jedem Moment von Anspannung und Lächeln fühlt er sich größer und größer werden. Ob ich überhaupt noch durch die Wohnungstür passe?, überlegt er. Carly? Schaffe ich es noch bis zu ihr?

Die Zweibeiner auf den Straßen beschäftigen ihn jetzt kaum noch. Er lässt sie seine nackte Brust anstarren, gestattet ihnen zu lachen. Er begegnet ihren Blicken mit Augen aus feinster Seide. Straffe Haut aus modernstem Kunststoff. Denn wir von der Zeit verängstigten, kichernden kleinen Hosenscheißer hätten nie Asphalt legen oder Fundamente graben sollen. Wir dämlichen Ärsche hätten nie an den Wolken kratzen dürfen. Und jetzt wird unser toller Lebensstil vielleicht von etwas anderem abgelöst. Von nichts vielleicht. Nichts, außer schlüpfrigem, geschwätzigem, gleichmäßig dosiertem Schwachsinn und ein paar peinlich popeligen Atemtechniken.

Aber wo bleibt der große Untergang? Der laute Knall? Warum, um Himmels willen, gibt es noch ein Wetter? Die Wolken müssen es doch satthaben, all dies Geschnüffel an den Achselhöhlen, das Gekämme, Gestyle, den ganzen Müll. Der Sonne und dem Mond muss das alles doch längst am Arsch vorbeigehen.

Steve stellt die Einkaufstüten auf den Bürgersteig. Er löst die Finger aus den Tragegriffen und bewundert die aufgedruckten Markenlogos. Solche Tüten hebt man auf und gebraucht sie wieder: Gucci. Prada. Vivienne Westwood. Ha, hippe Primaten. Er kramt in den Tüten, bis er gefunden hat, wonach er sucht: eine rote Seidenkrawatte mit dünnen schwarzen Nadelstreifen. Den Blick in den gelben Himmel gerichtet, bindet er sich die Krawatte um den Kopf und zupft ein paar blonde Haarsträhnen heraus. Das ist nicht modern. Das ist ein maßgeschneiderter Gruß an das Ende der Welt und seines Lebens. Steve atmet durch zusammengebissene Zähne. Schaffe ich es noch bis zu ihr?

Weiter die Straße hinunter, ein paar Treppen hinauf und durch ein paar Türen hindurch, befindet sich Carly. Carly ist in die Küche gekrochen, um sich etwas zu essen zu suchen. Die Luft aus dem Kühlschrank ist eine Wohltat für ihren verbrannten Körper. Ein eiskalter Windhauch, der Erinnerungen an die Außenwelt weckt. Sie hat schon ewig nicht mehr an die Außenwelt gedacht. Nicht mehr, seit sie zum letzten Mal draußen war, und das ist Monate her. Sie erinnert sich plötzlich an ihre Einkaufstrips in die Stadt. Das viele Geld. Die Besuche bei Versus und das kalte Bier in den Bars auf dem Deansgate. Sie ist sich sicher, dass sie es nicht vermisst, das Draußen, meine ich. Es war scheiße dort, denkt sie, und langweilig.

Die verkohlte Hautpartie wird größer. Sie reicht jetzt vom Bauchnabel bis zu den Knien, und auch die Brüste sind schwarz. Vor langer Zeit schon ist ihr in den Sinn gekommen, wie sehr sie sich selbst schadet. Die Splitter des Glastisches haben auf ihrem Körper Narben hinterlassen, die nie mehr ganz verschwinden werden. Aber was nützt ihr Schönheit, wenn sie dafür auf Darling verzichten müsste? Außerdem ist Leben für sie einfach die Suche nach Lust. Und sie hat recht: Wir krümmen uns mit Genuss.

Während sie Wasser nippt aus einem Glas, das sie aus Schwäche nur halb füllen konnte, überlegt Carly, ob sie weinen soll. Überlegt für einen kurzen Augenblick, ob Darling die verbrannte Haut und den Haarausfall wert ist. Den Schmerz wert ist, den sie verspürt, wenn sie ohne die Maschine ist. Schon seit Wochen hat sie Steve nicht mehr gesehen. Muss sie ihn um Verzeihung bitten? Sie vermutet, ja. Einfach deshalb, weil sie zu einem Schatten ihrer selbst geworden ist.

Der Kühlschrankthermostat schaltet sich aus; eine plötzliche Stille flutet Carlys Gehörgänge und belagert ihr kleines Hirn. Sie hustet, um die Stille zu durchbrechen, und krabbelt in Richtung Schlafzimmer. Tränen schießen ihr in die Augen, und aus ihrem Mund hüpft ein babyhaftes Glucksen: «Darling, Darling, Darling.»

Steve nimmt mit den schweren Tüten die letzten Stufen bis zur Wohnungstür. In den Augen Eis. In den Ohren Carlys Kreischen.

«Darling, Darling, Darling.»

Er schließt die Tür auf und schleudert die Tüten nacheinander auf den Fußboden. Carly erstarrt in ihrer Krabbelhaltung. Ihre fleckige, graue Kopfhaut schimmert durch das schüttere Haar.

Sie plärrt: «Darling, Darling, Darling», dann weicht sie wie in Zeitlupe auf allen vieren zurück und schnurrt. Steve steht mit weit gespreizten Beinen da, die Hände in die Hüften gestemmt. Er trägt immer noch die Krawatte um die Stirn. Schweiß rinnt ihm den Rücken runter.

Er blickt zu ihr hinunter. «Carly, was hast du getan?» Sie hockt da, als würde sie gleich zum Sprung ansetzen – wie eine große, schnelle Katze: eine Leopardin. Eine hungrige Leopardin.

Mieser Schwanz, denkt Carly, und ihre aufgesprungenen Lippen verzerren sich zu einem Grinsen. Ein Stirnband? Nach so langer Zeit kreuzt er mit nacktem Oberkörper und einem Stirnband bei mir auf? Langsam und mit erheblicher Mühe steht sie auf. Ihr Körper nimmt eine stark gebeugte, aber im Prinzip aufrechte Haltung ein. Jetzt, wo sie splitternackt vor ihm steht, offenbart sich das ganze Grauen ihres Zustands. Spindeldürre Beine. Abgemagerte Taille. Die Beckenknochen staken wie ein Hirschgeweih aus dem verkohlten Bauch und zeigen hinauf zu den schwarzen Titten und dem gehetzten Gesicht. In den verkrusteten Augenwinkeln liegen Tränen, ihre Stirn dampft wie zähe Lava. Geheiligter Zorn und nicht ein Fünkchen Scham.

«Mir war langweilig, Steve», sagt sie langsam, die Stimme fast so tief wie die eines Mannes. Sie hat Mühe, das Gleichgewicht zu halten, auf ihren Füßen pulsieren schimmelkäseblaue Adern. Die Liebenden betrachten einander in vollkommener Stille. Eine klebrige Träne von spermaähnlicher Konsistenz läuft aus Carlys Auge. Sie zieht die Nase hoch und knurrt, die Lippen geschürzt, den Rücken gekrümmt vor Schmerz. Steve macht sich an die Anamnese ihres Verfalls. Er mustert eingehend ihren Schambereich und versucht, die frühere vollendete Schönheit aufzuspüren. Carly starrt an sich hinunter auf die Stelle, an der ihre vorstehenden Rippen in den unfruchtbaren Bauch übergehen.

«Und was hast *du* getan, Steve?», sagt sie und blickt mit kreisrundem Lächeln auf sein Stirnband. Steve spannt erneut die Brustmuskeln an und pumpt literweise Luft in seine Lunge. Was soll er sagen? Habe ich versagt, denkt er, oder bin ich einfach verrückt geworden? Oder bin ich vielleicht ein Opfer des Wandels und schrecklicher Umstände? Er seufzt. Kann ich diese ganze Scheiße umkehren und die Welt verändern?

«Ich bin aus der Mode gekommen», sagt er. Er geht auf seine verbrannte Geliebte zu, um sie zu umarmen und an seine Brust zu drücken. «Ich bin aus der Mode gekommen, Liebste!» Diesmal sagt er es mit Tränen in den Augen und rotzverstopfter Nase. Als seine großen Hände sich nach Carlys Wangen ausstrecken, fällt sie zu Boden; er greift an die leere Stelle, wo eben noch ihr winziges Gesicht war.

«Darling, Darling, Darling!»

Carly kriecht zum Schlafzimmer. Ihr Gesicht berührt fast den Teppich, als wollte sie nach Würmern schnüffeln.

«Carly, bitte.»

Steve geht ihr nach. Als er ins Schlafzimmer kommt, liegt Carly auf dem Bett und hantiert mit der Sexmaschine. Mit ekelerregender Energie befestigt sie die Pads und greift nach dem Schalter. Steve hechtet aufs Bett und fasst auf ihre klopapierdünne Haut. Er packt sie am Arm, aber die Maschine läuft bereits. Der Strom schießt ihm brennend durch seinen Arm bis in die Schulterblätter.

Schon kreischt sie: ein unaufhörliches Quieken, angesiedelt irgendwo zwischen Leben und Tod. Ach, was soll man da machen? Wir watschelnden Tragödien: was tun bei all den prickelnden Täuschungen? Dieses absurde Leben: so alltäglich. Was tun, außer gaffen und sich einen runterholen? Ha. Das Glotz-und-wichs-Zeitalter. Steve lässt Carly los und macht die Maschine aus. Carly schnappt nach Luft und stößt einen trockenen, gespenstischen Schrei aus.

«Ich bin aus der Mode», sagt Steve.

«Mach sie wieder an», schreit Carly und krallt sich so wild an ihm fest, dass ihre Nägel abbrechen.

«Ich liebe dich. Du nimmst mich mir weg ... Ich bin ein Mann!»

Steve schleudert die Turnschuhe mit den glänzenden, kristallbesetzten Zungen weg. Er reißt sich die Jeans runter und springt auf seine Geliebte.

«Ich bin ein Mann», schreit er.

«Mach die Maschine an», kreischt sie.

«Mann!»

«Maschine!»

Steve packt die Maschine und zieht mit einem einzigen siegesgewissen Ruck die Pads von Carlys Körper. Sie stößt einen lauten Schrei aus. Er fällt auf sie und zuckt vor Ekel über ihre unwirklich dünne Haut zurück. Carly versucht, aus dem Bett zu springen, aber ihre Kraft ist längst verbraucht. Sie spürt, dass sie dort, wo früher ihre Hüften waren, gepackt und in die altbekannte Position gezerrt wird. Sex, erinnert sie sich, dieser tote Hund von Zeitvertreib. Dieses ferne Zeitalter von rein und raus, vor und zurück. Pah! Das vollgesabberte, am Boden kriechende Land der Liebe. Sie muss fast würgen, als ihre Pobacken auseinandergezogen werden und sie Steves manikürten Finger fühlt, auf der Suche nach einem Eingang.

«Darling, hilf mir, Darling», ruft sie, aber die Sexmaschine liegt schlaff und verheddert in der Ecke. Steve starrt Carlys Körper an. In der rechten Hand hält er seinen Schwanz. Ach, der arme Kerl, das alberne Werkzeug. Ob ich ihn an den spitzen Beulen aus verbrannter, toter Haut vorbeibekomme, die ihre Scham verschandeln?, denkt er. Ist das alles, was übrig bleibt? Er stupst sie mit seinem Penis an. Ein stupsender Penis. Ein errötender. Der vor einem Mädchen in der Luft rumwackelt. Ich kann das nicht. Steve verspürt ein widerliches Gluckern im Hals. Dieses ferne Zeitalter von rein und raus, vor und zurück.

Carlys Hals ist verdreht, sie schielt mühsam hinüber zu Darling, der betrogenen Maschine, die in der Ecke liegt und mit ansehen muss, wie sie mit einem Mann zusammen ist. Die Dinge, die sich in den unteren Gefilden ihres Körpers abspielen, erscheinen Carly zutiefst befremdlich. Wie ein ausländischer Brauch, den sie nicht versteht. Auf jeder ihrer Arschbacken liegt eine von Steves heißen Händen. Das kommt ihr so sonderbar vor, so übertrieben real. Wie ist es dazu gekommen, wann geschah die aufregende Veränderung? Dieser Lebensstil ist ausgelaugt. Das Gefühl von menschlicher Haut auf menschlicher Haut hat urplötzlich sein Geheimnis verloren. Seinen Reiz. Für Carly ist es die unnatürlichste Empfindung auf der Welt.

Steve betrachtet weiter seinen Schwanz. Wartet auf seine Entscheidung. Carly lauscht seinem Winseln, ein dreckiges Grinsen huscht über ihr Gesicht. Sie tut etwas, was sie noch nie getan hat: Sie stellt sich ihre Gebärmutter vor, das traurige Organ, das zwischen das andere Zeug geplumpst ist. Blase, Darm, Lunge, Nieren. Was für eine merkwürdige kleine Herberge zum Mit-sich-Herumtragen. Auf einmal findet sie ihre Gebärmutter altmodisch. Ein groteskes Anhängsel, das die Evolution längst hätte aussondern sollen. Ein blöder Behälter, der keinerlei Nutzen für sie hat. Weil die Zeit einfach nicht unser Element ist. Wir bewohnen einen Ort, der eher dem Vergessen ähnelt. Eine klebrige Vergessenheit, wo Sex eine nichtssagende Erinnerung ist und Fortpflanzung seine perverse Folge.

Steve hält Carly fest. Ein Schwanz voller Blut. Ein starker Körper. Ein Stimmungslampenhirn.

«Geiles, fettes Rohr, hä? Ich könnt's dir besorgen. Ich bin ein Sexgott», schreit er. «Ein Superficker.»

«Ma...schine», ächzt Carly zwischen zusammengebissenen Zähnen.

«Ich kann dich in den siebten Himmel vögeln, Baby. Ich bin ein Kerl. Ich kann dich in den siebten Himmel vögeln.»

Steve packt Carly bei den Haaren und zieht. Ein dickes Büschel löst sich von ihrer Kopfhaut, und sie schreit entsetzt auf. Er umfasst ihre winzig schmale Taille. Sie ist so leicht, dass er sie fast hochheben kann. Er fährt mit dem Finger über die Knubbel ihrer Wirbelsäule. Wir werden alle dünn. Wir sind ein ziemlich übler Sauhaufen. Das Leben ist unbefriedigend. Mein armer, kleiner Penis, denkt Steve. Der hat von alldem nichts gewusst. Er legt den Kopf auf Carlys verkohlten Rücken. Ihr Steißbein drückt sich in sein Auge. Wir hätten uns doch in den frühen Morgenstunden lieben können. Danach wären wir erschöpft auf die Kissen gefallen und hätten mit lächelnden Gesichtern geseufzt. Steve weint. Eine weitere Welt geht unter dem Zischen seiner Bewohner zu Ende.

Steve spürt, wie ein Kloß aus Halbverdautem sich durch seine Speiseröhre drückt, zu trocken und zu groß, um herauszukommen. Er würgt, kriegt kaum noch Luft. Carly nutzt die Gelegenheit und lässt sich vom Bett fallen. Sie krabbelt zur Maschine. Steve hockt auf allen vieren. Verblüfft entdeckt Carly mehrere merkwürdige, unnatürlich rote Flecken auf seinem Arsch. Wo nimmt die Natur bloß den Eifer her, uns so grässlich zu verunstalten? Wer außer ihr hätte die Geduld dazu? Carly legt eins der Pads auf ihre schwarze Brust. Tief in ihrer Augentechnologie flammt etwas auf, was wie Mitgefühl aussieht. Und dann singt sie.

«Oh my darling, oh my darling, Clementine.»

Ein Lächeln sprudelt an die Oberfläche von Steves Gesicht. Was für eine hübsche Überraschung. Er verstärkt es bis zum Äußersten, indem er seinen grinsenden Mund in die Breite zieht und die Wangen so weit hebt wie nur irgend möglich. Carly singt weiter.

«You are lost and gone forever, dreadful sorry, Clementine ...»

Steve dreht sich um und sieht Carly an. Sie bringt der Sexmaschine mit schief geneigtem Kopf ein leises Ständchen, streichelt sie zärtlich mit ihren knochigen Händen. Ihr Gesang ist brüchig, aber klar, und er kommt von Herzen.

«You are lost and gone forever ...»

Steves Züge lockern sich und nehmen einen Ausdruck an, wie man ihn vielleicht im Gesicht eines Einsiedlers erblickt, der mit den Gesetzen der Mimik nicht vertraut ist. Er steigt aus dem Bett, sein Schwanz eine vom Kampf geschwächte, blutbeschmierte, verschrumpelte Faust.

Carly blickt nicht mal auf, als er an ihr vorbei in den Wohnbereich geht. Sie singt weiter leise Schlaflieder für die Maschine. Und die Maschine? Zwinkert sie Steve etwa zu, als er das Zimmer verlässt? Nein, natürlich nicht. Wie könnte sie?

Er humpelt ins Wohnzimmer. Wie wunderbar. Steve starrt seine Wohnung an. Wie amüsant. Eine ulkige Unterkunft. Die Leere erinnert ihn an Frank, das fette Schwein, der die Wohnung so oft mit seinem überdimensionalen Körper ausgefüllt hat. An Justin denkt er auch. An seine lässige Art und daran, dass sie drei bald ungeheuer reich sein werden. Weil sie die Sexmaschine millionenfach verticken.

Er geht zur Spüle und dreht den Kaltwasserhahn auf. Fließendes Wasser war ihm immer das schönste Beispiel für die Zivilisation. Das riesige Netz aus Kontrollschächten und unterirdischen Kanälen, er möchte laut auflachen, wenn er dieses ausgeklügelte System mit seinem eigenen, momentanen Zustand vergleicht. Die vielen Wochen, in denen er nur einkaufen war. Der Blinde. Die Anstrengungen, die er unternommen hat, um sich den Blicken der anderen zu entziehen.

Sein nackter Körper wirkt wie ein trautes Arrangement aus Tradition, Scherz und Zeichen sportlicher Betätigung. Seine wohlgeformten Schenkel, die kräftigen Füße, die gewölbten Brustmuskeln. Zum Totlachen. Und dann die Leute auf den Straßen: die Junggesellinnenabschiede und die Demonstranten. Das Beste ist, ihre rätselhaften Gedanken und Beweggründe bleiben, was sie sind – rätselhaft. Parlamente und Märkte: stolze Attrappen. Popkonzerte, Partys, Friedenskundgebungen, Volksfeste, Geburtstage. Öffentliche Verkehrsmittel und die Bomben, die darin explodieren. All das ist so merkwürdig. So unglaublich merkwürdig. Die Taten einer Minderheit, deren Körper auf unerklärliche Weise noch voller Energie stecken.

Steve hört Carlys Gesang, der leise durch die Wände dringt. Zu seltsam, dass sie singt, und ausgerechnet ein so altes Lied. Automatisch stellt er sich die faszinierend knusprigen Bereiche ihres Hirns vor, wo offenbar ihr zartes, sentimentales Wesen eingelagert ist. Die Bereiche, die er nie kennengelernt hat. Das neunzehnte Jahrhundert, das zwanzigste, die Vergangenheit: wie süß.

Er dreht den Hahn zu und geht zu dem Berg aus Einkaufstüten bei der Tür. Lustlos kickt er eine weg. Ist Fußball nicht etwas Wunderbares?, denkt er. Flügelspiel, Querpässe, Tore, die unglaubliche Ernsthaftigkeit, mit der gejubelt und verwünscht wird. Ja, Fußball ist wirklich wunderbar. Aber die Eisdecke auf der Realität muss immer erst tauen, und darum geht Steve zur Besteckschublade. Aus der er ein Messer nimmt.

Wenn er zurückblickt, denkt Steve, war Geld wahrscheinlich das Einzige, was er je wirklich gewollt hat. Wenn du die Luft anhältst, unter den steinigen Vorwänden hindurchtauchst und über die zerbrechliche Koralle der Ehre hinwegschwimmst, tja, dann findest du immer nur die Auster des Bargelds und darin die Perle des schlechten Gewissens: Scham. Das große Zugeständnis, das die Liebe zu Carly darstellte, war im Grunde nichts als die stinkende Wirklichkeit. Wie ich schon am Anfang sagte, Steve kennt niemanden, der einer turboscharfen Kreatur widerstehen könnte. War das so? Ich weiß nicht mehr.

Er nimmt das Messer und setzt sich zwischen seine Einkäufe. Carlys Gesang ist verstummt. Er stellt sich das Leben als Sexmaschine vor, und in seinem Hinterkopf flammt ein kurzer Moment der Freude auf. Das Scheißding kann sich glücklich schätzen. Muss mit nichts anderem fertig werden als mit ein paar Riemen und Pads. Und hat nur einen einzigen Daseinszweck. Ganz bestimmt ist es die bunte Palette aus Pflichten, die das Leben zu einem so riskanten Spiel macht. Denken, sich anziehen, essen, nett sein, lieben, Geld verdienen. Was ist der Mensch doch für ein idealistisches Wesen. Mach mich zu einer Sexmaschine, denkt Steve. Vergiss die Gesellschaft und mach mich zu einer Sexmaschine. Dann zeige ich dir, was Spaß ist.

Steve drückt die Messerspitze in die kindlich glatte Haut zwischen seinem Ohr und dem perfekt geschwungenen Kiefer.

Er stößt mühelos zu. Staunt über seine Selbstbeherrschung. Es gelingt ihm, sich bei vollem Bewusstsein ein falsches, rotes Lächeln in den Hals zu schneiden. Er fühlt, wie die Klinge auf der anderen Seite gegen den Knochen stößt. Geschafft. Warmes Blut rinnt auf seine Brust.

«Ich bin aus der Mode», murmelt er, als das Blut an seinen Seiten hinunter in die Einkaufstüten läuft. Die topaktuellen Designerklamotten saugen die dicke braune Brühe auf.

Während er rettungslos an der Oberfläche des Lebens treibt und von seinem spritzenden Blut hinuntergezogen wird, hört er Carlys Stimme: ein Schrei nach Darling, Darling. Er streckt die Hand aus und wühlt in den Tüten. Er fühlt die nagelneuen Sachen. Jeansstoff im Vintage-Look. Seide. Satin. Abgelegte Hüllen, getränkt mit seinem Blut.

«Ich bin aus der Mode», flüstert er. Er geht unter. Vielleicht. Stirbt. Auf jeden Fall. Wird in die Tiefe gezogen oder nach oben geschwemmt: egal.

35.

Computerspielhölle

Lächle. Es gibt Dinge, für die es sich zu leben lohnt. Lass sie uns später aufzählen. Vorher gibt es noch ein letztes Ende. Zurück ins Badezimmer. Alles Wichtige geschieht in Badezimmern.

Das plötzliche Verlangen, jedes seiner lebenswichtigen Organe auszuspucken, machte Colin etwas nervös. Jetzt krümmt er sich auf allen vieren und würgt sich die Seele aus dem Leib. Sein Adamsapfel hüpft, seine Zunge hängt über Rebeccas Leiche. Es ist, als würde er durch die Stirn sein Hirn ausschwitzen, darum kann er nicht mehr klar denken, darum ist er so nervös. Kaum hat er sich damit abgefunden, dass er eine Mutter und ihr ungeborenes Kind umgebracht hat, schon liegt er selbst im Sterben. Dieser Zufall erscheint ihm allzu merkwürdig.

Aber Rebecca ist nicht tot. In einer stillen Ecke ihres Bewusstseins lauscht sie Colins unheimlichen Geräuschen. Es ist, als wäre sie durch Schmerz und Blutverlust zu einem winzigen Wesen zusammengeschrumpft, das in einer verborgenen Nische ihres Körpers haust. Die Tage des Lebens sind aus ihrem Kopf verschwunden. Sie ist sich ganz sicher, dass ihr Bewusstsein und ihre Gedanken nur noch in ihrer Kniescheibe existieren. Oder in ihrer Achselhöhle, das ist schwer zu sagen. Sie findet, dass diese Form der Menschheit angemessen ist. Wir hätten nie so groß werden dürfen. Nie unseren Verstand einsetzen dürfen. Ihr Herz schlägt nur noch schwach, trotzdem hört sie das merkwürdige Ächzen und Grummeln, das aus Colins Körper dringt. Das Rattengift wirkt.

Sie stellt sich jetzt schon so lange tot, dass sie befürchtet, sie könnte tatsächlich gestorben sein. Ihr Kind ist tot, davon geht sie aus. Natürlich, das muss sie auch. Aber sie kann nicht weinen, weil auf ihren Augen zwei herrlich kühle, getrocknete Tomaten liegen. Wenn man darüber nachdenkt – und das tut sie –, ist das Leben eine lustige Angelegenheit. Findest du nicht? Besonders, wenn du, während du darüber nachdenkst, sterbend in einem Badezimmer liegst. Dich tot stellst und mit anhörst, wie der junge Mann, den du vergiftet hast, langsam stirbt. Ja, das Leben ist einfach und genial.

Mit einem furchtbaren, nach kalbender Kuh klingenden Stöhnen fällt Colins Kopf auf Rebeccas Bauch. Die Geräusche und die Gerüche, die aus seiner Hose kommen, verraten den beiden jungen Leuten, dass er sich vollgeschissen hat. Colin, den Kopf noch immer auf Rebeccas Bauch, schnappt nach Luft und übergibt sich auf das Mädchen und den Fußboden. Ciabattabröckchen. Zerkaute Chorizo. Chemisch veredelter Aufschnitt. Blutroter Mozzarella. Dann bemerkt Colin das Rattengift. Die türkisblauen Kügelchen zwischen dem ausgewürgten Essen. Sekunden später spürt er Rebeccas Herzschlag.

... Dudumm ... Dudumm ... Dudumm ... ein schwacher Puls nur – sie ist noch am Leben. Bevor Colin etwas unternehmen kann, fängt er wieder an zu kotzen und zu scheißen. Farbenfroher, ekelhafter Brei: rot aus dem Arsch, türkisblau aus dem Mund.

Unten, zur Tür heraus und ein Stück weiter die Straße runter, sitzt Justin am Steuer des Peugeot. Justin, endlich. Er hält vor Colins Haus und steigt aus dem Wagen. Er hüpft beschwingt um die Motorhaube herum, dann schreitet er wie ein Held zur Tür und tritt sie ein. Sie fliegt auf, und ein leises Lachen platzt aus ihm heraus. Die Tür war nur eingeklinkt, deshalb hat sie so leicht nachgegeben. Er kichert. Die Sache ist ihm peinlich, und er schämt sich ein bisschen.

«Colin!», schreit er, als er in den Flur tritt und die steile Treppe hinaufblickt, die sich fast direkt hinter der Tür befindet. «Colin!», schreit er wieder, diesmal so ungehalten, wie es geht. Er hat ein merkwürdig schlechtes Gewissen, weil er die Tür eingetreten hat und in ein fremdes Haus eindringt. Er geht nach rechts und sieht sich im Wohnzimmer um: schmutzbraune dreiteilige Sitzgarnitur, dünner brauner Teppich. Auf dem Kaminsims leuchtet ein blau verfärbter, positiver Schwangerschaftstest. Justin kann sich das Lachen nicht verkneifen und hält sich schnell die Hand vor den Mund. Wer bewahrt denn vollgepisstes Papier auf dem Kaminsims auf? «Colin!», schreit er mit einer Spur von Häme in der Stimme und geht zurück zur Treppe.

Justin ahnt, dass der Überraschungseffekt durch sein Gekicher und Geschrei dahin ist, und stürmt die Treppe hoch. Oben verlässt ihn erneut das Selbstvertrauen, und ein Lächeln erscheint auf seinen Lippen, das unbedingt ein Lachen werden möchte.

Er ist noch nie bei Colin zu Hause gewesen. Es ist ekelhaft. Er denkt an das Malmaison, an das Embryo im Einmachglas und die Frau mit der Narbe: eine Fußnote der Zivilisation. Wer bin ich?, denkt er. Ein Arschloch wahrscheinlich. Noch eine Fußnote. Solche Zwischenfälle waren im Experiment nicht vorgesehen. Wo sind die jubelnden Afrikaner? Die befreiten Callcenter-Angestellten? Wo bleibt die Übergabe des Schlüssels zur Stadt? Ich habe niemanden glücklich gemacht, denkt Justin und verscheucht das Lächeln aus seinem Gesicht.

Das sind die Nerven. Natürlich, er ist einfach nervös. Ich bin kein Held, denkt er, ich bin an allem schuld. Er erinnert sich an den Tag, als er Rebecca in der Nude Factory begegnet ist. Bestimmt hätte es einen leichteren Weg gegeben. Wir hätten zusammen in Urlaub fahren können. Oder sie hätte mich mit Handschellen ans Bett gefesselt. Vielleicht hätten wir gelacht. Wären glücklich gewesen.

Er reißt sich zusammen und legt die Hand auf den Kunstporzellanknauf der Badezimmertür. Er dreht, und der Riegel springt auf. Vorsichtig betritt er das Badezimmer. Noch ein peinlicher Zwischenfall: Colin hat sich vollgeschissen, und es stinkt höllisch. Aber dann, o Gott, das viele Blut. Justin bleibt stehen. Colin liegt sich krümmend auf Rebecca, aus seinem Hals gurgelt es wie aus einem Abfluss.

Justin blickt in den Spiegel über dem Waschbecken. Er starrt in seine Augen und meint sich selbst zu erkennen. Ein Glitzern. Gespeicherte Erinnerungen. Aber dieses Ich existiert nur in seinen Augen. Seinen Körper erkennt er nicht, weder seinen Kopf noch den Oberkörper, der sich darunter befindet. Ihm ist, als könne er weder Arme noch Schultern bewegen; er fühlt sich vollständig gelähmt. Ein langgezogenes Rülpsen von Colin lenkt ihn ab. Justin senkt den Blick: so viel Blutvergießen, alles nur für Sex.

Colin kriecht auf Justin zu. Sein Kopf schnellt ruckartig in die Höhe, als hielten ihn nur noch ein paar Hautfetzen auf den Schultern. Er versucht etwas zu sagen, aber es kommt nur grüner Glibber, der auf Justins Schuhen landet.

Justin rührt sich nicht. Er wartet geduldig, dass Zorn und Entsetzen ihn in Bewegung bringen. Wo bleibt meine Wut?, denkt er. Er hilft nach, indem er auf das Blut und Rebeccas unnatürlich verdrehten Körper starrt. Die Becher mit dem Kaffee stehen unberührt neben der Badewanne. Am liebsten möchte er laut auflachen.

«Schluss mit lustig», sagt Justin, sofort entsetzt über diese sinnlosen Worte, die nicht aus seinem Hirn kommen können, sondern offenbar zwischen seinen Zähnen gesessen haben und nun aus seinem Mund gerutscht sind.

«Hilfe», kläfft Colin. Sein Maul ist ein gähnendes, blaues Loch, der Eingang zu einer Computerspielhölle. Justin bemerkt, dass Rebeccas Lider flackern; eine getrocknete Tomate rutscht von ihrem Auge und fällt zu Boden. Aber er kann sie nicht ansehen. Du Feigling, denkt er, und sein verpfuschtes Leben platscht ihm ins Gesicht und über den rasierten Schädel. Er setzt sich auf den Badewannenrand und nimmt sich eine Zeitschrift.

«Wisst ihr, was, ich könnte wirklich einen guten Rat gebrauchen. Ob man sich irgendwo ein paar weise Sprüche bestellen kann? Was meint ihr, Leute?», sagt er und blättert in der Zeitschrift, während die Leute zu seinen Füßen sterben. Er gibt ein lautes Gähnen von sich, so heftig, dass er fast hintenüber in die Wanne kippt. Er beschließt es mit einem ziemlich übertriebenen Seufzen, dann packt er Colin kaltschnäuzig bei den

Haaren und rammt sein Gesicht gegen den Heizkörper. Ha, denkt er, endlich ein bisschen Wut. Knochen schlägt dumpf auf Metall. Der Rums hallt durch die Heizungsanlage. Justin stößt Colin zur Seite. Dann kniet er sich neben Rebecca und nimmt vorsichtig die zweite Tomate von ihrem Auge.

«Rebecca, wach auf.»

«Justin?»

«Ja, ich bin's.»

Justin starrt auf Rebeccas Bauch. Mein Kind?, denkt er. Irgendwie bin ich jetzt Vater. Er hat Tränen in den Augen, aber sie stammen vom Gähnen. Er nimmt Rebecca bei den Schultern und dreht sie auf die Seite. Sie stammelt dankbar ein paar Worte.

Die Natur, denkt Justin, am Ende kriegt sie dich. Wir flitzen umher wie märchenhafte Plastikgeschöpfe und schwafeln von Liebe und Erfolg. Aber am Ende kriegt uns die Natur. Sie kommt als später Partygast, begleitet von ihren beiden tüchtigen Gehilfen, Tod und Geburt. Bevor du dich in Pose schmeißen kannst, haben sie das Kommando übernommen. Tod steht an den Reglern und legt wie ein Profi Platten auf. Geburt ist auf der Tanzfläche und führt uns unsere armseligen Bewegungen vor. Die Natur sitzt in der Ecke, baggert unsere Liebsten an und erobert ihre Herzen im Sturm. Justin weiß nicht, was er tun soll. Die Natur hat gesiegt. Entgegen allen Erwartungen. Er sieht Rebecca an. Er möchte mit warmen Tupfern ihre Wunden waschen. Ist das mein Schicksal?

Er kann nicht aufhören zu gähnen. Er wendet sich von Rebecca ab und gähnt so entfesselt wie noch nie in Colins Richtung, dessen zermatschte Nase sich über sein Gesicht verteilt wie Vogelfutter. Rebecca, die es satt hat, sich tot zu stellen, kehrt in das stockende Leben zurück, das sie bis vor einer Stunde geführt hat. Sie setzt ihre Lunge in Betrieb, damit Justin nicht eindöst.

«Justin … Tu was.»

Justin schüttelt heftig den Kopf und reißt die Augen auf. Er atmet heftig aus und gibt dabei dasselbe Seufzen von sich, das wir eben schon gehört haben.

«Es tut mir leid, Rebecca. Ich bin schuld, nicht?»

«Ja», antwortet Rebecca mit brüchiger Stimme. «Du bist der Vollidiot.»

Justin nickt. Rebecca legt die Hand auf sein Knie. Er spürt keinen Druck, obwohl ihre Hand sich sichtbar anstrengt. Er blickt wieder auf ihren gewellten Bauch. Sie hat mein Kind nicht abgetrieben, denkt er. Das Ganze war eine Scheißidee.

«Komisch, nicht?»

«Was?»

«Wie die Dinge sich von selbst lösen.»

«Zum Schreien komisch», sagt Rebecca. «Hast du vor, einen Krankenwagen zu rufen, oder … oder wäre es dir lieber, wenn ich es tue?»

Rebeccas Stimme klingt kaum noch menschlich. Das heißt, zu menschlich. Sie ist in Gefahr, vor Wut zu sterben. Was tut Justin? Sie ist fest davon überzeugt, dass mit jeder Zorneswelle das Blut schneller aus ihren Wunden fließt und ihre Quetschungen dunkler werden.

«Rette mich», krächzt sie.

«Ich rette dich doch.»

«Das hier ist das echte Leben!»

Rebeccas Bewusstein fängt an zu flackern und zieht sich wieder in die Kniescheibe zurück. Oder ins Ellbogengelenk. In irgendeinen Winkel. Sie nimmt es kaum wahr, als Justin ihren Kopf in seinen Schoß legt und ihr das wirre Haar Strähne für Strähne hinter die Ohren schiebt.

In wortlose Gedanken versunken, massiert er ihren Kopf. Er treibt durch seine Vergangenheit. Die Hauptfiguren wenden sich von ihm ab, dann bleiben sie wie angewurzelt stehen. Laute springen aus Mündern, doch sie verflüchtigen sich, bevor sie einen Sinn ergeben. Episoden seines Lebens verschmelzen miteinander. Seine Mutter sitzt im Restaurant am Tisch, hinter ihr tun Stripperinnen so, als ob, Promis zerfallen in Einzelteile. Er seufzt. All das nur für Sex.

Minuten vergehen, dann fühlt Rebecca, wie ihr Kopf sanft auf dem Boden abgelegt wird. Sie hört, wie Justin auf dem Handy den Notruf wählt. Sie schlägt die Augen auf und sieht, dass er die Hand über das Telefon legt und sie aus erschöpften Augen anstarrt.

«Ich will keine Freundin, Rebecca», sagt er übertrieben deutlich. Er grinst. «… und ich weiß, dass dies das echte Leben ist. Ja … das hier ist das echte Leben.»

Epilog

Du musst meinen Namen erfahren. Sie wollen es so. Und wie alle Gefangenen gehorche ich, zähneknirschend. So viel Zeit auch vergehen mag, unsere Gattung scheint immer noch geil zu werden, wenn es um Enthüllungen und die Wahrheit geht. Ja, sie wollen, dass ich über mich selbst schreibe. Wirklich über mich. Ich musste grinsen bei der Vorstellung. Aber Direktor Gordon hat genug von meiner Geschichte. Susan auch. Das ist Scheiße. Ganz bestimmt. Richtig scheiße. Aber anscheinend zählt im Leben letzten Endes kaum mehr als die Frage des Pronomens: Meine Geschichte ist nicht für *dich* bestimmt und handelt nicht von *ihnen*. Sie handelt von *mir*. Wie enttäuschend.

Ich heiße Theo. Ein blöder Name, das findest du sicher auch. Für mich klingt er wie ein Geschehen. Ein Wort, das den kurzen, urkomischen Ausrutscher in tiefste Verzweiflung beschreibt. Als ich noch jünger war, durfte ich manchmal für einen Tag hier raus. Dann brachten sie mich in Schulen, weil sie sehen wollten, wie ich mit Kindern meines Alters zurechtkam. Ich benahm mich nicht gut. Die kleinen Mädchen und Jungs litten unter mir. Nicht, Theo. Nicht.

Davon abgesehen, habe ich mein ganzes Leben hier verbracht. Habe alberne Geschichten für Susan und Gordon erfunden. Schließlich entdeckte ich über die Datenbank des Evernets die Wahrheit. Ich habe sie ihnen ungezuckert, in einzelnen Kapiteln aufgetischt. Jetzt sitzen die beiden in der Falle und sind sauer auf mich. Sie machen mir Vorschriften. Verlangen, dass ich von mir selbst erzähle. Bloß keine Panik. Ich habe nicht viel zu sagen.

Genaue Zeitangaben. Ich weiß, welches Verhältnis die Gesellschaft zu genauen Zeitangaben hat – ihr seid davon besessen. Es fällt mir schwer, eure Begeisterung für Jahreszahlen und besondere Tage zu teilen. Zu lange habe ich in einem gezeitenlosen Meer gelebt. Zwar war mir bewusst, dass die Zeit irgendwie verfließt, aber ich hatte nie das Gefühl, dass ich mich selbst in ihrem Sog befinde. Erst in den letzten Jahren habe ich die Bedeutung von Zeitangaben durchschaut. 1945: Junge, Junge, super wichtig, dieses Datum, so viel habe ich begriffen. 1789: Hurra. 2001: Das muss ein ungeheuer spannendes Jahr gewesen sein.

Für mich ist sie anders. Die Zeit, meine ich. Über früher weiß ich, dass ich am Leben war: Ich erinnere mich an Lichter, an das ein oder andere Gefühl. Aber realistisch gesehen, erinnere ich mich an gar nichts. Da sind nur verstreute Sinneseindrücke, die ich auf rührende Weise zu Erinnerungen ausstaffiere. Mein Alter schätze ich auf etwas über zwanzig. Ja, ich bin ein ziemlich unbeleckter Anfangzwanziger, der heiter in die Zukunft sieht.

Ich muss dir mehr über meine Forschungen im Evernet erzählen. Falls du dir meinen Text in Bildern ansiehst, kommt dir das natürlich überflüssig vor. Aber mir ist es wichtig: Auf die Forschungsarbeit kommt es an. Meine jüngste Erzählung unterscheidet sich von dem grotesken Geschreibsel, das ich sonst abgegeben habe. Obwohl Susan und Gordon sie natürlich für die nahtlose Fortsetzung meiner früheren Texte halten. Aber ich bestehe darauf, dass es Geschichte ist, eine wahre Lebensgeschichte. Sozusagen.

Vor ungefähr sechs Monaten (verzeih mir, ich bin ein hoffnungsloser Fall, wenn es um das Einschätzen von Zeitabständen geht) begann ich im Evernet über meine Herkunft zu recherchieren. Ich suchte nach einem Beweis, dass ich geboren wurde. Von Fortpflanzung und Evolution erfuhr ich erst sehr spät – das war ein ziemlich schwerer Schlag für mich. Mein ganzes Leben lang gab meine Existenz mir Rätsel auf. Ich fühlte mich immer herkunftslos, als wäre mein Körper ganz plötzlich aus dem Nichts hervorgebrochen. Dass es Zivilisation gibt, wurde mir verschwiegen. Viele Jahre lang glaubte ich, das Leben bestünde aus den immer gleichen Hin-und-wieder-zurück-Bewegungen, in Zimmern mit grellem Licht.

Stück für Stück arbeitete ich mich durch ein zweifelhaftes Sammelsurium aus Fakten und Gerüchten und erschloss mir so den ganzen Plan der Menschheit. Theoretisch sollten wir «Echtgeborenen» nichts über die Fortpflanzung erfahren, zu unserer eigenen Sicherheit. Aber solche Dinge verbreiten sich überall, selbst an einem Ort wie diesem. Das ist sogar ein wichtiger Punkt: Die amtierende Obrigkeit ist nicht viel mehr als eine elende Horde von Stümpern und Wichtigtuern. Herrlich inkompetent. Viele halten sie für ein extrem unterdrückerisches Regime – aber ich muss gestehen, dass ich das nie so gesehen habe. Ich erinnere mich noch, als ich eines Nachts auf dem Weg zur Toilette einem betrunkenen Aufseher begegnete. Ich muss damals noch sehr jung gewesen sein. Er berichtete mir lallend von einer peinigenden Geschlechtskrankheit, die er sich bei seiner Geliebten geholt hatte. Der arme Mann war völlig außer sich. Solche Begegnungen halfen mir, die Geschlechter und die Fortpflanzung besser zu verstehen. Jetzt weiß ich, dass in der Außenwelt Untreue ein Vergehen ist, für das man ins Gefängnis kommen kann. Alkoholismus auch. Durch meine Forschungen habe ich auch mehr über Macht und Unterdrückung gelernt. Beides ist immer dasselbe, ein Witz.

Über meine Geburt gab es keinen Eintrag im Evernet. Ich fand nur heraus, dass ich keine Staatsbürgerschaft besaß. Deprimiert war ich nicht deswegen, ich hatte keine Ahnung, was das ist. Dafür wuchs in mir der glühende Glaube an meine Unschuld. Heute weiß ich, dass das ein sehr altmodischer Glaube ist. Aber dennoch war er stark. Auf einmal wurde mein langsames Leben von dem kuriosen Wunsch erschüttert, zu erfahren, wo ich herkam. Die Schuld, mit der ich so lange so unbeschwert gelebt hatte, war mir plötzlich zuwider.

Schließlich (ein albernes Wort, um die vielen Stunden zu beschreiben, die ich das Evernet durchforstete) stieß ich auf meine Gefängnisakte. Das war nicht sonderlich schwierig: Der Computer war für Patienten nicht vorgesehen, und wie gesagt, die angeblich so unterdrückerische Obrigkeit machte auf mich immer einen eher nachlässigen Eindruck. Nie werde ich den Augenblick vergessen, als auf dem Bildschirm plötzlich mein Name auftauchte. Theo: Ich wand mich vor Scham, als ich ihn schwarz auf weiß vor mir sah.

Ich erfuhr, dass meine Mutter Rebecca hieß und mein Vater Justin. Die Namen gefielen mir auf Anhieb, wahrscheinlich deshalb, weil ich mich selbst so sehr hasste. Für mich klangen sie sauber und gesund.

Ich hatte gehofft, ich würde in dem Ding, das Susan meine

«Seele» nennt, einen Stich verspüren, wenn ich auf die Namen meiner Eltern stieß. Aber ich bekam nur Darmkrämpfe. Ansonsten erfuhr ich kaum etwas über meine Anfänge. Ich wurde in der Stadt Manchester geboren und nahezu sofort in ein Heim gesteckt. Meine Mutter Rebecca ist offenbar bei der Geburt gestorben. Es war diese letzte Information, die in meinem Hirn einen Anflug der Empfindung auslöste, die ich heute als Trauer benennen kann. Natürlich vermisste ich sie nicht, und ich brannte auch nicht vor Sehnsucht nach ihr, aber dennoch war es kein sehr angenehmes Gefühl, dass sie meine Geburt nicht überlebt hatte. Ich gebe zu, ich fühle mich schuldig und schäme mich ein bisschen dafür, dass sie gestorben ist, als sie etwas derart Nutzloses in die Welt setzte.

Meine Akte enthielt Berichte über mein Verhalten bei den vielen Testausflügen, die man als Kind mit mir unternahm. Ich erkannte die geschilderten Ereignisse nicht wieder; ich habe keinerlei Erinnerung an diese Ausflüge in die Außenwelt. In den Berichten wurden schlimmste Vorwürfe gegen mich erhoben. Sie geißelten mich als Querulanten, sprachen von einem erwachenden Geschlechtstrieb, der nur Schwierigkeiten verursachen würde. Das erschien mir lächerlich. Sicher, in meiner Jugend hatte ich nach ein, zwei Bahnen Hundescheiße bisweilen mächtig für Unruhe gesorgt, aber dieses Pulver machte uns doch alle zu Verrückten. Ich wusste nicht mal, was ein Geschlechtstrieb war. Aber die von der Obrigkeit sind alle Idioten. Das weiß ich jetzt. Das System stinkt.

Ich erfuhr, dass man mich mit sieben Jahren in die «Kreativtherapie» steckte und dass ich seit ungefähr fünfzehn Jahren schreibe. Meine Geschichten erhielten durchweg vernichtende

Kommentare. Schon in jungen Jahren verfasste ich offenbar «labile» Texte, die so voller Unmoral und Gewalt steckten, dass eine Freilassung nicht infrage kam. Deine Kommentare haben mich verletzt, Susan. Ich dachte immer, du verstehst mich. Das Schreiben machte mir Spaß, und ich schrieb mit ehrlicher Gesinnung. Ich hoffe, du empfindest Reue.

Das Wichtigste befand sich ganz am Schluss der Akte, in einem Abschnitt mit der Überschrift «Risikoeinstufung». Er umfasste nur vier Wörter: «Angeborene Devianz. (Risikostufe: hoch)». Doch genau diese vier vielsagenden Wörter schürten das Feuer in meinem Bauch. Ich weiß noch, dass sie in meinem Kopf herumratterten, als ich zurück in meine Zelle ging. Ich konnte nicht schlafen. Ich lag wach und versuchte, die Teile zu einem Ganzen zusammenzusetzen: Angeborene Devianz, meine Mutter Rebecca, das bruchstückhafte Wissen, das ich über Sex und die Obrigkeit besaß.

Das waren schlimme Zeiten. Ich bekenne, dass ich damals schwach wurde: Ich erlag der dunklen Versuchung, Hand anzulegen. Ja, es tut weh, es zuzugeben, besonders vor dir, Susan. Aber es war das Einzige, was gegen meine Schlaflosigkeit half. Ich onanierte, bis ich so erschöpft war, dass ich nicht mehr denken konnte und einfach einschlief.

Mit jeder Sitzung im Evernet veränderte ich mich: Meine Gedanken wurden komplexer, und ich gab mich immer öfter Tagträumen hin. Ich verschlang die Welt, die ich im Evernet fand. Ich las Zeitschriften, sah mir Fernsehsendungen, Websites, Kochbücher und Filme an. Ich wurde zu einem richtigen kleinen Arschloch. Keine Frage, ich war absolut hinüber.

Die Wahrheit ist, es geht mir gut.

Dafür begriff ich endlich, was eine Frau ist. Endlich begriff ich, was du bist, Susan. Weil ich im Evernet Nacktbilder fand. Ich konnte mein Glück kaum fassen. Die meisten Nacktseiten hatten mit Medizin zu tun, der einzige Bereich, in dem der weibliche Körper legal in voller Pracht gezeigt werden durfte. Ich biss mich mit dem Hirn an diesen Körpern fest. Riss ihnen mit den Zähnen die Glieder raus, stopfte ihnen die Faust in den Rachen. Diese aseptischen Gestalten genügten mir völlig. Sie genügten, dass meine Phantasie sich zitternd in den Schatten legen musste. Als ich durch Zufall auf eine Pornographieseite vom Anfang des Jahrhunderts stieß, war ich vor Freude fassungslos. Es war die letzte ihrer Art, glaube ich. Ein Relikt der Pornokultur. Ich war überglücklich. Dank eines Computers war ich sexuell erregt oder, besser gesagt, geil.

Was es mit dem Begriff «angeborene Devianz» auf sich hatte, ließ sich leicht zurückverfolgen. Er bezog sich auf gewisse spektakuläre Ereignisse, die mit meiner Geburt zusammenhingen, sowie eine Sexmaschine, die damals von vielen benutzt wurde und über die ich einiges herausfinden konnte. Die White Love 1000. Meine erste Reaktion war Belustigung: Eine Sexmaschine stand in komplettem Widerspruch zu meinem rudimentären Verständnis von Fortpflanzung und Sex. Ich konnte mir nicht mal ansatzweise vorstellen, welchen Zweck ein solcher Apparat erfüllen sollte. In meiner Abgeschiedenheit fühlte ich mich einer Maschine weit überlegen. Meine nächtlichen Träumereien führten mich so manches Mal in prekäre Situationen. Ich bedauere, dass ich es aussprechen muss, Susan, aber ich habe deinen Körper mehr als nur einmal deformiert. Ich habe Sachen mit dir gemacht, bei denen du laut aufschreien würdest. Mit geschlossenen Augen habe ich meine Experimente an dir vorgenommen.

Im Verlauf meiner Forschungen gelang es mir, die Umstände meiner Geburt zu einem relativ klaren Bild zusammenzusetzen. Ich erfuhr von «unsichtbaren Leben», «Spaßabtreibungen», der alten Internetseite «newsex.biz». All das waren Offenbarungen für mich. Die Zivilisation wirkte auf mich wie eine stammelnde kleine Kreatur. Ein orientierungsloser Wicht, der sich unermüdlich selbst jagt, Zeug zusammenrafft und es dann verlegt. Das überraschte mich. Ich hatte, was meine Vorstellungen über die Außenwelt betraf, vollkommen danebengelegen. Ich hatte die Gesellschaft immer für irrsinnig geordnet und offen gehalten – ihre grausigen Geheimnisse erschütterten mich bis ins Mark, und ihre Armseligkeit.

Und so wurde ich Historiker. Voller Eifer erforschte ich die Welt, die ich fast kennengelernt hätte. Gern wäre ich noch weiter zurückgegangen, hätte gern mehr über die Kriege im 20. Jahrhundert erfahren, aber mit dem Aufstieg dieser kleingeistigen Obrigkeit wurde so vieles verboten: die Geschichte, das Internet, fast die gesamte geheiligte Pornographie. Ich bin, wie haben sie es ausgedrückt? Am Boden zerstört.

Die jetzige Obrigkeit regiert unter dem Namen «Die Zukunft heißt Liebe». Ihre Wurzeln liegen in der Antipornobewegung und dem Entsetzen, das die «unsichtbaren Leben» und «Sextoten» in der Öffentlichkeit auslösten. Ich verstehe jetzt, warum sie diese Informationen im Evernet lassen: als Mahnung, als Beispiel für das abscheuliche Treiben, dem Die Zukunft heißt Liebe ein Ende setzte. Warum sonst gäbe es so viel Wissen über die Gesellschaft der Jahrhundertwende? Eigentlich findet man im Evernet-System kaum etwas anderes: nur Dokumente, die mit der Zivilisation von damals und ihren Menschen zu tun haben. Es ist unglaublich, wie viele interessante Dinge sie hinterlassen haben. Massen. Modestile, Medien, Landkarten, Lehrpläne, Speisekarten, Sportstatistiken, Regierungsdokumente, die endlosen Blogs. Ich habe alles genau studiert. Ich bin fasziniert von dieser Zeit. Kann mich gar nicht satt sehen an den bunten Farben und irrwitzigen Sturzflügen.

Auf meine lieben Eltern, Ikonen einer untergegangenen Welt, bin ich manchmal ungeheuer stolz. Auf mich selbst auch, und zwar aus gutem Grund. In einigen der Gründungstexte von Die Zukunft heißt Liebe komme ich nämlich als eine Art Märtyrer vor. Ich bin der arme Junge, der dem rücksichtslosen, perversen Anschlag auf sein Leben knapp entkommen ist. Was da sonst noch über mich steht, ist leider gelogen. Es heißt, ich würde für die Obrigkeit arbeiten und mit Frau und Kindern in einem Ort namens Wolverhampton leben. Aber dass ich überhaupt mit dieser merkwürdigen alten Welt verbunden bin, genügt schon, um mich bei guter Laune zu halten.

An meinen Vater denke ich am häufigsten. Justin wurde kurz nach dem Tod meiner Mutter verhaftet und vor Gericht gestellt. Die Sache ging durch die gesamte Presse. Ich habe so viele Bilder gesehen, auf denen er in Autos verfrachtet oder von Antipornodemonstranten ausgebuht wird. Er ist ein wahrer Held. Ein unschuldiger noch dazu. Er hatte nichts Unrechtes getan, und er kam frei. Heutzutage wäre das anders, sie hätten ihn schon beim leisesten Verdacht auf ein sexuelles Vergehen hier eingesperrt. Aber das Gericht damals hob nachdrücklich hervor, dass er im Grunde nichts Unrechtes getan hatte. Ich bewundere seine Unschuld. Obwohl ich mir bisweilen wünsche, man hätte ihn verurteilt. Dann wäre er zu einem eisernen Stützpfeiler dieses ganzen Die-Zukunft-heißt-Liebe-Schwachsinns geworden. Aber es hat nicht sollen sein. Diese Ehre gebührte Colin.

Ich habe wieder Darmkrämpfe, ich glaube, das kommt von diesem schrecklich harten Stuhl aus Kiefernholz. Bestimmt schalten sie bald das Licht aus. Sie kündigen es nie vorher an, aber ich habe ein seltsames Gespür dafür entwickelt, wann es so weit ist. Ich bin am Tippen, und ganz plötzlich fühle ich mich eigenartig schutzlos. Ich halte inne und blicke auf. Und bin in tintenschwarzer Finsternis begraben.

Jedenfalls habe ich schon zu viel gesagt. Diese stümperhaften Schilderungen entlocken dir keine Begeisterung, hab ich recht, Susan? Aber verstehst du mich jetzt vielleicht? Ha, das war nur ein Scherz. Aber du kapierst vielleicht, dass ich mich auflehne? Das hört sich komisch an – sich auflehnen. So altmodisch, nach Widerstand. Aber meine Geschichte ist die Wahrheit, zumindest ist sie nahe genug dran. Das sollte doch zu meinen Gunsten sprechen. Lasst mich hier raus, ich bin bereit, lasst mich raus!

Warte – ich fühle mich schutzlos, gleich ist es so weit, jetzt –

*

Als ich heute morgen von der Toilette kam, lehnte Susan an meinem Schreibtisch und blätterte in meinen Notizen. Sie ist nicht zufrieden mit mir. Ihre Stirn lag in kleinen Fältchen, und sie versuchte angestrengt, eine eisige Kälte in ihren Blick zu legen. Also lächelte ich und entschuldigte mich für die unanständigen Dinge, die ich in letzter Zeit über sie gesagt habe. Die Situation war leicht angespannt, das kannst du dir sicher vorstellen. Sie nahm eine groteske Haltung nach der nächsten ein, als wollte sie ihre Körperformen vor mir verbergen. Zwecklos. Aber Susan, du hättest gar nicht so verkrampft sein müssen. Ehrlich. Hättest du dich doch einfach entspannt, ja vielleicht sogar gelacht. Dann hätten wir uns möglicherweise auf mein schmales Bett gelegt, ein bisschen rumgemacht und über die albernen Leben gelacht, die wir führen.

Susan sagt, dass Gordon mich auf keinen Fall entlassen wird. Ich sagte nur: «Ach was!», und dann, dass mir ihr Gesülze echt am Arsch vorbeigeht. Alte-Welt-Slang. Ich mag ja vieles sein, aber eines inzwischen ganz bestimmt: unverschämt cool.

Ich bin der Sohn der Götter. Das hätte ich nie erfahren dürfen. Wenn ihr mich jetzt freilasst, quatsche ich überall ungehemmt drauflos. Und wenn es nach eurer verqueren Logik geht, vergewaltige ich wahrscheinlich bald die erste Frau. Nein, zugegeben, ich habe keine Aussicht auf Entlassung.

Susan möchte, dass ich über meine innersten Gefühle schreibe. Da begeht sie einen groben Fehler. Ich habe keine innersten Gefühle. Zwanzig Jahre lang bin ich zufrieden zwischen den Zimmern dieser hell erleuchteten Hölle hin und her gegangen, ohne den Grund für mein Leid zu kennen. Gelegentlich befiel mich eine merkwürdige Müdigkeit, aber ich nahm sie hin, weil ich nichts anzufangen wusste mit diesem Gemütszustand, den ich jetzt als Schwermut erkenne.

Mein Geist ist tief in meiner Herkunft verwurzelt, mein

Blick nicht auf die Zukunft gerichtet, sondern ausschließlich auf meine Vergangenheit. Eine Vergangenheit, die ich nur über den Computer kenne. Aber ich empfinde es als ehrenvolle Pflicht, diese Sache abzuschließen, die Geschichte zu Ende zu bringen, die vermutlich meine letzte sein wird. Ich mochte meine Figuren, Carly und Steve, Johnny, Colin und die anderen, meine Eltern. Ich fürchte mich vor der Frage, aber: Hat sie dir gefallen? Die Geschichte, meine ich. Nein, halt, antworte nicht.

Ich komme zum Ende. Endlich eine Wahrheit. Verdammt, ich beiße mir schon wieder auf die Lippe. Ich schmecke Blut.

Nach Aussagen der Sanitäter lungerte Justin auf der Straße herum, als der Krankenwagen vor dem Haus in Withington vorfuhr. Angeblich machte er einen nervösen Eindruck, lief auf dem Bürgersteig auf und ab, als spielte er mit dem Gedanken wegzurennen. Aber er ging mit den Sanitätern ins Badezimmer. Für die ätzenden Wichtigtuer, die nur darauf lauern, andere Leute zu verurteilen, war das Ausschlaggebende, dass Justin den Sanitätern keine Hilfe anbot. Man bat ihn darum, den jungen Mann, der aus dem Arsch Blut hustete, und das Mädchen, das zuckend wie ein sterbender Fisch in seinen Eingeweiden lag, zu identifizieren. Aber Justin schüttelte den Kopf und behauptete, beide nicht zu kennen. Anstatt dabei zu helfen, die Verletzten auf die Tragen zu heben, drehte er sich einfach um und ging.

Lieber, lieber Vater, denk nicht, dass ich dir diese Entscheidung übelnehme. Aber ich frage mich, wo du hingegangen bist. Gerne stelle ich mir vor, dass du in einen Pub gegangen bist, ein altmodisches, ruhig gelegenes Lokal. In meiner Phantasie sitzt du auf einem Barhocker, stützt dich auf den blank polierten Mahagonitresen und unterhältst dich mit den alten Leuten über banales Zeug. Und natürlich trinkst du zu viel. So viel, Justin, dass du handgreiflich wirst, als der Wirt dich zur Sperrstunde vor die Tür setzt. Ich sehe dich nach draußen stürzen. Mit Tränen in den Augen – nicht, weil das Ganze dich so mitnimmt, sondern einfach, weil du betrunken bist.

Aber beim Prozess wusste Justin weder, warum er die beiden Opfer nicht identifiziert hatte, noch, wo er gewesen war, nachdem er das Haus verlassen hatte. Er saß mit absolut reglosem Gesicht auf der Anklagebank. Oft stelle ich mir vor, dass seine Gesichtshaut wächst, sich über seine Augen legt, langsam die Nase überwuchert und schließlich seinen Mund verschließt. Ich stelle ihn mir gerne völlig ohne Züge vor, ein Gesicht, das nur aus dicker, glatter Haut besteht und nicht mehr zu entziffern ist.

Colin überlebte den Anschlag, den Rebecca auf sein Leben verübte. Offenbar hatte sie die Wirkung des Rattengifts überschätzt. Natürlich war er schwer verletzt, aber weil er das meiste frühzeitig erbrochen hatte, brachten die Ärzte ihn durch. War meine Mutter die Märtyrerin und mein Vater der Vollidiot, dann war Colin in den Augen der Öffentlichkeit der Teufel. Als er wieder so weit auf dem Damm war, dass er vor Gericht gestellt werden konnte, drehten ihn Justiz und Medien durch die Mangel. Sein Gesicht prangte in schonungslosen Schwarzweißbildern auf den Titelseiten aller großen Tageszeitungen. Wenn man bedenkt, dass er sich lediglich wegen zweifachen versuchten Mordes zu verantworten hatte (ich zähle mich mit, auch wenn das Gericht es nicht tat), war der Hass, der ihm im ganzen Land entgegenschlug, ungeheuer groß.

Nachdem Justin als Hassfigur versagt hatte, glaubten die Leute, in Colin endlich das gefunden zu haben, wonach sie gesucht hatten. Eine Ikone ihrer Sünden, die ihnen dabei half, ihr zügelloses Treiben zu durchschauen, zu bereuen und zu beenden.

Das waren die Anfänge von Die Zukunft heißt Liebe, dieser heiteren Sexunterdrückung, die, während ich dies schreibe, im Parlament neue Gesetze durchpeitscht. Die Fanatiker kamen von Antiporno, aber Colins Geschichte brachte Zulauf aus dem ganzen Land. Die Leute waren entsetzt, als sie lasen, dass er zur Steigerung seiner Lust ungeborenes Leben tötete. Liberalgesinnte zuckten zusammen und lächelten dann süffisant, weil die Leute es trotz aller verlockenden Angebote ablehnten, sich ihren Begierden zu verschreiben. Aber die volle Wahrheit werde ich wohl nie erfahren. Ich biete dir nur ein paar dürftige Theorien, also genieße sie mit Vorsicht. Vielleicht fügen sie sich zu einem Ganzen, vielleicht führen sie ins Uferlose. Das zuckende Opfer der Geschichte dreht sich auf den Rücken, und es entsteht so etwas wie Fortschritt.

Nach allem, was ich gesehen habe, erscheint es mir geradezu lächerlich, dass überhaupt noch jemand versucht, der Außenwelt einen Sinn abzuringen. Es gibt immer einen Gegenentwurf, der sich grinsend über deine Theorien lustig macht. Ein tückischer kleiner Teufel, der dir den Spiegel vorhält und dir zeigt, dass deine Gedanken absolut bedeutungsleer sind.

Und so kam es, dass die Zahl der Spaßabtreibungen sprunghaft zunahm, während Antiporno und Die Zukunft heißt Liebe

Händchen haltend über alles hinwegfegten, was in England auf zwei Beinen wankt. Das ist wirklich wahr. Millionen waren dagegen, aber ebenso viele konnten der Versuchung nicht widerstehen, es selbst mal auszuprobieren. Ihr seid zu viele, das ist euer Problem. Das und euer erschreckender Hang zum Selbstbetrug. Ihr stimmt in nichts überein.

Ich habe so viele Berichte über dickliche junge Paare aus Dorset gelesen, die ihre fade gewordene Liebe aufpeppten, indem sie ein glitschiges Häufchen Leben zeugten und dann abtrieben. Das Zeitalter des Viertitters war vorbei. Der Sex war aus den Zeitschriftenregalen gesprungen und in die Abtreibungskliniken geflohen. Schwangerschaft und Abtreibung wurden Mode. Ein lustiger Zeitvertreib. Vermögen wurden verdient. Körper gingen kaputt. Wahrscheinlich musste dem Ganzen einfach ein Riegel vorgeschoben werden.

Ich schätze, Colin wohnt immer noch im Trakt nebenan. Ab und zu denke ich an ihn. Frage mich, ob er auch in der Kreativtherapie ist. Seine Akte konnte ich im Evernet nicht finden. Wahrscheinlich wird sie besser unter Verschluss gehalten als jede andere. Aber ich würde zu gerne seine Geschichten lesen. Ich bin ziemlich neidisch auf die erstklassigen Sauereien, die er mit Sicherheit zu bieten hat. Aber vielleicht hat er auch die Nase voll von seinen kranken Trieben und spinnt sich im morschen Keller seines Hirns Geschichten voller Unschuld zusammen. Ja, das kann ich mir gut vorstellen. Geschichten, die von Picknicks und Gesellschaftsspielen handeln. Ich werde es nie erfahren.

Darüber, was Justin heute macht, fand ich keine Einträge; seine Spur verliert sich kurz nach seinem Freispruch. Es gibt

Gerüchte, dass er sich in Moskau aufhält, wo es angeblich sehr kalt ist. Ich hoffe, das stimmt. Mir gefällt die Vorstellung, dass mein Vater in einem langen, dicken Tweedmantel durch den Schnee stapft. In einem Land aus Eis würde er sich sicher wohlfühlen.

Die merkwürdigste Geschichte ist die von Johnny. Ach, Johnny, du hast bestimmt gedacht, ich hätte ihn vergessen! Johnny Simkins, dessen handgeschriebenes Tagebuch über seine sexuellen Verirrungen leicht im Evernet zu finden ist, wurde zum geweihten Helden der geschwätzigen Obrigkeit. Bei den nächsten Parlamentswahlen tauchte er aus der Versenkung auf. Er gewann das Mandat für Rochdale East und wurde Kabinettsmitglied in der ersten Die-Zukunft-heißt-Liebe-Regierung: Sportminister. In aller Eile bekannte er sich zu seinem bewegten Leben und breitete die Perversionen seiner Jugend ausführlichst in der Öffentlichkeit aus: die Prostituierten, der Telefonsex. Sein Vorstoß, so scheint es zumindest, wurde als frischer Wind in der Politik angesehen. Die Zukunft-heißt-Liebe-Partei liebte ihn für seine klaffende Seele. Kannst du dir das vorstellen? Vielleicht nicht. Zu sehr an den Haaren herbeigezogen? Ach, glaub mir einfach, das ist gesund, und außerdem sage ich natürlich die Wahrheit. Gute alte Wahrheit. Johnny war mit Rebecca befreundet. Anscheinend hat er sie sehr geliebt. Allerdings ist Rebecca nie Stripperin gewesen. Und woher sie Justin kannte, weiß ich auch nicht. Verzeih mir die vielen Lügen.

Komm zum Ende, du Idiot. Meine Augenlider zittern. Das passiert immer, wenn ich das Gefühl habe, etwas zu verlieren. Mein Bett ruft nach mir. In mir regt sich etwas, das dunkle

Verlangen, Hand anzulegen. Aber davon brauchst du nichts zu wissen. Ich weiß, was du wissen musst. «Aus dem Herzen heraus», Theo, «aus dem Herzen». Das hebe ich mir für morgen früh auf. Die Geschichte über die Sextoten hebe ich mir auch auf. Das ist eine Geschichte für morgen. Ich muss jetzt unter die Decke, mich von dem bohrenden Verlangen befreien, das in meiner Kehle sitzt. Macht das Licht aus, ihr Perversen, macht das Licht aus.

*

Die Leute wollten den westlichen Sex gegen die Verklemmten aus dem Orient verteidigen. Habe ich recht? Susan? Als hättest du eine Ahnung, dein Hirn ist doch Fladenbrot. Egal, lass mich meine Theorie trotzdem ausführen. Das Babymorden weckte in den Menschen ihre größte Furcht. Nämlich, dass wir in unserem Innersten ungehorsam sind und dass in unseren Köpfen der Sex so ungehemmt herumschwirrt, dass die dunklen Gelüste uns eines Tages mit Sicherheit auslöschen. Im Gegensatz dazu führte die White Love 1000 der westlichen Gesellschaft auf schöne Weise ihre Errungenschaften vor Augen.

Damals genossen die Menschen ihr stilvolles Leben. Latte macchiatos, Bruschettas, Urlaubsreisen und Geld. Genossen es, sich neue Persönlichkeiten zuzulegen, sich damit in die Öffentlichkeit zu begeben und zu testen, wie sich ihre flüchtigen Geschöpfe mit den anderen vertrugen. Und so sorgten Liebe, Hass, Hobbys und persönliche Eigenarten dafür, dass die Fenster der Pubs, Cafés und Restaurants immer von innen beschlagen waren. Ob Babys nun aus Spaß getötet wurden oder nicht – viele Menschen wollten auf die Identitäten, die Slogans und Anekdoten, mit denen die Freiheit sie beschenkt hatte, nur ungern verzichten. Und die White Love 1000 erschien als die perfekte Antwort auf die vielen Abtreibungen. Zumindest auf manche wirkte sie sauber, gemäßigt und moralisch unbedenklich. (Zu dieser Zeit wurde der Sex von Teilen des Islam bereits gehörig unter Beschuss genommen. Extremismus, die Bombenanschläge. Die ganze Scheiße.) So besorgniserregend die Spaßabtreibungen auch waren, viele hofften weiter darauf, sich ihr schillerndes Sexleben und ihren Lebensstil bewahren zu können.

Also wurde die White Love 1000 von Journalisten zur Ikone unserer großartigen Kultur hochstilisiert. Symbol der Neuordnung und des Fortschritts. Beweis für das freie und abenteuerliche Leben im Westen. Sex als vollendeter, glückbringender Teil von Technik und Wirtschaft. Um die Fanatiker zu provozieren und die Welle des Konservatismus zu brechen, die Großbritannien damals erfasste, wurde die Maschine als kulturelle Waffe verkauft. Für die Freiheit der Frau, für männliche Toleranz, als Siebenmeilenschritt in Richtung perfektes Leben.

Ich wünschte, ich könnte mich klarer ausdrücken. Könnte deutlichere Linien von A nach B, von Jahr zu Jahr ziehen. Aber vielleicht ist meine These auch ganz simpel und betrifft die allgemeine Unordnung, in der die Menschen leben. Vielleicht ist dies das Fazit meiner Forschungen: In der Welt der Events und Trends gibt es zu viel Hin und Her, zu viel Durcheinander, zu viele Widersprüche. Darum teilen sich tote Föten die Titelseiten mit Werbung für Fickmaschinen. Meine These ist simpel und betrifft den Weltuntergang: Ihr werdet ihn nicht kommen sehen. Er wird höchst diffus daherkommen. Kaum zu erkennen. Wegen der Menschen und ihrer kollektiven Unentschlossenheit.

Frank Jacobs, den es wirklich gegeben hat, auch wenn er meinen Eltern, soweit ich weiß, nie begegnet ist – seine Bekanntschaft mit Justin ist eine weitere Lüge –, war entzückt. Die White Love 1000 verkaufte sich, wie erhofft, hervorragend. Und nicht nur das, die Gewinnprognosen mussten drastisch nach oben korrigiert werden, als sich zeigte, dass nicht nur Frauen die Maschine kauften, sondern auch Männer. Ja, die Männer befestigten die Lustpads prompt an ihren Arschlöchern, den Brustwarzen und schließlich dummerweise auch an ihren neugierigen Schwänzen. Das Produkt hatte den großen Vorteil, dass man es bequem zu Hause benutzen konnte. Schließlich sprechen wir von Kriegszeiten, und die Menschen waren ängstlich. Zeitgeistjournalisten sahen die White Love 1000 als die ideale Verkörperung von Freiheit und Spaß in jenen schwierigen Zeiten. Sie war ein Ausweg aus der langweiligen Trotzhaltung, die damals weit verbreitet war. Eine Möglichkeit, der Tradition des schwindelerregenden Vergnügens treu zu bleiben, während die Menschen bibbernd auf den großen Knall warteten.

Aber natürlich wäre ich jetzt nicht hier, wenn es diesen urkomischen Befreiungsschlag gegeben hätte. Wenn wir den Krieg der Spaßkonzepte gewonnen hätten. Deshalb, Susan, ist mir diese Geschichte so wichtig. Deshalb ärgere ich mich und jammere, wenn du sagst, dass du all das längst weißt, und mich dazu anhältst, aus meinem Herzen heraus zu schreiben. Heirate mich, Susan, löse dein Haar und zieh dich aus. Hol mich hier raus und heirate mich. Ha. Ach, lass mich einfach weitermachen, es ist meine ehrenvolle Pflicht und bla, bla, bla …

Es stimmt, dass ein Mädchen namens Carly Keen die erste offizielle Sextote war. Man fand sie, weil es stank: nach verbrannter Haut, saurem Blut und fauligen Innereien, der einem die Nasenschleimhäute verätzte. So ekelhaft, dass die Nachbarn sich irgendwann beschweren mussten. Wahr ist auch, dass man Carlys Freund nackt und tot zwischen Einkaufstüten im Wohnzimmer fand. Warum er Selbstmord beging, was seine Geschichte war, konnte ich nicht ermitteln.

Besorgte Mediziner hatten vorausgesehen, dass es Todesopfer geben würde. Frank auch: Er sackte die Gewinne ein und verduftete nach Bangkok. Nur die Regierung war schwer von Begriff. Sie war bereits in Auflösung begriffen. Und wer hört schon auf Ärzte, wenn man Spaß haben kann?

Im Evernet gibt es unzählige Beschreibungen dieses Gestanks. Der Sextodgestank, wie er bald genannt wurde. Aber eigentlich hatte er mit Sex nichts zu tun. Es war der Gestank von Menschen, die sich für Dauerspaß, saubere Liebe und die Utopie endlosen Genusses selbst mit Strom hinrichteten. Es heißt, ganze Gebiete stanken wie die Pest, bevor der Groschen endlich fiel.

An Tagen wie heute, wenn ich diesen strahlend hellen Ort nicht länger ertrage, denke ich oft an die Sexmaschine. Ich hätte Lust, sie auszuprobieren. Ich schätze, das wäre ein passendes Ende für mich, eine Möglichkeit, das fast unsichtbare Leben wettzumachen, das ich bis jetzt geführt habe. Ich denke auch daran, Susan zu vergewaltigen. Aber dafür würden sie mich nicht hinrichten, und ich bezweifle, dass ich mit der

Scham leben könnte. Tief in mir drin bin ich ein netter Kerl, das weiß ich. Und anscheinend ist es meine Bestimmung, am Leben zu bleiben. Und zu schreiben. Unberührt zu bleiben. Ich muss schlucken. Dabei müsste es mir gar nicht peinlich sein. Ich werde rot. Meine Hände zittern. Habe ich noch etwas vergessen?

Die Sextodkrise kippte die amtierende Regierung und ebnete den Weg für das Die-Zukunft-heißt-Liebe-Regime. Die herrschende Klasse sprühte Funken, als sie erkannte, welche Probleme die Freiheit in den blauäugigen Schichten der Gesellschaft verursacht hatte. Als durchsickerte, dass die Zahl der Sextoten bei vielen tausend lag, stand fest, dass etwas zu Ende gegangen war: eine Ära oder vielleicht auch etwas weniger Bedeutendes. Ein Lebensstil. Es stand fest, dass die menschlichen Instinkte schwer beschädigt waren. Um die noch vorhandenen Sexmaschinen zu zerstören, garantierte die Regierung allen, die ihre White Love 1000 freiwillig abgaben, Straffreiheit – ein absurdes Unterfangen, denn die meisten Käufer wollten die erworbene Ware behalten. Noch in jüngster Zeit gab es Meldungen über Sextote.

Die Menschen vergöttern das Verstehen. So geht es seit Jahrhunderten. Sie denken über dieses nach und über jenes. Ordnung, Chaos. Gott, Freiheit, Sprache. Sie grübelten noch über die Anfänge des Tauschhandels und die Öffnung der Märkte nach, als sie es vielleicht lieber sein gelassen hätten. Aber am Ende waren sie einfach kaputt. Ausgebrannt von ihren Begierden. Ein paar allgemeine Höflichkeitsregeln blieben erhalten, aber ansonsten scheint es, als sei die Spezies erledigt. Planlos und abgeschlafft. Reif für einen schnöden, peinlichen Abgang.

Aus der Zeit entstamme ich also, und es klingt, als käme ich langsam zum Ende. Danke. Über die Außenwelt von heute kann ich dir nichts erzählen. Ich bin mir sicher, dass es sich um eine saftige Mixtur aus schmucker Oberfläche und darunter verborgener Scheiße handelt. Aber verlass dich nicht auf meine Worte. Am meisten verblüfft mich, dass die Wesen der Außenwelt so viel zurücklassen. Zu viel. Wenn ihr nur sehen könntet, wie groß eure Archive sind. Das nicht abgeholte Gepäck zusammenhangloser Leben. Die Schleimspur, die ihr hinter euch herzieht. Ihr gebt zu viel preis, und das macht dem Historiker die Arbeit keineswegs leichter. Ihr kommt nicht, und ihr geht nicht. Ihr ergebt keinen Sinn.

Ich werde wütend, und mein Mund ist trocken. In einem kühnen Moment machte Susan mir kürzlich den Vorschlag, ich solle über meine unerfüllte Sexualität schreiben. Der Frau fehlt es eindeutig an analytischem Denkvermögen, ihr Kopf ist ein Schneckengehäuse mit einem grauen Hirn drin. Aber in gewisser Weise hat sie wahrscheinlich recht. Noch nie habe ich einen anderen Menschen richtig berührt, habe nur eure wohlklingenden Schilderungen gelesen. Was für ein Gefühl das sein muss. Die Beachtung, die ihr einander schenkt, ist grenzenlos, nicht wahr? Zärtlichkeiten. Umarmungen. Finger, die über seidenweiche Wangen streichen. Weggewischte Tränen. Der Trost, den ihr euch spendet, ach, mir laufen gleich die Augen über. Aber das ist Neid, purer Neid, da bin ich mir sicher. Mein Oberkörper wurde nie aus der Verpackung genommen. Meine Schenkel haben etwas Durchsichtiges, weil sie noch nie von einer Frau berührt wurden, weder von meiner Mutter noch von irgendeiner alten Hure. Mein Schwanz verursacht mir entsetzliche Scham: ein fleischiges Stück Zivilisation, als Geschenk verpackt und dann achtlos irgendwo liegen gelassen.

Kann ich der Held sein? Natürlich nicht.

Meine Gedanken sind so finster, dass eure neugierigen Äuglein, die doch bei schwachem Licht schon versagen, sie nicht erkennen können. Schwache Hoffnungsschimmer. Tragische, biologische Poesie. Ob ich mir wünsche, ich wäre abgetrieben worden? Wäre es besser gewesen, als pulsloser Brei aus winzigen Organen und kaum ausgebildeten Gliedmaßen auf den Badezimmerboden zu tropfen? Das ist natürlich die entscheidende Frage. Schnief. Wie bin ich zu einem solchen Schwächling geworden? Ob ich mir wünsche, ich wäre nicht hier? Nun ja, im Vergleich zu diesem ... nein, ich kann diese Frage nicht beantworten. Aber diese schrecklich hellen Wände. Wandfarbe – wer hat sie erfunden? Ich hoffe, dem Betreffenden wurde verziehen.

Rebecca, Frank, Carly, Steve, Johnny. Lasst mich ein letztes Mal ihre Namen sagen. Justin. Ich schreibe nicht weiter, ich habe es satt. Ich weigere mich zu schreiben und werde stattdessen ein paar Dummheiten begehen. Wenn du das liest, bin ich wahrscheinlich tot, oder besser noch: hier raus. Mein Hirn wird explodieren und ein Loch in die Zellenwand sprengen. Dann fliehe ich und treffe mich mit dir, spendiere dir einen Drink und umwerbe dich mit wohlgewählten Worten. Aber wer bist du? Frag mich nicht.

All das riecht unangenehm nach Ende, ich kann es sehen, es kommt von unten auf der Seite auf mich zu. Ich will lieben, wünsche mir, ich könnte am Leben teilhaben. Nein, vergiss, dass ich das gesagt habe; das war eine Lüge. Aber mach das Beste aus dir! Nein, vergiss auf jeden Fall, dass ich das gesagt habe. Stell dir einfach vor, ich würde laut lachen, denn so stelle ich mir dich vor.

Hätte ich das Panorama einer Landschaft vor Augen, würde die Sonne am Horizont untergehen. Könnte ich lieben, läge meine Geliebte sicher steif und tot in meinen Armen. Könnte ich kämpfen, würde die Schlacht entweder jetzt gewonnen, oder sie wäre auf immer verloren. Und glaub mir, hätte ich Vertrauen in das Streben der Menschen, dann hätte inzwischen längst irgendjemand irgendetwas Außergewöhnliches und Hoffnungsvolles getan.

Doch stattdessen.

Dank

Ich danke meiner Familie und meinen Freunden, vor allem Tony Weymouth, Nicholas Royle, Joe Cross, Kristian Scott, Lív Lamhauge, Laura Marsden, Edward Evans, Gareth Buckell und Jude McWilliams. Und auch John Saddler und Beth Coates.